离离原上花

聂泓 著

中国文史出版社

图书在版编目（CIP）数据

离离原上花／聂泓著. -- 北京：中国文史出版社，
2019. 10

ISBN 978 - 7 - 5205 - 1279 - 4

Ⅰ. ①离… Ⅱ. ①聂… Ⅲ. ①长篇小说 - 中国 - 当代

Ⅳ. ①I247. 5

中国版本图书馆 CIP 数据核字（2019）第 189964 号

责任编辑：李军政

出版发行：**中国文史出版社**

社　　址：北京市海淀区西八里庄 69 号院　　邮编：100142

电　　话：010 - 81136606 81136602 81136603 81136605（发行部）

传　　真：010 - 81136655

印　　装：北京温林源印刷有限公司

经　　销：全国新华书店

开　　本：787 × 1092　1/16

印　　张：19

字　　数：266 千字

版　　次：2020 年 1 月北京第 1 版

印　　次：2020 年 1 月第 1 次印刷

定　　价：58.00 元

我的幸福和快乐　就是

安心地把真心　放在　你的掌心。

——作者题记

目录 Contents

第一章

相依为命

1

一座新坟。

孤零零地安葬在梅岭山坳间，这里是一片刚辟出来的墓园，与山脚下的相比，有些冷清。林家钰带着林晨和林曦姐妹俩正在祭奠亡妻。山坳里间或传来几声鸟鸣，它们扑棱着翅膀飞向天际，却没人抬头看一眼，就连喜欢鸟儿的小林曦也完全不理会。

只有四岁大的林曦并不知道眼前的坟包意味着什么，她只知道已经有很多天没有看到自己的妈妈了，她太想念妈妈了。林曦扑闪着一双葡萄般乌溜溜的大眼睛问父亲：

"等下回到家里，我会看到妈妈不？"

林家钰哽咽难言，摇了摇头。

"那，"林曦顿了顿，歪着头想了一会儿，接着又问道，"如果我从幼儿园回来，我会看到妈妈不？"

林家钰哽咽难言，摇了摇头。

"如果我坐着小火车从外公外婆家里回来，会看到妈妈不？"林曦失望之余又燃起了希望。

林家钰的眼泪直往下掉，只是没有声音。

林曦"哇——"的一声大哭了起来，边哭边说："妈妈是个坏妈妈，我已经有好多天没有看到她，她明明知道我在想她，为什么她还不回家？"这个四岁大的小姑娘，拉着爸爸的衣袖说道："以前曦曦不听话，现在曦曦听话了。我保证以后玩过的玩具会放在小桶子里，我也不会用袖子擦鼻涕，吃饭的时候不会再把饭粒弄得桌上、地上全都是了。"林曦放声大哭："我真的会听话的，我保证。"

这时林曦早已眼泪鼻涕糊了一脸，她用袖子擦了擦，长长的鼻涕脸上一半袖口一半，忍着泪又问道："那，妈妈会回家吗？"

在旁边哭成泪人的林晨一把搂过妹妹，大声哭道："曦曦，妈妈再也不会回家了，我们永远都没有妈妈了。"

林曦抽咽着哭喊："妈妈，妈妈，你到底在哪里呀，你为什么还不回家？"

林家钰把姐妹俩抱进了怀里，告诉林曦："你们的妈妈在天堂。曦曦，只要抬头看天空，你妈妈就在看着你们。曦曦乖，曦曦不哭了。你哭成这样，妈妈会好难过的。"

三个人回到家里，已是掌灯时分。

12岁的林晨手脚麻利地把昨天晚上的一些剩饭泡水煮开，又加了点油盐，照顾妹妹吃了饭。林曦边吃边打瞌睡，这一天在梅岭山上爬上爬下的，早已累得四肢酸痛。饭只吃到一半就趴在桌上睡着了，毕竟是个四岁大的小孩。林家钰把林曦抱上床，脱掉外套和球鞋，盖上薄被。见到外套和鞋子上满是山上的泥土，便顺手剥掉，搭在床头的椅子上。

"爸爸，你也累了一天了，你也吃一点吧。"林晨把早已添好的一碗饭端到父亲面前。林家钰接过，却是一口也吃不下，又放回桌上。"晨晨，"他拍了拍身边的椅子说，"坐下来，爸爸有话跟你说。"

林家钰定睛看了看林晨，一层泪涌了上来，点点头自言自语："是个大姑娘了。"说完一阵沉默。林晨也沉默不语，屋子里一片寂静，听得林曦均匀的呼吸声，间或有一两声哭腔，模糊不清地叫"妈妈"。

林家钰长叹一口气，说："晨晨，爸爸可能不会待在家里了。你知道你妈妈病的这段时间家里基本上被掏空了，现在真正是家徒四壁。就我那点工资，只够填你们姐妹的两张嘴，只够吃的，那样的话，欠下的债就永远都还不清了。所以爸爸得想想其他法子，看看能不能赚到钱。"说到这里，林家钰拉过林晨的手，摩挲了一会儿，"家里要全靠你了。"说完这句话，林家钰的眼眶又湿了。如果还有一点办法，谁会扔下两个年幼的孩子呢？

"还好家里的亲戚就近在旁边，我会叮嘱你们阿姨，叫他们经常过来照看一下。"林家钰能感受到林晨的小手在微微战栗。

林晨忍了半天的泪终于扑扑地掉下来。她呜呜哭道："妈妈在家里做的事情我都会做的，我会做饭、洗衣服、打扫卫生，我还会照顾好妹妹。但是，但是，爸爸，我不要新妈妈。"说到这里，林晨扑在父亲的怀里哭得喘不过气来，"我真的不要新妈妈。"

林家钰拍着林晨的后背安慰着，林晨越哭越伤心，泪雨滂沱。林家钰便在林晨的耳边轻轻地说："你再哭，你妹妹就被你哭醒了。"林晨这才止住了悲声。

林家钰长叹一声，抬头看着寂静的窗外。天空像是泼墨般的黑，遥远的天际挂着一颗孤星，清冷地亮着。

仿佛是一夜之间，林晨长大了，如同一个大姑娘一般，替父亲打点着远行的包裹。她们家家徒四壁，别人家里常见的三大件：自行车、手表、缝纫机，更是一件也没有；除了房间里有一张木制的高低床——那是父母结婚时母亲的陪嫁，就没有像样的家具了。其实也没什么可以收拾的，只有几件换洗的衣服。一个绣着五角星的军绿色的帆布包，早已洗得泛白，一个军用水壶，还是她母亲留下的。林晨的小身板挺得直直的，仿佛是在为了给自己鼓劲，与以前相比，她更沉默了。小林曦也觉得家里气氛有些不同，以前爱笑爱闹像个雀儿一样叽叽喳喳，现在也不说话了，只是像条小尾巴一样，屁颠屁颠地跟在姐姐的后面，如影随形。

林晨回头看了看妹妹，林曦也停住了，扑闪着一双乌黑的大眼睛定定地看着姐姐。林晨心里一阵难过，以后家里就剩下她和妹妹两个人相依为命了。她拉过妹妹的手，安顿林曦坐在小桌子边——那是用一张坏掉的椅子改成的——拿出一本小人书给她，然后说道："曦曦乖，从现在开始你要听姐姐的话，好不好？"林曦点点头。林晨摸了摸妹妹的头，温柔地说："是要像听妈妈的话那样听姐姐的话。"乖巧的林曦又点了点头，一双大眼睛里全是依赖与信任。林晨感受到了妹妹的依赖与信任，一层泪雾上来，但她觉得掉眼泪是软弱的行为，尤其是不能在曦曦面前掉泪，于是又生生地逼了回去。林晨吸了吸鼻子，说道：

"那好，曦曦，现在听姐姐说，虽然妈妈不在了，但你一定要听话，要做个好孩子，长大以后要有出息。"

林曦拿着姐姐递过的小人书问："可是，有出息是什么呢？我不懂哦。"

12岁的林晨模仿着大人那样认真解释："有出息就是说要多读书，做一个有学问的人。"

林曦似懂非懂，稚声稚气地说："哦——，我知道了，有学问就是别人问什么我都知道，对不？"

林晨被她逗笑了。林曦也拍着小手"咯咯"地笑出了声："姐姐好久没有笑过了，曦曦看到姐姐现在笑了，曦曦好开心。"

林晨蹲了下来，拉住妹妹的手，柔声说道："从今往后，我们都要开心一点，要多多地笑，就像是妈妈在家里一样，好吗？"

林曦又"咯咯"地笑了出来，两个小姑娘抱在一起。窗外的风儿吹着树叶"沙沙"作响，仿佛也被她们两个逗笑了。

林家钰回到家时已经子夜，两个女儿都睡着了。他忙着托付亲戚，请他们多到家里转一转，否则他走得不安心。林家钰看了看椅子上的包裹，知道是林晨打点的，不由得心里一阵欣慰，点头想到："这孩子是太懂事了。"在暗夜里又摇头叹息了一声："不懂事那可怎么办呢？穷人的孩子早当家呀！"

第二天一大早，他们爷仨一起出了家门，先是把林曦送到幼儿园，然后他带着林晨往学校的方向走去。她紧紧拉着爸爸的手，总觉得爸爸有话对她说，于是沉默着。林家钰回头看了看女儿，说："待会儿爸爸就走了，你和曦曦回家的时候爸爸已经不在家了。"说到这里林家钰不由得停了下来，把林晨抱在了怀里，颤声说道："你已经长大了，一定要照顾好自己和妹妹。"

林晨两只细细的胳膊紧紧地箍住父亲，小声啜泣。林家钰把林晨的书包解下来替她拿着，拍拍林晨的肩，拉着她继续往前走。

"我们家前面的那个女孩子是要霸道一些，但是你不能跟她对着来，你的个头小，如果打起来，你会吃亏的，"林家钰叮嘱道，"得动脑筋，想办法，要智取。"

可是林晨不想跟父亲谈论这些，于是问道："爸爸准备去哪里呀？"

"还记不记得大姨的朋友，赵叔叔？"

"就是那个个子高高，下巴留了胡子的赵叔叔？他还去医院里看过妈妈哩。"

"对呀，就是他。他在浙江那边的一个供销社里跑销售，据你大姨说他干得不错。这次我就是去找他。"

两人已经走到了校门口，林晨又问一个问题："爸爸你能多久回家一次呀？"

"这还真说不准，现在我也不知道。每个月的钱我会寄到你大姨那里，她会送过来，这些爸爸都安排好了。"

上课的预备铃响了两遍，林晨依依不舍，含泪唤了声："爸爸，你在那里也要照顾好自己。"

林家钰眼圈一红，千言万语不知从何说起，抓紧女儿的手，连声叮嘱道："晨晨，你一定要记得，不管发生什么事情，你们俩姐妹一定要按时吃饭哪。

一天三顿饭一定要记得吃啊！"

学校的大铁门要关了，林晨从父亲手里夺过书包，扭头跑进了教室。

2

这天，林晨正做着她和妹妹两个人的晚饭。

晚饭很简单，只有一个青菜和一个蛋花汤。她很小心地把那枚鸡蛋在沸水里搅散，但是又不能化得太开。林晨手脚麻利地做着这些家务，完全不像一个十多岁的小姑娘。蛋花上浮，白色的泡泡四下散开，她知道熟了，便把那口锅端开，放在窗边的桌子上，然后把蜂窝煤炉下面的通风口用盖子盖好。林晨又很细心地把火炉里原本对得很整齐的蜂窝煤转动了一点点，这样做不仅可以节省用煤，而且第二天还不会熄火。她把大块的蛋花装在蓝边小碗里，那是林曦吃的，而剩下的汤水便是自己的了，清淡见底，只有丝丝缕缕的蛋花点缀其中。

林晨看了看壁上早已看不出什么颜色的挂钟，正思忖着林曦怎么还没有回来，是不是玩疯了心了。这时，林曦像个小炮弹那样"砰"的一下撞开了门，看到姐姐便"哇"的一声放声大哭了起来。林晨着了慌，差点把手里的蛋汤打掉了，赶紧跑上前扶住妹妹，迭声问道：

"曦曦，你怎么了？瞧你这一身的灰。"林晨把蛋汤放到桌上，开始检查林曦，看到妹妹手上有伤，不由得尖叫起来，"你的手背怎么受伤了？都流血了，快说，是谁欺负你了？"

林曦哭得上气不接下气，抽抽咽咽、断断续续地向姐姐诉说。林晨费了好大劲才弄明白，顿时气不打一处来："住在前面的小杏真是讨厌，为什么欺负你，还把你伤成这样？走，估计他们那一伙人还在那里玩，没回家吃饭呢。我们找小杏去。"说罢，拉起林曦的手就往门外走。林曦却止住了哭声，直往后缩，不肯去。

"姐姐，他们人可多了，我们这样去的话，会被他们打的。"她怯怯地说。

"不行，我们今天一定要去，如果这次就这样算了的话，下次他们会欺负得更狠。要知道现在爸爸不在家里，没人给我们撑腰，只能靠自己。"说完拉着林曦像阵龙卷风一样冲了出去。

见到小杏，林晨根本不跟她废话，冲上去狠命推了一把。小杏正跟其他小孩大声说笑，并没有注意到斜刺过来的林晨，猝不及防一屁股坐在地上，痛得她龇牙咧嘴。这个小杏虽说是个姑娘，但她一直蛮横惯了，哪里吃过这么大的亏，便咬牙站了起来，像头小母狮一样反扑林晨。小杏力气大，林晨是领教过的，于是一个闪身，小杏扑了个空。林晨没有跟她对打，而是转身狂奔回家，在厨房里拎着一把菜刀就出来了。

尾随而来的小杏看到寒光凛凛的菜刀，又抬头看到林晨那一股凌厉的、不怕死的态势，一向嚣张、打遍全楼无敌手的小杏，这次真正被恐吓到了。她脸色发绿，嘴唇泛白，吓得连连往后退，终于"嗷"的一声大叫，狼狈而逃。

看到小杏跑远的背影，林晨也同样面色苍白，心跳得十分厉害，双手不由自主地发抖，刀也拿不稳了，"咣当"一下掉在地上。林曦看到姐姐这样，又哭了起来。林晨抱着妹妹不吭一声，她知道现在没有人敢欺负她们姐妹俩了。

这一幕一直印在林晨的脑海里，从来没有忘记。有时林晨会问自己，如果小杏真扑上来，那她手里的菜刀会砍下去吗？

夜幕慢慢地笼罩，原本嘈杂的院子安静了下来，间或一两声小孩子的哭闹声，随即能清楚地听到大人的呵斥，小孩的哭声越来越小，再无声息了。林晨与林曦姐妹二人默默地吃完了饭，林晨在水池边洗刷碗筷的时候，悄悄地流下了两行清泪。她抬眼看着窗外，窗外漆黑一团，林晨想着爸爸你在哪里呢？爸爸你还好吗？她再也抑制不住自己的眼泪，双肩抖个不停，林晨在拼命地压着自己尽量不要哭出声来，担心吓着妹妹。她在心里暗暗发誓，她会长成一棵参天大树，保护父亲和妹妹，不会让他们受到一点委屈。

3

浙江，宁波。

这是一座海滨之城，似乎与内陆城市有着天然的不同，在相同的体制下，这里的人们有着一种别样的活力。仿佛是大海里的游鱼，灵活、游弋，又百折不挠。林家钰一到宁波，便按图索骥直奔赵启祥的住处。

一间非常简陋的小宿舍，上下两层的铁制架子床，旁边一张破旧的桌子。可能是使用年限太长，架子床早已掉了漆，露出铁锈本身的颜色，而那张桌子，不仅东倒西歪还豁牙咧嘴了，几个抽屉全都合不上。

"老林，以后你就住上面，"赵启祥笑着，露出被劣质香烟熏得黑黄的门牙，拍了拍上铺，又指着桌面说道，"一些个人用品就在这里堆着吧。"说完转身问："这条件怎么样啊？"林家钰笑得合不拢嘴，连声说："真是太好了，还能有床睡，我还准备蹲墙根哩。"

赵启祥笑得更欢了，拍着林家钰的肩头说："瞧你这是什么话呀，我们可是老乡，哪能让你在外面风餐露宿呢？你到这里来，我还有个伴了，相互还能有个照应。"

林家钰有赵启祥在身边，很快适应了新环境，也开始了解浙江人。

"树挪死，人挪活。如果做什么都碰红线的话，那我们就去修鞋好了，那也好过在家里饿死强。摆个修鞋摊，给别人修鞋，总不至于碰政策红线吧。"所以有段时间，全国各地大街小巷的修鞋匠都是浙江人。"修鞋怎么了，修鞋也是为人民服务。劳动不丢人，好吃懒做才丢人。"这就是勤劳的浙江人。

林家钰为了多挣钱，偿还替亡妻治病欠下的债，除了浙江，他还没有其他可去的地方。第二天，他就和赵启祥一块儿在供销社里领货品，这一次是纽扣。他们要做的事情就是把这些扣子卖出去。摆地摊也好，挨家挨户去敲门推销也好，总之卖掉了就有钱挣。

"这么多扣子都是从哪儿来的？供销社也不做这些呀。"林家钰出门后悄悄地问赵启祥。

"我还真不太清楚，"赵启祥挠起了后脑勺，迟疑地说道，"应该是其他厂做的吧，但是有一点我知道，我们这些人领出来的东西都是商店柜台上卖不掉的。"

林家钰心里打起了鼓："商店里卖不掉，我们能卖掉？"

赵启祥有些得意了，露出了他的招牌笑容："这你就不懂了，只要我们勤快，肯多跑路，别说就这一袋扣子了，就是再给我两袋，也完全不在话下。"

林家钰这下弄明白了，哑然失笑："这不就是乡下挑着担子，手里摇着拨浪鼓、高声叫卖的货担郎吗？"

"那可不一样，我们是有单位的，"说到这里，赵启祥挺了挺胸，用大拇指点了点别在胸前的圆形徽章，上面刻了"供销社"的字样，"这就是我们的通行证，可别小看了，挺管用的。"说话间又掏出了一个红色塑料小本子，在林家钰的眼前晃了晃，"喏，这是工作证。"

林家钰接过一看，惊呼了起来："哎哟，老赵，你什么时候这么厉害了，你还是销售科的科长哩。"

看到他那样惊讶的样子，赵启祥笑开了花，一把抢过工作证装回衣兜里，说道："我已经把你的名字报上去了，你马上也是科长了。"

"你说什么，我没听错吧？"林家钰惊得下巴快掉到地上了，"我也是科长?！"

赵启祥哈哈大笑，一口大黄牙直晃人眼："告诉你吧，跟我们一起在供销社领扣子的那些人，统统都是科长。"看到林家钰的眼睛瞪得比牛眼还大，更得意了："别太高兴，都是为了工作嘛，等会儿我们卖扣子的时候给别人亮出这张工作证，你还别说，真的要顺利很多。等会儿你就可以看到了。"

林家钰终于回过神来了，叹了口气，心想这浙江人也太灵活了，换了别的地方哪会这么干？就是想破脑袋也想不到。

林家钰跟着赵启祥开始走街串巷，推销着从供销社里领到的各色货品。扣子、皮带，还有各种花色的碎布头等等。看到这些花花绿绿的漂亮东西，他想到了远在家里的林晨、林曦两个女儿，便留下一些花色布头，准备寄回南昌，让她们大姨帮着做几件好看的衣服。"她们穿着新裙子，一定好漂亮，也一定好开心。可怜见的，这么小就没了娘，我又不在她们身边。"想到这里林家钰的眼圈不由得红了，一颗心像是刀割般疼痛。

赵启祥看到林家钰一个人蹲在那里闷不吱声，知道他又惦着家里了，便走了过去，递给他一支烟。

"既来之，则安之。老林啊，不是我说你，你一个大老爷们的，别哭哭啼啼的，让其他同事看到多不好。"赵启祥深深地吸了一口烟，徐徐地从鼻腔里喷了出来。他眯眼看着那缕缕轻烟一圈一圈升上去，直到消失在半空里。赵启祥似乎想到了什么，突然笑着用胳膊肘顶了顶林家钰，说道："你觉得你两个女儿这么小就没娘了，你在外地，姥姥不疼舅舅不爱的，好像是比不上其他小孩子那样幸福。"他掸了掸烟灰，不巧落到了衣服上，又随手拂到地上去了："但是你想过没有，'塞翁失马，焉知非福'，还有一句话，不知道你听过没有，'失之东隅，收之桑榆'。"赵启祥掉完书袋停了下来，在烟雾缭绕中笑眯眯地看着林家钰。

林家钰现在总算明白了他小姨子的话，说赵启祥这个人是很不错的，但是在单位上就是跟人合不来，他是没办法才跑到浙江去的，没想到还让这小子折腾出点名堂来了。

"你说的我都不懂，你什么意思呀？"林家钰装糊涂。

赵启祥得意了，摇头晃脑地乐开了花："哎哟，我的意思是说你不用担心，说不定以后还就你家闺女有出息哩。"他心情大好，索性和林家钰蹲在一起掰开了说给他听："别人的小孩有父母带着，依赖性强，不像你的两个女儿，从现在开始就独立了，你说再过十年、二十年，孰强孰弱？"

林家钰用自己的烟头碰了碰他的烟头，算是敬酒："谢谢你，老赵。"林家钰说得诚心诚意，赵启祥笑得更欢了。

宁波那海洋性气候，说下雨就下雨，把林家钰浇成了落汤鸡，衣服几乎能拧出水来。可他心里有说不出的亮堂。一回到宿舍，他就迫不及待地找赵启祥。赵启祥带了林家钰几天之后，就让"林科长"单干了。"赵科长"这样对"林科长"说："最好不要在一起，两个'科长'凑一块儿，顾客到底听谁的呢？"

可是里里外外都没有赵启祥的影子，林家钰便换了身干净衣服，在酒精炉子上煮面吃。他已经一天没吃饭了，饥肠辘辘。水开了，正准备下面条呢，赵启祥从外面冲了进来，也是淋个湿透。

"老赵，我煮面呢，你吃了没有，要不要下你的面？"林家钰转身忙招呼道。

赵启祥也一样没吃，他便在锅里多放了一把。林家钰给赵启祥添上一碗，自己并没有急着吃，而是坐在赵启祥旁边跟他说了一件事情。

"上个月我送扣子的那家，今天在路上碰到我了，问上次的货还有没有，那批扣子他们用完了，还缺货呢。他们还把地址给我了。"林家钰说着便把纸条掏了出来，"让我找到货了就送过去。"

谁知赵启祥连看都没看一眼，只顾埋头"呼哧呼哧"扒拉面条，半天才冒出一句："别理他们，这样的事情哪个'科长'没遇到过。我们有什么办法？要知道我们领出来的货都是供销社给我们的，供销社给我们什么货我们就卖什么货。"赵启祥已经风卷残云地吃了个碗朝天，剩下的面汤也咂摸着喝了个干净，看得出来他是真饿了。赵启祥放下碗，打了个饱嗝，心满意足地转头对林家钰说："就两个字：没辙。三个字：没办法。四个字：真没办法。"说完抬眼看着窗外，雨已经停了，准备出门："老林，我现在要去供销社交账，你呢？去不去？"

林家钰含混着答应道："啊？你先去吧，我吃完就过去了。"

4

一连几天的时间，林家钰都在想着这件事情。晚上在上铺辗转反侧，把赵启祥都给弄醒了："你干吗呢？这么晚还没有睡？"

林家钰支支吾吾："我还在想那批扣子的事情哩。"

"哎呀，尽想那些没油盐的东西，操那份闲心做什么？睡吧。"说完，赵启祥翻了个身又坠入了梦乡。

林家钰觉得这是个赚钱的好机会，为什么要白白流失呢？如果知道扣子的生产厂家，通知厂里做一批，不就行了吗？林家钰仔细看了看样扣，这是通货扣，批量生产，只要厂家在生产这批扣子的时候多做一些。"明明很简单的事情，很难吗？"他满腹狐疑。

他跟供销社主任提出到纽扣厂看看的时候，陈主任很奇怪地看着他。林家钰没等他开口发问，便把原因和盘托出。陈主任微微笑了一下，说道："这可能行不通，现在政策还不允许这样做。像我们供销社把滞销的货品让你们推销出去，这已经很出格了，别的地方都不可以的。要知道我们是计划经济，厂家生产多少东西不是由市场需求来定，而是上级主管部门计划的。计划生产多少，厂家就生产多少。"陈主任转身给自己倒了一杯水，抿了一口，润了润喉咙，坐下来接着说："所以你看，往往计划不对头，不是计划多了，就是计划少了。你们就是把计划多出来的东西给卖掉，就这样还是供销社跑断腿争取来的，唉。"说到这里，他摇头叹了口气。

陈主任的这一席话让林家钰哑口无言，是啊，做什么也不能犯错误是吧。他嗫嚅了一会儿，大着胆子轻声说道："陈主任，有些话不知道合不合适说，主任也就听听而已。我觉得生产出来的产品是应该为人所用的，如果不能为人民服务那又有什么用呢？比如这批纽扣，人们需要的时候却没有，就是买也买不到，那生产又有什么意义？"

这番话让陈主任刮目相看，有一种得遇知己的喜悦，因为这也是在他脑海里盘旋已久的问题。正当林家钰闷闷地站起来准备离开的时候，陈主任连声叫住了他："老林，坐、坐，别急着走，我们聊聊。"陈主任指了指面前的椅子，问道："听老赵说，你是为了给妻子治病才欠下的债，到宁波来是为了赚钱还债，是吧？"林家钰点了点头。陈主任一声叹息："也是不容易啊，两个小孩还那么小就放在家里，这还真是麻烦哪。"陈主任没有说话了，低头想着什么，林家钰连续几声致谢后见主任沉默，便也没打岔了。

过了片刻，陈主任抬头看着林家钰笑着说："我可以帮帮你，这样你可以多卖点货，也就能早点回南昌。但是你不能告诉任何人，包括老赵。"陈主任便凑到林家钰耳边悄声授计："你去纽扣厂看看货，如果在生产你要的那批货的时候，你可以先拿出一些，就说是我们供销社要的。如果他们还问什么，直接让厂长打电话给我好了。"

陈主任如此体恤他的难处，还冒着风险帮助他，这把林家钰感动得眼泪直往下掉。到宁波这么长时间，这是他感受最温暖的一次。"谢谢"两个字哽咽在喉，他紧紧握住陈主任的手，微微颤动。

陈主任拍了拍他的手背，笑着说："老林，都是做了父亲的人，大家互相理解一下吧。你在供销社里做了这么长的一段时间，你是什么样的人我都看在眼里。好了，好了，没事了，你去忙你的吧。"

有了陈主任的暗中相助，林家钰的收入增加不少。又到了 15 号，这是给家里汇款的日子。林家钰在汇款单的留言栏里一笔一画地写着："晨晨，照顾好自己和妹妹。"想要叮嘱女儿的话太多太多，而留言栏只有一小格，千言万语汇成这 10 个字。

5

南昌，盛夏。

天上那一轮白得发亮的太阳加足马力炙烤着大地，如同一个巨大的蒸笼，不，不是，是烤箱。蒸笼里还有水蒸气，而南昌的夏天是炽热的。一个不足周岁的婴儿正在睡觉，年轻的母亲不停地给他哼儿歌、打扇子，可是宝宝依然热得浑身大汗，头发湿得黏在小脑门上，如同刚从水盆里捞出来一样。

林晨的姨妈——李洁，她到家里送钱来了。她有林家的钥匙，打开门看到只有林晨一个人在家，趴在桌上一动不动。李洁连忙上前，把林晨扶了起来，她的汗水把桌上的书本弄湿了一大片。林晨快快的，无精打采，脸色苍白，呼吸也不顺畅。李洁有些着急了："晨晨，你好像是中暑了。"她赶紧把林晨的衬衣扣子解开，放到床上平躺，端来一盆清水，不停地用清水拍打林晨的脸颊和双手，然后又用手指蘸了点食油，在她的脖子和后颈处用力揪着。不一会儿，出现了暗红痧点，李洁并没有停止，而是继续用力揪着，直到暗红痧点变成了紫黑色。

李洁这才停了下来，坐在旁边等林晨醒来。她早已浑身大汗，衬衣紧紧贴着后背，李洁喘了喘气，把后背衬衣拉开，不住地扇动着，这样可以凉快些。

过了好一会儿，林晨徐徐睁开了眼睛，看到李洁坐在身边有些惊讶，还有几分喜悦，虚弱地笑着问道："姨妈，你怎么来了？"

"哎，别起身，赶紧躺着。"李洁埋怨着，"还好我来了，要不你一直趴在那里，真要生病了。"说到这里，李洁眼圈红了："晨晨，不是我数落你。身体不好就容易中暑，你还在长身体，该吃的营养还是一定要吃的，不能省。"她握住林晨的手，拍着林晨的手背，语重心长："省不得呀——！"

"姨妈，我都吃了的。你也知道家里欠了别人好多钱，都要还的。一个鸡蛋就要九分钱，实在太贵了！如果我多吃了，我担心可能就还不上了。"林晨说话的声音像是蚊子叫，依然有气无力。

姨侄女如此乖巧懂事，李洁心里更难过，细声劝道："晨晨，这你就想错了。我们是一定要节省的，但是这个节省不是说连饭都省下来了，而是不该花的钱我们不浪费。你想想呀，如果你身体不好，生病了，不仅要花钱治病，而且你爸爸也不能在宁波安心工作，他只能回南昌照顾你。你这么一想是不是每天省一个鸡蛋省一碗饭太不划算了?!"

说到这里，李洁从裤子口袋里掏出几张早已被汗水湿透的"大团结"，递到林晨手里，说道："告诉你一个好消息吧，你爸爸在浙江那边做得可好了，就连主任都在帮他呢，现在他赚得比以前更多了。你爸爸打电话给我的时候，特意交代你一定要照顾好自己。"

林晨高兴起来，顿时精神了许多，数了数手里的票子，是比以前多了些。她一骨碌从床上坐了起来，说话的声音也显得中气足了不少："真的吗？我爸爸真是这样跟你说的吗？那太好了！从今天开始，我每天也会吃一个鸡蛋的。"

李洁也笑着点了点头，环顾了一下四周，问道："曦曦呢？怎么没看到她人？"

"她到楼上邻居家里玩去了，她说邻居家里新买了一台电风扇，她凑热闹去了。"林晨答道。

楼上邻居家里热闹非凡，大伙儿都围着一台电风扇看稀奇，叽叽喳喳地说个不停。邻居家的女主人一脸傲娇地站在电风扇旁边，头昂得高高的，紧抿着的嘴唇无法掩饰地露出一丝笑意。她一声不吭地接受着大家的恭维。那时候一台电风扇可金贵了，绝对的奢侈品。那可不是人人都买得起的，不仅要有票子，还得要有路子。全铝制成的华生电风扇，里面的各种小零件都是金属制作，一台风扇有十多公斤重，一个大人搬起来也比较吃力。

二人说话间，曦曦回来了。她的嘴巴翘得老高，能够拴头小牛了。看到姨妈来了也没有往日的雀跃，只闷闷地喊了一声"姨妈好"便躲一边去了。

林晨和李洁二人连忙喊她过来盘问缘由。曦曦这才很委屈地说楼上的小朋友只能让她远远地看一看电风扇，她想凑上前看仔细点，马上被小朋友的妈妈重重地打了一下。"你们看，还是红的呢，可疼了。"林曦伸出手，果然有几道红印。

李洁气不过，要去楼上理论："太欺负人，对一个小孩子下手这么重，电风扇哪有那么金贵，哪里看一下就坏掉了？"

谁知曦曦怕她吃亏，拉住了她，不让去。李洁心里一疼，想到早逝的姐姐，眼泪落了下来，说道："你们两姐妹都太懂事了，还是女儿好，懂事又体贴。哪里像你们姨哥，真真气死我了。"李洁抹了抹眼泪，看看天色已晚，便要去厨房做晚饭给她们吃。

林晨连忙溜下了床，不肯让她帮忙："姨妈，你还是赶快回去吧，家里还有很多事等你去做呢。再说我们两个人吃得很简单。"说到这里，林晨在李洁面前转一圈，还蹦了几下："你看，我一点事都没了。"

李洁笑着捏了捏林晨的脸，又叮嘱了几声，便回家去了。

吃饭的时候，林晨很认真地对林曦说："妹妹，以后姐姐会给你买一台最漂亮的电风扇。"林曦点了点头，稚声稚气地说："我知道，我不会再到楼上邻居家里玩了。"林曦歪着头想了想，突然笑了起来，说："如果我们家里也买了电风扇，我就请小朋友们来玩，他们每个人都可以看一看我家的电风扇，而且我要和他们一起吹着电风扇玩耍写作业。"

这一席话，说得林晨也开心地笑了。姐妹二人这顿晚饭吃得很是愉快。

姨妈的肺腑之言林晨记在了心里，她不敢拿自己的健康开玩笑，她明白了只有好好的才能更好地帮助爸爸，带好妹妹。

暑假，长达两个月的假期是孩子们撒野的黄金时间。在校园里禁锢了那么久，每天的作业做到深夜，没做完还要罚抄。多么痛苦。现在好了，从开学的第一天开始翘首盼望的假期已经来临，院子里的小孩活像从牢笼里放出来的野鸭子一样没日没夜地在外面疯玩。

可林晨却不敢有丝毫放松，两个月的暑假她把自己和妹妹的功课安排得与平日上学时一样忙碌。林曦很听姐姐的话，搬张小凳子在她的身边一起做作业。

小杏自上次一役惨败后，非但没有结仇，反而与林家两姐妹熟络起来。在院子里绕了一圈没有看到她们，便到家里来约曦曦出去玩。

林曦连连摇手："不行的，没有时间哦，做完老师的作业，还有姐姐布置的呢。"

小杏吓得吐了吐舌头。看到姐妹俩勤奋的身影，这种与院子里其他小孩完全不同的形为，不知为什么突然让小杏心生羡慕起来，虽然她自己也不清楚原因。就在那一刹那，她想成为林家姐妹的一份子。但是外面男生一声尖厉的呼哨，那种放肆的哄笑，小杏刚刚收拢的心又一下子散了。

她大喊一声"等等我"，忙不迭"噔噔噔"地跑下楼，与其他小孩一起装疯去了。

"姐姐，这些诗词我已经背了两遍了，为什么还要默写呢?"林曦的手有些酸，甩了甩，这样可以放松点。

"我们老师说学习就是一个不断反复加强印象的过程。"林晨转过头微笑地看着小妹，跟个小大人似的一本正经地说，"我自己也有这样的经历，一个英语单词，我重复得越多，越不容易忘记。"说完拍了拍妹妹的小脸蛋："听话，快去默写吧。"

而她自己的课业已经安排到把下个学期的主课都要预习一遍。

6

春寒秋暑，一眨眼几年的时间过去了。林家钰陆陆续续地把欠债都已经还清，无债一身轻，真好。更何况，他还有了一些积累。"苦日子终于熬到头了。"他想。有时，林家钰走在宁波的街头觉得树上鸟儿"啾啾"鸣叫都是在恭喜他。他的心情如同鼓满了风的帆，有一种久违的、饱满的、飞扬的情绪，激励着他，让他觉得世间是如此美好。两个小姑娘手拉着手从他面前嬉笑着奔跑而过，两张小脸就像向阳花一样盛开。林家钰停下脚步，目不转睛地、痴痴地看着她们，心里涌出一种说不出的酸楚与柔软，让他泫然而泣。马上就到腊月了，一进腊月，年关就在眼面前了。这次过年，他想早点回南昌，去陪女儿。

林家钰并不是供销社的正式职工，而且陈主任对他一向关照，只打了个招呼，他便回宿舍收拾行李了。

自母亲患病以来，这是林家姐妹过得最快乐、最富足的一个年。林晨和林曦兴奋得晚上都睡不着觉了。林家钰把带回来的花布头拿到裁缝店里做了新衣服，而且请师傅参照最时兴的款式来裁剪。她们穿在身上，在院子里大声笑着跑来跑去，恨不能全院子的小朋友都来分享这一份喜悦，两张笑脸如鲜花般绽放。小杏很羡慕地上前摸了摸纽扣，那是在南昌从来没有看到过的，像水晶般晶莹剔透，里面有一朵漂亮的小花，而且每一朵都有不同的颜色。

"哎呀，这也太漂亮了，根本没见过。你们看看我的。"小杏指了指自己的衣服扣儿，一水儿的黑色塑料扣，丝毫谈不上美感。

林晨开心得像朵花，并不计较以前她是如何欺负林曦的，慷慨地说："来，跟我来，到我家去，我记得好像还有几粒扣子没用完，你拿回去，等到做新衣服的时候再用。"

这让小杏惊讶得合不拢嘴，林晨也不理会，拉起她的手就直往家里跑。一路上小杏絮叨个不停："从今以后，要是有人敢欺负林曦，那就是欺负我，我第一个不放过他。"

与别家男人不同，林家钰一直擅长家务，特别是妻子患病以后，里里外外的事情他都包了下来。而且他给两个女儿扎的麻花辫子就像她们母亲一样扎得好呢，整齐又顺溜。林晨和林曦在学校里从来没有被同学取笑过。

这不，一到饭点，林家钰在灶台前忙得团团转，灯光在屋子里流淌着，温暖而明亮。他最拿手的就是油炸花生米，而且他是用猪油炸的，肥沃的香气在空气里弥漫、膨胀，一如这人世间的幸福，简单而微醺。下盐要下得重些，有时家里早上配稀粥的小菜就是它了。

吃饭的时候，林晨紧挨在父亲的身边，突然想着要是永远都不长大该有多好。这让她心里一阵酸楚："可是，爸爸终有一天是会老的呀。如果爸爸老了，我还没有长大，那爸爸也太可怜了。"

她抬起眼，看着父亲，定定地说："爸爸，我一定会让你和妹妹过上最好的日子。"但是最好的日子到底是什么样的日子呢？林晨心里并不清楚，反正比别人好就是了。

林家钰听到女儿的稚言稚语，笑了。这次回家过年，最让他开心的是姐妹俩的成绩出乎意料地好，在班上都是数一数二的。"没娘的孩子，太艰难了。"林家钰连忙别过脸去，不想让孩子看到他的眼圈红了。

他停顿了片刻，笑着摸了摸林晨的头，说："乖女儿，好，我等着。"

这时，林曦依偎着爸爸撒娇："爸爸，还有我呢，你怎么把我落下了，我也好厉害的。"

林家钰哈哈大笑，紧紧搂着两个女儿，朗声说道："好，爸爸等着。"

吃完饭，林家钰每个人给了20块的压岁钱："拿着，你们去街上，想买什么就买什么。"

"可是，还没到大年三十晚上呢，哪有这么早给压岁钱的，再说这也太多了，别家小孩最多只有两块钱。"

"干吗跟别人比，我们家是我们家，爸爸现在有钱了，如果等到大年三十哪里还有店开门哪，上哪买好吃的、好玩的东西去呀？"林家钰把四张大团结塞到她们手里："拿去，拿去，想买什么就买什么。"

姐妹俩分别捏着两张大团结走在大街上，对她们来说，这可是一笔巨款。就像突然一下暴富的富豪一样，她们不知道该怎么办了。因为想要拥有的东西太多，又太长的时间压抑着自己，所以现在可以拥有的时候反而不知所措。马上就要过大年了，每年过年都是一年中最美好的日子。她们在大街上漫无目的地走着，到处是熙熙攘攘的人群，大家像是"赶大集"一样在囤年货。店铺里不仅有鸡鸭鱼肉，还有南昌本地的特产点心，比如大麻枣、兰花根、灯芯糕，还有芝麻糖、花生糖、冻米糖等，各种年货摆满了大大小小的店铺的柜台。那个时代，物资稀少而匮乏，生产、储藏、运输、购买均十分困难，能吃个囫囵饱已是不易，难得吃个好的。肉类尤其少，有时只能作为一种佐料，切成丁儿提提味，如同贫困期的爱情，高贵而又难得。人们只有在过年的当口上图个热闹，可以吃饱喝足。在《醒世姻缘传》里有个财主，按说家里也有个几百亩地，可是提到日常伙食却写道："咱这小人家儿勾当，待逐日吃肉哩？"财主也是不能每天能吃到肉。所以，春节最兴奋的就是小孩子们了，平常想吃又吃不到的东西，想穿又穿不着的新衣服，都会在过年的时候统统实现。这是多么美妙的事情啊。

有一群人围在路边的一个角落里，随着"嘭"的一声巨响，一股白烟升起，香味立刻弥漫了四周。人们拍着巴掌哄笑了起来，小孩子们更是乐得直跳脚。林曦兴奋地拉了拉林晨的衣袖，雀跃地说道："姐姐，那是在打爆米花哩。"说着便拉着林晨的手跑过去钻进了人堆里。一个满脸醺黑的老汉戴着一顶破草帽，围着一条黑色的长围裙，在不停忙碌着。一个炉子、一个风箱、一台爆米花机，就是他的全部工具。老汉一边拉着风箱，一边把装好玉米的爆米花机放在熊熊燃烧的火炉上不停地转动着。爆米花最重要的是掌握火候，一炉米花爆得好不好吃，就看火候掌握得好不好了。随着老汉大喊一声"开炮喽——！"又是"嘭"的一声巨响，数不清的爆米花从黑乎乎的"炮膛"里，就像是一粒粒小精豆一样"蹦"到了一条长长的、大大的袋子里，原本瘪塌塌的袋子如同吹气球一样被吹得鼓鼓的。简直就是一场魔术表演，而且比魔术更勾魂。魔术不能吃，这一粒粒的爆米花别说小孩子了，就连大人也是爱吃的。

林晨林曦两姐妹也兴奋得直拍手。林曦馋得不行，以前院子里爆米花的时候，她只能远远地站着看。有一次林曦捡了几粒掉落在地的爆米花，一直舍不得吃，而是放在口袋里时不时地闻一下。直到原本硬邦邦、咬起来"嘎嘣脆"的爆米花逐渐变得绵软了，林曦才恋恋不舍地一天一粒地吃掉了。林曦兴奋得像只叽叽喳喳的雀儿，拉着姐姐的手一边摇晃着一边念叨着她也想吃爆米花。林晨笑着点了点头。她们很阔绰地爆了整整一炉，姐妹俩一块儿拎着那一大袋爆米花边走边吃。银铃般的笑声洒了一路。

　　幸福的时光就像手里的流沙，握得越紧消失得越快。尽管林家钰提早回家，可是仿佛一眨眼的工夫，两个小姑娘还没有咂摸出味道来，爸爸又要离开了。

　　对此，他们还开过一个小型的家庭会议，讨论到底要不要去宁波。李洁也参加了讨论。

　　"债都还清了，索性不要去了，两个孩子还小，要不就在南昌家里算了。"李洁作为姨妈，她是反对的。

　　林家钰颇为犹豫，因为离开太久，原来的那个单位还不知道能不能回得了。再说供销社的收入比起来那是太可观了。

　　屋子里一片静默，林曦依偎着爸爸不说话，她自然是不愿意父亲离开的。

　　见大家都不吭声，李洁又劝道："姐夫，我看你还是回来吧。"

　　林晨一直没开口，李洁用胳膊肘儿捅了捅她，仿佛在为自己寻找援军。林家钰也看着她，等她说话。

　　林晨挺了挺胸，她已经开始发育了，胸口的两只小白兔若隐若现。她缓缓地说道："我觉得爸爸应该去宁波，而不是待在家里。"

　　此言一出，其他三个人都愣住了。林晨并没有抬头，而是盯着自己的脚尖，她在认真思考。她接着说："我不小了，我已经15岁了。"说到这里，她顿了顿，又下意识地挺了挺胸，仿佛是在给自己鼓劲："以前那么艰难我和妹妹都过来了，现在我长大了，更可以把妹妹照顾好，妹妹也比以前懂事多了。"林曦把小凳子挪到林晨身边，环腰抱着姐姐，默不作声也是一种支持，"爸爸应该去宁波。如果爸爸在家里的话，我们到现在都没还清债呢。"

林晨一锤定音。林家钰年后又踏上了去往浙江的绿皮火车。

第二章　林家创业

1

在 1978 年 12 月十三届三中全会上，中国开始实行对内改革、对外开放的政策。1979 年 7 月正式批准了广东、福建两省在对外经济活动中实行特殊政策、灵活措施，对外开放成为中国的一项基本国策。1984 年 4 月，党中央和国务院决定进一步改革开放，同年 10 月，党的十二届三中全会比较系统地提出和阐明了经济体制改革中的一系列重大理论和实践问题，确认中国社会主义经济是公有制基础上的有计划的商品经济，这是全面进行经济体制改革的纲领性文献。林家钰身处宁波，感受尤其深刻。

大街小巷的高音喇叭在不知疲倦地做着宣传，供销社的那一台老旧的黑白电视机里正播放着关于改革开放的新闻。陈主任看得心潮起伏。林家钰走了进来，陈主任拿出一份宣传刊物给他，有几段还用红笔画了杠杠。林家钰看得仔细：

"企业活力的源泉，在于脑力劳动者和体力劳动者的积极性、智慧和创造力。当劳动者的主人翁地位在企业的各项制度中得到切实的保障，他们的劳动又与自身的物质利益紧密联系的时候，劳动者的积极性、智慧和创造力就能充分地发挥出来。我国农村改革的经验生动有力地证明了这一点。城市经济体制改革中，必须正确解决职工和企业的关系，真正做到职工当家做主，做到每一个劳动者在各自的岗位上，以主人翁的姿态进行工作，人人关注企业的经营，人人重视企业的效益，人人的工作成果同他的社会荣誉和物质利益密切相联。现代企业必须有集中统一的领导和生产指挥，必须有高度严格的劳动纪律。因为我们的现代企业是社会主义的，在实行这种集中领导和严格纪律的时候，又必须坚决保证广大职工和他们选出的代表参加企业民主管理的权利。在社会主义条件下，企业领导者的权威同劳动者的主人翁地位是统一的，同劳动者的主动性创造性是统一的。这种统一，是劳动者的积极性能够正确地有效地发挥的必要前提。"

……

林家钰还没看完，陈主任一把抓了过去，激动得说话都不利索了。他抖了抖手中的刊物，一双眼睛直瞪着林家钰，里面有一种从未有过的光芒在闪耀，对林家钰说道："看到没有，看到没有，我们以前碰到的、想不通的事情从此以后都会消失了。"说完这句话，他把刊物重重地甩在了桌子上，长长地呼出了一口气："太好了，太好了，实行计划经济同运用价值规律、发展商品经济，不是互相排斥的，而是统一的。"他像是在自言自语，又像是在对着林家钰说。

"价值规律，价值规律？"林家钰默念着这个闻所未闻的崭新名词，转头问道："陈主任，什么是价值规律呢？"

陈主任咧嘴笑了，说："价值规律就是跟着市场走，市场缺什么我们就生产什么！而不是像以前那样听从上级安排了。"他霍地一下从椅子上站了起来，速度之快，林家钰被他吓了一大跳。"这就对了，本来就应该是这个样子的！"陈主任一拳砸在了桌子上，兴奋地说。

林家钰也感染到了他振奋的情绪，但是突如其来的变化又让他不知所措："那我们是不是还跟以前一样了?!"

"暂时还没什么变化，毕竟文件刚下来，再往后就难讲了。"陈主任拍了

28

拍他的肩膀，笑着说，"我也不知道将来会怎样，但是供销社主任的这个位置我是不会再干下去了。"

林家钰还没有从上一个震惊里回过味来，又从陈主任的嘴里听到了一个更大的炸雷。直接站在那里，原地石化了，只剩下脑子一片"嗡嗡"作响声。

突如一夜春风来，千树万树梨花开。

仿佛是一夜之间，宁波的大街小巷里到处都是家庭作坊式的小工厂。林家钰每天走街串巷，哪里多了一家，是做什么的，心里跟明镜似的。他只觉得五花八门，做什么的都有，只要是与人有关的东西，就会有一家小工厂冒出来。"说不定哪天，飞机大炮都敢做了。"林家钰想到这里不由自主地笑了。

供销社新换了一个主任，以前的陈主任第一个吃螃蟹，辞职经商了。用他的话来说："等这一天等得太久，我已经 50 岁了，等不起了，此时不搏更待何时？！"

陈主任这番带有理想主义的、孤注一掷的豪迈，让林家钰激动得几个晚上没睡成觉，睁眼到天明。他差点也辞职不干了，跟着陈主任一块儿走。但是往深处一想，到底还是忍住了，因为他认为自己没有陈主任的底气。陈主任是宁波本地人，家底本来就很厚实，如果干得不妙至少有个退路。嗯，还不止一个退路。

而他就不行了。林家钰在心里琢磨着、权衡着、比较着：一是家底太薄，家里刚刚还清债，林晨和林曦姐妹俩除了身上的衣服稍微光鲜一点，家里一点像样子的东西都没有。不是不想买，而是买不起。二是负担重，两个女儿都在读书，上了大学以后开支只会更大。"唉，投不起呀，一分钱难倒英雄汉，万一创业失败了，我们一家三口全喝西北风了。再说如果政策又回到从前了呢？"想到这里，林家钰心里的那份激情浇灭了一些，开始安静下来。

"至少供销社一时半会儿还倒不了，能挣一个月就挣一个月。"他这样安慰自己。只是同时林家钰也留了一个心，时时关注着那些家庭作坊式的小工厂做得怎么样了。

2

　　林家钰还与以前一样走着街、串着巷，只是他很悲哀地发现，他的生意一天比一天难做了。以前的工资月月见长，现在是"王小二过年，一年不如一年"。噢，不，是这个月不如上个月，可以预见到，下个月又要缩水，还不如这个月了。

　　他和赵启祥捏着越来越薄的纸票从供销社的财务室里出来，已是日落黄昏。远处的夕阳把两个人的影子拉得很长很长，凭空地多了几分怅惘，仿佛应景似的。

　　"回去煮面条？"林家钰饥肠辘辘。

　　赵启祥恨恨地把路边一个小石粒踢到老远，才吁出一口气说："不去，天天吃清水寡面，烦不烦？"

　　他这样一说，林家钰也不知哪来的豪气，手一挥，说："也是，走，我们下馆子去。你说你喜欢吃什么，我请客。"

　　听到这话，赵启祥像是看到了外星人一样地看着林家钰，要知道林家钰在供销社里省吃俭用是出了名的。也正是因为大家知道他的困难，从主任到"科长"都对他关照有加。这让赵启祥有些不适应，推辞道："算了吧，哪能让你请客，要不，我请你吧。"

　　"这是什么话？说了是我请的，"林家钰学着赵启祥的样子掉起了书袋，"君子一言，驷马难追。"说完便拉起了赵启祥钻进了旁边的一个小饭馆。二人落座，也不等赵启祥开口，林家钰便自作主张地点了几样：豆沙八宝饭、三丝宴面、酒酿圆子，这是垫饱的。然后他又点了锅烧河鳗和彩熘小黄鱼两个荤菜，这是下酒的。

　　林家钰斟满自己的小酒杯，一句话也没说先干为敬了。然后把酒杯往桌子上重重地一放，长叹了一口气，说道："老赵，我到宁波这么长时间，头一次这么阔，你别跟我客气，随便吃吧。我也是第一次吃这些宁波有名的地方菜，不够再加。"说完接着斟了一杯，他又一口喝干。

赵启祥连忙按住他，不让他再喝了，说道："老林，你这是干什么？从来没见你这样，这么多菜，再加两个人都吃不完。唉，你别再喝了。这么个喝法，非醉了不可。"

"你让我喝，别拦我。"林家钰一把抢过小酒杯，又给自己斟上了，两眼醉意地盯着赵启祥，一脸的落拓，"现在是越来越少，至少还有得拿。你知不知道，我们很快就会没有收入，要回老家南昌的。"林家钰一口喝干，这时他的眼睛红了，断断续续地说道："你说说看，我的两个女儿怎么办哪？"他几乎哭了出来："这是在把我逼上梁山。"

赵启祥觉得诧异，没听出味来，问道："把你逼上梁山？什么意思，你的梁山是指哪里？"

林家钰把手中的小酒杯狠狠地砸在了地上，立时碎了一地的玻璃碴，吼了一声："我拼了这条命，豁出去了，我也要去办工厂！"

饭馆服务员听到杯子破碎的声音，急忙小跑了过来："这位同志，真是不好意思，你打碎了酒杯，是要按价赔偿的。"

林家钰一反常态，猛然一拍桌子，大声说道："赔就赔，这点钱算什么？我马上就是老板了。"他仿佛担心别人没听清楚，又站起来对着服务员大声重复了一遍："你知道吗？我马上就是老板了。"

赵启祥坐在那里嘴巴张成一个"O"形，合不拢了。

这真是一个日新月异，大干快上的世界。这是一个改革开放的新世界。整个宁波城焕发出前所未有的活力，每一个人都步履匆匆，似乎只要慢下了一步就会被抛出一大截。

3

　　林家钰在走街串巷的时候，有家文具加工厂准备转让。他一直犹豫着该不该接下来，这一犹豫，下次再去看的时候别人已经捷足先登，当老板了。现在又有一个家庭作坊式的小型皮草加工厂正在转让，林家钰不想再错过机会，打算接手。工厂的老板跟他很熟，答应带他一段时间，等他上手了再签转让合同。

　　皮草厂的陈老板这样对他说："你不要怕嘛，没做过皮草有什么关系？你看这宁波市里这么些个大大小小的工厂、老板，哪个是等到什么都会做了才当老板的？"陈老板让他坐下来，递给他一支烟："我跟你认识这么久，你什么都好，就是做事情太瞻前顾后了。要是都像你这样前怕狼、后怕虎的，多少老板都出不了世哦。"说着他掏出了打火机，替林家钰打着火，点上了烟。林家钰一声不吭，沉默地吞云吐雾，心里却翻江倒海，各种担心、害怕，齐齐涌上心头。陈老板见状，激了他一下："怎么样了，你还要考虑多久，你实在觉得自己不行，我就转让给别人了。"

　　陈老板这么一激，激出了林家钰一直隐藏在内心深处的豪迈气概。自妻子生病以来，他一直过得如履薄冰，胆战心惊。生怕哪里出了个小小的岔子，一家人就颠沛流离了。一双未成年的女儿，一笔重如泰山的债务，压得他每天心里沉甸甸的，喘不过气来。

　　林家钰狠狠地把香烟砸在了地上，抬脚用力碾了碾，仿佛是在跟自己较劲似的，转过身说道："陈老板，我豁出去这条老命，一定要把这个厂子办好。"

　　"老林，噢，不——，林老板！"陈老板从椅子上站起了身，拍了拍林家钰的肩膀，笑着说，"这就对了嘛，要办成一件事情没有舍出命去的决心还真的就做不成。你看看身边哪一个人不是这样过来的？如果什么都会、什么都搞得好好的，那还要他做什么？事情都是边做边学、边学边像的，上了手就上了道啦！"说到这里，他又拍了拍陈老板的肩头，说："别担心，不是还有我嘛，我带你一段时间，等你上手了再交接转让。"

正是下午四点钟的初春，还有些寒意料峭，但是阳光却明媚得很。天空白云朵朵，几只鸟儿从树梢间啁啾着穿越而过。路上的人们一扫大锅饭时期的拖沓与萎靡，而是精神饱满，步健如飞。这还用说吗？以前干多干少、干好干坏一个样，如今不同，能者多劳，多劳多得。

试问，这世间有几人会拒绝丰衣足食的好日子呢？

林家钰咬牙做出了决定。

就这样，林家钰当了林老板，在发家致富的康庄大道上迈出了关键性的一步。人生的意义大抵如此，只要走对、走好关键几步，大业可成。

4

当上老板的林家钰，从供销社的集体宿舍里搬了出来，吃、住都在厂子里，真正地以厂为家。

临行前赵启祥帮他收拾家当。说来寒碜，他来时一个包，走的时候还是同一个包。除了生活必需品以外，林家钰几乎不买任何东西。一件衣服可以从年头穿到年尾，一柄牙刷可以刷到秃毛。12000 元的转让费就是这样一分一厘一铜板积攒下来的。赵启祥拍了拍他的那个掉线开裂的帆布包，叹了口气"老林哪，"说着加重了语气，"林老板！"指了指裂口，说："都是个老板了，什么时候买个新包，这豁牙咧嘴的，拎在手里、走在外面，丢不丢人哪？再说新包也花不了几个钱。"

林家钰笑了笑，摇着头说："挺结实的，还能用，那就凑合着用呗，干吗还去买新的？"

赵启祥只好苦笑，拍着林家钰的肩头说："你呀，我觉得你就是当了大老板，发了大财，赚了大钱，估计你还能用这个破包。"

林家钰见他在打趣自己，斜了他一眼，手里也没停下来，回道："这还真被你说中了，我还真会用这个包，这个包可不破，我宝贝着哪。"说着这里，林家钰笑了："多亏了你呀，老赵，把我带到这里来。以后赚了钱，我不买包，我给你买个新包，而且是最贵最好的那种。"

"真的?!"

"当然是真的了，老哥俩，还能说假话呀。"

"好。苟富贵，勿相忘。"赵启祥又开始掉书袋了，林家钰赶紧把话岔开。

林家钰上手很快，只过了半个月，他就把皮草的取货和加工过程弄了个清透。他知道了水貂毛皮在 11 月下旬至 12 月上旬成熟，狐、貉和獾毛皮在 12 月上旬至中旬成熟。而且毛皮动物的取皮工作需经毛皮成熟鉴定后进行，严禁对毛皮尚未成熟的动物进行提前取皮。

陈老板有着浙江人的精明与守信，说好了带他一段时间再办交接，果然教得尽心尽力。两个月后，林家钰把加工厂盘了下来，做起了真正的林老板。一年下来，皮草加工厂逐渐走上正轨，林家钰按部就班地进货、生产、出货，像头不知疲倦的牛，一直停不下来。到年尾的时候，累了一整年的林老板盘了一次点，刨掉所有的开支，账上足足盈余了 14682.48 元。林家钰兴奋得手都有些抖了，"没想到，一年的时间就回本了。早知道创业当老板能这样赚钱，还在供销社里干耗什么? 真是浪费了大好机会。"要是照这个样子，一年接一年地赚下去，那会怎么样呢? 他心里像灌了蜜一样美滋滋的。

林家钰一个人待在厂里，工人早下班了。他是以厂为家，吃、住都在厂里，这样加班方便，还省了房租。暗黑的夜里，天边几颗星闪闪地发亮，一如林家钰现在的心情。他背着手在厂房里踱来踱去，摩挲着那些机器，心里快要乐开了花。

他想到了给赵启祥的承诺，第二天便把他叫到了办公室里，说是要给他买个新包，任赵启祥去选，他来付钱。赵启祥半年前已经从供销社辞职出来，在厂里与林家钰一起干了。

"这种玩笑话你也当真？哥儿俩说说笑笑而已，我早丢在脑后了，"赵启祥哈哈笑着，"谁还会记得这些话。"

"你不记得那是你的事情，"林家钰也笑了，用手指弹了弹自己的太阳穴，温和地说，"我可是都记在脑子里了。"他站起来，走到赵启祥的面前，拍了拍他的肩头："这头一年就能回本，我不也是要感谢你不是？"

"可是，家钰，"赵启祥说到这里，不由得顿了顿，正色道，"这工资和奖金我可一分不少地都拿了的。又给我买个新包，这，真没必要了。"

"为什么没必要？行了，行了，我说有必要那就是有必要了，别再跟个娘们儿一样叽叽歪歪的了。走吧，我们现在就去商店里看看，喜欢了就买下来。"林家钰说完拉着赵启祥出了门。

春去秋来，又是一年过去了。林家钰的日子过得按部就班，波澜不兴。就在这个时候他做出了一个大胆的决定，准备把工厂搬回南昌去。

"什么?! 我没听错吧？我们在这里干得好好的，怎么突然想到要搬到南昌？"赵启祥惊得忘了掉书袋，他有些着急地说，"南昌是我们家乡没错，但是我们一直在宁波工作，已经很熟悉这里的环境了，可以说宁波就是我们的根，现在突然一下搬到南昌去，厂房、工人等等这方方面面的事情，怎么解决，你考虑清楚了没有？"说到这里，赵启祥有些语重心长地拍了拍林家钰的肩，说："你不能意气用事，我担心到了南昌会水土不服啊。要知道我们是给自己打工，不是给别人，如果亏损那可都是亏自己口袋里的真金白银。家钰！林厂长！一定要慎重啊！"

林家钰坐在那里抽闷烟，赵启祥说得滔滔不绝也不打岔。眼看着烟蒂越来越长，他这才拿下来弹了弹，又接着吸。依然不说话。

赵启祥又拍了拍他的肩，这是在问他呢。林家钰长长吁出一口气，一口浓烟从他鼻腔里奔涌而出，一圈一圈地在半空中袅袅消散。他知道赵启祥说得句句在理，这些不是没有考虑。

"是啊！"过了好半天林家钰才点了点头，答道，"只是我一直在外地，两个小孩也没管到什么，想想孩子真是可怜。以前是为了还债，实在没有办法。现在晨晨都要高考了，我不能一心想着在外地，只为了赚钱。我应该回去陪陪她们姐妹俩。"说到这里，林家钰陷入了沉思："你说的这些，我想应该在南昌也可以解决。你想想，我们在宁波能做，为什么在南昌不能做呢？都是事在人为。再说全国都在改革开放，南昌不也是一样吗？"

赵启祥在他对面坐了下来，也点上了一根烟："那你是一定要回去了？"

林家钰点了点头。不再说话了。

赵启祥知道再劝也没用，也不再说话。两人沉默半晌。林家钰打破了沉默，试探着问道："你呢？要不要跟我一起回去？"

赵启祥毫不迟疑地摇头："我哪也不去，就留在宁波。没办法，习惯了。"赵启祥说完掐灭了烟头，扔在了地上。

5

南昌的盛夏一如既往的炎热。

不知怎的，林晨没有由来地烦躁起来。现在是高二下学期，虽然说离高考还有一年的时间，林晨心里却是非常郁闷，也非常紧张。总觉得明天就是高考了，有时半夜惊醒，梦里都是做不出来的题目，一道又一道空在那里，然后吓醒了。

"现在就紧张成这样，当真高考了，还不知道怎样呢？"林晨抹了抹额头的汗珠子，在暗夜里叹了口气。起身走到林曦的床边，她睡得正香，呼吸均匀而平稳。一看就知道在她的梦里什么都是甜美的。林晨又叹了口气，心想还是小孩子好，无忧无虑的，一切都很遥远，一切都可以从头再来。

她第一次感到生活力不从心，这是以前从来没有过的感觉。这让林晨自己也感到不可思议。几年前她一个 15 岁的小姑娘力排众议，力主父亲去宁波，而不是留在南昌老家，那时是多有信心啊。"我到底怎么回事？我这是怎么了？"林晨借着窗外的一星微光坐回自己的床边，问自己。窗外墙根纺织娘的叫声让她更加心烦意乱。

　　林晨考入的是省里有名的重点高中，与大多数学校一样，每天做的习题都能装订成册。这种学习压力是以前没有过的，每个月都要进行一次全校统考，每次统考还要全校排名。排名在年级走廊里张榜公布，而林晨越来越不敢去看那张成绩单了，尽管她的成绩在全校排名靠前。都是同学去看之后告诉她的。

　　林曦虽说长大不少，但毕竟是个小学生，自控力差。林晨不仅每天做三餐饭、洗衣、搞卫生，还要监督辅导妹妹的功课。她忙得晕头转向的时候，便想着有个人在身边，哪怕只是搭把手，她也会觉得轻松很多。林家钰打电话来的时候，林晨终于控制不住自己，在电话里放声大哭。

　　林家钰慌得手忙脚乱，忙不迭地安慰女儿，连声问到底哪里不舒服，林晨一直哭着不说话，后来迸出了一句："爸爸，我本来就没有妈妈，你又一直不在身边，我好累。马上就要高考了，我好怕。我好怕自己再努力也没有用，到头来同学都进了好大学，而我却什么学校也没考上，什么都没有。我怎么办哪？"说完又是一阵大哭。

　　这让林家钰心碎不已，觉得怎么安慰都是虚的，回到南昌、回到家里才是最安妥的办法。所以不论赵启祥怎样反对，林家钰也决意把工厂搬到南昌去了。在宁波是做得顺风顺水，但自己的小孩照顾不了，她们最需要父亲的时候不在身边，那么赚再多的钱又有什么用？再说宁波能开工厂，南昌为什么不能开？"一切都是事在人为。"林家钰在心里给自己鼓劲。

　　打定了主意，接下来的事情就顺了，找厂房、找工人等等。林家钰安排得有条不紊。他一天也不敢耽误，只想快点回到南昌，回到两个女儿的身边。

　　"林老板，这是我替你找到最实惠的厂房了，可以说性价比最高，不信的话，你可以去问一圈。如果不是的话，你尽可以来骂我。"中介在电话里拍胸脯保证。林家钰不是不相信他的话，而是一种职业本能，习惯货比三家。林家钰多方打听、委托，终于定下了厂房。他对这个位置很满意，离家近。面积600平方米，现在是足够用了，如果生产规模扩大，楼下还有一层，也可以租下来。通过这次租厂房，林家钰对南昌的经济有了个底，办工厂的人太少了！像这种中心位置的空置房，在宁波那是手里捧着钱也不一定租得到，早被人占完了。这让他陡然增加了信心，"我是南昌本地人，强龙还斗不过地头蛇？！在自己家里办个工厂还有什么好担心的。"林家钰对未来充满了希望。

林家钰一踏进家门，林晨、林曦两姐妹惊得目瞪口呆，都愣在那里没回过神来。他一直保密，没跟任何人说，想给孩子们一个天大的惊喜。可能惊喜来得太大太突然，林晨不敢相信这是真的，以为爸爸只是出差路过南昌，明天又要回宁波了。

"爸爸，你把厂子搬到南昌了？"林晨歪着头问，"是不是我听错了？！"

林家钰用力点头，说道："傻闺女，这老爸还能骗你，我已经站在你面前了。"林晨这才相信了，一下子扑在父亲的怀里抽泣着。林家钰心疼不已，他知道是高考把林晨压得喘不过气来。只得安慰："我知道你比其他同学要累很多，是爸爸没做好，现在爸爸回来了。你别胡思乱想，只要安心备考就成。家里有我哩。"谁知，父亲的几句话非但没让她平息，反而更委屈了，哭成了一个泪人儿，仿佛要把母亲去世后的悲伤统统倾倒出来。林家钰不再言语了，只让林晨哭了个痛快淋漓。

新厂的进展出人意料地顺利，各方面的配合默契，几条生产线马上就能投产。这让林家钰认为迁回南昌的这步棋走对了。

父亲的到来让林晨一下子找到了主心骨，不再像只小鸟那样彷徨无依，书还是一样地读，家务事还是一样地做，只是她心里的一块巨石顷刻之间搬走了，整个人无比轻松。林晨走起路来就像是脚底安了弹簧，一蹦一跳，像只快乐的小兔。马上就要高考了，林晨丝毫不敢怠慢，每天复习功课到凌晨，而子夜时分是林家钰从工厂下班回家的时间。

这天林家钰怀揣着一块热烘烘的烤肉烧饼，这是林晨最爱吃的，急急忙忙往家里赶。远远地看到家里的那一粒暖黄的灯，不由得加快了脚步。听到钥匙转动的声音，林晨转过了头，喊了声"爸爸"。林家钰从怀里掏出了那块烧饼，递给女儿："晨晨，这么晚了，饿坏了吧，快吃饼。"

林晨接过，有些烫手，一声小小的惊呼："爸爸，这么烫?!"

林家钰得意地笑了："那是当然，这得烫烫的才好吃，冷了就不好吃了。"

林晨一听，顿时肚子饿得咕咕乱叫，胃口大开，拿起烧饼大口大口地吃着，问道："真好吃，是在哪里买的? 远不?"

林家钰把外套脱下，顺手拂掉肩上的灰尘和皮屑，挂在门后的衣钩上，说："没吃出来? 就是你最喜欢的那家。"

"啊?!"林晨愣住了，"那么远，离家有好几条街，爸爸你是怎么拿回来的?"她把啃了一半的烧饼放在桌上，跑去掀父亲的衣服，只见林家钰的胸口烫出一块圆圆的红印，刚好烧饼大小。"爸爸，下次可别给我买烧饼了，都快烫破皮了。"林晨抱着父亲"嘤嘤"落泪。

"没事，傻丫头，爸爸没事。"林家钰拍了拍她的头，说，"其实我心里挺难过的，工厂刚刚起步，我必须在厂里，这么晚才回来，我没有帮到你什么呀。"

"只要爸爸在我和妹妹的身边，我们就是开心的。"林晨突然觉得不好意思了，赶紧把眼角一滴泪拭去。这么大的姑娘，都快要考大学了，怎么变得哭哭啼啼了? 难道这就是高考综合征? 以前听到有些师兄师姐变得脾气暴躁、爱哭，还在心里笑过他们，谁知自己也成这样了，林晨偷偷地吐了吐舌头："以后可不得随便笑话别人了，保不齐自己也是一样哦，那可笑到自己了。"她依偎着父亲，心里暗暗发誓，一定要考个叫得响的名牌大学，让爸爸高兴一下。

生产线终于可以投产了，林家钰拿起第一件做好的皮草大衣，有说不出的喜悦，这件皮草抱在怀里的时候像是自己的一个孩子。

6

因为林晨还有三个月就要高考，林家钰托她姨妈李洁请了个保姆，在家洗衣、做饭照顾姐妹俩。对此林晨是反对的，理由是厂子还没有正式投产，现在只有支出，没有收入。"爸爸，这请保姆的开销，我心里都是悬的!"但是父亲坚持要请，他不希望自己的女儿过得太辛苦了。以前他去宁波谋生，那是迫不得已，家里的债务像座大山一样压得他喘不过气来，如今虽说没有收入，怎么说也比那时好很多。"晨晨，不是爸爸说你，这些事情爸爸都会处理好的，至于钱的问题不是你考虑的，你要相信你爸爸，这个工厂肯定会赚钱。再说你只有三个月就要高考了，如果还跟以前一样回家做完家务做作业的话，人会很累的。"林家钰说得斩钉截铁，不容辩驳，林晨便没再吱声。唯有安心复习、备考。

这三个月过得很慢，每一天都在题海里跋涉得筋疲力尽，同学们叫苦连天，这日子什么时候才是个头?!这三个月又过得很快，如同一眨眼的工夫，高考已经临近了，同学们又连呼："怎么就要高考了，我还有几道题不会做，一些该背的也不太熟，万一考到了那就完蛋了。"林晨反倒有种如释重负的感觉，此前种种不适消失了。"该来的总会来。"林晨心里一片平静。老师把倒计时的数字改成了一个大大的"0"字，是的，明天就要高考了，离高考零天了。寒窗苦读十余载，都是为了这背水一战。

老师在讲台上一项一项地交代考场注意事项，同学们早已熟烂于心，已经听过 N 多遍了。老师依然不放心，无一遗漏地强调着。因为每年高考总有那么几个学生粗枝大叶，不是睡过了头，迟到，就是忘了准考证。"不让人省心啊。"老师讲得声嘶力竭。林晨安静地坐着，好像听进去了，又好像没有听，心里空旷而澄澈。

"终于要考了，太好了！"林晨一回到家里便把自己扔到床上，对着天花板长长地吁出一口气。林家钰今天到家特别早，他是在家等女儿放学的。

　　"看样子你很有信心嘛。"林家钰笑道。

　　林晨不好意思地笑了："哪里呀，反正都是考了呗，是骡子是马拉出来遛遛。"她一骨碌从床上爬了起来说道："着急也没用呀，索性就不急了。"

　　"要不要明天爸爸陪你去考场？"林家钰说道，"我想其他同学的父母应该会去陪考的吧？"

　　林晨"噌"的一下跳下了床，小小惊呼了一下，阻止："别，千万别去，别人是别人，我是我。你在考场外面等，我只会压力更大。"

　　这时林曦也回家了，她插嘴道："我也这样认为的，要是爸爸在外面等我，我都不能安心做题了。要是姐姐考砸了，全赖你哦。"妹妹的一席话逗得全家人都笑了起来，气氛格外轻松，完全不像是明天就要高考。

　　"今天当然是不复习了，那，"林家钰顿了顿，思忖着说道，"我们到外面去吃一顿，点上几个你们喜欢吃的好菜，放松放松，怎么样？"林家钰以为他的提议会让两个女儿欢呼雀跃，谁知都投了反对票，林曦说姐姐不用做作业，她还要做作业呢，而且今天的作业特别多。林晨说明天就要上战场了，想要早点睡，去外面吃饭浪费时间，不如在家。"好久没有吃爸爸做的菜了，要不辛苦一下爸爸，爸爸露一手吧。"面对两个女儿提出的要求，林家钰二话不说，连忙换上围裙，下厨了。

　　入夜，林晨以为自己会像同学们嚷嚷的那样睡不了，要靠安眠药来入睡，谁知她刚沾上枕头，听着窗外传来蛐蛐儿的叫声，很快进入了梦乡。皎洁的月儿高挂在天空，一轮清辉无边无垠地洒向大地，仿佛知道明天就是高考，连楼上小孩子也比平素安静，生怕惊醒了哥哥姐姐们的好梦，影响第二天的正常发挥。

　　林晨这一觉睡到大天亮，她梳洗完毕站在窗边默默祈祷："妈妈，再过两个小时我就要进考场了，你知道我最想读北大，你在天之灵一定要保佑我，保佑我考出好成绩。最好是超常发挥。"

林家钰起得比平日要早些，看到林晨已经起床，便拿出两个鸡蛋，剥了壳递给她。"爸爸，为什么没有牛奶?"林曦也出来了，问父亲。

"今天没牛奶，明天也没有，牛奶晚上喝，催眠。"

林曦"咯咯"地笑了起来，说道："姐姐，爸爸是怕你考着考着就趴桌上睡着了。"

林晨也笑了，嘴里塞满蛋黄，含糊不清地说道："我现在信心满满，你别说，我就是喝一斤牛奶我还是很精神的。你信不信，要不要我们打个赌?"

三个人说说笑笑地吃完早餐，一起出了门。在林晨考点大门口，林家钰似有千言万语，堵在心里却说不出来，只拍了拍女儿的肩膀，说了一句："好好考!"林晨一语不发，点点头走了进去。林家钰一直看着林晨的背影，直到她走进了教学楼，看不到了为止。林家钰慢慢转过了身，他并没有去工厂，而是找了个僻静角落，在那里等林晨。

三天高考，林晨就像是打了鸡血一样，精神百倍、沉着应战。当她做完最后一道题，画上最后一个句号的时候，她在心里如释重负。坐在那里边检查边等铃声交卷。窗外的蝉鸣，声声入耳，在她听来分外悦耳，仿佛是在为她欢呼似的。

林家钰厂里的生产线正式投产，第一个订单是160件大衣，还是以前的老客户。因为工人的技术还不够熟练，林家钰不敢怠慢，以厂为家，吃、住都在厂里。质量是工厂的生命线，只有质量上乘才有源源不断的订单。至于估分、填志愿，他充分尊重女儿的意见。林晨跟别家孩子不同，人家还在妈妈怀里撒娇的时候，她已经支撑起一个家了。

这批货时间定得紧，为了赶工期，林家钰两眼熬得通红。林晨要到厂里来帮忙，林家钰不让，只叫她管好妹妹。高考成绩出榜，林晨以全校第二的成绩名列前茅。一向沉稳冷静的她禁不住尖叫欢呼了起来，这下北京大学是十拿九稳的了。她回到家里等父亲，想把这个好消息告诉他，可电话都打了一下午了，却怎么也打不通。

林晨心里"咯登"一下，有些慌了，"怎么可能厂里一个人都没有呢?"这是从来没有过的事情。她交代了一下林曦，便去厂里看看。

远远地，林晨看到一股浓烟盘旋着滚滚而上，整个天空弥漫着一股焦糊味，呛得人喉咙直发痒。林晨不由得咳嗽了几声。她加快脚步，走得越近焦糊味越浓。她心里一沉，感觉哪里不对劲，便发足狂奔了过去。

只见工厂烧得只剩一个框架，林家钰——她的父亲，正要奋力冲进火海，希望能抢出点什么。林晨尖叫了起来，不顾一切冲上去拦腰抱住了他。可是林家钰拼力掰开她的手，回头大声嘶吼，如同一头暴怒的狮子:"不要拦我，放开，里面还有几台机器，我要去拖出来。"

这个七尺汉子嗓子嘶哑，一张脸又红又黑，红是因为大火烤红的，黑是烟灰熏的。嘴唇干裂出血，一双眼睛布满了血丝，仿佛只要眨下眼，就有两滴血珠流下来。

"爸爸! 爸爸!"林晨死命地箍住父亲，哭喊着，"你不能去呀，不能去呀。你冲进去了就出不来了。"说完她跪在林家钰的面前，抱着父亲的双腿:"爸爸，你不要去了，求求你了。我和妹妹没有妈妈了，如果没有爸爸，我们就成孤儿了。"说到这里，林晨把脸上的眼泪鼻涕一把擦掉，对林家钰决然说道:"爸爸，如果你一定要冲进去的话，我们一起冲好了。"

林晨松开双手，转身冲进了火海。说时迟，那时快，林家钰一把抓住了林晨的手臂，用力往后一拽。父女俩站立不稳定，同时跌坐在地上，两人抱头痛哭。

他们记不清是怎样回到家里的。

林家钰躺在床上高烧不退，嘴唇上满是血泡，已经三天三夜了。自从妻子患病后，这个男人就没有好好地在床上睡个安稳觉，没想到他这一睡就睡了好几天了，跟报仇似的。现在他躺在那里烫得像块烙铁。林晨、林曦两姐妹寸步不离地守着父亲，不停地更换额头上的湿毛巾。林家钰间或喊出一声:"水火无情，水火无情哪。"然后又转身沉沉睡去。

林晨、林曦二人泣不成声，一直喊"爸爸"。仿佛过了很长很长的时间，林家钰终于醒过来了，坐在旁边的李洁大喜过望，迭声说道："姐夫，太好了，你终于醒过来了。"她不停地抹泪："你不知道她们俩姐妹有多可怜，一直守着你，根本不敢睡，她们好害怕，怕你一直睡下去醒不来了。曦曦问我爸爸会不会跟妈妈一样，那她和姐姐就成没爹妈的孩子了。"说到这里李洁泪如雨下。林家钰木然地躺在那里并不接话，人是清醒了，身体虚弱得很，连摇头的力气也没有。他两眼无神地盯着天花板，眼里全是无可奈何的绝望。墙角有只蜘蛛在结网，林家钰呆呆地看着，心想："能做一只蜘蛛该多好，大火烧掉了再结一次网就行了，并不费力。可是大火烧光了厂房，我可怎么办哪，全部身家都在里面了。"

"老天爷为什么要这样跟我过不去？"他的心里狂风怒号。

"爸爸，你赶快喝点粥吧。"林晨从厨房里端了一碗粥出来，一边用汤勺搅拌着吹气，一边对父亲说道。林家钰一醒，林晨心里就踏实了。

"姐夫，就算你不为自己想，你也要为两个孩子想，这都是你身上掉下来的肉！"李洁说着接过碗便要喂他。林家钰咬咬牙，用力撑着半坐了起来，说："我自己来。"李洁的话触动了他，也确实饿了，咕噜咕噜风卷残云般吃了个底朝天。这下身上觉得有了几分力气。

林家钰转头对小姨子说："行了，我没事了，你家里也忙，你是家里的顶梁柱走不开，这我也知道的。我没事了，你回去吧。"

李洁看他的样子虽然无精打采，但说话还清楚。已经在林家待了老半天了，林家钰没什么大碍，李洁叮嘱了林晨林曦几句，便告辞回家了。

林晨坐在床头，一言不发地守着父亲。林家钰长叹一声："唉——，什么都完了。"

"爸爸，你为什么这样说呢，我们一家三口个个都好好的，怎么会什么都完了呢？"林晨为父亲打着扇子，窗外的蝉鸣一声一声传了进来，让人更觉炎热。林晨看了看父亲，禁不住笑着告诉了一个好消息："爸爸，高考分数出榜了。你知道吗，我是全校第二的成绩，老师说北京大学没有问题了。"

林家钰眼里掠过一阵惊喜："哦?! 真的吗? 太好了!"只是这道神采如同闪电一般瞬间即逝，立刻又暗淡无光了。他低下头，不再吭声，他想到了学费："这笔费用从哪里出呢? 我真是该死，不小心酿成大祸。"

父亲脸上的变化林晨都看在眼里，林晨也随之暗淡了下来。是啊，这笔学费家里还能拿得出吗? 可是她又是多么想去北京大学读书啊，那是她的梦想，是许多莘莘学子的梦想，而她如此幸运拿到了入场券。

拿到北京大学入学通知书的那一天，天空格外湛蓝，万里无云，阵阵南风吹了过来，让人觉得分外舒畅。林晨独自坐在院子的一堵围墙上，一阵风儿把她的裙子吹成一朵大大的喇叭花，树上的鸟儿不停跳跃着，"啁啾"地叫着。一位六七十岁的老奶奶推着一辆自行车慢慢走，车后座上安置了一个绿色的木质冰棒箱。她一边慢慢走着，一边很有韵律地用南昌话慢声吆喝着："冰棒咧，卖冰棒啦，红豆冰棒4分钱，绿豆冰棒4分钱，奶油雪糕8分钱。想吃冰棒的快来买呀——!"林晨很爱吃冰棒，特别是绿豆冰棒，可此刻就像没听见一样。她以为自己做出的这个决定会让她泪水涟涟，谁知却平静得很，心里没有一丝波澜。那几只鸟儿叽叽喳喳了一阵后，"嗖"地结伴飞走了。林晨痴痴地看着，直到它们越飞越高，变成了几粒黑点，消失得无影无踪。她心里不由得艳羡："还是小鸟最自由，自己有翅膀，想飞哪里都可以。"

林晨恋恋不舍地把眼光收了回来，抽出那份通知书，轻轻抚摸着那四个红彤彤的大字"北京大学"，一遍又一遍，一遍又一遍。然后她木无表情地把通知书撕碎了。手里捏了一把的碎纸屑，本想往空中一扬，林晨突然想到了什么，跳下了围墙。她找到一株开得最好的月季花，在花下徒手挖了一个小坑，把碎纸屑埋了进去，覆了泥土。"18岁了，我已经18岁，我成年了! 我不能再用家里的钱了，我要开始赚钱养家。"林晨低头对着那个小坟包轻声说。

林家钰又休息了几日，人的精神气好多了。一场大火把什么都烧没了，林家钰如同一个失业者一样待在家里无所事事，他做出了颇为大胆的一个决定。把全部身家押上，把家里这套唯一的房子抵押出去在银行贷款，重建厂房。林家钰心里在微微发颤，如果失败了，那就无家可归、流离失所，他和两个孩子只能在八一大桥的桥洞里与流浪汉一起风餐露宿。"所以只能成功，不能失败！"林家钰一拳打在墙上，打得墙体剥落，打得自己皮开肉绽，鲜血淋漓。他这样孤注一掷，并非意气用事，更不是赌一把的赌徒心理，而是他相信自己判断是正确的。改革开放已经成为铁板上钉钉的事情，不可能更改，更不可能回到以前的计划经济了。一切从市场出发，从人民群众的需求出发，以前计划经济下物资极度匮乏，被压抑得太久，一旦破冰，释放出来的市场需求量是很大很大的，大到难以想象。尤其是关乎人们衣、食、住、行这些生活必需品方面，会有一个井喷期。林家钰在宁波供销社跑业务的时候，对这一点看得太清楚了，就连一粒小小的扣子都求而不得，有钱也买不到。那么饱受短缺之苦的国人只要打开闸门，从中产生的利润该是多么可观。林家钰说干就干，一刻也不耽误，翻箱倒柜找出了房本，下午就去了银行办贷款。

邓小平说过："让一部分人先富起来。"当时这句话瞬间就传遍了全国，林家钰觉得自己就应该是属于那部分先富起来的人。

有房产证抵押，银行放款要顺利很多。林家钰不喜欢坐在家里干等，哪怕只剩下走例行程序了，他也会每天过去坐一坐。赔着笑脸，递上一根香烟，打听一下进展到哪一步了。只两三个月时间，银行贷款到账了。林家钰心里轻松不少，想着自打工厂烧光了以后，家里的气氛特别沉重，两个孩子不敢多说一句话，连大气也不出。他觉得愧对她们，便在回家的路上买了一些好菜，让林晨、林曦姐妹也高兴高兴。

他给林晨、林曦夹上她们最喜欢吃的菜，问道："晨晨，你看我都忙糊涂了，你应该拿到通知书了吧，什么时候去北京大学报道？爸爸可能没时间送你去北京，但是可以送你去火车站。"说到这里，林家钰展颜一笑，这是他第一次有了笑容。

林晨听了，不由得手颤了起来，并没有接腔，而是问父亲："爸爸，你今天难得高兴，银行贷款是不是拨下来了？"

林家钰点点头："还是父女连心哪，一下就被你看出来了。今天到的账。"但他没有告诉是用房产证抵押的。两个孩子还小，没必要替大人承担焦虑，何况什么忙也帮不到。

林晨见林家钰不肯说出抵押了房产证，当着妹妹的面也不好说什么，曦曦还小，现在她的主要任务是把书读好。

林家钰见她没有说话，便又催问了一次："晨晨，你没有听见爸爸的话吗？爸爸问你呢，什么时候去北京。"

林晨食不知味，她在斟酌怎么说，一边扒着饭粒一边迟疑地开了口："爸爸，我不想去读大学了，我要去厂里上班，帮你把厂子办起来。"

林家钰大惊，筷子都没拿稳，几乎掉在地上。过了半晌才反应过来，直直地瞪着女儿，一字一顿问："晨晨，你在说什么，能不能说得清楚一些？"

林晨索性把碗筷重重地放在桌上，大声说："我是说我不想去读大学了，我要去厂里上班，我要把厂子办起来。现在听清楚了没有？"

林家钰也放下了碗筷，"霍"地站起了身，在房间里焦躁地走来走去，连说话都不利索了，只是说要她说出原因来。

林晨很决然，斩钉截铁："没什么原因，就是不想读了。"

"你是不是在担心学费的问题，爸爸在银行里贷到了款，我们可以省着用，至少你上大学的费用是不会少的。"林家钰觉得自己的心都快跳出来了，"晨晨，你不能太任性，你长大以后会后悔的。"

"我已经18岁了，我是成年人了，知道自己在干什么。"林晨也站起了身，决然又绝然，"我不会后悔的。"

林家钰脸都红了，长叹一声说："晨晨哪，你就是太犟了，一个姑娘家怎么可以这么犟啊？！你这样以后会吃亏的。"

林晨梗着脖子不理他。

林曦看着爸爸和姐姐两人闹得不可开交，慌了神，连忙拉拉这个，劝劝那个。林晨一直忍住的眼泪，如同决堤一般一倾而泻，哭着喊道："你以为我想啊，但是家里现在这个样子，你要我在北京怎么安得下心来读书呢？难道要把家里拖垮吗？一场大火已经把我们家烧得一贫如洗了。再说曦曦还要读书呢，家里怎么负担得起？"说完伏在桌上放声大哭，仿佛要把连日来所有的委屈倒出来。她又何尝想要如此坚强，都是迫不得已。年幼时母亲病逝，父亲远走他乡打工还债，她自己还是个孩子，却要学着妈妈的样子带好妹妹。好不容易爸爸回南昌办厂，生活刚走上正轨，又被一场大火烧个精光。林晨何尝不希望有个肩膀靠一靠，但是没有啊，只能逼着自己成为一个肩膀。林曦依偎在姐姐的身边，环腰抱着她，脸庞紧贴着姐姐的后背，低声啜泣着。林晨转过身抱着妹妹，二人泪流不止。

林家钰重重地叹了一口气，再也不说什么了。这顿饭大家都吃得味同嚼蜡，食欲全无。一桌好菜早已冷了，如同家里的气氛，降到冰点。

7

林晨与父亲一起忙着重建工厂。

她上手很快，很多事情只要林家钰示范一次，就做得井井有条了。一个月以后，装饰一新的厂房耸立眼前。父女站在大门口，相视一笑，林家钰问道："工厂还没有名字呢，你给取个吧。"

林晨笑着点点头，沉思片刻，对父亲说道："安佳公司。"

林家钰也笑了，说："我们是工厂，怎么成公司了？"

"爸爸，"林晨转头正色道，"我们现在是一家很小的小工厂，但是几年后我相信我们就是一家大公司了。我们要有信心。"

林晨一锤定音。

林家钰手把手地讲解皮草大衣制作的每个流程，林晨听得专心致志。安佳公司的工人都到位了，林家钰在浙江接到了一个订单，虽然量不大，只有60件短褛，但是林家父女喜出望外，认为这是劫后重生的第一个机会，意义非同一般。

"爸爸，这个订单我来负责。"林晨抱着父亲的手臂，说，"你在旁边看。"

"那当然好啦，你只是耳朵听我说，自己没有实打实地操作一遍的话，始终是雾里看花。"林家钰笑着拍了拍她的肩膀，说道，"这张订单就交给你了，我在旁边。"说到这里，林家钰又拍了拍林晨的肩，鼓励着："女儿别怕，有爸爸在呢。"

为了保证质量，林晨几乎到了苛刻的地步。每一件衣服都按照要求严格制作，一点都不偷工减料。熬了两个星期的通宵后，订单完成了。林晨回家美美地睡了个觉，第二天，她跟林家钰说，准备自己送货去浙江："这样我也可以顺便结识一下黄老板。"

林晨的劳累，林家钰都看在眼里，心疼不已："不是我不放心你去，而是你太辛苦了，你才多大呀，你的同学还在学校里上课、谈恋爱。"林家钰要她在家里好好休息，他去送货。林晨执意不肯，二人相持不下，遂决定父女俩一起去，在路上也好有个照应。

黄老板戴上老花镜拿起皮草短褛仔细检查。他是行家，自然明白考验一家制衣厂的做工，最容易露馅的就是内衬，因为是穿在里面，很多厂家为了节省时间赶工期就会粗制滥造。黄老板熟练地把皮草翻转过来，拉直一看，心里赞叹不已。整件衣服的内衬针距3厘米为14针，每个拼接部位先合暗线、再压明线。而且线路均匀、顺直，车线跟布色直观处也没有接线、跳线和抛线，整件衣服没有杂色线。

黄老板是个老江湖，轻易不动声色。虽然心里赞叹，但是脸上依然绷得紧紧的，看上去还有几分严厉，仿佛他已经发现了差错。林晨毕竟年轻，看着他如此严肃，心里开始打起鼓来。她站在父亲的身旁，连大气也不敢出。

袖口的缝制更见功力。这个订单的衣袖加了袖衬，有一定的难度。黄老板取起衣袖眯着眼睛在灯光下仔细检查。压的是 3 厘米与 2.5 厘米的宽单线，而且宽窄一致，袖内按要求夹车面织带打了四合扣，这四合扣也钉得有板有眼，纹丝不乱。

他摘下老花眼，终于露出一丝久违的笑容。林晨一直忐忑不安地盯着黄老板，看到他的微笑，悬在嗓子眼儿的心终于放下了，林晨从黄老板的笑容里看出了对质量的满意。她低下头长长地呼出一口气，然后对黄老板粲然一笑。

黄老板笑眯眯地看了看林晨，转头对林家钰笑了说："这次的质量很不错哦，我感觉比你以前做得更好了。以后我手里的订单都会发到南昌去，你多多操心吧。"还没等林家钰接腔，他笑着指了指林晨，问道："这个小姑娘是你什么人哪？"

林家钰趋前一步，介绍道："是我女儿，林晨。这次订单都是她在做。"

林晨见父亲如此说，心里觉得不好意思了。因为是父亲在身边寸步不离地监督，如果只是她一个人的话，是不可能做得这么好的，毕竟毫无经验。

林晨马上也趋前一步，微红着脸对黄老板解释："不是的，是我爸爸他……"

没等林晨说完，林家钰打断了她的话，对黄老板再一次强调："是我女儿做的，她挑的大梁。"

黄老板哈哈大笑，拍了拍林家钰的肩头，说："你们父女俩真有意思。"他又拍了拍林家钰的肩膀："老林哪，噢，不，林总，我还挺羡慕你的，有个这么好的女儿。"说到这里，叹了口气："不像我那个不争气的儿子，一天到晚就知道在外面跟一些流里流气的小混混在一起玩，也不晓得到厂里来帮一下我。"

林晨笑了，安慰道："黄伯伯不用担心，哥哥他只是还没有长大，男孩子是要比女孩子晚成熟一些，这是没有办法的事情。再过些时间就好了。"

林晨的一番话让黄老板心里很是舒服，虽然他自己嘴里抱怨儿子，但是并不希望其他人也一样的认为。黄老板对林晨笑着点了点头，转身对林家钰夸道："你女儿的一张嘴很会说话，听得人心里高兴。"黄老板边说边收拾着桌面，转头嘱咐工人把这60件短褛全部整理好，放到仓库里去。然后拉着林家钰出了厂区，执意要请林家父女吃饭。

林家钰推辞了几句，见黄老板脸上有几分不悦，便恭敬不如从命，和林晨一起跟着他去饭店了。

在等上菜的时候，林晨把心里的好奇说了出来，问了黄老板一个问题："黄伯伯，在我们南昌几乎看不到什么人穿皮草，黄伯伯认为什么样的人会买这么贵的衣服来穿呢？"

黄老板一听便笑了，并没有马上回答林晨的问题，而是对林家钰说道："老林，你这个女儿很会想问题，你有这个女儿可以高枕无忧了，她以后会有大出息的。"黄老板并没有回头，用食指点了点林晨，说："只要过个几年，林总是你女儿，你可以退居二线了。"说罢两人哈哈大笑。

林家钰接着谦虚的道："她一个小孩子不懂事，乱说话的。"

黄老板并没有理会林家钰的谦虚，而是转过来跟林晨探讨："你的这个问题很有意思，在南昌没什么人穿皮草，其实现在浙江人穿得也少。"

林晨瞪大眼睛听，等着解开心里的疑惑。黄老板继续说："是啊，那卖给谁呢，黄伯伯的仓库里不仅仅只有你们做的这60件，还有其他订单。"这时服务员端上了一盘彩熘小黄鱼，黄老板把菜盘往林晨面前推了推，示意她多吃点："你爸爸在宁波待了很长时间，这些本地菜他都吃过了，你是第一次来，快趁热尝尝，凉了味道就要打折扣了，没那么好吃。"林晨很听话地夹了一块鱼肉放在自己碗里，尝了尝，笑着说："真的很好吃。"黄老板听了很高兴，便又夹了一些放在林晨的碗里，林晨笑了："伯伯还没有告诉我，是什么样的人会买皮草哩。"

黄老板不禁转头对林家钰笑道："你女儿吃着好吃的东西，也没有忘记谈业务。"他很欣赏这个年轻人，便告诉林晨皮草主要是销往欧洲北部："那些外国人比我们有钱多了，舍得花钱买好衣服、贵衣服。再说他们那里比我们要冷得多，皮草在那里用得上。"说到这里黄老板轻叹了声："唉——，我们国家太穷了，谁舍得花这么多钱穿这么贵的皮草大衣呀？穿得暖和就成，还谈什么好不好看哪。"他的一通大实话，让大家都笑了起来。

林晨还有一个疑问，看上去黄老板的生意很不错，似乎制作出来的皮草都能卖掉："他们自己国内不生产，难道就没有其他渠道了吗？为什么要在中国进口呢？"

黄老板大为惊异，这个问题可不是一个坐在书斋里的小孩子问得出来的。不由得对林晨刮目相看，对林家钰说道："你家这个丫头不简单，很会想事情，而且想得很深。"黄老板有种提携后辈的热心，一语道破天机。他告诉林晨："国外的人工很高，特别是欧美地区，我们一个工人的工资只有他们的十分之一，甚至还没有。所以我们的售价比他们生产出来的东西廉价多了，你想呀，同样一件衣服，你能用100块钱买到，会不会出1000块呢？"

林晨笑着把头摇成拨浪鼓："怎么可能?! 凭什么要多花900块！我可以买10件哩，每天换着穿，想想都很美。"黄老板一拍桌子，说："对呀，所以我仓库里的货都能卖掉，还供不应求。"

这顿饭让林晨吃得有滋有味，她觉得自己与同学完全不同了，她成为一个大人，与商界能人坐而论道谈业务了。林晨与社会的快速融合，紧贴着形势的发展脉搏大踏步往前走，这些欣喜冲淡了与北京大学失之交臂的忧伤。她信心百倍，她野心勃勃。一幅美好的画卷在她面前徐徐展开。林晨觉得自己将会拥有一个广阔而灿烂的未来。在回去的路上，道路两旁的栀子花散发着迷人的芬芳，沁人心脾。林晨深深地吸了一口，好香。她有一种"我心飞扬"的欣喜，如同鼓满了风的帆一样饱满。林晨嘴角挂着一丝若有若无的微笑，轻轻地吐出一句话："天高任鸟飞，海阔凭鱼跃。"

林晨突如其来的一句话让林家钰吃了一惊："晨晨，你一个人在嘀咕什么呀？"

林晨依然沉浸在一种异样的兴奋中，心不在焉地答道："哦，我没说什么呀。"林晨停下了脚步，对父亲绽放出了一个灿烂的笑容，问："爸爸，既然黄老板能直接跟外国人做生意，你说我们安佳公司可不可以呢？"

女儿这个初生牛犊不怕虎、极为大胆的想法，让林家钰石破天惊一般吓了一大跳。他慌忙阻止道："晨晨，你想得太多了，一旦黄老板知道我们要甩开他，以后他的订单都不会再交给我们做的。"林家钰语气急促，似乎女儿的这番话招来的是只张牙舞爪的老虎，张开了血盆大口要吞没这个孱弱的家庭。他要打消林晨的念头："我们刚刚起步，重建厂房的钱还是把我们住的房子在银行里抵押贷到的款子，底子太薄了。我们不能有非分之想，只要把每个订单做好，黄老板他们高兴了，以后订单会源源不断地发过来。"林家钰抓住了林晨的手，语重心长："你还太年轻，许多事情不知道轻重，这些我都能理解。但是你要明白，一口饭是吃不成胖子的。我们安佳公司不能得罪黄老板他们，他们是一个整体，得罪黄老板，也等于得罪了他后面的那一大群人，他们手里的订单资源比我们丰富得多，胳膊是扭不过大腿的。当务之急是要把银行贷款给还上，要不然银行还征收房子，我就要带上你和妹妹去八一大桥睡桥洞了。"说到这里，林家钰拍了拍女儿的手背，他有了几分心疼："你有这个想法是好的，年轻人就是要敢想敢干，但是一定把握住分寸。否则别人都在大口大口地吃上肉了，我们在旁边干瞪眼，连口汤都喝不上。那我们抵押的房子，你放弃北京大学的入学机会都成了一场泡影了。"他又拍了拍林晨的手背，安慰道："好了，好了，以后这些事情不要再提了。"

林家钰信奉的是"小心驶得万年船"，对于只拿一份固定工资的职员来说是可以的，但是身处商场就不行了。"稳"字当头，自然是要紧的，可是敢闯敢拼更重要。商场如战场，你裹足不前，犹豫不决，别人早已攻城略地，捷足先登了。再者"富贵险中求"，能在商界扬名立万、于激烈竞争中拼出一条血路的，无一不是抱着"我不入地狱，谁入地狱"的决心。只要"摸着石头过河"蹚过去了，没有被水呛死，就是"城头插遍大王旗"，成为人生赢家。

父亲的话就像一盆冷水，兜头泼了下来，把她的满腔热情浇了个七零八落。仿佛林晨是个小偷，在窥觎着一个不应该属于她的东西，这让她又羞又恼，白皙的脸蛋涨得通红，只不过夜幕四合，林家钰看不清楚罢了。林晨不由得提高了嗓门儿为自己争辩："爸爸，你就是畏首畏尾，这也怕，那也怕的。你想呀，黄老板从国外接到订单，再发给我们安佳来做，外商付款是付给黄老板，不是付给我们的。黄老板肯定会雁过拔毛，会赚笔钱的。我们把黄老板在我们身上赚到的钱，让出一半给外商，难道说外商还有不乐意的？爸爸你想想，我们做得这么辛苦，我都半个多月在熬夜了，没睡好没吃好，结果劳动最多的赚得最少，这不公平。"林晨把脚下边一粒小石子踢到老远，愤愤不平，"爸爸，凭什么呀？不管你怎么说，黄老板能做到的事情，我们安佳公司同样能做到，甚至会比他做得更好。我林晨还不信这个邪了。"说完林晨气鼓鼓地甩开父亲，一个人"噔噔噔"地跑回旅店里，倒在床上，用被子蒙着头，不再搭理父亲了。

整个夜晚林晨辗转反侧，难以入眠，一直想着直接与外商对接的事情，但是她却茫然不知头绪。天空露出一丝鱼肚白，黑夜在慢慢消散，几颗晨星挂在天际，明明灭灭。天快要亮了，林晨苦思无果。也认为爸爸说的话，他的担忧是有一定道理的。路要一步一步地走，饭要一口一口地吃，什么事情都急不来的。想到这里，林晨一颗焦躁不安的心渐渐平复了下来，一阵浓重的倦意铺天盖地席卷而来，将她整个淹没。林晨打了一个哈欠，伸了个懒腰，翻了个身，面对着墙壁，酣然坠入了梦乡。

从浙江回到南昌以后，林晨不再纠缠直接跟外商做生意的事情。她知道以他们安佳的实力根本无法与黄老板抗衡，但是她心里也清楚了一点，安佳公司的业务订单是不稳定的。安佳完全依附在黄老板的身上，黄老板给安佳发一个订单，安佳才有钱可赚，否则就揭不开锅了。黄老板才是活水之源，是安佳的衣食父母。

"如果说黄老板找到一家做工跟安佳一样好，价格比安佳更低廉的工厂，那我们怎么办？"林晨这样问自己。她摇了摇头，没有任何办法。林晨在心里暗下决心，为黄老板做嫁衣裳只是权宜之计，终究是要与外商直接对接的，这样才有更多的主动权，才不会完全受制于人，任人摆布，但是现在不行。

林晨在工厂里兢兢业业，认真对待每一个从浙江发过来的订单，就像是他们做的第一个60件皮草的订单那样，丝毫没有松懈。暗地里却在做着准备，回到家里便读英语，尤其是加强口语对话能力与阅读能力。只要一摸到书本，林晨心里就会有一种说不出的兴奋，有一种亲切感。觉得自己也在学习，并没有被同学落下。这让她更加充实而愉快。

就在林家父女按部就班的时候，发生了一件事情，将平静的生活打乱。

黄老板越来越喜欢林家的这个长女。他每次发往南昌的订单，没有一次是让他操心过的。不像是其他生产厂家，总会出些小毛病。或者没有按照合同生产件数，或者到货晚几天，线脚不匀净那是家常便饭。严重的直接跳单，不做了，工钱也不要了。黄老板气得直呼无奈。渐渐地，往南昌安佳公司发过去的订单越来越多。多一事不如少一事，安佳的生产质量让人放心，那就让安佳做好了。毕竟没有人会跟自己过不去。

他看看自己那个不争气的儿子，越看越生气。再看看林家的闺女，越看越欢喜。突然间，黄老板有了一个想法。

安佳的业务量越来越大，林晨不太去浙江交货了，她主要留在公司里监督排产，抓质量。至于出差、交货的事情，交给爸爸了。这次的订单时间压得特别紧，量也比平常多，林晨也只能像父亲那样，以厂为家了。她双眼熬得通红，好不容易赶出了货，便回家睡一下。林家钰一个人去了浙江。

林家钰像往常一样，在仓库门口与仓管老李核对、验货。黄老板远远地跑了过来打个招呼，拉起林家钰就走。林家钰猝不及防，手里还抓着交货清单，嘴里直嚷嚷："哎，哎，黄老板你是怎么了，我跟老李还没对完呢，什么事情这么急呀？"

黄老板哈哈一笑，朗声说道："老林，林总，你就放一百个心好了，有老李在，他会安排得妥妥当当。"黄老板拉住他的手，并没有停下脚步，边走边说:"你好久都没来了,咱哥俩儿去喝上一杯。"

林家钰一心惦记着单子,只想赶快交完货、验收无误了也好早点回南昌。谁知黄老板不管不顾地拉着直奔一个饭馆,他早已在楼上的雅座包厢里订了座。刚一落座,黄老板便殷勤地替林家钰斟上了一杯茶,说:"老林,咱哥俩儿聊聊天。"这让林家钰有些受宠若惊,要知道黄老板是安佳公司的大客户,"客户就是上帝",中国改革开放以来,这些新名词、新观念渐入人心。林家钰慌忙站起身来,礼让道:"应该是我来请黄老板的,哪有黄老板请我们的,等下由我来买单。"他端起茶壶往黄老板的水杯里也倒上了茶,说:"都是黄老板对我们关照有加,我们公司里的贷款月月都能按期还上,我们很谢谢黄老板的。"

"哎哟——,林总这样说那就太见外了。"黄老板推让着、客套着,其实心里受用得很。他笑嘻嘻地说:"怎么样了,厂里的生产还能安排得过来吧。如果你们能吃得下的话,我这里还有几张订单,都发给你们好了。"

林家钰喜出望外,连连致谢:"那太谢谢黄老板的关照了。"

黄老板又笑了:"也不全是我在关照你们,你们的生产质量确实没得挑,不像其他厂真是气死我了。"

林家钰听到黄老板如此说,心里自然是高兴的,眼睛笑得眯成了一条缝,说道:"那都是我闺女,她对质量是看得很严的。"

"你有这么个闺女,真是省心很多,我很羡慕啊。要是我也有个这样的闺女该有多好啊!"黄老板马上接上了话茬儿。

林家钰江没有觉出味来,只是谦虚:"哪里,哪里,黄老板也很好呀,小孩子嘛贪玩也很正常。是你太着急了。"

这时服务员递上的菜单,黄老板点上几个两人爱吃的菜,递回服务员,示意她出去并把包厢的门带上。"你说得也有道理,不过我儿子人是还不错的,只是太贪玩了点。如果说给他成个家,就像野马套上鞍,你说我儿子是不是会好点?"黄老板像是在问林家钰,又像在自言自语。

林家钰频频点头："嗯，你说的是这个理。"便低头喝闷茶，不再接话了。

黄老板点上了一根烟，吞云吐雾间看着林家钰，林家钰也沉默着，他便没有说话了。他在心里盘算着怎么开这个口。一时间两个人不言不语，这时服务员推门进来打破了沉寂，上了一道菜——鱼头浓汤。这是当地名菜，汤呈奶白色，油润、嫩滑。

黄老板给林家钰盛上一碗鱼汤，说："这笔订单的货款我马上让财务付给你们，后面的几个订单我也会发到你们安佳。"说到这里，黄老板话锋一转，索性挑明了："老林哪，我们是老朋友了，有些事情我也就不瞒你了。老实说我真是太喜欢你家闺女了，如果我们能结成亲家，那不是好上加好、喜上加喜吗？"他给自己盛上一碗，连接着喝了几口，润了润嗓子，接着絮叨："你要知道我只有这么一个儿子，我拼死拼活都是为了他，如果你女儿嫁过来，整个家都是晨晨的了。你觉得怎么样呢？"

从饭馆里出来，林家钰一刻也没耽误，买了火车票连夜回南昌了。"我呸——！"绿皮火车奔驰在黑暗无边、广袤无垠的大地上，林家钰坐在靠车窗的位置，朝窗外狠狠地吐了一口痰，还是觉得心里不解气，"仗着自己有两个臭钱，就能够买别人家的闺女，我林家钰再穷也不至于卖自己的女儿。"他心里仿佛有团火在烧："谁不知道他儿子是个十足的混混，吃、喝、嫖、赌，五毒俱全，就差没吸毒了，不过也快了。我家晨晨嫁给他那是亲手送晨晨进魔窟，亏老黄想得出来。我呸——！"林家钰又朝窗外吐了一口痰，仿佛黄老板的儿子就这样被吐出去了。窗外漆黑一团，只有遥远的地方有着一星半点的灯光。他忙了一整天，又在黄老板的酒桌上窝了一肚子的火，终于有些累了，蜷缩在座位上打着盹。

到了南昌，已是中午，林家钰没回家，回家里也是空的。林曦去学校了，在学校食堂里吃中饭，林晨铁定在公司里。林家钰直奔安佳，看到林晨坐在财务室正在核算着什么。"哦，马上要给工人发工资了。"他拍了拍自己的额头，"瞧我这记性，如果不是晨晨在公司里，我一个人还不知道要忙成怎样了呢。"

林晨抬眼看到了父亲，心里高兴，问道："爸爸，你回来了，怎么样，黄老板对这次的货怎么说，他还满意不？什么时候付货款给我们？"

林晨连续珠炮似的问题，让他不知先回答哪个好，嘴里只是含混不清地答应着。过了半晌才说："我们的质量黄老板是一直很放心的，他说马上通知财务付款。"

林晨听了很是高兴："那太好了，我们公司里的工资，还有银行里这一期的贷款都没问题了。"看到父亲闷闷地不说话，有些精神不振的样子，只道是出差奔波，累着了。便低头忙自己的事情，不再跟父亲说话了，让他坐在那里休息。林晨并不知道，父亲在浙江与黄老板差点翻脸。

每月10号，是安佳公司固定发薪的日子。林晨一大早就去了银行看一看货款到了没有，柜台后那个满脸皱纹的老阿姨很不耐烦地抬起头，她刚被主管骂过了，这么老还在银行柜面一线办业务也确实有些丢人。正生着闷气呢，林晨来了，便没好气地说："你的钱有没有到你不去问对方工厂，到我这里来看什么看？"

林晨并不理会她的恶声恶气，只是绵软地说："阿姨帮帮忙吧，公司里的人等着发工资哩。"

这个柜员老小姐这才颇不情愿地拉开抽屉，一阵窸窸窣窣地翻找，抽出安佳的账页，在手里扬了扬，没好气地说："喏——，看见没有，一笔汇款都没有。我劝你别在我这里浪费时间了，赶紧去问对方财务有没有汇过来。"

林晨赶紧致谢，她知道不能得罪银行的任何一个人，坐在国家银行里就是国家的人，分分钟给你脸色看，还没地方投诉。

林家钰"啪"的一下重重地挂上了电话，他没想到黄老板的人品居然这样差劲。林家钰以为回绝了他的提亲最多是以后的订单泡了汤，没想到这次货款也不肯付。顿时，林家钰气得太阳穴"突突"直跳。

事情发展到了现在，林家钰觉得没必要瞒着林晨，便把这次发生的事情一五一十地告诉了女儿。林晨一听几乎气炸了："我没嫁给他儿子，他连货款都不付了，真够不要脸的。还好没有嫁过去，就冲这种人品就说明一家人都不是什么好东西。"

"晨晨，你别气成这样，你只当没听过这件事，我现在马上去趟浙江，没拿到货款我是不会回南昌的。"林家钰急忙安抚女儿。

谁知林晨也要一同去催款，林家钰拗不过她，只好答应了。二人回到家里与林曦打了个招呼，便简单收拾了一下行李，去浙江催款了。

黄老板没想到林家钰这么快就来了，而且是父女俩一起来的。他只露了一次面便躲了起来，像是在躲猫猫，林家父女从大门进来了，他就从小后门溜走了。

林晨并不示弱。她带了一个电话本，里面记录了所有与安佳公司有业务联系的电话，林晨给每一个浙江的朋友诉说："我辛辛苦苦熬夜，我们把货按时交给了黄老板。现在我们公司里要发工资，厂房借的是银行贷款，现在早到了还贷的日期，可是黄老板一直拖着没付款给我们，我们来了也躲着不见。我们怎么办呀？"说到动情处，林晨哭得梨花带雨，让人没法不同情她。

她和父亲一直坐在黄老板的厂子里，别人赶他们也不走，至多换张椅子坐。黄老板好不容易现了身，林家父女便紧紧地跟着。如此这般，双方胶着了一个多星期。后来财务实在看不下去了，便悄悄地找到黄老板，细细地把利弊分析给他听："他们父女俩再在这里坐下去，我都快不用上班了。再说这事到底是我们做得不妥，我们拖着不付款，他们就一直在浙江不回去，这一天一天耗着，大家都在看戏似的，传出去对我们的名誉也不好。现在只要我们付给安佳了，就没事了。"黄老板也自觉理亏，便当着林晨他们的面让财务去银行付了款。林晨并不放心，把汇款单复印了一份，小心翼翼放在小包最里面的夹层里，然后把每层的拉链全拉上。

林晨做事有条不紊，任何一个细节都不遗漏。看到这一切，黄老板又是一阵感慨："一个这么好的姑娘为什么就不是我们黄家的人呢？祖上福薄呀，也不知是谁有这样的好命，能够娶到这个小姑娘。这可是一个发家的人哪！"

林晨放妥了汇款单复印件，对他笑了笑，说："谢谢黄老板，我知道黄老板是不会欠账的，如果有订单还请黄老板多多关照我们安佳公司，我们是一定会保质保量完成的。这点请黄老板放心。"说完没等他答话，便拉着父亲走了。

　　坐在回南昌的火车上，林晨一直靠在父亲的肩膀"嘤嘤"哭泣。林家钰拍着她的后背安抚着，没有言语。过了半晌，林家钰开口说道："晨晨，你是对的，我们应该直接跟外商对接，黄老板就是欺负我们手里没有外商资源，才敢在我们头上拉屎拉尿的。"听到父亲这样说，林晨哭得更伤心了。

　　本来，林晨本打算等家里的贷款还清了才去欧洲学习，谁知林家钰这次比她更为急迫："我们不能等，要是等还清银行贷款，那得等到什么时候，黄花菜都凉了。"林家钰摇了摇头："不能再拖了，既然决定了直接跟外商做生意，那就越快越好。"说到这里，林家钰扳着林晨的肩膀，看着女儿的眼睛，说："爸爸相信你，你一定行的，在国外的事情爸爸帮不到你了。爸爸能做的事情就是在国内把厂子办好，让你安心在欧洲学习。我想主要是熟悉如何与外商打交道，把英文练好。家里以后全靠你了。"说完林家钰重重地拍了拍林晨的肩膀，仿佛是在为她打气，又仿佛是在为自己鼓劲。

　　林晨泪珠儿含在眼里，用力地点了点头。

　　这时火车汽笛拉响了，很悠长很嘹亮，传得很远很远。林晨心里一下子敞亮起来，如同被风鼓满的帆，有一种昂扬的、向上的情绪在飞扬。仿佛汽笛声是对她的一种召唤，一种来自远方的召唤，而她将乘风破浪地前进。林晨抬手擦干了眼泪，对父亲破涕一笑。她想起了什么，对父亲说："爸爸，记得有次你回南昌过年，在吃饭的时候我说过的话吗？"

　　林家钰被突如其来地一问，有些摸不着头脑，便笑着摇了摇头。

　　林晨接着说："我说过我会让你和妹妹过上最好的日子，记得不？"

　　林家钰"哗"的一下笑开了，心想小孩子的稚言稚语，谁会当真呢？林晨看到父亲哈哈大笑，扁着嘴不高兴了："爸爸，我是认真的。"

　　林家钰还像当年一样，拍着女儿的肩膀，朗声说："好，爸爸等着。"结果声音太大，四周的人纷纷回过头来看着他们。林晨连忙低下头去，不好意思了。

　　林家钰又是一阵开怀大笑，似乎想让全世界的人知道他有一个能干、孝顺的好女儿。

第三章

游学英国

1

林晨斟酌再三，决定去英国学习一段时间。这里有她的一点小小的、少女的私心，她从小对英国有着一种迷恋，觉得那里有着一种高贵的、富裕的、与其他国家截然不同的文明。林晨很想去看看大英博物馆、白金汉宫、海德公园，去逛逛英伦半岛的乡村。"与真正的英国绅士合张影也很不错呀。"想到这里，林晨笑了。既接触、熟悉了国外的贸易氛围，又圆了一个少女的梦想。当然这也源于一位英国女士 WINDSORE（温莎丽）的帮助。

林晨读的是省里有名的重点高中，那时候刚刚打开国门，为加强对外教育交流，便与英国一所学校结为兄弟学校，外教 WINDSORE 是交流老师之一。这个年过半百的英国女士是典型的中产阶级，衣着整齐笔挺，通身找不到一丝皱褶。头发也纹丝不乱，梳着费雯丽式的发型，脸上的笑容温暖而明亮。林晨觉得这位温莎丽女士简直就是从英国电影里走出来的贵妇，在一个带着小草坪的花园里喝着下午茶，阳光从爬满绿萝的花架上穿过，而她轻言软语，微笑迷人。

"HI，你好，小姑娘，见到你可真高兴啊。"看见林晨呆呆地愣在那里，便跟她用中文打了个招呼。

林晨大窘，脸一下子红到了脖子根，觉得自己作为一个中方学校的礼仪接待，太失礼了。连忙上前替温莎丽接过挎包，搀扶着她下台阶。温莎丽一下子喜欢上了这个古老东方的少女，高挑而清秀、腼腆而有礼，一举一动之间有着一种蓓蕾初放的活力与羞涩。她的手轻轻搭在林晨的胳膊肘儿上，有一搭没一搭地说话。温莎丽临来中国前恶补了一下中文，会一些简单的对话，打完招呼就只能说英语了。但是她把英语说得特别慢，一字一顿的特别清楚，林晨刚开始听得有些费力，好在她底子好，她很快能听懂并且用英语对话了。碰巧的是温莎丽与林晨都很喜欢莎士比亚的戏剧，这让她们俩有了更多的共同话题。一个神秘东方的少女对自己家乡的大文豪耳熟能详，温莎丽对林晨更有了一种亲近与好感。林晨从小失去了母亲，在跟温莎丽相处的时候，会把她当成自己的母亲。林晨站在温莎丽的身边，听她说着悦耳的牛津英语，认真地纠正自己的发音，才几天工夫林晨的口语大有长进。英语谭老师在课堂上特意表扬了她。

"林晨，你有没有想过去英国留学呢？我可以帮助你。"半个月后，交流结束，温莎丽要回英国了，临行前她这样问林晨。

林晨愣在那里，一下子没有回过神来。"去国外留学?!"这可是她想都没想过的事情啊，"我去国外留学，而且是英国。这，可能吗?"林晨不知道怎么回答，却又神差鬼使般地点了点头。

"如果说你想去英国留学的话，你的英语水平可是不够的，你可得加强了。"温莎丽又说道，"如果你的雅思能考过关，那么问题就不大了，我就能够帮到你。"说完她微笑地看着林晨。

林晨脸上绯红，如同做梦一样。接过温莎丽递过来的一个小小的通讯录，里面有她的通联地址和电话号码。"好了，小姑娘，谢谢你半个月来的陪伴，现在我要走了，"温莎丽拍了拍林晨的脸蛋，与她告别，"要记得给我写信。"并把莎翁的一段话送给林晨："想做的，想到了就该做。因为旁人弄舌插足、老天节外生枝，这些都会消磨延宕想做的愿望和行动；该做的事情一经耽搁就像那声感慨，越是长吁短叹越会销蚀人的精力和志气。"

林晨再也忍不住了，抱着温莎丽泣不成声。

所以当林晨决定要去英国，温莎丽女士一直在当地奔波，为她申请伦敦大学为期一年的学习机会。事情有了眉目之后，温莎丽马上给林晨发了一封邮件，通知她赶紧申请英国签证。温莎丽为林晨所做的早已超过了一般的老师能为学生所做的，对此林晨心怀感激，又觉得说声"谢谢"太浅薄，只能压在心里。

林晨回复了邮件，说她正在办理签证。因为从未办过签证，所以也不知道需要多长时间，"等签证办下来了，就去订机票安排行程。"她在邮件里这样回道。谁知温莎丽却说机票她会负担，让林晨不要操心，只要安心签证即可。林晨知道温莎丽有着英国贵族式的认真，说话做事一板一眼，她说会负担机票，那就不可能是虚情假意的客套了。拒绝只会显得不礼貌，也伤了温莎丽的尊严，林晨便"恭敬不如从命"了。

在广州的英国大使馆里，一张打印得满满当当的清单让林晨傻了眼，这是签证代理列出的资料。收入证明、单位准假证明、半年内的银行流水、大于五万的定期存款、房产证等等这些关键性的资料让林晨颇为头疼，只能依照代理的要求一项一项来办。林晨没有自己的房产证，家里的那套房产还在银行里抵押，没拿出来呢。

"这可怎么办呀？"林晨急得暗暗搓手。

签证代理看她面露难色，知道林晨拿不出这么多的证明，便提了一个建议："你结婚了没有？如果已经结婚的话，可以用别的办法来申请，如果生了孩子的话那就更好了。"代理的这番话让林晨不好意思了，她一个大姑娘还没有谈过恋爱呢，哪来的老公，更别提孩子了。林晨红着脸咬着唇摇了摇头。代理的脸上明显写着几分失望，说："英国和法国的签证是比较难通过的，你必须证明自己没有非法移民的倾向。"似乎想到了什么，又追问道："那你有没有男朋友呢，有男朋友也可以呀。"林晨听了几乎笑出了声，又摇了摇头：

"我没有拍过拖。"代理彻底没招了，不得不为难地说："不好意思了，你这种情况是很难拿到英国签证的，我们也想不到办法了。"说到这里，代理对林晨笑了笑："这么漂亮的女孩子没有男朋友多可惜，马上去找一个充充数吧。"看到林晨脸上有些尴尬，代理笑了笑："很多人为了出国假结婚的都有，别说你只是找个临时男朋友了。没什么的，如果你真的很想去英国读书的话，可以试试看，只要在你的申请资料里放几张你们的合影，这样把握更大点。"

林晨闷闷地走了出来，没想到办理英国签证如此艰难，"真是比飞月球都难啊。"林晨把路边一粒小石子用力踢了一下。谁知身边一声大叫"哎哟！"一个男孩子的声音朗朗说道："喂，这位小姐，你不会是办不了签证就拿我来撒气吧。"林晨回头一看，只见一个高大帅气的男孩正揉着自己的小腿，剑眉下的一双眼睛定定地看着她。

"对不起，我不是故意的。"林晨连忙赔礼道歉，心里纳闷，"他怎么知道我办不了签证？"男孩看到林晨一脸的狐疑，大大方方地伸出了手："你好，我叫郝嘟嘟。"他怕林晨不知道"嘟"字怎么写，解释道："胖嘟嘟的嘟，一个'口'字加一个'都'字。"

林晨"扑哧"一下笑出声，办不了签证的烦恼暂时丢到一边，与郝嘟嘟握了握手，也做了自我介绍："你好，我是林晨。"

郝嘟嘟笑了，问道："林、晨，很好听的名字，是树林里的早晨吗?"

两人同时笑了。

"你是怎么知道我办不了签证的?"林晨说出自己的疑惑。

郝嘟嘟大笑："我就在你后面，只是你没有注意到我而已。"

林晨不由得打量了一下他。郝嘟嘟穿着一身的潮牌，林晨一直在厂里埋头加班，对服装的品牌并不了解太多，但是看得出来，眼前这个大男孩这一身的行头价值不菲。手里的那个拉杆箱是日默瓦（RIMOWA）的，箱体了贴满了托运的行李票，林晨定睛看了看，那是各个国家的托运标签。

"一个无所事事、满世界乱逛的纨绔子弟。"林晨心里说道。她对郝嘟嘟笑了笑，转身准备回旅店。

郝嘟嘟一直跟她后面，有一搭没一搭地没话找话。林晨不愿意理他，便加快了脚步。"哎——"他对林晨说，"你怎么不说话了？"

郝嘟嘟那一副自来熟的样子让林晨有些不适应，她停下了脚步，转过身对他说："这位先生，我们好像并不认识吧。"说话的语气疏离而冷淡。

郝嘟嘟丝毫不介意，嘻嘻地笑了："可是我们刚才明明已经互相介绍、认识过了，还握了个手。"

林晨低着头只顾往前走，觉得面前的这个大男孩跟她不是一路人，心里鄙夷道："肯定是仗着家里父母赚到钱，整天无所事事到处瞎逛。"

"林晨，不要走得那么快。"郝嘟嘟仿佛对她的回避视而不见，只是跟在她后面："你不是想去英国吗？我可以帮到你的。"

听到这个话，林晨站住了脚步，侧着脸看着他："我刚好也要去英国，我家就住在伦敦。如果你不介意的话，我们可以搭乘同一个航班去伦敦。"郝嘟嘟也停了下来。

林晨不由得心里一喜，没想到在广州就解决了这个问题，她还准备回南昌想办法呢。原本紧绷绷的脸儿缓和了下来，对郝嘟嘟笑了笑，说："谢谢你。"

郝嘟嘟连连摆手，迭声说道："没事，没事。"他又伸出了手："我很高兴能帮到你，也很高兴认识你。"

林晨不好意思了，有些迟疑，犹豫了一下，还是伸出手与他握了一下，心里想："虽然同是中国人，到底是从国外回来的，确实要开朗外向得多。"

"我也很高兴认识你。"林晨说道。

郝嘟嘟咧嘴笑了，一排雪白整齐的牙齿在阳光下闪烁着贝壳般的光泽。既是临时的男朋友，又是旅途中的同伴，林晨不好意思继续冷落他了。

"你为什么会在中国的？"

郝嘟嘟见林晨在问他问题，特别高兴，答道："我是来旅游的，我父母要我经常来国内看一看。"

"这么巧的，你在英国领事馆？"

郝嘟嘟又笑了，说："我也准备回去了，到领事馆这里办点事情。"与郝嘟嘟的意外相遇让林晨心里莫名的有了几分欣喜，对即将前往的英国更有些把握了。

温莎丽得知林晨的处境，二话不说，以自己的房产和存款作抵，又请了第三方评估机构出具了一份保函，再加上与郝嘟嘟的合照，签证代理终于满意地点了点头，让林晨录下指纹后便让她回去等消息。签证一办下来就通知她过来拿。

令林晨大感意外的是，材料交上去的第十天，代理就打电话通知签证下来了。她几乎不敢相信自己的耳朵，小心翼翼翻开护照的那一刹那，指尖都在发颤。当看到英国签证的时候，这才确定可以去英国了，禁不住小声地惊呼了一下。折腾了这么长时间，总算是没有白费力气。林晨对代理连声道谢，飞也似的奔出了领事馆，郝嘟嘟在门口等着她。看到她那般雀跃，便知道签证办成功了。

林晨马上发邮件给温莎丽，告诉她签证办下来了。温莎丽很替她开心，让她尽快飞到英国，离入学的时间已经很近了。

2

机票已经买好，终于要走了。林晨回了一趟南昌，她不放心的是妹妹。"曦曦，姐姐要去英国学习，你要知道爸爸在公司里太忙，是没有多少时间招呼你的。"林晨搂着林曦的肩膀说。

"可是你就是不走，在南昌，你也是在安佳加班加点，也没多少工夫在家里照顾我呀。"林曦推了姐姐一下肩头，哂笑着反诘，"我没说错吧？"

林晨有些尴尬地笑了笑。林曦见她不肯接腔，不依不饶地推着姐姐的肩膀，撒娇道："姐姐，你说话呀，我说得到底对不对呀？"

林晨只好点了点头。林曦这下更理直气壮了："所以就别为我担心了，倒是你在英国，人生地不熟的，你才更要好好照顾自己。"林曦依偎了过来，环腰抱着林晨："我是在家里，不管怎么说都要方便些，爸爸其实好担心你的。"林晨把妹妹耷拉在额角的几绺头发拨到了后面，摸了摸妹妹的脸，心中有万分不舍："你放心，我在那边当然会照顾好自己。"

"姐姐，我会想你的。"林曦把头埋进了她的怀里，忍不住小声啜泣了起来。这姐妹俩自母亲去世后，相依为命，还从来没有分开这么久过，林曦心里自是难过。她突然又想到什么，抬头问："姐姐会不会在英国给我找个姐夫回来吧？"林晨没想到她会没头没脑问这么一个八卦的问题，便去咯吱她。她知道林曦哪里最怕痒，林曦连眼泪都来不及擦，直笑得在椅子上转来转去。

林晨与郝嘟嘟搭乘的是南航 CZ303 航班，长达 13 个小时的飞行，虽然林晨早有心理准备，但是第一次坐飞机，她还是有很多不适应。刚开始还有几分新鲜感，看见飞机越升越高，地面的建筑物越来越小，直到变成一个黑点，直到彻底消失，隐没在一片茫茫的云海之中。她很是雀跃。只不过很快感到枯燥而乏味，弦窗外除了云层还是云层。"还是火车更有意思，每分钟的景色都不一样。"她在心里嘀咕。郝嘟嘟没有像往常一样坐头等舱，而是和林晨一起坐在经济舱里。他从行李箱里拿出了一个颈枕和眼罩，递给林晨，说道："这些会让你舒服一些。"

林晨不好意思了，不肯接，说："不用了，谢谢，还是你自己用吧。"

郝嘟嘟笑着塞到她手里，说："还是你拿着吧，你第一次坐飞机，又是长途飞行，你不习惯那是正常不过的，套上颈枕要舒服好多。"

林晨盛情难却，把颈枕套在脖子上，靠在椅背，果然舒服不少。林晨心里有几分感动，觉得能和郝嘟嘟结伴而行，实乃一件幸事。她的这种情愫像春雨下的幼苗，悄无声息地攀长着。

航班没有晚点，飞机按时抵达目的地——伦敦希斯罗机场。一下飞机，林晨按照与温莎丽的约定，在 T4 航站楼的出站口等她。可是一个多小时过去了温莎丽的身影依然没有出现，林晨暗暗着急，便对郝嘟嘟说："你还是不要陪我等了，你先回家吧。我一个人在这里就可以了。她一定会来的，应该是有什么事情耽误了。"

郝嘟嘟说："我是你的男朋友哦，怎么可以把你一个人抛下不管?"

林晨听到说是她的"男朋友"，嘴巴张成一个"O"形，合不上了。没等她反应过来，郝嘟嘟不由分说拉着她胳膊去播音室，"说不定接你的人记错了地方，我们去广播一下，看看能不能找得到她。"可是寻人播音已经发出去一刻钟，依然杳如黄鹤。林晨暗暗焦急。郝嘟嘟道："你别急，我带你去找她吧。"

林晨有些过意不去，已经耽误他好多时间了，便推辞道："还是不用了，你先回去了。我有她的地址，我自己去找好了。"

"那怎么行，你是第一次到伦敦，这个城市大到找不到边，一不留神就走丢了。"郝嘟嘟拿上了两个人的行李往外走去。

"你的外籍老师的地址是什么?"郝嘟嘟边走边问，"快给我看看。"林晨赶紧把通讯录递过去。郝嘟嘟定睛一看，差点笑出了声，他和这位迟到的温莎丽女士住在同一个地方——牛津市。

他要林晨马上打个电话给温莎丽，告诉她不要再到机场。他买了两张去牛津的单程票，一个多小时后顺利到达牛津火车站。郝嘟嘟拿着地址熟门熟路地带着林晨找到了温莎丽的家。这是一排一排的三层连体小楼，绯红的墙体，尖尖的屋顶。远看着没什么不同之处，走近仔细打量就会发现这些建筑都有着百年以上的历史了。斑驳陆离的墙面、掉漆的护栏，以及锈迹斑斑的铁艺大门，无一不在诉说着岁月的沧桑与厚重。

林晨叩了叩铁门上的圆环，里面毫无动静。她又踮起脚尖，朝门里大喊了一声。郝嘟嘟连忙制止了她："你的声音太大了，在伦敦是不需要这样大音量的。如果邻居有人在睡觉的话会吵醒他们的。"林晨听后大窘，这样实在太没教养了，脸一下子红到了脖子根，连忙转过头去，不让郝嘟嘟发现。恰好这时，一辆乳白色的小汽车停了下来，有人在喊林晨的名字，正是温莎丽。林晨像是看到了救星一般，飞奔了过去，温莎丽走下了车，两人紧紧抱在一起。

原来她记错了日期，刚好社区里有一个活动是由她来主持，等她忙完了回到家里看到了林晨的邮件，才恍然记起。温莎丽又是着急又是自责，担心林晨一个人初来乍到，找不到方向，"迷路了怎么办？"虽然林晨让她不要去机场，她还是开车去了机场，一路上东张西望说不定在路上就碰到了。有了这个小小的插曲，加上多年未见，林晨和温莎丽都激动万分。过了好一会儿，温莎丽才注意到林晨身边这个一直憨笑着的大男孩。林晨赶忙做了介绍。

郝嘟嘟很有绅士风度地问了个好，还吻了吻温莎丽的手背。看到林晨找到了联系人，郝嘟嘟准备告辞回家了。温莎丽哪里肯让他走，执意邀请郝嘟嘟进屋坐坐，喝杯下午茶再走："我真该好好谢谢你！是我记错了日期，如果不是你与林晨同行，现在我们俩不知道在哪里了，估计都在绕圈子找来找去了。"

谁知郝嘟嘟推辞不肯进去，说是父母都在等他回家，如果还在外面逗留的话，他们会担心的。"我家离这里不远，就住在附近，我一定会再来的。"郝嘟嘟彬彬有礼地对温莎丽说，其实他是在告诉林晨，他会来看她的。

温莎丽见他如此说，便不再挽留了。目送着郝嘟嘟在拐角处消失，温莎丽便带着林晨进了家门。偌大的一幢三层小洋楼，只有温莎丽一个人住，所以显得空荡荡的。她把林晨领进三楼的一个起居室，把行李箱放在窗边，告诉林晨："这是你的房间，喜欢吗？"

林晨打量了四周。十来个平方米的房间，家具不多却质朴而简洁，鱼骨形的木质地板让空间显出几分灵动，白色漏空的窗纱低垂着，一阵微风吹了过来，窗帘随风飘动，透过窗户能看到外面的小花坛。红色、黄色与紫色的花朵在风里招摇，一切显得那么美好。林晨欢喜得在房间里转圈，连声说："我太喜欢了。"温莎丽高兴地拍了拍她的脸，笑了。

她们站在屋顶的露台上，温莎丽指着不远处的一个小湖泊，问："看到湖边的那几栋楼了吗?"她看着林晨微笑着说: "那是我们这个社区里的学校。你知道吗?我就在那里上的小学,而且我的那个在天堂的丈夫也在那里读书,只不过他比我高两届。"温莎丽说起这些,和煦的笑容如同今天的暖阳,让人舒适: "我的两个儿子和一个女儿他们也是在那里读书的,现在他们大学毕业,在外地工作。如果他们的孩子在这里出生的话,我想应该也会选择在这所学校读书。学校里的一砖一瓦还与以前一样,没有什么改变。"

温莎丽的话让林晨有几分莫名的感触,既新鲜又有些伤感。她觉得伦敦仿佛一个巨大的博物馆,只要是静止的东西,随手指出一件就是几十年,甚至上百年的历史。林晨努力想了想自己的小学是怎么个样子,却怎么也回忆不起来,因为早已面目全非。她记得小时候在外婆家,有成片的树林与果园,春天发芽,夏天开花,秋天结果。一年四个季节,除了冬季以外,其他三个季节都让她和妹妹有着无限期待。后来再去外婆家的时候,记忆中让姐妹俩流连忘返的乐园早已被砍伐殆尽,变成了农田或者厂房。这让姐妹俩怅然若失。

温莎丽的房子一楼是客厅、餐厅与厨房,推开厨房后面的玻璃门,是一个近三百平方米的小花园,几条石子铺就的小径呈"井"字形,四周是精心修剪过的草坪,正中央是个花圃,各种开得姹紫嫣红的鲜花让人赏心悦目。看得出来主人很用心地打理。林晨暗暗在心里佩服,温莎丽真是个对生活一丝不苟的人,而且精力充沛而旺盛,看不出来年已半百。二楼是主卧,温莎丽就住在二楼。这个美丽而又安静的环境把林晨长途旅行的疲劳消除得干干净净。她跑到三楼自己的房间,手脚麻利地把东西放好,又"噔噔噔"地跑下楼问这几天的行程如何安排。看到林晨精力旺盛的样子,温莎丽不由得笑了: "坐了十几个小时的飞机,你还是在家休息一下吧。"

"不用,真的不用。"林晨在温莎丽面前跳了几下,又转了几圈,说道,"你看我一点也不累,精神好得很哩。"

温莎丽说: "还是年轻好,年轻人恢复得快。"她递给林晨一杯咖啡,说: "你还没有这么快开学,还要过几天,所以这几天你可以在牛津市逛一逛。"

温莎丽啜了一口咖啡，接着说："你不是很喜欢牛津大学吗？离我们这里不远，绕过两条街就到了，我带你到校园里走走。另外附近有一些很有特色的城堡和庄园也值得你看看，我猜，你一定会喜欢的。"温莎丽很快把一杯咖啡喝完了，又倒了半杯白开水，说："我们最后去伦敦，你面试的地点就在伦敦。至于其他事情等你面试结束再做打算吧。"

林晨静静听着，没有插话。她是第一次喝咖啡，觉得咖啡好苦，但是并没有在脸上表现出来。只是觉得奇怪，为什么欧洲人都这么喜欢喝咖啡？

第二天一大早，温莎丽带着林晨刚走出大门就看到了郝嘟嘟，手里还拿着一个牛皮纸袋。她们两个有些惊讶，但是温莎丽马上回过神来，连忙打了个招呼："少年，早上好。昨天太麻烦你了。"

郝嘟嘟只笑笑说："真没什么，再说谢谢我都不好意思了。"他扬了扬手中的纸袋："我带了林晨的早餐，准备做她的导游，今天陪她四处逛逛。"

温莎丽听了，饶有意味地看了看这两个年轻人，微笑着点了点头："那就只好麻烦你继续照顾林小姐了。"

林晨一听，急得面红耳赤，赶忙拉住温莎丽的衣袖，一直摇着头。温莎丽对林晨笑了笑，在耳边低声说道："没事的，人家都等在家门口了，让人回去也不太好。他家就在附近，别担心，跟他出去走走也好。"说完拍了拍林晨的手背，让她安心。

温莎丽转头对郝嘟嘟说道："那实在太谢谢你了，刚好社区那边还有些事情没有做完，本想着下午去的，既然林晨由你陪着，那我现在就去社区了。"说完她便径直走了。

林晨从未谈过恋爱，从学校到工厂，与外面的花花世界并没什么接触。隐隐地觉得郝嘟嘟是在追求她，她却没有把握，不知道如何是好。林晨绞着双手局促不安地站在那里，面色潮红。郝嘟嘟微笑地看着她，等她开口说话。

林晨抿了抿嘴唇，慢慢说道："你，怎么又来了，你不忙吗？"

郝嘟嘟自己家里开公司，顶头上司就是自己的父母，但是他并没有把这些告诉林晨，而是掉了句书袋："有朋自远方来，不亦乐乎。再说我们都是中国人，能够陪你走走，做你的导游，我是很高兴的。"

林晨低头抿着嘴笑了，轻声说："牛津大学实在太有名了，今天我想去看看。"

郝嘟嘟把早餐递给林晨，让林晨先吃。他把红色小奔直接开进了院子里，停好车，对林晨说："不用开车了，我们直接走过去吧。就在旁边，很近。"林晨打开纸袋，里面是一个夹了煎鸡蛋和火腿肠的三明治，味道还真不错。郝嘟嘟看她吃得津津有味，笑了："怎么样，我的手艺还不错吧?"林晨不由得瞪大眼睛，没想到是他做的，"看上去一副嘻嘻哈哈、玩世不恭的样子，还能下厨房，果然人不可貌相。"她想。

沿着大道两人走了很久，林晨忍不住问道："我们还要走多久才到牛津大学，你不是说很近吗?"她摸了摸肚子，打趣道："还好我吃饱了，你做的三明治够分量，否则现在就饿瘪了。"

郝嘟嘟哈哈笑了，站住了说道："喏，我们已经在牛津了。"他指了指周围，又指了指地面："我们站着地方就是牛津大学。"

林晨简直不敢相信自己的眼睛，惊讶地说道："你说什么，我没听错吧，我们已经在牛津了?!"她环顾四周，不敢相信已经身在这所誉满全球的世界顶级研究型书院联邦制的大学里。林晨问道："可是我没有看到学校的大门和围墙呀，在哪儿呢?"

嘟嘟被林晨那种惊讶的样子逗笑了，解释道："没有围墙，这是一所开放式的大学，与中国的大学是完全不同的。"嘟嘟告诉林晨："牛津大学一共有38个学院，并没有连在一起，而是分布在牛津市里的各个区域，如果与中国的大学一样也建围墙的话，那牛津市区里岂不到处都是围墙了?"

这让林晨大开眼界，真让人跌破眼镜。这所世界上最顶尖、赫赫有名的大学居然连围墙与大门都没有，更别提门岗与保安了。这完全超出了她的想象，至少也要像清华、北大那样有个大门和牌匾，上面写上大学的名字吧? 郝嘟嘟带着她边走边讲："你看这是牛津大学的圣休学院，属于 38 个组成学院之一，是牛津最大的一个学院。"

林晨觉得自己不像身处一所大学，更像是在逛大花园，到处鲜花馥郁，空气有股甜香让人神清气爽。郝嘟嘟看着林晨，笑着说："以前这是一所女子院校，是从 1986 年开始招男学生的。所以你看，这个圣休学院就像是个巨大的花园，是牛津大学所有学院中最精致、最美丽的学校。"

林晨看着这一切，眼睛亮晶晶的。她真想变成一只黄色的小粉蝶，在这个最有书香气的花园里栖息、旋舞。她没想到牛津没有围墙，也同样没想到校区的古老。那一幢幢 17 世纪建成的食堂、图书馆、教学大楼，还有学生宿舍，无一例外仍在使用。校园里的各种标识与指路牌依然是古老的拉丁文，如同古老的校园建筑。林晨有个疑问："你看这么多的拉丁文，那教材里的文字难道说也是拉丁文？"

嘟嘟摇头如同拨浪鼓："不是，不是，怎么可能。牛津大学是所现代化的大学，当然是英文了，只不过那些历史上的痕迹依然保留着，并没有抹去。"

林晨站在圣休学院的教学楼前，周围鲜花满地，金色的阳光照射着她。看着身边进进出出的老师和学生，心里无比的羡慕，她是多么希望成为其中的一员！

"嘟嘟，你是这所学校毕业的？"林晨迷离的眼神，看着郝嘟嘟。

他点了点头，说道："是的。不仅是我，我的父母也是牛津大学毕业的。"郝嘟嘟顿了顿，说："其实在市里有很多人跟我们一样全家都在牛津大学读书的。有样学样嘛，大学就在身边，家里有个考进去了，其他人拼着命也要考进牛津的。"

"是啊，有这样的气氛，考进去也不会太难了。"林晨说这话的时候神情落寞，想到了那份撕成碎片埋进土里的北大通知书。"人和人是有多么的不同。"林晨心里一声叹息。

郝嘟嘟看到她眼里掠过的黯淡，想是触动了什么心思，又不好多问，担心问错了，反而让她更难过。便站在那里沉默了一会儿，岔开话题："你知道吗，戴安娜王妃与英国首相丘吉尔是亲戚哩，离这里不远就是布莱尼姆宫，那是丘吉尔出生和长大的地方。要不，我带你去参观一下。"

林晨的心情又阳光了起来，她还是第一次听说他们是亲戚，笑着说："真没想到，风马牛不相及的两个人，居然是亲戚，这个世界实在太小了。"

接下来这几天里，郝嘟嘟带着她把 38 个学院逛了个遍，说着每个学院的掌故与趣事，林晨听得津津有味。林晨觉得有嘟嘟这个导游实在太美妙了，逛完了牛津，嘟嘟又带她去看了大名鼎鼎的牛津博物院、牛津监狱，还去了如雷贯耳的叹息桥。

林晨在叹息桥上走来走去，桥下的康河潺潺流淌，她也像维多利亚女王一样发出同样的赞叹："这么秀美，这么别致。"林晨注视着河面，若有所思地问："你说，徐志摩写的《再别康桥》应该是在叹息桥上写的吧。"

郝嘟嘟笑了："你还别说，在中国的留学生里，几乎每个人都会背诵这首诗。聚会的时候大家背的也是这首《再别康桥》。""你看，你没发现这里天上的云彩特别多吗，都是背诗的时候带来的。"郝嘟嘟抬头看了看天空。

林晨笑得前俯后仰，发现郝嘟嘟这个人还是挺幽默的。

离开学还有两天，郝嘟嘟别出心裁地要带她去市郊看看，那里有个神秘的巨石阵。这让林晨很兴奋。第二天一大早，他便开着红色小奔带着林晨上路了。林晨发现，与国内不同的是，英国的城市与城市之间的道路大多很窄，很少看到国内的那种宽阔的大马路，或是高速公路。除了在伦敦那里看到的八车道的大马路以外，其他地方基本上只能通行一辆车或是两辆车。在去市郊的路上，郝嘟嘟的车技让林晨大开了眼界，如同国内考驾照。牛津通往巨石阵的公路在村镇、树林和丘陵中穿行，路面不仅很窄，而且蜿蜒曲折得像是山间密林里的小溪那样九曲十八弯。郝嘟嘟车速极快，最少开到 90 码的速度，踩油门或是踩刹车都下力很猛。林晨即便是系着安全带，一颗心也悬在嗓子眼儿，突突直跳，觉得自己就像在坐过山车那样刺激。"嘟嘟，你能不能慢一点，你开得这么快，我还挺害怕的。"林晨忍不住提醒他。

谁知郝嘟嘟却让她不要担心："你就好好坐着，看窗外的风景就行了，我心里有数。难道我不怕死啊？"

林晨不再说话了。正当她适应了嘟嘟的车技，安心欣赏风景的时候，郝嘟嘟突然一个猛刹车，几乎一踩到底了，林晨差点脑袋撞到了前玻璃，还好系着安全带，否则不得飞出去了？她马上坐直了身子，查看四周："嘟嘟，你怎么了，撞到人了？"可是林晨什么人也没看到呀。正疑惑着，郝嘟嘟指着路边一块指示牌，对林晨说："你看到没，这个地方经常有野生的小兔子跳上公路，所以交通部门就在这里设了一个标识牌，提醒司机注意小动物。"

"这里有小兔子?!"林晨连忙挺直了身，往车外仔细瞧。果然在路边上一只兔妈妈带着几只兔宝宝连蹦带跳招摇而过，可是一点都不怕人哩，还对他们晃了晃爪子，像是在打招呼。林晨不禁笑了，一声轻呼："好可爱。"郝嘟嘟减慢车速，小心地绕了过去，然后又加上了油门。他告诉林晨："其实你只要仔细看，你可以看到很多这种路牌，不同的路段会有不同的提示，提醒司机们在此处减速，注意保护好野生动物。"

"哟——"林晨吁出了一口气，拍拍胸口心有余悸地说，"真吓到我了，你那个急刹车踩得太猛了，踩到底了吧，我还以为出啥事了哩。"

郝嘟嘟听了有几分抱歉："哦，不好意思，我是开车太快了点，我只是特别喜欢在这样弯弯曲曲的小路上飙车，感觉很兴奋，就像是在赛车一样。要知道我的这辆小奔能够开到280迈，在市里那平直的路上开车简直让人打瞌睡，太没劲了。"他熟练地打着方向盘，说："你知道吗，我还喜欢在这里开车的时候听摇滚，那样更带劲。"

"那你为什么今天不听了呢？"林晨歪着头问道。

郝嘟嘟笑了笑，竟然有几分腼腆："我怕你不习惯。"

"这有什么，我也很喜欢听摇滚。"

"哎呀，你又不早点告诉我。"郝嘟嘟转头对林晨笑道。

"可是你并没有问过我呀。"林晨的反问让二人都嘻嘻地笑了。

就这样，他们听着摇滚，一路狂飙突进，很快到达了传说中的巨石阵。

著名的巨石阵是由巨大的石头组成，遗址位于英国伦敦西南面100多公里的索尔兹伯里平原上。是欧洲最著名、最神秘的史前遗迹。建造于4300多年前，石阵的主体是由一根根巨大的石柱排列成几个完整的同心圆，石阵的外围是直径为90多米的环形土岗和沟渠，只是沟里是干涸的。巨石小的有5吨，大的重达50多吨。

林晨拍打着那些巨大的石块，问："如果说长城是为了抵御外侵，你能猜得出那个时候的人们为什么要把这么多巨石放在这个地方呢？真是想不明白啊。"

郝嘟嘟摇了摇头，说："要是我能说出原因，我都可以拿诺贝尔奖了。"此言一出两人不约而同地笑了："正是因为没人能够解释，所以神秘得很。你知道不，还有科学家拿着现在最先进的仪器设备，竟然发现这些巨石还能发出超声波！"

林晨"啧啧"称奇："就像百慕大三角一样，这世上总有些东西让人解释不清的。"

"是啊。所以这巨石阵是欧洲史前文明，是一个重要的遗迹，在英国人心目当中也是个神秘又神圣的地方。有专家说这是古代的天文台，也有认为是宗教活动的场所，或者二者兼而有之吧，谁能说得清楚呢？"

林晨点了点头："总之这是个未解之谜。"她想到了什么，转头对嘟嘟说："其实我宁愿这永远是个谜，永远也不要解开。"

郝嘟嘟有些不解，问道："整个欧洲都在琢磨着这件事情，希望能够解开。你为什么不一样呢？"

"也没什么不一样，我只是觉得替大自然留着一些秘密，如果说把什么都研究得透透的，反而让人缺少一种敬畏之感。这不一定是件好事情。"金色的阳光洒在她的身上，把她整个人镀上了一层光圈，有一种让人心颤的、别样的美丽。

郝嘟嘟心跳加速，觉得林晨与他以前接触过的女生不太一样，是个别样的女孩子。对事情有着自己独到的见解，不会随波逐流、人云亦云。这里离市区有些远，他便带着林晨找到一家路边的沙拉店里吃饭。店里有些冷清，除了店主夫妇二人之外，只有他们俩了。郝嘟嘟打量了一下四周，又去后厨那里看了看，实在没多少食材，便只点了两份土豆沙拉。他有些歉意，虽然没说什么，但是那抱歉的神情林晨看在眼里。沙拉是最简便的食品，没有之一，其实就是中国的凉拌。几分钟后店主端上桌来。林晨开心大口吃着土豆沙拉，赞道："真好吃。"郝嘟嘟笑了笑，轻声说："不好意思哦，这里没啥好吃的，委屈你了。"林晨边吃边点头，嘴里塞满土豆，说话有些含混不清："瞧你说的，是真的很好吃。"郝嘟嘟看到她狼吞虎咽的样子，也跟着开心起来，也觉得吃的是美味佳肴了。他不知道，林晨最擅长的就是吃苦，别说还有土豆沙拉可以吃，就是几片青菜叶子也能吃得津津有味。

这几天是林晨自打出生起最悠闲最自在的日子了。有个高大帅气的郝嘟嘟陪在身边，没有其他人的打扰，也不需要像个大人的模样操心自己和妹妹的生活起居、一日三餐，更不用担心供应商的欠账，要忙着去讨债了。

一切都是那么的随心所欲。想到去哪里看看马上就去了，想在哪里流连忘返便在那儿多待一会儿，或是遐思、或是发呆。有时候和郝嘟嘟两个人一起在图书馆或是博物馆坐上个几小时，小心翼翼地翻阅着那些与当地建筑一样古老的书籍，那纸张的泛黄是年复一年时光浸润而成。林晨什么也不用想，也没有任何人任何事来打扰。她心想要是时光能够停留、能够静止该是多好啊！谁不希望岁月静好呢？可是安静美好的岁月需要一个强大的经济作为支撑，如果没有的话，这一切只能停留在想象中。绝大多数的普通人一生忙忙碌碌，只能在鸡零狗碎、油盐柴米中挣扎求生。

这么一想，林晨打了个激灵，她是到英国来学习的，肩负着带领安佳公司走出低谷、发展壮大的重任。离开学只有两天了，林晨哪儿也没去，只在家里做准备。温莎丽今天破天荒地没有去社区，她在一楼厨房里准备午饭。林晨几次下楼要帮忙，她都拒绝了，说她一个人操持惯了，多一个人在厨房里反而碍手碍脚。林晨只好回到自己的房间，只等开饭了。她把学习资料全放在一个袋子里，但是拿不定主意要不要住校。她只有一年学习的机会，还不清楚能不能申请到宿舍。

温莎丽在楼下招呼林晨下来吃饭，林晨看了看时钟，已经中午了。温莎丽与林晨两人坐在厨房里的小餐桌旁，温莎丽煎了两份牛排，她把其中一份递给林晨，说道："你来英国这几天，还是第一次吃我做的饭哩。"

林晨朝她笑了笑，带着几分歉意，这些天嘟嘟带着她到处逛。林晨连忙尝试了一口，连呼"好吃"。温莎丽把牛排煎得外焦里嫩，还别出心裁地加了点花椒油。温莎丽开心地笑了，她最拿手的便是这道煎牛排了，几个孩子在外面久了，便想回家吃一次妈妈做的牛排："这比外面餐厅里做得还要好吃。"

温莎丽看林晨吃得那么香，便把自己的一半分给了她，林晨知道如果推说不要的话，她可是会生气的，而牛排确实太美味，多吃半份也未尝不可。温莎丽问林晨："你觉得郝嘟嘟这个男孩子怎么样？"

林晨正咬着半块牛排，一下子没反应过来："什么怎么样，挺好的呀。"

温莎丽如同一个慈母，剜了她一眼，有几分嗔怪地说："你是真不知道，还是假不知道？他喜欢上你了。"

林晨一听，一张俊脸"唰"的一下红到了脖子根。温莎丽看到林晨窘得那样，便开解道："你呀，都是一个大姑娘了，怎么会这么害羞呢？也该和男孩子接触接触了，没什么大不了的事情。再说一个年轻人在青春飞扬的时候不谈几场恋爱，等到老了走不动之后会后悔的。"说到这里又追问了一句："你觉得他怎么样？"

林晨低着头，下巴快挨着胸口了，声音如同蚊子叫："还好吧。"

"哎呀，什么'还好吧'，他很不错的。"温莎丽像个严格把关、认真挑选女婿的丈母娘，"在社区里，我替你调查过了，他的家境很不错的。"说到这里，她拍了拍林晨的肩膀，示意她抬起头来："他跟你说过他的家庭没有？"

林晨像是被人窥破了心事，如同一只受惊的小兔，惴惴不安："他，他……"林晨嗫嚅着双唇："他说他和他的父母都是牛津大学毕业的。"

"哦。"温莎丽点了点头，又问道，"他没说其他的了？"

林晨低垂着脑袋，摇了摇头："没有。"

温莎丽有几分炫耀地把她的调查成果告诉了林晨，说他们家里经营着一家规模颇大的公司，经济条件很不错："在他家的地库里停着好几辆车，郝嘟嘟换着开，而且都是名车。"说到这里温莎丽对林晨笑了笑，接着说："而且你们都是来自中国，'他乡遇故知'嘛。哈哈。"温莎丽顿了顿，似乎又想起了什么，补充道："他们家就他一个儿子。"她好像认为自己没说清楚，又重重地强调了一声："是独生子。"这个英国的女教师着实可爱。

这是林晨从出生起第一次对男生有着别样的情愫，她自己也不清楚这是不是爱情。温莎丽的话让她有着莫名的忧伤，一点也高兴不起来。隐隐约约地，林晨觉察到他们之间横亘着千山万水，而她自觉弱小，对能否跨越这千山万水完全没有把握。林晨面前的盘子里还有几块牛排，好胃口却跑得无影无踪，她缩着肩，捧起茶杯啜了一口，这才觉得喉咙舒服了些，刚才喉咙直发紧。看着这几块牛排浪费了太可惜，又不能拿回给温莎丽，便打着精神咽了下去。只是肚子里撑得厉害。

终于到了去伦敦大学报到的那一天。郝嘟嘟一大早便带着早餐在温莎丽家门口的铁门前等她。

当林晨知道郝嘟嘟家世很好后，便下意识地拉开与他的距离。因为林晨知道自己一年后一定要离开英伦半岛，回到中国，回到南昌，回到安佳公司。她有些担心自己会爱上他。

可是郝嘟嘟哪里是林晨肚子里的蛔虫，怎么会知道她心里的各种小心思。嘟嘟记得今天是林晨去学校报到的日子，于是一大早便在厨房里忙活着，拎上早餐开着车就出来了。到地库里一瞧，才想起来红色小奔被他的一个朋友借走还没有还回来，就开着一辆橙色宾利来找林晨了。

林晨背着书袋出了门，径直往火车站走去。郝嘟嘟按了按喇叭，林晨回头一看，嘟嘟探出车窗，打了个招呼："Hello，林晨，快上来，我送你去伦敦报到吧。"

林晨刚打了个愣神，才记起温莎丽告诉她的话，郝嘟嘟家里好几辆名车，换着开。"那辆红色小奔呢？"林晨问。

"被一个朋友借走了，没还回来。"郝嘟嘟对她招手，"快上来，我送你去学校。"又扬了扬手里的纸袋子，说："你看早餐都准备好了。"

林晨摇摇头，说："还是不麻烦你了，我自己坐火车去伦敦。你去忙你的吧，谢谢你。"说完转身要走。

郝嘟嘟见状连忙下车拉住了林晨，说："你怎么了，别磨磨蹭蹭了，赶快上车吧。你一个人去伦敦不是不可以，但是你是第一次去，学校在哪里都不清楚，迟到了就不太好了。"林晨刚张开口还要说着什么，郝嘟嘟不由分说把她塞进了副驾驶室，关上车门。随即他一溜小跑地坐了上去，系好安全带，把早餐递给林晨，一踩油门，发动了汽车。

林晨默默地坐在他的旁边，默默地吃着他为她准备的早餐，有两行清泪在她那紧致而光滑的脸庞滑落。林晨赶紧转头去看车外的风景，悄悄用手背擦了擦。

郝嘟嘟专心开着车，并没有发觉林晨的安静，与前些天有所不同。"你在伦敦上学，也在那里住吗？"郝嘟嘟没有回头，直视着前方路况，问着林晨。

林晨过了好半天才回答："我也不知道怎么办，要先去了伦敦才知道。"

嘟嘟是个英国百事通，便笑着说："牛津市属于伦敦管辖，但是又有点远，大概一个小时的车程。"这时一个金发碧眼的小孩子挣脱了父亲的手，一下子蹿到了马路上。郝嘟嘟反应很快，马上刹车，然后猛打方向盘，避开了。他接着说："看你课程是怎么安排的，紧不紧。如果安排得很紧，每天都有课，那就只能在伦敦申请学生宿舍，或是在附近租房子住。如果课程安排得比较松的话，其实可以回牛津市来住的。"

林晨听得仔细，点了点头。一个小时后，两人到了伦敦大学。与牛津大学一样，伦敦大学是由于 18 个独立学院组成，温莎丽为林晨申请的是伦敦商学院。

站在同样古老而恢宏的教学楼前，林晨心里有些激动，她要和甘地、李光耀同为校友了。郝嘟嘟一直陪在她的身边，林晨回头对他很真诚地说："谢谢你，嘟嘟，我已经到校了，你先回去吧。"

郝嘟嘟还想跟着她一起去报名，可是被林晨坚决阻止了。他只好一个人闷闷地回了牛津。林晨看着他上车、看着他"砰"的一声关上车门。尽管隔着一段距离，她也能听得到汽车发动的声音，无比清晰。林晨站在那里，看着那辆橙色的宾利越来越远，最终消失在她目力所及的地方。林晨蹲了下来，把脸埋进臂弯里，泣不成声。

和郝嘟嘟在一起的那些天，美好得如同新生。仿佛是一场玫瑰色的梦，轻松的、欢愉的，也是随心所欲的。是林晨从未有过的快乐，她过得实在太苦了，一个苦水里泡大的孩子，这种生活是她不曾想过的。林晨知道郝嘟嘟家境优越，当然有浪掷光阴的资本，而她却不可以。这道鸿沟，让林晨觉得浑身无力。

3

林晨报完到，带着行李找到分配给她的学生宿舍。这是一排排五层高的小楼，里面的布局有点像国内经济型的酒店，每个房间配了个卫生间，厨房是几个人公用的，洗衣房在一楼。起初林晨想在外面租房住，因为租金要便宜很多，但是林家钰坚决不同意，一定要女儿住在校内宿舍。林家钰告诉女儿，一个女孩子在外面最重要的是保护好自己，在外面租房住，和什么人一起合租都不知道，在校内宿舍至少是和自己的同学一起住。英国也有骗子，学生公寓至少在安全、物业方面有保障。"勤俭节约当然是件好事，但是也要看什么事情，不该省的绝对不能省。你在那里读一年书的开销家里还是没问题的，否则爸爸在厂里没日没夜地干那不都白忙活了吗？一定要照顾好自己。"林家钰这样对女儿再三叮嘱。

宿舍的窗外是一条小河，河水潺潺流淌，岸边栽满了树木，展眼望过，一片葱绿。这时一只小鸟从树丛里振翅飞上天空，林晨仔细一瞧，原来树杈里有个鸟窝，窝里有几只毛茸茸的小脑袋叽叽喳喳的，原来是鸟妈妈去觅食了。林晨不由得笑了，"窗外有一窝小鸟相伴真有趣。"把自己安顿好之后，林晨赶紧又打了个电话回家。因为车间里机器运转的嘈杂声和工人们大声的说话声，铃声反复响了几遍后林家钰才听到，拿起电话刚"喂"了一下，林晨的声音便从大西洋的那边传过来了："爸爸，你怎么才接电话呀。"她正担心呢，正是上班忙的时候，怎么一直没人接听，不会是有什么事情吧？林家钰听到了女儿的声音打心眼里高兴，知道她是在担心，连忙安慰："是厂里太忙了，也很吵，所以没听见。"父亲的语气有几分疲惫，林晨心里一酸，眼泪直逼了上来，但她好歹忍住了，如果父亲听到她在流泪又会担心的。父女二人互道了平安便挂断了电话，没敢聊太多，越洋话费太贵，能省一点是一点。林晨开始按部就班地上着课，准备找个兼职，课余打工，也能接济一下，减轻家里的负担。而且还能训练口语，一举两得，何乐而不为呢？

除了上课学习以外，她还抽空去了一趟大英博物馆。大英博物馆离伦敦大学并不远，在新牛津大街北面的罗素广场。成立于1753年，1759年1月15日正式对外开放。是世界上历史最悠久、规模最宏伟的综合性博物馆，也是世界上规模最大、最著名的世界四大博物馆之一。里面收藏了世界各地的许多文物古迹和奇珍异宝，以及很多伟大科学家的手稿，藏品之丰富、种类之繁多，为全世界博物馆所罕见。其中不少是从中国掳过去的，在历史课上，老师不止一次地痛心疾首，说："我们中国有许多上好的古董，如今却不在我们国内，存放在伦敦的大英博物馆内，这是多么令人痛惜，这是我们每个中国人的耻辱。"所以还在那时候，林晨就想着有朝一日能到此一游，看看中国有哪些珍贵文物流落在外。

林晨脚步匆匆。这里陈列着无数的宝贝，有希腊的神庙、埃及的木乃伊，以及伊拉克巨大的浮雕，她只是一掠而过。按照指示图，林晨直奔中国馆。林晨走了进去，抬眼四望，眼前呈现的一切让她目瞪口呆。可以说这里的中国文物囊括了国内的整个艺术类别。也就是说，从远古的石器、商周的青铜器，再到唐宋的书画，以及各个时代的瓷器，在这里都可以见到，而且门类之丰富、分类之详细令人咋舌。据说东晋顾恺之的《女史箴图》的唐代摹本只有特殊的专家才可获得一饱眼福的机会。在馆内大厅的宽阔墙上挂着一幅几十个平方大的敦煌壁画。林晨凑上去仔细瞧，她发现这幅画是拼接上去的，连接处的痕迹清晰可见。壁画上三位菩萨妆容的女子，雍容华贵、体态丰满。林晨知道，18世纪末至19世界初有些西方人以科学考察的名义深入国内西北地区近百次，每次都掠走大量的珍贵文物。她的历史老师特别提到匈牙利籍英国人斯坦因和法国人伯希，他们在敦煌藏经洞里大肆劫掠。这张精美的壁画应该就是那时候掠夺过来的吧？林晨心里一阵隐痛。

林晨最感兴趣的是瓷器，因为离南昌不远的景德镇便是世界瓷都、瓷器的故乡。这里简直就是一个瓷器的世界，瓷器的海洋。林晨看到了汉唐的绿釉、白瓷、唐三彩，还有宋、金的磁州窑、耀州窑。五大名瓷均、汝、哥、官、定，无一遗漏，一一陈列。最难得的是元明的青花、明宣德景泰蓝、成化斗彩，还有釉里红、清粉彩、珐琅彩，以及越窑、德化窑、龙泉窑等等。每一件均是举世无双极珍贵的宝物，林晨只觉得自己眼花缭乱，隔着玻璃差点落下泪来。站在这片瓷器的海洋里，林晨终于体会到历史课上老师为什么那般痛心疾首了。

正当她一个人沉浸在漫无边际的思绪里的时候，有人在身后拍了拍她的肩膀。林晨心下一惊，想必也是一位从中国来的游客或是留学生了，她回头一看，却是郝嘟嘟。

林晨怔怔地愣在那里，没有反应过来。还是郝嘟嘟先笑着打了个招呼："我去了你学校，你同学说今天没课，你会去博物馆，我猜你一定在这里。"说到这里，郝嘟嘟展颜一笑，有种侦探破案成功的快乐："我一猜就中，果真没错，你还真的在这里。"说完，郝嘟嘟自顾自地笑了起来，问林晨："怎么？喜欢中国的瓷器？"他露出来的那一口整齐而洁白的牙齿真是漂亮。

林晨心里仿佛有道五彩的光一闪而过，整个人都亮堂了。他的突然出现让她又惊又喜。见嘟嘟问她，林晨如同梦游一般点了点头，应道："是啊。你要知道江西景德镇是瓷都，可是好宝贝全在这儿了，件件都是国宝级的珍品。真让人惊讶。我们历史老师上课的时候说这是我们每一个人的……"剩下的"耻辱"二字刚到嘴边又咽了回去。

郝嘟嘟展望四周，不由得点了点头："这不得不提到一个人，就是大维德爵士。他是个大银行家，对中国瓷器情有独钟，毕生收集了1700多件中国瓷器，这里有很大一部分是他捐赠的，否则我们也看不到。"说完这些，他觉得谈论这个话题有些太沉重了，便跟林晨说："你知不知道，在英国也是有长城的，至于是不是万里长城，那我就不知道了。"

"啊？！哈哈，英国也有长城？"林晨闻言，几乎笑出了声。

"当然是呀，难不成我还会骗你呀？"郝嘟嘟说着便拉林晨去看。林晨果然看到墙上一张很大的图片，上面有一堵破败不堪的土墙，旁边还有一些游客在土墙边摆着各种姿势的照片。林晨大概估摸了一下，土墙应该不会超过40厘米。她看了看"长城"，又回头看了看嘟嘟，眼睛满是疑惑，仿佛在问："这也叫长城？真的，假的？"

郝嘟嘟知道她在问，说道："这当然是长城了，虽然只修了117公里，可是你要知道在英国也算是长城了。"

林晨想到中国万里长城的雄伟，忍不住哈哈大笑。郝嘟嘟没有理会她，继续说："这长城是12世纪到14世纪罗马皇帝哈德良统治英国的时候修建的，所以英国也叫哈德良长城。当时修建的时候城墙有 5 米高，只不过年长日久，也只剩了这么一点了。"

"才 5 米高？那有什么用，我都能翻墙过去了。"林晨又笑了，"这样也能叫长城？"

郝嘟嘟故意绷着脸说："对呀，当然是长城了。"

他那一本正经的样子让林晨绷不住又笑开了："嘟嘟，你知不知道在我们中国有句话是'人比人气死人，货比货扔掉货'？"

"当然知道，所以我们不要去和别人比，只要我们过得开心快乐就可以了。"嘟嘟说道。

林晨听了心想，你当然不用和别人比，你的经济条件好，已经什么都有了，当然风轻云淡，只要自己开心就好。

不过林晨倒是很希望自己若干年后也能有他这种心态，淡然而超脱。"一定要加油啊。"她暗自给自己鼓劲。

伦敦的天空总是雾蒙蒙的，几乎每天都是一副准备下雨的样子。有时候夕阳西下，落日的余晖洒满整个城市，金色的光芒照映在白蒙蒙的雾气上，仿佛整个世界被金黄色的光芒所覆盖，犹如人间仙境。这是只有雾都伦敦才能欣赏到的绝美景色。林晨有时会站在校园的天台上眺望，心中赞叹不已。不过欣赏美景的机会并不多，因为这个时候虽说下课了，却是她打工兼职的时候。

林晨在学校附近的一家比萨店里打工，下午的 5 点到晚上 10 点，是她最忙碌的时候。"喂，小妞，来一份鸡肉比萨，再有一份是香烤冰岛比目鱼。"一个干瘦的，脸上长满雀斑的小伙子朝着林晨吹了一个口哨。他金发碧眼，脸却苍白得像个吸血鬼。林晨很不喜欢他那股自来熟的劲儿，心里嘀咕着："左一个'小妞'，右一个'小妞'，真讨厌。"但是林晨的脸上却是笑着打个招呼说："先生，快请坐，您又来了。"

"哦，小妞，你对我太客气了，要知道我们已经见过很多次面了。"林晨给他递菜单的时候，小伙子乘机在她的手上狠劲捏了一把，"我们早就是朋友了，不是吗？"

林晨连忙把手抽开，脸上的笑容却是没减半分："那当然是，我们店里还欢迎你多多光临呢。"

"有个这么漂亮的东方小妞在这里，我怎么会不来呢？"小伙子说着说着站起身来，直往前凑，他想吻一下林晨。林晨很不习惯，马上退了几步，把脑袋往后仰，说道："你先坐着，我这就给你到厨房里下单。"这一次小伙子没吻上。小伙子倒也不恼，嘿嘿笑着，坐了回去。两眼直勾勾地盯着林晨的背影，手指轻弹着桌面。这让林晨后背发麻。

她把打印出来的点菜单压在小伙子的桌角，便不再理他，去招呼其他客人了。菜品熟的时候，林晨很想其他店员能送过去，但是他们好像都知道小伙子喜欢林晨，便合着伙儿看热闹，催促着林晨端过去。

林晨无奈，只好送了过去。小伙子一看到她立时两眼放光，不看菜品，只盯着林晨，好像他到比萨店里不是来吃饭的。林晨觉得自己的脸火辣辣的，便低着头。小伙子不知道这是林晨在拒绝他，只觉得这一份东方的羞涩，是他见过的那些豪放的西欧姑娘所没有的神秘与魅力，这更让他神魂颠倒。恨不能马上揽入怀中。小伙子的这副猴急模样让其他人"吃吃"暗笑，林晨隐约听到，只是恼得不行，又偏偏不能发作。

她隔着桌面递上烤好的比萨。谁知小伙子耸了耸肩，说道："你还应该替我摆好餐具，你要知道这是你工作的一部分。"林晨只好走到他身边，谁知小伙子顺手拉她坐下："我点的是两个人的餐，我们一起吃吧。我一个人多没劲呀。"

林晨连忙用力把他推倒在沙发座上，像只受惊的小兔一样挣脱着跑掉了。在一个陌生的国度里，她第一次觉得自己孤独无助。

正当她心有戚戚的时候，听得那个小伙子一声号叫，如同受伤的野兽。林晨连忙回头，看见小伙子正捂着脸直"哼哼"，而站在他旁边的是郝嘟嘟。郝嘟嘟朝他的脸上挥了一记老拳，看起来下手还不轻。

小伙子瞪着双眼，一下子腾跳了起来，扑向郝嘟嘟。郝嘟嘟眼明手快，一个闪挪避开了，旋即把他死死按在座位上。小伙子"嗷嗷"直叫，却又动弹不得。郝嘟嘟大声说道："她是我的女朋友，如果我下次再看到你对她动手动脚非礼她，看看不把你捶烂。"郝嘟嘟说着又下力把他往下按，又吼了道："不信你试试看。"

　　小伙子被他按在沙发座上动也动不了，便知道不是对手，号啕着："她是你的女朋友那就是好啦，跟我有什么关系，我看都懒得看她，给我还不要呢。"

　　郝嘟嘟听着他死鸭子嘴硬，又好气又好笑，准备再挥一记老拳让他长点记性。林晨回过神来，连忙跑了过去，牢牢抱住了那只高高举起的手臂。郝嘟嘟回头看了看林晨，林晨对他直摇头。嘟嘟推开了小伙子，对他厉声说："你到这里来是吃饭的，不是来泡妞的，下次我要是再看到你欺负我女朋友，看我怎么收拾你。"他在桌子上重重捶了一拳，比萨盘差点震到桌下去了。郝嘟嘟说完扬长而去。

　　这一场英雄救美让其他人看得瞪大了双眼。郝嘟嘟一走，那个叫"贝贝"的女店员欢呼一声扑了过去，抱着林晨说："哇，你的男朋友好帅好帅啊，简直帅呆了。要是我也有个这样的男朋友那就好了。"这让林晨尴尬不已，却又百口莫辩。但是在她的心里有一股暖流缓缓流淌，有一种前所未有的安全感包围着她，让她有种莫名的幸福，觉得头有些晕眩。

　　还没等她从幸福里清醒过来，老板气冲冲地把她叫到后厨，对林晨挥着手说："你的男朋友在我这里跟客人打架闹事，影响了我生意，这是他走掉了，要不然我就叫警察了。"看到他怒不可遏的样子，林晨连忙道歉，老板并不听她解释，又摆了摆手说："行了，你被解雇了，你走吧，从现在开始你不用来上班了。"

　　林晨急了，她还要这份工作补贴家用呢，便恳求道："下次不会再发生这种事情了，他也不会再来这里的。"可老板不依不饶，连连摆手道："不行，不行，这种事情只发生一次已经够了，不能再有第二次了。你走吧，我不要你在这里工作了。"

林晨又气又恼，眼泪在眼眶里直打转，想再分辩，却又不知说什么才好。她忍了忍泪，问老板："你要解雇我可以，我在这里做了快半个月了，你把工资付给我吧。"谁知这个肥得转个身都有些困难的中年男人欺负她初到英国来，人生地不熟，不肯付工资："你说的什么话，我没有让你赔偿已经是天大的仁慈了，你怎么问我要起工资来了？"老板肥厚得像两片香肠的嘴唇一开一合："要知道是你的男朋友耽误我店里的生意，要是他们也像你这样，那我还不得关门大吉？"说到这里，老板往外轰着林晨："快走，快走，没有工资，有本事你去告我好了。"林晨就这样被扫地出门了。她走在回学校的路上，恨恨地想："如果我有很多很多的钱，他就不敢这样欺负我。"

回到学校，林晨百无聊赖，只是坐在校园里发呆，她并不知道郝嘟嘟一直跟在后面。嘟嘟没有说话，静静地在她身边的空位上坐了下来。林晨看到他，惊诧着怎么在哪里都能有郝嘟嘟的身影。林晨侧过头去，没有说话。两个人都沉默着，林晨一言不发是因为不知道该对他说什么。是感激他教训了那个英国小伙子，替自己出了口恶气，还是抱怨他让自己丢了工作，而且连工资都没拿到。林晨看了看手指，指尖已经开始脱皮了，那是每天晚上洗盘子的结果。她从来没有洗过那么多的盘子，一双手泡在清洗剂里，对皮肤伤害最大了。但是林晨不想让郝嘟嘟知道她被炒了鱿鱼，否则的话他又会去替她讨回公道拿回工资了。因为郝嘟嘟刚才情急之下大声吼出的那句话"这是我的女朋友"，让林晨心跳又心悸。内心五味杂陈，万千思绪起起伏伏，竟然让她忧伤起来。这是属于一个少女的、带有玫瑰色的忧伤。

"你怎么了？一直不说话，看上去也不高兴，一点精神也没有。"郝嘟嘟忍不住打破了沉默。

林晨摇了摇头，依然一声不吭。郝嘟嘟急了，说："是不是那个家伙在我走了之后又欺负你了？真是死性不改，看看他还在不在那里，我再教训他一次，让他长点记性。"说着就站起了身。林晨连忙拉住他，心想连工作都没有了，哪儿还有人纠缠她呀？

"要不，我们一起回趟牛津市吧。"郝嘟嘟转移了话题，看了看林晨，小心翼翼地建议，"你也有段时间没回去了，你老师应该想你了吧，你不回去看看她？"

这倒是提醒了林晨，确实很久没去牛津了。后天是周末，不用上课，现在工作也丢了，索性回去看看也好。两人便约好了，郝嘟嘟后天早上过来接她。

"咦，你的车呢？"当郝嘟嘟一个人站在林晨面前的时候，她问道。在林晨的印象里，郝嘟嘟到哪里都开着一辆车。她只看到过红色小奔和橙色宾利，温莎丽说过他家名车很多，换着开。

"哦——"，郝嘟嘟耸了耸肩，他的很多小动作跟这个国家的人一模一样，"今天我不想开车，我们一起坐火车回牛津吧。"他说。

林晨倒是没意见。伦敦有很多路线的公交车，还是红色双层的大巴士，郝嘟嘟带着林晨坐公交去火车站了。在买票的时候，林晨遇到了一件事情，颠覆了她的世界观，甚至让她对社会、对人生有了重新思考。

有一家四口的游客，一对夫妻带着一双儿女，他们的票找不到了。这在中国也很常见，谁丢了票谁倒霉，还在幼儿园的时候老师整天唠叨是"自己的东西要管好，别人的东西不能碰"。那么只能再掏腰包去补一张票了，否则还能怎样呢？接下来发生的事情让林晨大开了眼界。夫妻俩找到售票处，与坐在里面的售票员解释说："昨天我们一家四口在这儿买了四张票，现在怎么找也找不到了，麻烦你给我们补四张吧。"

听了他们的话，林晨瞪大了双眼，眼珠子几乎快要掉下来了，心想："哪有这样胡搅蛮缠不讲道理的，售票员快要报警，联防队的人快要过来维持秩序了吧？"

谁知后面的事情让林晨更是惊掉了下巴。售票员仔细问了他们什么时候购的票、是去哪里的，确认之后，售票员重新打印出四张票递给了他们。这可是四张不记名的票啊！自己弄丢了之后，仅凭一面之词就能补票。这怎么可能？

"这怎么可能？我不会是眼睛花掉了，看岔了吧？"林晨反复向郝嘟嘟确认。

"怎么不可能？这在伦敦是再正常不过的事情了，我也丢过票，也去售票处补过票。"郝嘟嘟笑着说，"以后你的票不小心弄丢了，直接再补一张就是了。"

"可是万一那一家四口明明就是自己没买票，他们就是在撒谎怎么办？"林晨不敢相信自己的耳朵。

"所以一个社会首先要互相信任，只有大家彼此信任，这种维护的成本才是最低的。"郝嘟嘟解释道。

可是林晨依然无法想象这是个什么样的社会环境。郝嘟嘟见状便进一步解释道："你想啊，首先要确认一点，我们是必须与其他人发生联系的，不可能一个人躲在深山老林里，对吧？如果大家除了自己以外都不相信别人，那么就需要大量的人力物力来反复确认，而这些损耗是非常巨大的，最终破坏的是我们每一个人的利益。"

林晨晕晕乎乎地随着郝嘟嘟坐上开往牛津的火车。脑子依然在琢磨这件事情，似乎有几分明白了。"这还是需要整个社会空前富裕才能做得到啊！"林晨内心有如千层浪，"如果一个人连一日三餐都难以为继、连一双鞋也穿不上，那么他们一定会逃掉这四张票，因为这四张票的价格让他们有无法承受之重。英国是发达的资本主义国家，家家富裕，人人有保障，当然不会冒着个人信用破产的危险去逃票了。"窗外的景色一如既往的秀美，可林晨一点心思也没有，她在想着自己的这件事："所以我们才要改革开放发展经济呀，精神文明要建立在物质文明之上，这是大智慧！一个人连饭都吃不上了还谈什么修养?!"林晨的思维仿佛有道光亮一闪而过，整个人都通透了。对呀，管子不是也说"仓廪实而知礼节，衣食足而知荣辱"吗？一个国是由无数个家庭组成的，如果每个家庭都富裕了，那么国家也会富裕。一个人、一个家，或是一个国，如果太贫穷就会锱铢必较、精于计算。"所谓的'穷山恶水出刁民'，不是人刁，而是人非圣贤，当食不果腹的时候容易冲破底线。"林晨觉得自己想透了，心里立时亮堂了起来，"回去以后要认真把安佳公司做起来，一定要让爸爸和妹妹过上丰衣足食的好日子。"她暗暗给自己加油："努力致富才是硬道理。"

牛津离伦敦不远，只有一个小时的车程。郝嘟嘟先把林晨送到了温莎丽的家里才告辞，温莎丽看到林晨，张开手臂。林晨跑上前去，两人拥抱在一起。温莎丽吻了吻她的面颊，说："在学校里还习惯吗？本来我要去伦敦看你的，谁知你却回来了。"

林晨把脸埋在她的胸前，久久不愿离开，如同一个婴儿蜷缩在母亲的怀抱。她从小没有母亲，而这一刻林晨体会到了母爱。她打算把她和郝嘟嘟的事情全部告诉温莎丽。林晨正苦恼着，她不知道怎样处理这件事，温莎丽是最好的倾诉对象，而她也能提出最恰当的建议。

在后花园里，温莎丽递给林晨一杯咖啡，又在厨房的烤箱里端出一碟栗子松饼。林晨絮絮叨叨的，说得断断续续，她时不时地脸红一下。有些话结结巴巴，总觉得和盘托出太不好意思了，不知道怎么表达才好，她在不断地找合适的词语来形容，可又觉得怎么也说不清。真是让人紧张又难堪。咖啡和松饼的甜香让林晨慢慢地放松下来，她诉说的是一个少女第一次朦胧的情愫。温莎丽一直微笑着，并不打断，让她慢慢地讲。

"我早看出来他爱上你了，你还这样担心？"温莎丽问。

林晨嗫嚅着双唇，心神飘浮不定："可是我有什么好的呀，他看中我哪点呢？"一向对自己充满信心的林晨，不知何时变得如此患得患失，时常会有一种莫名的忧伤笼罩着她。

"怎么说呢？或许是一个人的长相，或许是一个人说话的神态，又或许是对方身上的体味……各种各样的原因，说不清的。或许这就是爱情的魅力，让人心心念念，无比牵挂。如果能清楚明白地讲出原因，那也就没有什么神秘感了。"温莎丽摊了摊双手，耸了耸肩说道，"我认为他爱你才是最重要的，至于他为什么爱你那只有上帝知道了。不过，有一点我可以确定，郝嘟嘟是非常爱你的。"

温莎丽的肯定让林晨心里晕眩着，她心里一直是没有把握的。"可能他是这样的性格，喜欢打抱不平。"又或者是"大家都是中国人，有天然的亲近感。"林晨用这些理由来解释与开脱。她内心是害怕的，害怕自己会爱上他，也害怕他爱上自己。

"不，不，不，"温莎丽连连摇头，说，"不是这样的。你那样说当然也有一定的道理，但是我看到的不是这样，郝嘟嘟他的确爱上你了，而且我看得出来他是认真的。"

林晨听了，既兴奋又担忧："你知道吗，我好担心我们会没有结果。"内心的隐忧脱口而出。

"结果？什么结果？我实在不明白你的意思。"温莎丽看着林晨，有些莫名其妙。

林晨抿了抿双唇，终于说出了内心深处的忧虑："我在英国只有一年的时间，我是一定要回国的，家里的安佳公司是要我来挑大梁的，那么我们怎么可能在一起呢？"说到这里林晨几乎要落下泪来："如果我们注定了不可能在一起，我们还爱上了，那该是多么痛苦。早知道这样还不如现在就掐灭这段感情。"说完林晨心里痛得缩成一团，指尖也在微微战栗。

温莎丽这才明白了，不由得点了点头："你这样的担心也不是没道理。"她轻啜了一口咖啡，又在嘴里放了一个小松饼，若有所思地低头看着草坪，显然她能体会林晨的困境。一阵风儿吹了过来，草坪上五颜六色的小花迎风招展，这是一个美好的季节，如同一个美好的恋情。每一朵花儿都有盛开的权利，不论花期的长短。温莎丽若有所思没开腔，林晨也坐在旁边静默着。

"我觉得你不能这样看问题，这对郝嘟嘟来说并不公平。"温莎丽如同一个慈母，她拍了拍林晨的手背，温言软语地安慰她，"爱情是一个可遇而不可求的东西，没来就是没来，来了就是来了。嘟嘟他爱上你了。"温莎丽继续开导："如果你也对他有好感的话，为什么不给这段感情一个发展的机会呢？未来的事情谁也说不准，比如中国一直对世界关闭着大门，现在不也要改革开放了吗？说不定郝嘟嘟家里也会去中国开公司哩，那你们不就在一起了吗？"

说到这里，她轻叹了一声，展目远望。今天是难得的好天气，天空一碧如洗，阳光柔媚地洒向大地，在这样的阳光下慵懒着是一件很幸福的事情。"你不是很喜欢莎士比亚吗？他就说过'爱是一种甜蜜的痛苦，真诚的爱情永远不是一条平坦的道路'。我觉得这段话很有道理。所以你没必要考虑太多将来如何，要知道真爱是不可能一帆风顺的，把握住现在对你来说更加重要。"温莎丽说这些话的时候一直看着林晨，希望她能够听进去，"一个人年轻的时候，爱情来了没有抓住，等到以后再来后悔，可是已经一切都来不及了。"

温莎丽鼓励她："爱情来了就大胆去爱，至于以后的事情以后再说，至少爱过了自己不会后悔。"林晨坐在一旁喝着咖啡，安静地听着，没有插一句话。她好像对自己有了那么一点信心了。

才住了一个晚上，林晨便急着回伦敦了。她心心念念地是赶紧在学校附近找到一份工作，这样可以减轻家里的负担。

对此，温莎丽有些掩饰不住的忧心："亲爱的，我觉得你不能够这样做。你要知道你刚到英国来，你是找不到一份像点样子的工作的，就连小型超市的收银员也不一定会要你，你只能去洗盘子。"她对林晨劝道："那样不仅太辛苦，而且收入实在低得可怜。你在英国只有一年学习的时间，我觉得你最主要的事情是熟悉英国这个社会，拓宽眼界。看看这个国家到底与中国有什么不同，英国作为老牌的发达国家一定有可取之处的。你如果在这短短一年的时间里只想着多洗几个盘子来补贴家用，我觉得太得不偿失了。"说到这里，温莎丽按着林晨的双肩，微笑着说："你有需要的话，只管对我说，我可以资助你的，没关系。"

林晨听了大为感动，知道她这样说是发自内心，并不是客套，也没有一丝一毫的虚情假意。林晨紧紧地抱着温莎丽，眼里有泪雾直逼了上来，她不敢让温莎丽看到，躲着擦了擦。这时家里的电话铃声响了，是郝嘟嘟打过来的，说是要带林晨出去玩。林晨放下电话，看着温莎丽羞涩地笑了笑。温莎丽扬了扬眉头，问："他约你出去吗？"

林晨白皙的脸庞一下子飞上了两朵红云，低着头"嗯"了一声。

"傻孩子，还愣着做什么，换件漂亮的衣服赶快去呀。"温莎丽抱着她的肩膀，推她到自己的房间抓紧时间收拾一下。

郝嘟嘟开着那辆红色小奔在外面已经等了好一会儿了，当林晨薄施脂粉出现在他面前的时候，他的眼睛亮了，如同两颗星星掉落在他的眼里。"还不快点上来？"嘟嘟招呼了一声。林晨施施然地坐进车去，关好车门，问："那辆宾利呢？""在家里放着。"郝嘟嘟说话间发动了汽车，"你没听说过吗？开奔驰、坐宝马，这意思就是说奔驰开起来特别带劲，所以朋友一还回来，我就开出来了。"他不忘叮嘱一下林晨："你还没有系好安全带，今天我要带你去一个很特别的地方。"

这勾起了林晨的好奇心："什么特别的地方，快点告诉我。"

"不行，现在不告诉你，到了你自然知道了。"郝嘟嘟卖了一个关子。

林晨笑了笑，不再追究了，而问了另外一个问题："我发现你说的英语发音跟我听到的都不太一样。你要知道在中国有很多方言，但是普通话却是最标准的国语。"

郝嘟嘟有几分得意地笑了，说道："我说的英语是牛津腔。"

"什么是牛津腔？"林晨不解，"是和中国的普通话一个道理吗？"

林晨这种别致的比喻让他哈哈大笑起来，便细心解释给她听。原来在英国的"BBC 腔"源自英格兰南部，因为字正腔圆、发音优雅被牛津和剑桥两所大学采用，后来更成为英国上流社会的口音，也被用于语言教学。"哦，我明白了，就像是我们上课的时候说普通话，但是每个地方有不同的方言，比如北方人有很多卷舌音，南方就是平舌音居多了。"

郝嘟嘟点了点头，说："是这个道理，但是在英国又有不同。"他双眼直视前方，一边开车一边告诉林晨："在这里口音还能区分说话者的身份和地位。比如河口的口音，那么中产阶级居多；如果是东部口音的话，一般是工人阶级出身。因为一直以来伦敦东郊是贫民区，当人们一听到是东区口音时，会将说话者与东区杂乱危险的形象联系在一起。"

这番话把林晨听得一愣一愣的："我的天，口音在英国当地竟然这么重要？居然跟一个人出身，还有阶级地位紧密相连。"

"那当然啦！"嘟嘟点头说道，"撒切尔夫人你该知道吧，英国有名的女首相、铁娘子。她本来说的是林肯郡的口音，其实也是无伤大雅的，但她为了仕途，请了专门的语音教练，苦练上流社会通行的 RP 音，所以顺利进入政治精英的核心，当上了首相。"

听到这里，林晨的嘴巴圆成了一个"O"形，合不上了。她直拍着胸口，突然想到了一个问题："嘟嘟，你说如果我能讲一口牛津腔的英语，那么我做生意会不会顺利一点？"

郝嘟嘟放声大笑起来，用力击打着方向盘。林晨有点不高兴了，嗔道："在开车哩，注意安全好不，没听到在问你话呢。"

嘟嘟好不容易止住了笑，喘了喘气说："我敢打赌，你的生意一定会做得很大，业务遍布全世界。"

"那我们今天到底是去哪儿呀？"林晨追问道，"还很远吗，快到了吧？"

郝嘟嘟踩了踩油门，加快了速度，答道："我们很快就到了。"

红色小奔驶入了德文郡，在一幢古老的建筑前停了下来。郝嘟嘟示意林晨说："到了。"林晨下车一看，原来是一个大教堂，一看便知历史久远。郝嘟嘟关好车门，走到身边拉着她的手走了进去。林晨睁大眼睛，心里只有一个词，那就是"叹为观止"。

"这是埃克塞特大教堂（Exeter Cathedral），可以说这座古老的教堂是英国最知名、最典雅的教堂。始建于 932 年，早期的教堂被烧毁，后来又多次改建。最长的一次工期建了近百年。"郝嘟嘟告诉林晨，"这是世界上哥特式建筑的最好典范，端庄典雅又不输气质，宏伟壮观又不缺美感。"林晨看到整个建筑是由石头建造而成，用玻璃装饰，每一处细节精湛而完美。她身处其中，有种庄严的感觉，同时不会有任何的拘谨不自在，恰恰相反，她感到身心被一种祥和所包围。她深深地吸了一口气。郝嘟嘟又指了指上面，示意林晨抬头看，说："这里据说是英国最长的拱形天花板。你看，是一直连着的，没有间断。"

"真的好漂亮！"林晨由衷地赞叹。

林晨在目不转睛地欣赏，而郝嘟嘟一直注视着她，目光须臾不曾离开："你不是问我 church 和 cathedral 到底有什么区别吗？明明都指的是教堂，为什么要用两个截然不同的英文单词来表达？我想如果我只是用语言解释的话，你很难领会，所以带你自己来看。这就是 cathedral。"他把林晨带到大教堂的后殿，指着窗户上的玻璃说："你瞧瞧，那一块块的玻璃可是 14 世纪的工人安装上去的，现在依然保留得非常完好，一如当年。中世纪时期便是人们祈祷、朝圣的地方。"

林晨指尖轻触着墙面，一丝石头的微凉传了过来，仿佛在诉说着曾经发生的故事，据说一万个教堂就有一万个故事。"我的天！"林晨在教堂里转着圈子欣喜说道，"这何止是教堂，这文化底蕴、历史悠久哪里是一般的教堂能够比得了的，这简直就是一个博物馆。"林晨抓住郝嘟嘟的手，说："我现在彻底明白什么是 church，而什么又是 cathedral 了。"她晃了晃嘟嘟的手，高兴地说："谢谢你。"嘟嘟听了她的话也很开心，看了看四周，说："你这么喜欢真是太好了，欧洲遍地都是教堂，我却最喜欢埃克塞特。"他的目光又收回到了林晨脸上，缓缓地说："每次我到这里，不管有多烦恼的事情也会平静下来。你知不知道，教堂里的管风琴演奏特别好听，悠扬悦耳，我觉得那是来自天堂的音乐。"嘟嘟还有一句话放在心里没有说出来，那就是遇上一个他喜欢的姑娘，他想就在这里举行婚礼，那一定很完美。

郝嘟嘟带着林晨沿着石头螺旋楼梯爬到了北塔的最顶端，两人肩并肩地站在高处。他指着前方对她说："那是埃克塞特小镇，这里是欣赏埃克塞特全景的绝佳好位置。"一阵风儿吹了过来，轻拂着林晨额前的头发，林晨迎着风甩了甩头，转过身对郝嘟嘟说："现在我好想大喊一声呀。"

"那你喊哪，为什么不喊？"郝嘟嘟笑了，"这里是最顶端，不论你喊多大声也没有人会听见。"

林晨听了，果然双手卷成喇叭状，大声喊着："我——是——林——晨——！你——好——吗——？我——会——成——功——吗——？"

这时教堂的钟声敲响了，非常好听，飘荡在整个小城的上空，一下又一下，悠扬绵长。一群小鸟随着钟声腾空飞向远方，叽叽喳喳的。

"我们去小城里逛逛吧。"嘟嘟建议。

林晨与他走出教堂，发现整个小城安静得出奇，街道两边的房子关门闭户的。有时整条街道也看不到几个人，偶尔有个老人牵着狗狗在旁边慢慢走着。因为是周末，林晨知道人们要么去度假，要么待在家里休息，商店都不营业了，出门也没啥好逛的，索性大门不出、二门不迈了。郝嘟嘟习以为常，林晨却还不能适应。想想国内每到周末或是节假日，每条街道、每个商场都人头攒动，这可是商家日进斗金的好时机。"怎么可能不开门做生意呢？"林晨大摇其头，一万个不明白，"有钱都不赚了？！"

郝嘟嘟对此的解释是："英国的福利很好，人人有保障，所以大家都把家庭看得很重，赚钱倒在其次了。"

"多么奢侈啊！"林晨在心里长叹，"在国内只要能赚钱，就是晚上都可以不用睡觉，别说周末休息了。"她想到了父亲为了还债把她和妹妹丢在家里远去他乡，那时她们还是孩子啊！同在一个地球上，为何有这种天差地别。

"难道在英国就不需要工作赚钱了吗？如果大家都这样，那么美好的生活从何而来呢？"林晨心里的疑惑无法解开。

而林晨提出的问题过于宏大，郝嘟嘟一时语塞。不知从何作答，愣在那里。

4

周末结束，林晨回到伦敦的学校里。郝嘟嘟本来要送她去的，但是林晨没同意。郝嘟嘟也没再坚持，其实他家在伦敦有分公司，而且主要是由嘟嘟负责。他只是觉得女孩子有着许多小心思、小秘密是不好意思让别人知道的。

林晨又在学校附近的一家餐馆里打工了。她实在做不到一心读书、游历，哪怕只有一时半会儿闲在那里，林晨心里便会发慌。只不过她没有以前那样看重那份收入罢了，这样整天连轴转让她心里感到踏实。

伦敦大学的各个学院除了授课以外还有名目繁多的活动，刚开始林晨退避三舍，觉得那就是在浪费时间，但是这一次让她心动了。马上就是圣诞节了，社团准备排演《白雪公主》，正在向全校征聘演员。林晨一直苦练牛津腔英语，为了加强语感，她甚至在睡觉的时候也戴着耳机，在梦里也说着英语，而且还是牛津腔。林晨想试试自己到底有没有在广众之庭开口说话的勇气与底气。但是她犹豫不决应该报名哪个角色，郝嘟嘟建议她去演王后。自打林晨在伦敦上课，他便也长驻雾都了，分公司的事宜由他打理，没让父母分神操心了。

林晨一听，差点笑出了声："王后?! 你让我演王后? 嘟嘟，在你心里我就那么恶毒那么坏吗?"

郝嘟嘟也笑了："难道在舞台上，只能由坏蛋来演坏蛋、仙女来演仙女吗? 表演而已嘛，很多还是男扮女装呢。"他笑着打量了一下面前的这个妙龄少女，说："我只是觉得你能演出王后的那种气场，这不是随便什么人都能诠释到位的。"

林晨也不喜欢扮演白雪公主，觉得有些傻白甜。她歪着头想了想，认可了郝嘟嘟的意见。没想到竞争还挺激烈的，林晨击败了众多对手，得到了王后这个角色。演出的宣传海报张贴在校园里的各个角落，大家对这位来自中国的"王后"有种新鲜感，颇为期待。

演出当天郝嘟嘟提前到了剧院，他坐在第一排正中间。观众席一片黑压压的人头攒动，林晨在后台一眼就看到了他，她乘着帷幕掀起的时候对嘟嘟挥了挥手，仿佛一种心灵感应，嘟嘟也同时看到了她，竖起了大拇指，对林晨用力地点了点头，以示鼓励。林晨笑了，刚才还怦怦乱跳的心，平静了下来。这一刻，她对自己充满了信心。

演出大获成功。尤其是林晨扮演的王后，风头甚至盖过了女主角，那是一个爱尔兰姑娘，她扮演的角色是白雪公主。林晨的英语发音比白雪公主还要字正腔圆，而且戴上王冠的她，有一种碾压全场的声势。当王后对着魔镜一遍又一遍追问：魔镜魔镜告诉我，这个世界上最美的女人在哪里？那种美人迟暮强说愁的心酸、悸动、希望等等，全在林晨说的每个英语单词里。当魔镜告诉她真实的时候，王后梦碎后的彷徨无依、希望破灭、万念俱灰被林晨演绎得让人心有戚戚。在故事里人人憎恶的王后居然没有那么让人讨厌了，这是林晨的独特魅力。演出结束了，演员一次又一次地谢幕，众人纷纷站起身来，全场掌声雷动。观众席上有人大叫着林晨的名字，林晨走出来，再三躬身以表谢意。

林晨回到后台卸妆，郝嘟嘟早已在那里等候。看到林晨，他笑着张开手臂，说："祝贺你大获成功。"林晨眼睛亮晶晶的，投入了他的怀抱。这是他们两人第一次拥抱，两个人同时有种触电的感觉传遍全身。林晨头一次跟男孩子这样零距离地接触，心跳得厉害，满脸绯红。郝嘟嘟吻了吻她的额头，轻声问道："你，还好吗？"

林晨害羞不已，埋在他的怀里，点了点头。

观众渐渐散去，林晨依然满心兴奋。她看了看时间，刚好下午4点半，北京时间就是晚上12点了。不知道父亲还在不在加班，林晨仍然想打个电话给他。电话铃声反复响了几次，林晨以为父亲回家了，刚要放下电话，父亲的声音从遥远的中国传了过来。他知道这么晚的电话多半是女儿的，所以一拿起电话，便说道："晨晨，是你吗？"

林晨的眼泪马上下来了，她赶紧忍住了泪，平复了一下自己的情绪，问道："爸爸，这么晚你怎么还在公司里呀，你这样加班，我好担心你的身体。"

"担心什么？傻孩子。"林家钰笑了笑，语气里满是疲惫，"有班加才好哩，说明厂里有活干了，如果没有订单，闲在家里才是最大的问题。你就放心吧，爸爸心里有数。"林家钰干咳了几声，清了清嗓子，又问道："你怎么样了，还好吗？"

林晨马上又兴奋了起来，她兴高采烈地把演出的事情详详细细地讲给了父亲听，她说："爸爸，你知道吧，我现在的英语说得很好很流利了，还是牛津腔。以后我跟外商交流完全没问题了。"

林家钰虽然没有听懂什么是牛津腔，但是打心眼里为女儿高兴。他告诉了林晨一件事情，黄老板又把订单给安佳公司了。林晨"哗"的一下笑开了："还是回到我们这里来了，在外面没少吃苦头吧？"她一股少年气直涌了上来，想到父女俩在浙江受到的种种白眼和屈辱，便对父亲气鼓鼓地说道："让他先打货款过来，然后把他的货做烂，让他去哭爹喊娘。"说完林晨觉得自己痛快多了。谁知父亲却说道："小孩子说话不知轻重。那怎么可以?! 在商言商，一码归一码。黄老板又回到安佳，当然是我们的质量还是过了关的。所以我们还是应该和以前一样把每个订单做好才是正理。"林晨笑了："爸爸，我懂，刚才只是在说气话。你还别说，那样出了口恶气人还挺舒服的。"林家钰答应着叮嘱了几声便要挂断电话。林晨依依不舍地放下听筒，其实她还有好多好多话要对父亲说，虽然她在街边小店里买的电话卡，15英镑能打2000多分钟，但是她知道她爸爸担心电话费很贵，能省一个是一个。林晨又一次感到切肤之痛，没钱真是寸步难行，连打个电话也要算了又算。"等我赚到了钱，第一件事情就是打越洋电话说个昏天黑地。"林晨恨恨地想。

这一天，下午没课，也刚好轮到她休息，不用去餐馆洗盘子。林晨便打算把一些老师发下来的资料再准备一遍，谁知郝嘟嘟到学校接她来了。

"什么事呀?"林晨看到他心里高兴,问的话里有蜜糖的甜香。

"你今天不是没课吗?我带你去一个地方。"郝嘟嘟坐在她身边的椅子上伸了个懒腰。

"你是怎么知道我今天没课的?"林晨明知故问。她的声音有些娇滴滴的,连她自己也奇怪,怎么跟嘟嘟一起说话的腔调都与其他时候不同了。

郝嘟嘟笑了,并没有接她的话,只是拉她起来:"大小姐,我的王后,走吧。"

林晨连忙抓过放在桌上的小包,跟着郝嘟嘟出门了。

"今天又是去什么地方,我还要复习功课呢?"说话间两人已经坐上了车。

"带你看看一个神秘的地方。"郝嘟嘟发动了汽车,打了方向盘,说,"其实吧,我觉得你是自己家里做生意的,你应该多去看一看、走一走,而不是待在那里跟别人那样死啃书本。那对你没啥用。"他把汽车开上了大道:"你老师发给你的资料你就是研究得再透,也不会多接几笔业务。"说到这里,郝嘟嘟转过头对林晨笑道:"你应该拓宽视野。"他讲了一件这样的事情:"有次我去跟客户谈业务,当时老板没来,来的是他的儿子,老板临时有事抽不开身。其实该谈的都谈得差不多了,就差签合同了。"林晨很感兴趣,问道:"那你们到底签了没有?"

郝嘟嘟笑了,继续说:"他儿子跟我差不多的年纪,只比我小了八个月,是同龄人吧。刚好我们都很喜欢同一款游戏,我就陪他打了一个下午,然后就把合同给签了。"

林晨听了哈哈大笑,直拍胸口:"还有这种事情,打几盘游戏就把合同签了。那我们什么都不用干了,都去打游戏好了。"

郝嘟嘟也笑了起来,说:"我的意思是,业务素质强,把工作做好,这是必需的。但是如果我们跟客户有更多的共同语言,或者更多的爱好,业务量也会节节攀升。我有个朋友,他为了攻下一个客户,他研究葡萄酒整整研究了大半年。"

林晨接口道："为什么，难道是那个客户特别喜欢葡萄酒?"

"那当然啦。"郝嘟嘟打着方向盘，拐了一个弯，"可是现在哪里还有大学专门教葡萄酒的? 还不是要靠自己去摸索。"

"那你朋友攻下了这个客户了吗?"

"当然攻下了，费了这么多的心思，客户心里也是知道的。"郝嘟嘟说着停好了车，说，"到了，下车吧。"

林晨抬眼一看，回头问道："又是教堂?!"

"是啊，在英国大大小小的教堂遍布每个角落，可以说教堂是欧洲的文化，至少是最主要的组成部分。"郝嘟嘟指了指，告诉林晨，"这座教堂是威斯敏斯特教堂，在地下室里有一座著名的无字碑，刻了一段闻名于世的话。你想不想去看看?"他说："几乎每个到伦敦来的人都会来看一看，没有来过的后悔得不行。"

林晨听了，连忙拉着嘟嘟的手到地下室。

其实这只是一块很普通的墓碑，花岗石的质地很是粗糙，造型也很一般，同周围那些质地上乘、做工精美而且优良的墓碑，比如亨利三世、乔治二世等二十多位英国前国王墓碑，还有牛顿、达尔文、狄更斯等名人的墓碑相比起来，是那么的微不足道、不堪一提。并且它没有姓名，没有生卒年月，甚至于上面连墓主的介绍文字也没有。但是，就是这样一块无名氏的墓碑，却名扬全球。每一个人都被这块墓碑上的文字深深震撼着。

林晨站在碑前，轻声念道：

"当我年轻的时候，我的想象力从来没有受到过限制，我梦想着改变这样的世界。当我成熟以后，我发现我不能改变这样的世界，我将目光缩短了一些，决定只改变我的国家。当我进入暮年以后，我发现我同样不能改变我的国家，我的最后愿望仅仅是改变一下我的家庭。但是，我也不可能的。当我躺在床上，行将就木的时候，我突然意识到，如果一开始我仅仅去改变我自己，然后作为一个榜样，我可能改变我的家庭；在家人的帮助和鼓励下，我可能为国家做一些事情。然后，谁知道呢？我甚至于可能改变这个世界。"

林晨反复读了几遍，好像明白了什么，又好像不能明白。郝嘟嘟与她并肩站在一起，说："据说曼德拉年轻的时候看到这篇碑文，有醍醐灌顶的感受，说是自己从这里找到了改变南非的金钥匙。"他转过了身，直视着林晨的眼睛："那你呢？你看到了什么？"

林晨一时语塞，千言万语堵在心口，就是说不出来。郝嘟嘟见状便没有再追问了，而是轻声说道："不知为什么，我总觉得你心里似乎很急，那你到底在急什么呢？"他把林晨额角的头发拂到了耳后，指尖微触着她的脸庞。那是一张白皙的、光洁的脸，青春绽放。郝嘟嘟一股电流在全身穿行而过，心里紧张得厉害，停了下来深深吸了口气稳了稳神，继续说："你只管往前走，做好自己的事情就可以，我不想看到你那么着急。"

林晨有泪忍在眼里，点了点头说："穷则独善其身，富则兼济天下。"

嘟嘟揽她入怀，吻了吻额角，说："做好你自己。我有种感觉，只要你心里定下来，你一定能够大成功。"

林晨深埋在他的怀里，在那一刹那，她觉得郝嘟嘟既像兄长，还像个老师。

嘟嘟拍了拍林晨的后背，抬起手腕看了看手表，还有些时间，便带着林晨去了格林尼治天文台。"不开车去吗？"林晨奇怪地问道。"不开了，我们要坐船的。天文台在泰晤士河南岸的一座山麓上。"郝嘟嘟说着在车里拿了一件外套披在身上，又关上了车门，锁好。在天文台那里，林晨发现公园很漂亮，沿途有许多草坪，绿草茵茵，道路两边生长着高大的法国梧桐和大叶柳树，高大的树冠遮天蔽日，让人感到几分阴凉。林晨裹了裹身上的衣服，嘟嘟马上关切地问道："冷吗？"说着便把身上的衣服脱下来给她，林晨摇了摇头，推开了。路边每隔一段距离便有一张长椅供游人休息，嘟嘟问："累吗？要不要坐一会儿。"林晨又摇了摇头。两人往前走了没多久，郝嘟嘟指着前方说："我们到了。格林尼治天文台是世界计算时间和地理经度的起点，英国国王理查二世在

1675年建造的。"他让林晨站在0度经线上，拍了一张照片，笑着告诉她："以后你可以告诉别人你没有白来一趟英国，要知道你同时站在了东西两个半球上，横跨东西十二时区了。"林晨笑开了："让你这么一说，我都觉得自己好厉害了。"嘟嘟答道："什么是觉得自己好厉害，你本来就很厉害好吧。"听他说的话儿，林晨更开心了。这是愉快的一天。

在回来的路上，嘟嘟牢牢地抓住林晨的手，仿佛只要略一松开，身边的姑娘就飞走了，飞到一个不知名的远方。他真想在这条路上与姑娘就一直这样走下去，永远也走不到尽头。两人回到了码头，坐在船上，泰晤士河两岸的风景如画，并没有丝毫改变。可是佳人在侧，郝嘟嘟觉得一草一木皆有情。

捏了捏林晨的手，郝嘟嘟说："我都认识你这么久了，你跟我回一趟牛津市，去我家里坐坐吧。"他说得小心翼翼，字斟句酌。

林晨毫无心理准备，侧着头问："去你家，是去见你的父母吗?"她的脸一下子红了，心也"突突"直跳。林晨紧张起来。

郝嘟嘟感觉到了握在掌心的手儿正在微微战栗，还出了一些汗。他心疼了，安慰道："你怎么了? 别担心，我父母都是很好相处的人，他们一定会喜欢你的。"嘟嘟握着她的手摇了摇，微笑着说："何况你还这样好。"

林晨本能地退缩了，她不敢去，至少是现在她不敢去。"你看我就是一个从中国来的穷学生，要啥没啥，就这样去到你家里……"说到这里，林晨想到什么，问道，"你父母知道我们的事情吗?"

"没，我没告诉他们。"嘟嘟有些语塞，但并不想隐瞒。"他们只知道我身边有个从中国来的女孩儿，却不知道是我的女朋友。"

林晨低头想了想，说："我觉得你还是先跟你父母说一下比较好，看看他们是什么态度，愿不愿意支持我们在一起。"

本来郝嘟嘟打算给父母一个大大的惊喜，让他们瞧瞧他们的儿子多有眼光，给他们挑了一个多么好的儿媳妇。但是林晨这样提议，嘟嘟也认为有道理。他决定今天就回牛津，跟父母认真谈谈这件事。

"你在说什么？"赵安娜几乎不敢相信自己的耳朵。她年近五十，保养得还算不错，举手投足间有种温雅之气。入乡随俗，在家里她也把自己收拾得干净体面、一丝不苟。长长的头发在脑后盘了一个髻，别了一朵从后花园里摘下的鲜花。一条长及脚踝的灰色真丝长裙，看得出衣料以及裁剪均是上乘，价值不菲。搭配了一条驼色的羊绒披肩，温暖的驼色恰到好处地中和了灰色的冷清与严肃，整个人显得温和可亲。颈上带了一条黑色的海水珍珠项链，把她的皮肤衬得更加白皙。赵安娜虽然在英国生活多年，她身上依然有一种有别于英国妇人的不同气质，显出东方女性特有的温驯、得体与谦恭。跟丈夫郝约翰刚到英国的时候，两人除了双手以外一无所有，一边读书一边洗盘子，日子过得颇为艰难。好在两人感情甚笃，有商有量，苦日子也变甜了。后来生了一个儿子，仿佛是儿子带来的好运，随着郝嘟嘟的呱呱落地，他们一家人的生活开始蒸蒸日上。不再去洗盘子了，而是在校友的帮助下开了个小公司，做些零散的业务，有什么做什么，只要能赚钱。夫妻俩都很勤快，损失一些小利也不计较，和气生财。后来越做越大，在伦敦也有了分公司。与其他华人不同，赵安娜没有皈依天主教或是基督教。受母亲的影响，她信佛。家里安放的观世音菩萨，她觉得观世音菩萨就是中国人的上帝，能保佑他们一家人风调雨顺、平平安安的。嘟嘟跟她谈这件事情的时候，赵安娜正在给观世音上香。她惊讶得手里的香差点儿掉落在地上。

郝嘟嘟虽说有些玩玩闹闹的嬉皮士样子，不是那种非常乖顺的孩子，对于这一点赵安娜和郝约翰并不介意，觉得一个男生乖得像个女孩子，丝毫没有自己的主见并不值得称道，但是他也从没忤逆过父母。"你能不能再说一遍，刚才我没有听清楚。"她不由得提高了一点儿嗓门。

"妈咪！"郝嘟嘟艰难地咽了咽口水，听得出来他母亲的讶异和愤怒，但是嘟嘟不想放弃，"我是说我想和那个中国的女孩子在一起，我……"还没等嘟嘟把话说完，赵安娜打断了他的话："不行。"她的语气比平时多了几分严厉："我还以为你和那个中国姑娘只是交个朋友，练习一下中国话，所以我和你爸爸没有阻止，真没想到你们两个在谈情说爱。"说到这里，赵安娜连连摇头："再重申一次，我不同意。"说到这里，似乎觉得自己的立场还不够坚定，又加上了一句："你爸爸也不会同意的。"

"为什么？妈咪，你为什么不同意？"郝嘟嘟急得快要掉眼泪，"你不知道她是一个多么好的女孩子。"嘟嘟的眼圈微红，说："如果你见到她、接触她并且了解了她，你和父亲一定会喜欢的。"郝嘟嘟实在不明白母亲的宽容、民主都跑哪儿去了。

听儿子这样说，赵安娜知道他动了真情，也于心不忍，只好坐下来细细地分析："你在英国，她马上就要回中国，那么你们怎么办？"赵安娜拉过儿子的手，语重心长："别人的异地恋一辆车就能到达，你们的异地恋那可是隔了一个太平洋啊，怎么恋哪？"赵安娜拍了拍他的手背，说："既然不可能有结果，倒不如现在就掐断，对双方都好。"

听了这些，嘟嘟反而笑了，说："原来妈咪是在担心这个呀，那好办，如果她不能留在英国的话，我可以去中国的。我们把公司开到中国去。"说到这里，嘟嘟不由得兴奋起来，抱住母亲笑着说："这不就解决问题了吗，我们家的生意版图还扩大了。"

他以为母亲听了他的话会放下心中的忧虑，谁知母亲反而更严厉了："嘟嘟，你知道你在说什么吗，你怎么会想到把公司开到中国去呢？"

郝嘟嘟又一次吃惊了，他以为这是一个再好不过的办法了，又反问道："为什么不可以呢？中国本来就是我们的家乡，而且现在中国正在改革开放，有钱赚那是好事情哪。"

听到儿子这样说，赵安娜站起了身，在房间里烦躁地踱了几步，停下来直视嘟嘟的双眼，长叹一声，说："你呀，你真是什么都不懂啊？"赵安娜语气里有几分恐惧，她又坐下来跟儿子说："虽说现在说是改革开放，让我们过去，但是政策一变，我们的投入不是打了水漂?!"赵安娜觉得自己还没有讲清楚，又沉重地说道："虽然改革开放了，你知道二伯母吗？你不会有印象的。"说到这里，赵安娜摇了摇头，眼里噙着泪："多好的一个人哪，琴棋书画，样样精通，模样也生得好，只知道在家里吃斋念佛的人，在那个年代却被逼得吞金自杀了。"说到这里，赵安娜泪如雨下："那时候你还太小太小，没有经历过，不知道利害关系。如果我们还留在国内的话，像我们这种有海外关系的家庭早成了牛鬼蛇神了。"

"妈咪，那都是过去的老皇历了，还说过去的事情做什么?"嘟嘟大为不解，摊着双手，站起身来问着母亲。

"什么过去的老皇历?! 历史万一又重演了呢，你还太年轻了，你不懂。"赵安娜心有余悸，朝儿子挥了挥手，转过了身。

"妈咪!"郝嘟嘟刚要开口继续劝说母亲，突然听到后面有人喊着他的名字"嘟嘟"。郝嘟嘟回头一看，原来是父亲。他走过去，迫切地看着父亲，希望能得到父亲的支持。

郝约翰年过50，身形粗犷高大，有着东北人的体格，只是由于长年操劳，与同龄人相比，看上去更为苍老。"你与母亲的对话我在外面都听见了。"他说。

郝嘟嘟不由得笑出了声，父亲在外面偷听他和母亲的谈话，还听得津津有味。他抬头看着父亲，不再说话，只等父亲给出态度了。

郝约翰说完那句后没理他，而是走进了里间，把外套脱了下来挂在衣帽钩上。又去厨房的冰柜里拿了一瓶冰镇啤酒，自顾自地喝了起来。嘟嘟像条尾巴一样跟在父亲的后面，紧紧相随。喝完了啤酒，他大声地咳嗽，似乎是呛到了。郝嘟嘟连忙捶着他的后背，父亲并没有搭理他，又去了厨房后面的小阳台那里洗了一把脸。

郝嘟嘟站在那里看着他的背影，真是无可奈何，难道父亲不知道他心里在想什么、在急什么吗? 嘟嘟实在忍不住了，提高了嗓门说："亲爱的爹地，我最爱的爹地，求你告诉我你的态度好不好?"

郝约翰这才回过身，拍了拍儿子的肩膀，说："你小子有女朋友了，我很高兴。"嘟嘟一听，心里乐得快要飞起来了。还没等他哈哈大笑，郝约翰又说了一句："但是这个中国姑娘，我和你母亲的意见一样，我反对。"郝嘟嘟的心情瞬间降到冰点，如同疯狂过山车一样，大喜之后的大悲，原来这么难受啊。

"爹地，你为什么不把一句话完整地说完，你觉得逗我逗得很开心是不?"嘟嘟恨得几乎要捶桌子。

郝约翰笑了，说："你这小子连这点承受能力都没有，还谈什么恋爱?"

"那你为什么不同意?"郝嘟嘟追问道。

"你母亲不是说得很清楚了吗?"郝约翰从墙面的挂钩上拿下毛巾擦了擦手，又在专用雪茄柜里抽出一支，给自己点上，美美地抽上一口，吐出的烟圈在上空袅袅地消散。这才眯着眼睛缓缓地说："牵一发而动全身，你知道做一笔投资有多难吗? 方方面面都要考虑清楚。你父母离乡背井到英国来挣下这份家业吃了多少苦头，你不会不知道吧?! 你如果要丢下父母，跟她去中国的话，我们也拦不住你。只当我和你妈咪从来没有生过你这个儿子，你呀，完全不体谅父母在异国他乡打拼是有多艰难。"

他又吸了一口雪茄烟，看着儿子说："爱情要，面包也要。如果不能二者兼顾的话，只能选择面包了。"说到这里，他又拍了拍嘟嘟的肩膀："天底下的好女孩儿多的是，何必只认准一个呢? 再说了难道要为了你的爱情而把一个家庭全都拖下泥潭吗? 做投资?! 说得倒是轻巧，你准备做什么心里有数吗? 你有把握你的这一笔投资下去能有成效? 如果中国的政策风向又改变了呢? 这些都是问题、都存在变数，不得不考虑进去的。哪儿有你说得那么简单。"说完便走了。只留下嘟嘟一个人呆立在那里，如同泥塑木雕。郝嘟嘟听到了自己的心碎了一地的声音。

之后的几天，郝嘟嘟一直在为自己和林晨的未来抗争着，尽管他也觉得这有些徒劳，到最后，他的抗争仿佛是一种赌气。嘟嘟躺在房间里萎靡不振。母亲赵安娜愤怒不已，失去了平日的良好修养，她站在床边大声斥道："你看看你都成了什么样子了，中国有句话'好男儿志在四方'，你却为了一个刚认识不久的女孩子这样忤逆自己的母亲。"郝嘟嘟翻了一个身，背对着母亲，不理不睬。赵安娜恨不能打儿子一个耳光，但她终于让自己平静下来。她坐在嘟嘟的床边，语气缓和而沉重："如果一段爱情一定要让你做出很大的牺牲，让你与父母分离，你觉得这种爱情很美好吗?"母亲的这段话触动了嘟嘟，他坐起了身，与母亲抱在一起，眼里有泪，但他知道男儿有泪不轻弹，又忍了回去。赵安娜轻抚着嘟嘟的头，眼里是满满的关爱："你不要这样不顾一切地跟我们争，这样争下去是毫无意义的。你可以去问一下那位中国女孩，她能为你留在英国吗?"

"妈咪，她有名字，是林晨。"嘟嘟有些不满，"别左一个'中国姑娘'，又一个'中国女孩'，好像人家无名无姓似的。"

"好的，她是林晨。"赵安娜并不恼他，点头应道，"你去问问林晨，她能不能留下来，如果她愿意的话，我和你爸爸会接受她的。因为你那么爱她。"说完这些话，赵安娜离开了嘟嘟的房间，出去的时候把门带上了，让儿子一个人静静地思考。毕竟每个人在青春年少的时候都曾经爱过一个人，而且爱得死去活来。

同样的难题摆在了林晨的面前。

这一天伦敦的雨一直下个不停，郝嘟嘟开着红色小奔来看她的时候，林晨觉得满心的幸福快要溢出来了。林晨终于明白古人为什么说"一日不见如隔三秋"，她还从来没有如此盼望着一个人。当看到那辆熟悉的红色小奔出现在眼前，林晨顾不得地上的滑湿，飞奔了过去，跳上了小奔。

林晨听到这个问题的时候，立时呆在那里。因为这对她来说根本不是个问题，她到英国来学习一年，就是为了回去把安佳公司做大做强，让爸爸和妹妹过上丰衣足食的好日子。而现在这居然成了一个问题，需要她做出选择。发丝上的雨珠儿一滴一滴地往下滴落着，打湿了肩上的衣服。林晨只觉得脑子"嗡嗡"作响，一片兵荒马乱。以前她吃过很多苦，一个孩子拉扯着另一个孩子，家里只有姐妹两个人，相依为命。可那么多的艰辛与现在的抉择比起来都成了轻如鸿毛。

林晨掩面而泣，泪水在指缝间汇成一条小溪，汩汩而下。郝嘟嘟看到林晨如此痛苦，心里也如刀割般地疼，揽她入怀。两人抱头痛哭。

思前想后，两人发现竟没有第三条路可走，他们的爱情甚至不能在夹缝里求生存。林晨大恸，心痛到无法呼吸。

一年的时间过得那么快，归国在即，她只希望时间能为他们停留。

林晨知道了她与郝嘟嘟的困境后，每天如同判了有期徒刑那样掰着指头倒计时，每过一天那就是离与心上人分开的时间近了一天。这让林晨心如刀绞，甚至恨起了这个词的始作俑者，为什么形容得如此贴切，一颗心真的如同有一双手在绞毛巾一样痛得厉害。"可见生不逢时，早生个几年，说不定就是我创造了这个词了。"她在心里想道。

郝嘟嘟每天必到，跟上班一样。林晨心里颇为复杂，盼着他来，又希望他不要来。盼着他来是因为时时刻刻在思念着他，不愿意看到他是因为双方均束手无策，见面后心里只会痛得更加厉害。"倒不如相忘于江湖。"她想。

"晨晨，这一年的时间你安排得太满，几乎没有玩乐的时候。"这一天郝嘟嘟对她说，"你马上要回国、回南昌了，我们一起去酒吧放松一下吧。"

林晨未置可否，早知道英国的酒吧文化让人着迷，只不过没有去过而已。去看看也好，也算是没有白来英国一趟，便换了一件衣服与郝嘟嘟出了门。

在英国，酒吧被称作 public house，简称为 pub。八万多家 pub 遍布英国的城镇和乡村，是独具特色的风景。有人说想要了解英国的风土人情去 pub 坐上个把月便清楚明了。

"亲爱的，想要喝点什么？"两人落座后，郝嘟嘟笑着问。

林晨滴酒不沾，摇摇头说："我只要一杯白开水。"她又停顿了一下，补充道："再加一片柠檬。"

嘟嘟笑了："这是酒吧，哪有喝白开水的，会被人笑话的。"说着叫来了服务生，为林晨点了一杯葡萄酒，而他自己要了一份杜松子酒。郝嘟嘟一仰脖子，把一整杯杜松子酒全倒了进去。这是烈酒，加上喝得太猛，他呛到了，开始咳嗽。林晨要去扶他，却被他推开。嘟嘟让她坐回原位，说："在英国的酒吧里，你知道吗？走红的音乐往往是从酒吧开始流传的，今天我要为你唱一首歌。"

说完嘟嘟摇摇晃晃地站了起来，走到了演唱区，对着麦克风说要唱一首歌送给自己最爱的女孩子。酒吧里的人纷纷鼓掌，嘟嘟慢慢地唱着。曲子有些熟悉，林晨记起来了是 Rod Stewart 的《你在我心》（You're In My Heart）。林晨不知道他的嗓音如此好，是颇有磁性的男中音，清亮之中还带有一丝男人的浑厚。

嘟嘟唱着唱着哽咽起来，林晨早已是泪流满面。或许酒精可以麻醉一切，让一切埋葬，也让一切停留。她端起那杯葡萄酒一饮而尽，虽说是低度酒，但也像一股热流穿过了咽喉，林晨很快觉得身上燥热起来。没有喝过酒的人哪怕是一点点也能让人醉的，她的脸颊有些烫。林晨摸了摸，好热。

郝嘟嘟早已回到了座位上，看到林晨面前的酒杯也空了，便打了个响指，服务生又端上了两杯。在酒精的作用下，林晨面若桃花，两眼迷离。昏暗灯光的映照，林晨美得不可思议。嘟嘟从西服的内口袋里掏出一个精美的小锦盒，黑色的丝绒面上系了一根五彩的缎带，还结成一朵好看的花，花心缀着一颗闪亮的钻石。嘟嘟"啪"的一下在林晨面前打开了盒盖，里面静静地躺着一条施华洛斯奇的项链，项坠便是施华洛斯奇那只标志性的天鹅，上面缀满了细密的水晶。在灯光的映衬下无比璀璨，仿佛是黑夜里的群星闪烁。林晨一直奇怪，天鹅为什么低着头呢？想问一下嘟嘟，想想还是忍住了没有问。郝嘟嘟拿出项链。谁知项坠里藏有玄机，嘟嘟轻轻地摁了一下，便打开了后面的翻盖，原来里面是空心的，背面刻着一颗心的形状，在那颗心里一个男孩拉着一个女孩。旁边是他们两人名字的英文缩写。林晨只是觉得精美无比，也精巧无比。拿过来细看，发现那颗心全部用英文刻满了"LIN CHEN I LOVE YOU（林晨，我爱你)"。

郝嘟嘟替林晨戴上这根项链，轻声说："如果我们两个能一直生活在项坠里该有多好啊。"一句话又让林晨泪如雨下，伤心不已。他拥着林晨告诉她，为了订制这根项链他费了不少心思来设计："你戴着项链，就像是我陪在你身边一样。不管将来如何，我们是不是还能在一起，也请你不要把我忘记，在你的心里给我留下一个小小的位置。"说到这里，嘟嘟在她的额角轻吻了一下，长叹一声："我心足矣。"林晨在他的怀里哭成了一个泪人。

离开时郝嘟嘟在前台付账，又点了杯啤酒。林晨依偎在他的怀里问："还没喝够吗？我觉得你今天喝得有些多了。"嘟嘟搂了搂她的肩膀，说："不是我喝，是给服务生的。在酒吧里不能给小费，那是不礼貌的，所以点一杯酒送给他。"

两人相拥着从酒吧里出来。如果妹妹林曦看到这一幕，不会相信自己的眼睛，原来一向性格刚强的姐姐也有小鸟依人的时刻。林晨只觉得心里既幸福又悲伤，幸福是因为她遇到了一个彼此相爱的人，悲伤是因为她马上要离开这个爱的人。她摸了摸胸口的项坠，那只天鹅依然低着头，温柔无言。林晨眼里有泪，对自己说有这样一场如此盛大的爱情已经足够了。这是命运对她的厚爱，她低头吻了吻那只精美璀璨的天鹅，觉得此生有这样一段爱已经足够支撑着她走完一生了。

夜，是那样的深。天气倒是很不错，整个天空布满了星星，一如施华洛施奇的天鹅吊坠。伦敦街头的人群三三两两地走着，多半是泡吧的人。林晨仔细瞧了瞧，发现老、中、青都有，看来与中国主要是青年人泡吧不一样，在英国泡吧就像是吃个快餐一样随意。

嘟嘟一直送她到了宿舍。房间里面暗暗的，没有开灯，只有从窗外透过的一星微光。嘟嘟捧起林晨的脸仔细看，仿佛要把她全部印刻在脑子里。他试着轻轻地在林晨的唇上啄了一下，如同一只小鸟在觅食。林晨微闭着双眼，浓密的睫毛像蝴蝶的翅膀一样颤动。嘟嘟看得心里化成了一块软糖，柔情蜜意微微荡开。他又在林晨的唇上啄了一下，林晨依然一动不动。郝嘟嘟终于吻了上去，这一吻绵绵密密、天荒地老。林晨在缠绵中悄悄地微眸了双眼，这个大男孩在暗夜里轮廓分明、帅气逼人。紧紧抱着嘟嘟，林晨眼里有泪。想的是：把你我两个都来打破，捏成粉末，用水来调和，再捏一个你，再捏一个我，就这样你中有我，我中有你，永远在一起不分离。林晨又把她那如星如漆般的双眸缓缓闭上了，一颗泪珠从眼角跌落了下来，晶莹而剔透。

整个世界都安静了，如同一个小小的孤岛，只剩下了他与她。春风拂面，细雨滋润着大地，万物都在生长，一棵幼苗悄悄地破土而出，吐出一片小小的绿芽，虽然幼小但是生机勃勃，绿芽很快舒展开来，在温润的细雨中长大。

这一天的伦敦，无晴也无雨。郝嘟嘟在酒精的作用下不知道自己酣睡了多久，他睡着的样子像个婴儿，嘟着嘴，睡得那么深、那么沉。似乎是一个世纪那样漫长，他在呢喃中醒来，嘴里面还在念叨着林晨的名字。伸手一摸，旁边是空的，虽然温润犹在。嘟嘟心里一惊，彻底醒过来了。他"霍地"一下坐了起来，手指弹着太阳穴，四下寻找大喊了一声："林晨?!"没有任何回应。郝嘟嘟立时觉得一股寒意从脊梁骨直冒了上来，赶紧翻身下床，到处找，急得满头满脸都是细密的汗珠。但是哪里都找不到人，他再仔细察看，发现所有林晨的东西全部消失了，连一张小纸片也没有留下。仿佛，她从来不曾来到过。

郝嘟嘟颓废地跌坐在床边，如同被抽走了灵魂一般，面色苍白。这时，一只巨大的铁鸟伴随着巨大的轰鸣声从欧洲最繁忙的希斯罗机场起飞，呼啸着划过了英伦半岛的上空。铁鸟越飞越高，越飞越远，逐渐变成一个小黑点，最后消失得无影无踪。那是尾翼饰凤，中国国际航空的波音 747 – 8 洲际客机。他突然想到了什么，跑到窗边，猛地一下推开了窗户，对着天空撕心裂肺地大喊：

"林——晨——!"

第四章　林晨回国

1

中国的改革开放进行得如火如荼。1982 年的深圳人就率先喊出"时间就是金钱，效率就是生命"，被海外称为"蓝蚂蚁"的中国人从来没有如此彻底地表达出对财富的向往。大名鼎鼎的明星刘晓庆也在她那本著名的自传《我的路》中发出宣言："我的每一分钟都是用来赚钱的，在现代社会，金钱和富有是一个人能力的证明。"这在以前根本不敢想象，以前是以穷为荣，越破越好，而现在是经济要发展，人民要富裕。

林晨回国后，根本没有时间沉溺于对郝嘟嘟的思念中，公司里大大小小的事宜她都要过问。林家钰一向看好这个大女儿，林晨还是小女孩的时候，就听从了她的话重回浙江宁波打工。现在林晨已经是成年人，而且还在英国学习了一年，所以益发倚重长女了。

冲淡相思的最好办法就是努力工作，林晨几乎把她个人的全部时间都给了安佳公司。除了吃饭和睡觉。午夜梦回的时候，郝嘟嘟的身影会出现在脑海里，这让林晨泪湿枕巾。有时她会想如果她能在英国心无旁骛地继续读书，与男朋友出双入对，那该是多么美好。但是人生没有那么多的如果，她的这个家就像是这个国一样百废待兴。而她是家里的顶梁柱，安佳公司兴旺发达的责任全部压在她的肩头。

虽然说已经改革开放的中国，到处是一片大干快上、热火朝天的景象，但是具体到个人如何在这个巨大的市场里分到一杯羹，却是一个宏大而难解的命题，着实让人头痛。客户从哪里来？供应商又怎么办？现在安佳公司还是在接别人的订单，赚一点辛苦的加工费、手工钱，什么时候才能自己接订单呢？应该从哪里打通局面，这让林晨食不知味："万事开头难，咬牙顶住。"她给自己鼓着劲。

"你也别太着急了，很多事情是急不来的，客户不可能从天上掉下来，还是要我们慢慢去找。"林家钰安慰道，"上次我去浙江那边送货的时候，听他们的一个业务员说什么'金世资源'，好像他们有些业务订单就是从那里发展过来的。"他看到林晨如此焦虑，有些担心了。

"金世资源?!"林晨仿佛在一片黑暗中看到了曙光，她抓住父亲的手急问道，"什么样的东西呢？爸爸，能讲清楚点吗？"

林家钰仔细想了想，还是摇了摇头说："我当时追问了一下，那些人说是一个什么平台。我再问他们，他们就走开了，没有回答。"说到这里，他又宽慰道："饭要一口一口地吃，路要一步一步地走，你别太心急，一口是吃不成大胖子的。现在公司里还有一些订单能维持运转。"林家钰拍了拍她的手背："至少现在饿不着我们一家三口了。"

听到父亲这样说，林晨叹了口气说："可我还是想能够快些才好，最好像火箭一样地冲上去就好了。"

林家钰听了笑了笑，心想她到底是年轻，年轻人就是冲劲大，只要能做到不放弃也是一件好事。他便没再说什么，只是留了个心，时时关注着女儿，纾解她的情绪。

有了明确目标，那就省事多了。林晨的英文底子好，很快查到"金世资源"是一家多渠道的 B2B 外贸平台，专业促进大中华地区的对外贸易。金世里有很多的英文媒体，比如金世资源网站、印刷及电子杂志，还有详尽的采购资讯报告，甚至不定期地举办"买家专场采购大会"，当然还有贸易展览会等等。形式多种多样，都是为了促进亚洲各国的出口贸易。这让林晨摩拳擦掌。金世资源的供应商注册服务是免费的，林晨便试着注册了一个。免费的会员可以搜索出发布询盘的买家公司的名称、详细地址和电话。如果是付费的会员，还能搜索到买家的电子邮箱。但是每年的一笔费用让林晨望而却步，"太贵了！"林晨摇了摇头。一切都在起步阶段，虽然她巴不得业务像吹气球一样膨胀，但是她不会太莽撞，每一步走得小心翼翼。"有买家的电话也足够了。"林晨对自己充满了信心，"我可以直接拨打客户的电话，如果聊得好的话，邮箱自然会告诉我。再说了还可以直接与客人交流一下，岂不是比发邮件更好吗？"

抱着试试看的心理，林晨先是注册了一个买家账户。她随即发现即便是针对某一个公司的产品发出询问，在点击发送之前系统会自动弹出一个页面，里面有两个选择项：送给其他已经核实的供应商，即付费会员；以及送给所有未核实的供应商，即免费会员。林晨快要笑出了声，心想这个金世资源真是一家很厚道的 B2B 平台，居然给了免费会员与付费会员一样的待遇。"金世是知道像我们这样刚刚起步的小公司举步维艰，所以有心帮一把吗？"林晨一边快速地敲着键盘，一边心里嘀咕着："当然是两个一起选了，这还用问吗？那么平台上所有注册过的会员都能收到询盘了。"注册完后，她打了个响指，"耶，搞定。"

正当她在忙个不停的时候，妹妹林曦打了个电话过来，让她早点回家休息。林晨这才看了看窗外，已经夜幕四合很晚了。但是她不想回家，还打算在公司里再忙上一阵子。可林曦不答应了："姐姐，你就别在公司里睡觉了，自打你从英国回来，我就没见过你几面，你一直都在公司里忙，吃住都在那里，你都不回家来看看我吗？我想你了呀。"

林曦这一番话提醒了林晨，她是有段时间没回家了。便在电话里告诉妹妹，让她再等一会儿，马上就回去了。放下电话，林曦很高兴。林晨关上电脑，把台面收拾了一下，便回家看妹妹了。

林晨刚一推开门，屋子里有着一种甜香味，闻着就让人觉得肚子饿了。林曦扎着一条墨绿色的围裙从厨房里迎了出来，看到了林晨，高兴得奔了过去，抱住了她："姐姐，你可回来了。"林晨吸了吸鼻子，笑着转身问道："好香啊，不会是什么好吃的吧？"林曦更高兴了："那当然，是最好吃的东西，我保证你以前都没吃过的好东西。"见妹妹卖起了关子，林晨掐了一下她的脸，说道："小姑娘长大喽，逗起姐姐来了。"林曦笑着没有理会她，而是钻进了厨房，端出了一个盘子，上面一片一片焦糖色的食物码得很整齐。看上去像藕片，林晨一直在公司里加班，肚子早就饿了，只是没有时间吃饭而已。看到这么一盘美味，只觉得肚子饿得咕咕乱叫，也不用筷子了，直接用手指夹了起来往嘴里送。林晨吃了一块，果然是唇齿留香，入口即化。她也不管三七二十一，站在那里大吃了起来。一边吃一边赞不绝口："我的天，你什么时候学会做饭的，而且还这样好吃，比你老姐强多了。"姐姐这样夸林曦，林曦却扁着嘴不高兴了："你当我是傻子呀，你去了英国一年，爸爸一个人在公司里根本忙不过来，当然是我做饭了。"说到这里，她甩了一下辫子，不屑地说："再说了，这有什么难的，我也不是小孩子了。"

"哟，小妹妹生气了，好大的脾气哦。"林晨笑着刮了一下她的鼻子，走上前讨好地说，"行了，姐姐刚才说错了，你能告诉我，这是什么东西吗，这样好吃。"

林曦得意了，说："我取了名字就叫'黄金藕片'，我在藕节的细孔里塞了肉泥和糯米。"她搂着姐姐的腰撒娇道："姐姐，人家为了让你吃上一顿美味晚餐，忙了好几个小时呢。这是我在同学家里吃到的，觉得太好吃了，便问同学妈妈怎么做。"林晨笑了，问道："怎么做呢？会不会特别复杂？"听到姐姐这样问，林曦不由得意起来，显摆着说："是啊，当然复杂了。先要洗干净，然后把肉泥和糯米搅拌均匀塞进去，放在锅里加糖蒸熟。一直到藕熟起了糖皮，然后切片，装盘淋上糖浆就可以了。"说到这里，林曦的嘴儿微微上翘，等着姐姐的表扬和心疼。林晨自然心领神会："哎呀，真是太辛苦妹妹了，我太幸福了，有一个这么好的妹妹。"林曦"哗"的一下笑开了，紧接着问道："刚才你有没有吃到泥沙？"林晨有些莫名，摇了摇头说："没有啊。"又强调了一句："一点都没有，你看这一盘我都吃完了。"林曦笑了，伏在姐姐的耳边说："你知道吧，同学的妈妈没洗干净哎，我都吃到了沙子，但是我没讲出来。"她捂着嘴笑出了声，说到这里林曦又撒起娇来："姐姐，我真的洗了很久哎，也怕你吃到沙子。"她像一只小鸟似的絮絮叨叨。林晨抱着妹妹，心里升腾起一种满满的幸福感，难以言说。这种来自家庭的温暖让她再苦再累也觉得值了。

她突地想到了郝嘟嘟。自问道："如果放下南昌的一切，留在伦敦与郝嘟嘟在一起，会幸福吗？"林晨一层泪雾直逼了上来，暗自摇了摇头，"不会幸福的，不可能幸福的，牵挂太多了。"趁林曦没注意，赶紧擦了擦眼泪。

"你的成绩怎么样了？"林晨的脸贴在妹妹的耳边磨了磨，"我可不想你为了做饭把成绩给拉下来了。我好希望你能考上北京大学。"

林曦就像小时候那样，如同一根藤条般与姐姐缠在一起："放心吧，成绩能跟上，不用你和爸爸操心。"

"哦，糟糕了。"林晨拍了拍脑门，"你瞧瞧，我一个人全吃完了，爸爸都没得吃。他还在公司里加班加点，这几天的货单特别多。"

"爸爸的那份还在厨房里搁着呢，别担心。"林曦笑得两个小酒窝露了出来。林晨摸了摸肚子，说："你看我已经饱了。""是会饱的，藕粉也是淀粉，再加上肉泥和糯米，当然会饱了。所以我才做了这道菜给你们吃呀。"林曦说。看到懂事的妹妹，想到还在加班的父亲，她觉得没有留在英国是正确的。只是林晨认为自己再也没有力量去爱了，内心已满，没有空间留给其他人了。

在金世资源里，有分布在 240 个国家及地区、超过 100 万个国际买家。林晨在公司里除了忙着做订单，时间全耗在金世里了。她觉得这就是一片汪洋大海，而她只是海里的一条小小鱼儿。林晨对自己充满了信心，她就不相信在这个大海里就觅不到食。"别人能够做到的，我不仅能做到，而且还会比别人做得更好。"林晨以安佳公司的名义又注册了一个免费供应商的会员账户。其实她并没有抱太大的希望，在一片汪洋大海里，谁会注意到这家毫不起眼的公司呢？然而第三天林晨就收到了一个来自冰岛的询盘，林晨激动得指尖都在发颤，连忙仔细看，一个字母也不肯放过，仿佛是要吃到肚子里一般。虽然只有寥寥几句话，只是简单地询问，甚至于连最基本的要求也没有列明，但是这却足已点燃林晨的希望。她仿佛看到源源不断的询盘向她涌来，订单像雪片一样飞来。

"爸爸，我们安佳马上就会有自己的订单的，而不是只替他人做嫁衣裳。"林晨一边直盯着电脑屏幕，一边对站在她身后的林家钰说道。

"那当然是大好事啊，我们盼都盼着那一天。"林家钰背着手，也盯着荧屏说道，"晨晨，我还是那句话，一口饭吃不成大胖子的，你不能太急了。慢慢来。现在的订单足够我们爷俩忙上好一阵子了。"

林晨不满意了，说道："那不是我们安佳的订单，那是别人的订单，我们安佳只不过帮别人加工而已。"

"好，好，好。你忙你的，我要去车间看看了。"说完林家钰便走出办公室，去生产车间了。车间里的机器轰鸣而嘈杂，车间主任老陈走了过来，说："都挺顺利的，我在这里盯着，不会出什么岔子的。林总放心好了。"这个老陈，林家钰是放心的，从一开始就在安佳做了，一场大火烧了个精光，也没把老陈给烧跑了。厂房重新建好后，他马上就来到了安佳，替安佳排了不少忧，解了不少难。林家钰笑着对他点了点头。老陈也笑了，陪同他一起在车间里转悠，检查质量，说："你们林家也真是不容易，上次大火我还真担心你们挺不下来。"说到这里老陈叹了一口气，又说到了林晨："林总，我真是羡慕你，你的两个女儿太好了，既听话又能干，瞧瞧林晨经理，她还这么年轻，以后肯定前途无量。"虽说老陈有拍马屁的嫌疑，但他这番话说得林家钰心里着实舒畅，仿佛六月天喝了杯冰茶，嘴上却在谦虚："老陈，这是你过奖了，我们安佳还要靠你们这些老人多尽些心，林晨还是太年轻了，你们要多帮帮她。我们安佳公司业务做上去了，我林家钰重重有奖，绝不手软。"林家钰谦虚了一把，还没忘记给下属表态，让他们好好干。林家钰说着回头看了看，林晨正在办公室里拿着笔记录着什么。

好记性不如烂笔头，林晨在一本笔记本上记下了这条来自冰岛的询盘。她还保持着在学校里读书时的好习惯。一个念头像一道闪电划过了林晨的脑海，既然金世资源平台可以允许免费会员得到买家的询盘，那么其他的 B2B 平台呢？其他的国内外相类似的平台都可以试一试呀，不能只是局限于一个平台。"为什么不能，广撒网多捞鱼，指不定就钓了个大客户了哩。"林晨心里又一阵雀跃。她对经商有着一种触类旁通的天赋。

仿佛精诚所至，虽说还没有客户明确下订单，还处于互相摸索、了解阶段，但是林晨手里积累了越来越多的潜在客源。对待每一个客户，林晨维护周到。她心里清楚，如果这些潜在客源能够一直保持联系，维护得当的话，这在将来是一笔巨大的财富，订单将会从某个客户的邮箱里发送过来。与此同时，林晨还在她搜索到的国外知名 B2B 平台，如欧洲黄页、印度黄页，甚至于非洲最大的电商平台 AFRIZULU 全都注册了会员，当然都是免费的。在注册印度黄页和非洲 AFRIZULU 的时候，林晨犹豫了一下，因为那边天气炎热，并不适合安佳公司的主打产品，可是后来她又想着聊胜于无，"谁知道呢？说不定他们也有需求哩。"

林晨想到了一个把梳子卖给和尚的故事。本来梳子对于和尚来说一无是处，但是有个业务员在梳子上刻了祈福、祝愿的字眼，摆放在功德箱前，结果被香客们一抢而空。梳子不一定只能用于给自己梳头，还可以送给亲朋好友啊。就像皮草大衣一样，自己不穿，说不定还有其他用途呢？于是，林晨认真地在非洲 AFRIZULU 上说明自家公司的主打产品、列明了报价。非洲的 AFRIZULU 让她有些感慨，因为在 AFRIZULU 新发布的产品马上能出现在网站首页。这一点对于国内 B2B 平台上的付费会员而言是一件非常奢侈的事情，至少对林晨来说是这样。因为除了缴纳高昂的广告费，没有第二条路可走。"要是金世资源也能这样慷慨该有多好呀。"林晨在心里叹了一口气，很快她自己又笑了起来，"这还真是人心不足蛇吞象，前段时间还在说金世资源给了免费会员与付费会员一样的待遇，现在又开始不满足了。"林晨自顾自地笑着摇了摇头。

日子一天一天过去，林晨对于如何与外商打交道越来越有把握了，慢慢积累出的经验让她的工作效率越来越高，收获也开始越来越大。几个月后，林晨所注册的免费平台已经可以每天平均给她带来四五个新的询盘。效果显著，要比国内注册一个付费的会员的情况好出很多倍。

但是一个真正意义上的订单也没有，仅仅只是询盘而已。林晨有些坐不住了，明明知道订单是急不来的，可她心里依然着急上火。

"这算什么事情呀，这都能着急的，那天底下应该着急的事情多了去了。"林家钰知道自己在外单上帮不上任何忙，只有宽慰女儿，"我知道有个业务员一年了，一个订单也没有，他还是个老业务员哩，你还是刚刚起步，有这么多的询盘已经很不错了。至少我很满意。"他鼓励着这个未来的"林总"。可是林晨依然有几分懊丧。"晨晨，今天回家去睡觉吧，别耗在公司里了。"林家钰对女儿说。林晨没有答话，只是摇了摇头。林家钰看到她这样，内心的疼惜溢于言表："马上就到年关了，你也回家看看吧。曦曦一个人在家里，你就不回去看看你妹妹?!"

林晨半晌没吱声，她低着头想了一会儿，又摇了摇头说："不行，我还是得守在这儿，你要知道很多国家与我们有时差，我们晚上的时候刚好他们正在工作。再说家里有妹妹在没什么好担心的，她好乖好能干。"

林家钰看到她这样像个拼命三郎般的执拗，轻轻叹了口气，便说："那你在这里，我可是要回家看看了。"

林晨头也没回，只是点了点头，"嗯"地答应了一声。她一双眼睛直盯着荧光屏，又有一个新的询盘，林晨正在认真回复。虽然回复的格式一致，内容一致，但是她依然一丝不苟，逐字逐句地斟酌、检查后才会发出。在她心里，每次回复那都是一个希望啊。

南昌的冬天总是又湿又冷，虽说温度不至于太低，但总是阴雨绵绵。要知道在南方冬天室内通常比室外更冷，坐下来没一会儿就手脚冰凉。因为北方是干冷，而南方是湿冷。北方气候吹的是干风，这种感觉就像是打开冰箱那一刻冒出的冷气，虽然凉凉的，但导热能力比较差，冷空气不容易渗透体表，只要不是长时间待在室外，就不会感觉很冷。而南方的湿冷空气中，布满了直径只有几微米的液态小水滴，肉眼是看不见的，但它很容易沾到皮肤上，皮肤表面的液态水蒸发就会带走身体的热量，而且在潮湿的环境下，衣服的隔热能力比较差，冷空气容易往身体里面钻。所以南昌的冬天有种彻骨的冷。窗外一阵北风吹过，林晨禁不住打了个哆嗦，她用一个医院里的盐水瓶灌上了刚刚煮沸的开水，塞进怀里取暖。这个方法还是她妈妈教给她的。她妈妈一直生病，家里除了各种药瓶，就是这种打吊针的盐水瓶了。这种盐水瓶的好处是不漏水。已经是深夜了，林晨呵出一口气，暖了暖冰冷的手，眼皮儿直打架，便想着去隔间休息一会儿，眯眯眼。林家钰为了她能休息好，在办公室里用厚木板隔出了一个小房间，里面铺了一张小床。这时，电脑"叮"的一声，林晨条件反射，"有新邮件了"。她又折了回来，重新坐到电脑前认真查看。

"天哪，这个不是询盘，而是个订单！"林晨正在敲击键盘的手指都在发抖。这是一封来自冰岛的邮件，这个客户正是她收到的第一个询盘的客人，林晨记忆犹新。当时她报完价，这个客户没有半点消息。林晨按捺不住，又打了一个电话介绍安佳公司的生产情况。客户倒是很有礼貌，只是说手里确实没有订单，有需求的时候会联系的，临挂电话的时候他还称赞了一下林晨的英语说得"棒极了"，而且是"在亚洲人里少有的流利悦耳"。

林晨认真看完邮件后，刚才的激动和喜悦消失了大半。这只是个样品单，客户问她是否能提供 10 件皮草大衣，而且每一件的皮料、款式都不一样。邮件的附件则是产品的详细要求，满满一页纸。时间也很紧，要求五天之内一定要到货。林晨犯了难，因为快到年关了，公司里基本上处于放假状态，只有几个工人在做扫尾工作。林晨迅速拨通了客户卡尔的电话。电话接通后卡尔非常意外，因为冰岛与北京有八个小时的时差，"这个林小姐难道不用睡觉的吗?"

林晨把公司里的实际情况告诉了卡尔，问他能不能缓一缓。"缓一缓? 那要拖到什么时候? 我10天后要去参加展会"卡尔这样说道，"如果林小姐公司里做不到的话，我再去问问其他地方。"卡尔刚要"再见"，准备结束谈话的当口，林晨马上说："卡尔先生，请你放心，我们一定会按要求把10件皮草样衣准时送到你那里。"

"怎么办呢?"林晨手指弹着桌面，一时间不知如何是好。天色开始蒙蒙亮了，泼墨般的黑渐渐地褪去，一声小鸟的欢叫声在冷清的早晨格外清晰。林晨觉得头都痛了，便去里间睡一会儿。

"哎呀，晨晨!"林家钰听到这件事情不由得责怪女儿起来，认为她太莽撞，"你这么答应了客户，如果我们做不到的话，那岂不是捅了个大娄子。这个是要索赔的。"

林晨却不以为然："爸爸，你也别太担心了，办法总比困难多。"她吃着父亲带来的早餐，那是一碗拌粉和一个瓦罐汤。如果说豆浆和油条是北方人早餐的经典搭配的话，那么在南昌就是拌粉加瓦罐汤了。林晨嘴里塞满了粉条，说话有些含混不清："他是去参加展会，说不定会有个大单子。"林晨把最后一口汤汁也喝了个干净，折腾了一个晚上，她真是饿了："而且我看了一下附件，要求很细，但是都是常见的要求。只是现在我们没有这么多货而已。"虽说是个只有10件样衣的单子，然而却是安佳公司第一个真正意义上的订单，对林晨而言非比寻常。"这是一个希望的开始，"她在心里对自己说，"一个好的开端。""爸爸，说不定卡尔参加了展会就会有一个大单子，"林晨吃饱了，咂摸了一下嘴唇对父亲笑了笑，"有可能我们安佳公司过完年有个开门红哦。"

林家钰听了，一溜小跑地去了车间，查看了全部库存只有六件符合订单要求。林晨咬了咬嘴唇，她想了想说："爸爸，既然还差了四件，那我们只有去别的地方买了。"林家钰听了有些错愕，没有回过神来："你在说什么，我们自己能做的大衣还要去外面买？"旋即又反应过来，对哟，马上就是年关，各个工厂都放假了，哪还有人生产呢？

只是如此一来，成本大大增加了。按照市场惯例，买家一般会同意支付高于订单价的30%—40%的样板费，那是远远不够零售价的。林晨算了一下，她大概要多支出3000块人民币。如果拿不到订单的话，那么这3000块可就打了水漂了。"舍不了孩子，套不到狼"，林晨咬咬牙，依然决定试一试，她不想放过这个机会。可是还有一个关键的难题摆在了她的面前，如何把这些皮草样衣寄出去呢？这是重要快递，无论如何不能出岔子。邮寄国际快递，为安全起见一般会选择可靠的大公司，如FEDEX、DHL或者是UPS。问题在于这些代理公司也都放年假了。林晨一时不知道如何是好，急得在房间里走来走去。

这时电脑的一个小窗口弹了出来，林晨一看原来是郝嘟嘟在跟她打招呼。可她现在一点心情也没有，便没有理会嘟嘟。郝嘟嘟知道她一定是遇到难以解决的事情了，直接打了电话过来。林晨于是把前因后果详详细细地说了一遍："你说如果是你，会怎么处理？"

嘟嘟笑了，说道："很简单哪，既然南昌的代理公司放假没人上班，那换个地方。不可能全中国都放假了吧。"听他这样说，林晨马上想到了，几乎雀跃了起来："是啊，我可以去深圳，从那里寄出去。"深圳靠近香港，有很多港资公司是没有春节这个概念的，他们放的是圣诞假。

林家钰听到林晨要南下，又一时愣在那里，广东是经济大省，凭借着优越的区位优势、沿海省份、毗邻港澳，成为改革开放大潮中的排头兵。有句话是"东南西北中，发财到广东"，无数的人孔雀东南飞，打工的、创业的，广东是外来人口最多的省份。所以春节的时候也有无数的人返乡过年，"春运"一词就是这样诞生的。春运大军相当于让非洲、欧洲、美洲和大洋洲的总人口在春节期间搬一次家。火车票一票难求，那是比黄金还要珍贵。

"晨晨，你想过没有，你去深圳的票是很容易买到，那车厢整节整节都是空的，但是回来的时候你怎么回家呀？"林家钰既心疼又无奈，"我怕你就是挤成一张照片也上不了火车了。"

可是林晨觉得自己满身是劲："这有什么关系，只要能按时寄到客户手里，其他都不重要。"说到这里林晨对父亲笑了笑："现在对我来说，能不能回家过年并不重要，订单才是最重要的。"林晨知道在外贸行业里，谁掌握了订单，谁就掌握了主动权。

林晨按照客户的要求把样衣包装妥当，并且每件衣服都随附了一份英文说明书，皮料成分、尺寸大小详细列明。做好了形式发票，拍好图片后用邮件发送给了卡尔，告诉卡尔收到了样板费和快递费马上就寄出去了。还不到 10 分钟，卡尔的电话就打过来了，说是让林晨稍等一下，他马上去汇款。一个小时后卡尔把汇款单的图片发给了林晨，说还要等三五个工作日才能到安佳公司的账上。他问能不能先把样衣寄过来，如果等到汇款入账的话就会错过展会了。林晨思忖了一会儿，便在邮件里回复了一句话："OK！双方的信任是合作的基础，希望我们合作愉快。"

林晨就这样一个人踏上了去深圳的火车，林家钰也要跟着一起去，林晨不同意，说没必要两个人。一是厂里还需要人照看，二来马上就到大年三十了，不能丢下妹妹一个人在家里，冷锅冷灶的，一点过年的气氛都没有。再说这是小事，她一个人足够了。

"爸爸，你就放心吧，我会照顾好自己的。"南下的列车缓缓开动，林晨把头伸出窗外，挥着手示意父亲赶快回家，别再送了。林家钰在站台上一直看到火车消失在目力所及的范围，才恋恋不舍地转过了身。女儿如此勤奋，他作为父亲按道理应该高兴才对，可是林家钰却有说不出的心疼和忧伤。他甚至觉得是自己太无能了，没能给孩子一个安稳、富裕的环境，才让林晨过早地承担了不属于她这个年龄应该承受的压力和责任。"可怜的女儿，她还从来没有对我撒过娇呢。"林家钰痴痴地看着空荡荡的铁轨，眼圈红了。

2

林晨拖着沉重而巨大的行李箱走在深圳的街头。那时候的深圳还是一个候鸟般的城市，一到过年的时候大街上一个人影也看不到，如果有，那也是急匆匆返乡过年的人们。她找到了一个国际快递代理公司的收货点，人都快累得虚脱了。一个年近半百的收件员接待了她，问道："怎么你们公司还没有放假吗？"当得知林晨是从南昌专门到深圳来寄快件的，感到不可思议。他睁大眼睛看了看面前这个满头满脸布满了细密汗珠的姑娘，又伸长颈脖瞧了瞧林晨身后巨大的行李箱，问道："这个客户对你来说很重要对吧？"收件员笑着问："他一定是个你们公司的一个大客户。"

谁知林晨摇了摇头，说："现在还不知道哩，或许将来会成为一个大客户吧。"

"什么?! 对方还没有给你们下订单哪？"收件员又一次惊到了。

林晨说："是啊，他又没有跟我们公司接触过，只有看到样衣才有可能下单。"说到这里，她顿了顿，实在是累得慌，喘了口气才接着往下说："这些是要去参加展会的。"

收件员看到林晨那么疲惫，连忙从里面拿了个一次性的杯子，倒了一杯温开水递给林晨，让她喝口水、歇一会儿。

一杯温水下肚，林晨觉得果然舒服了许多，连声致谢。收件员笑着说："没什么，别客气。"把行李箱拖进工作间检查，他叫了一声："我的天，这么沉！"

林晨恢复了一些力气，说："可不是吗，10件皮草样衣。皮草本来就比其他衣服要重，10件加在一起当然更重了。"

收件员简直不相信自己的眼睛："你一个女孩子，看上去文文弱弱的，是怎么做到的?"

林晨被问得莫名其妙,说道:"就是这样呀,实在走不动了那就歇会儿,一步一步地挪呀。"

收件员不再说话了,只是低头检验、打包、称重,最后是付款。他做完这些又抬头对林晨说:"你的客户真走运,这是最后一班飞机了,我们明天也不收件了。"

林晨不由得笑了,说:"哪里是我的客户走运,明明是我很走运,要不然我就白跑一趟了,这大过年的。"当林晨拿着收件员递给她的快递回单联时,他对林晨说:"你这样努力,真心对待客户,你的诚心会被客户感受到的。努力的人运气都不会差,祝你好运,也祝你新年快乐。"

林晨开心地笑了,回头挥了挥手,作为告别。她走在大街上,分外轻松,心情舒畅。刚才还累得直不起腰来,现在走路又像是装了弹簧一样,一蹦一跳了。

林晨果然没有买到一张回南昌的车票。她早知道车票难买,但是车站人潮的拥挤还是超过了她的想象。在深圳车站毫无希望,她赶紧又到了广州的流花火车站,"说不定可以碰碰运气。"她想。林晨站在火车站对面的一个高楼往下看,人流就像是一片黑压压的蚂蚁那样蠕动着,有密集恐慌症的人肯定直接晕厥过去。但是林晨想着在家里等待的父亲和妹妹,还是决定试一试,万一运气好买到了回家的票呢?

可是她很快意识到自己是错误的,她连售票窗口都不能靠近。全部都是人,或立、或坐,甚至还有躺着的。那是提前三四天就来排队的,当然这就不可能是一个人单独作战了,要么是一家几口,要么是一大群老乡结伴回家。过年回家,是每一个在外游子的渴望。有钱没钱,回家过年。这是林晨第一次加入到这一场全中国蔚为大观的集中迁徙当中,有近 20 亿人次在出行的路上。这个数字超越了全球自然界中一年内所有动物的迁徙纪录。那么多疲惫不堪的人们,只是为了买到一张回家的车票。每一节车厢都挤满了人,人有三急,而在春运的绿皮火车上，上厕所是一件非常奢侈的事情，因为厕所里也全都是人。所以成年人不仅不喝水，还像个婴儿一样穿上了纸尿裤。尽管如此焦虑而辛劳，依然阻止不了回家的脚步，因为回家意味着温暖和亲情。家里的老父亲和老母亲会在寒风里站在村头的大槐树底下遥望着等待着，他们还在几个月前就忙着准备一桌丰盛而热闹的年夜饭等着游子们回家，思子心切盼子归。那一双双渴盼着回家的眼睛让林晨想到了一段捷克作曲家德沃夏克的交响曲《思乡曲》。

看到这样的情景，林晨反而不着急了，因为着急也没有用。已经不可能买到车票，倒不如想想这几天怎么过、在哪里过。

除夕夜。中央电视台的春节联欢晚会已经开始了，林晨一个人站在酒店的窗边看着外面的大千世界，这是举家团圆的大年三十晚上，不知道爸爸和妹妹过得怎么样了。而她却远在外地无法回家，真想插上一双翅膀飞回去。酒店对面就是一栋居民楼，每一扇窗户里都是灯火辉煌，都充满着欢声笑语，林晨觉得自己益发孤寂。一群小孩子在楼下放烟花，鞭炮声、小孩子嘻嘻哈哈的打闹声连同那满桌饭菜的热气和香气远远地飘了过来，林晨的两行清泪挂在腮边。

电脑"叮"地响了一下，那是新邮件到达的提示音。林晨本来听到这个声音就会条件反射，而这一次她破天荒地无动于衷。她只是站在那里，她想今天不工作了，打算好好地睡一觉。可是电脑又"叮"了一声，林晨转过身怔怔地看着电脑，终于忍不住打开了邮件，原来是卡尔的回复。

他在邮件里这样写道："我非常感谢林小姐的全力配合，在此之前我们公司其实问过了很多家工厂，甚至包括一些合作了很长一段时间的供应商，可是都说临近年关做不了。无一例外。我们偏偏又临时接到了通知要参加一个很重要的展会，实在不想错过这样一个打开市场的大好机会。我们只是抱着试一试的心态跟你们安佳公司联系，其实我们老板根本就不抱希望了，但是没想到，就是你们安佳公司接受了我们的样板单，而且很快地寄了过来，刚才我们已经查询到邮包明天就能送到我们公司了。你帮我们解决了一个很紧迫的大难题，现在我们可以顺利去参加展会了，我们老板要谢谢你，还想问一下你们是怎么做到的？"

这封邮件温暖了林晨的心，那个收件员说得没错，你的努力客户看得见，一定会有好运气的。还真是托他吉言了。林晨笑了，这是她今天第一次舒心的笑容。林晨知道自己终于引起了客户的关注，这一番千辛万苦总算是有所值了。刚才的阴霾一扫而光，她又精神抖擞地坐了下来，思忖着怎么回客户的邮件。如何掌控客户、培养客户的忠诚度，这是一个合格的业务员必须面对的大难题，不仅需要足够的智慧，还需要足够的耐心，而她觉得自己有的是耐心。林晨要在日积月累的点点滴滴的小事当中让客户对自己越来越依赖，从人性出发应该是一个与客户相处的好办法。"那，这封邮件应该怎么回复呢？"大年三十晚上，全中国的每个家庭围坐在一起吃团圆饭的时候，林晨手指轻弹着桌面，早已把思乡之情抛在脑后，开始工作了。

考虑良久，林晨这样回复："亲爱的卡尔，得知你们能够顺利参加展会，我很替你们高兴。其实我们安佳公司也和其他工厂一样放了年假，只有我在公司里值班，刚好看到了你的邮件。详细看过样板单的要求后，我马上去了仓库查看，只有六件皮草符合要求，另外四件是我们在外面买回来的。我们安佳公司是专门制作皮草大衣的，具有多年的实际操作经验，我们对质量的要求是没有最好，只有更好。因为质量有保证，所以我们安佳公司的订单已经排到年后了。关于货代那边的情况，想必你也清楚和工厂一样都放了年假。为了把你们的样衣寄出去，我特意去了一趟深圳，因为深圳靠近香港，有些港资企业是没有年假的，他们只放圣诞假。今天是除夕夜，明天是大年初一，这是中国最重要的传统节日，所有的人都会放下工作狂欢一周。但是如果在春节期间你有任何问题的话，请随时联系我，我每天会查看邮件，有急事的话请直接打我的电话。祝你们展会成功，合作愉快。"

林晨想着要不要把她为了寄样衣不能回家过年团圆的事情也告诉卡尔呢？林晨琢磨了一下，还是不要写上去为好，免得对方压力太大了，反而弄巧成拙。她把邮件反复检查了几遍，觉得没什么问题，才点击了"发送"。仿佛是卸下了一块大石头，林晨心里轻松了很多，便打开了电视，看看已经成为国人除夕夜不可或缺的春节联欢晚会演到第几个节目了。正当她看得津津有味的时候，父亲林家钰的电话打了过来。为了女儿能顺利到家，这个大年夜他也没过好，一直忙着托朋友订票。问了一大圈，一无所获。但他得知浙江一家工厂的技术员在广东出差，他们是自己开车的。林家钰便央求他们绕个弯，顺便把林晨带回南昌。听到父亲说有车来接她回家，林晨开心得在房间里又蹦又跳。

刚一踏进家门，林曦连忙拉着姐姐到房间里，满满一桌子的菜，只是略略动了几样。年夜饭中的大菜，像清炖鸡、红烧鲤鱼、酱香全鸭等等，全都是完完整整的，一筷也没有动过。电热炉烧得很旺，房间里暖意融融的。林晨把穿在外面的大衣脱掉，心满意足地叹了口气说："回家真好，还是家里舒服啊。"林家钰没接她的话茬，只是递过一碗热乎乎的鸡汤，上面浮上一层黄灿灿的油，嘱咐道："趁热赶快吃一碗，这是你姨妈从乡下捉过来的土鸡，你看看这层油，很补身体的。"他仔仔细细瞧了瞧女儿的脸，才几天工夫，就瘦了许多，下巴尖了一些。他问："很辛苦吧?!"心里一阵疼惜。

能够回到家里，林晨开心得很，她还以为要过完元宵才可能买到票呢。她笑哈哈的："我年轻，没事的，一下子就恢复了，太顺利了。"只一会儿工夫，林晨就把那碗鸡汤喝了个底朝天。林曦马上把碗接了过去，盛上满满一碗饭，笑嘻嘻地揽着姐姐的腰，看着她吃。

"爸爸，卡尔给我回邮件了。"林晨边吃边说。林家钰却打断了她的话："大过年的，休息一会儿，不说公司里的业务了。今天是初二，你快点吃，等会儿你姨妈一家会过来拜年。"林晨把饭咽了下去，朝妹妹吐了吐舌头。林曦捂着嘴笑了。李洁每次来都要催一次婚，她看到林晨整天忙忙碌碌，根本没有为自己的终身大事考虑，她便觉得是自己的一份责任。"要让姐姐在九泉之下安心、放心。"这是她的想法。

林晨吃饱饭，刚放下碗端上了一杯茶，正想好好地喝上一口，姨妈李洁已经在外面敲门了。后面还跟着一个中年妇女，她身材颇为臃肿，穿着倒是得体大方。

"姐夫，这是我楼上的邻居陈姐，你还记得不？"李洁介绍道。林曦一看"来者不善、有敌情"，问过"新年好"之后，便拉上姐姐找了个借口出门逛街、溜之大吉了。

正月里的南昌城与往常相比安静了不少，可是却有着平时不容易见到的热闹。城郊四乡八村的龙灯队齐齐出动，在城区从八一广场出发，沿着中山路敲锣打鼓，在每家商户门前表演舞龙灯。"灯龙"由九节组成，龙头用竹条扎成架子，糊上白色清明纸，涂上各种颜色，形态逼真。有角、有嘴、有眼，还有几根长长的胡须。龙身是用细篾扎成几节圆筒形，外糊清明纸。龙尾亦用细篾扎成鱼尾形，用红布带将龙头、龙身、龙尾连接起来。晚上的时候可以在各节当中点上一蜡烛灯，映衬着红绸布，寓意是新的一年红红火火。不过这是白天，便不用点蜡烛了。龙灯所到之处热闹非凡、鞭炮大作、烟花灿烂，每条巨龙均标明了是哪个村、哪个乡的。龙灯后面还有鱼、虾、蚌壳灯笼，在锣鼓、号角声中晃头摆尾。有些商家为了龙灯队能在自家门口多停留，大把大把的红包撒了满天，又纷纷扬扬地落在了地上，路人一哄而上抢红包。哄笑声、祝福声、恭喜发财声，不绝于耳。

林晨、林曦两姐妹还像是童年那样时而手拉着手，时而又勾肩搭背。林曦一路上还抢到了好几个红包，两人嬉笑不已。逛了一大圈，姐妹俩估摸着姨妈应该走了，便回到家里。

林家钰一个人在家里忙着收拾，把客人剥的花生壳、瓜子壳清理干净。他手脚麻利，不像有些男人那样对家务一窍不通。只一会儿工夫，家里又干干净净了。林家钰正拿着一块抹布擦桌子，林曦笑着递过几个红包："这是我在街上捡的。"林家钰用手挡了一下，意思是自己留着，可是林曦还是一个不落地塞进了父亲的口袋里。她没有带钱的习惯，与姐姐两个人在家的时候，想吃冰棍了便问姐姐讨要。现在父亲回来了，便又全给了父亲。接着林曦又问："爸爸，姨妈她到我们家，说什么了？"林家钰拿着抹布到厨房冲洗，说："还能说什么，是给你姐姐说对象的。""就是那个楼上的邻居呀？"林曦像个饶舌的雀儿，林晨在一旁一言不发。林曦听了，嬉笑着用胳膊肘儿捅了捅姐姐，林晨也不客气，马上咯吱起她来。两个人在沙发上闹成一团。

"哎，你们两个人别闹了，"林家钰不禁埋怨道，"我刚刚收拾干净哩。"说着他又把搭在沙发上的坐垫摆整齐，"别再弄乱了，待会儿客人到家里来乱糟糟的，给人的印象多不好。"然后林家钰又用手抹了抹，那垫布平整得一丝折痕也没有了。

做完这些家务，林家钰转过身对林晨说道："你姨妈说得没错，你也老大不小了，不能只是在公司里忙，自己的终身大事也该上上心了。"

林晨听了，背过身去，并不理会。父亲接着说："刚才她们说的那个男孩子还不错，是个公务员，在省政府办公厅上班。你要不要考虑见个面呢？"林晨见父亲说到这份儿上了，知道躲不去，便说道："爸爸，现在我不想嫁人。"她抓了把瓜子嗑了起来，说："嫁人太没意思了，我只想怎么赚钱，怎么把安佳公司做大做强。"

林家钰把一个空盒子递给林晨，那是糖果盒，给林晨当垃圾桶用，放瓜子壳。他颇不以为意，劝道："说的话跟小孩子一样，都是大人了，你姨妈说得没错，她同事的女儿，只比你大一岁，小孩都生下来了。你还是一个人单着，连个男朋友也没有，这怎么行？！"

"怎么不行了？"林晨的眼睛瞪圆了，"别人嫁人我就要跟她们一样嫁人，我忙着赚钱她们为什么不跟我一样去赚钱呢？人和人是不一样的，各有各的活法。"她说着便拿起那个糖果盒坐到厨房里去了，继续嗑瓜子。林曦跟在姐姐后面，捂着嘴乐个不停。她觉得催婚挺好玩的，在一旁事不关己地看热闹。林晨看到妹妹满面笑容，知道她幸灾乐祸，便狠狠地掐了她一把："我让你高兴，马上就轮到你了，你也躲不过。"林曦"哎哟"地叫了一声，两人又闹成了一团。

3

陆昂轩第一次看到林晨，立时两眼放光，被面前的这个女孩子深深吸引了。她是如此的与众不同，在他身边还没有一个这样的女子。美丽又独立，自信又洒脱，而且有种说不清、道不明的气息吸引着他。陆昂轩呆呆地愣坐在位子上，脑子里一直在琢磨着，过了好半天才在脑海里冒出了一个词："帅气"。是的，是"帅气"。林晨长长的头发束个马尾在脑后，清清爽爽。一件 V 字领的暗灰色修身羊绒衫，搭配了一条紧身的水洗牛仔裤，外面披了一件及膝的长款大衣，是黑色的。一张脸干净而安静，剑眉星目，脖颈上一条施华洛斯的项链在冬日的阳光下散发着璀璨的光芒。政府单位里怎么可能有这种别样又别致、个性飞扬的女子?! 林晨在对面落座后，对他笑着点了点头："陆先生，你好。"

陆昂轩这才意识到自己失态，居然忘记打招呼，连他自己也奇怪为什么会这样。他一直在机关里工作，喜怒不形于色，"看来还是没有修炼到家。"陆昂轩在心里自嘲。他有些脸红了。林晨看到他的局促不安，又对他笑了笑。其实她本来是不想来的，但是架不住姨妈李洁的劝说，父亲也在她的耳边数落个不停："也就是去看一看，又没说一定得成，就算是成不了交个朋友也是好的。你看你整天在公司里围着电脑转，接触面太窄了，为什么不去交交朋友呢? 再说你也好歹给姨妈个面子，你看她一趟一趟跑的，不都是为了你的幸福吗?"

林家钰根本不知道在英国有个郝嘟嘟的存在。每次林晨打来越洋电话，都是长话短说。他觉得越洋电话那就是一个奢侈的存在，能省一个是一个，赚钱不容易。而林晨也觉得在电话谈这样一件儿女情长的事情实在不知从何说起，从英国回到南昌后，郝嘟嘟似乎成了一个心底最深处的所在，成了一个过去式，林晨又觉得没有必要再说了。郝嘟嘟时不时发个电子邮件，或是打个电话，林家钰也问起过，林晨只说是在英国的同学。林家钰他一个大男人哪里会往深处追究，有时接到了嘟嘟的电话，便会喊上一嗓子："晨晨，你同学打电话找你了，快来接一下。"林晨就这么敷衍过去了。

林晨打破了尴尬："听说陆先生在省政府工作，前程远大哦。能够认识你太荣幸了。"她这是套话，林晨忘记了她是来相亲的，而不是来跟坐在对面的客户谈业务。但是陆昂轩听在心里分外舒畅："哪里，哪里，我们拿个死工资，怎么能跟林小姐自己家里开公司相提并论。"林晨不以为然："有时候我还是觉得安稳点更好。"她想到了新建厂房的那场大火，一番辛苦一番血汗说没就没了。在政府工作，烧没了至少还有一份工资，而安佳烧没了只有自己兜底了。自己当老板，给自己打工，看上去风光无限，可压力巨大也是真实存在的。因为意味着巨大的风险，一旦失败说不定这一辈子还不起银行贷款了。

"是真的吗？你是真的这样想的吗？"陆昂轩声音有点发颤。林晨听他在问，便点了点头："当然是真的啊。""其实吧，我也是挺喜欢自己这份工作的。"他放松下来，搅拌着面前的这杯咖啡，看了看林晨，目光迷离，说，"怎么说呢，公务员的日子吧是既发不了财也饿不着的，在别人眼里就是铁饭碗，旱涝保收，其实不知道我们也是经常加班加点的。"他又问道："你呢？你又是怎么想到自己开公司的呢？"林晨看着玻璃墙外的车水马龙、人声喧嚣，有些心不在焉了："卡尔应该参加展会了吧，也不知道什么时候会发邮件给我。"她收回自己的目光，对陆昂轩笑了笑说："没办法呀，我爸爸的公司，我不去帮忙还能怎么样呢？"

林晨的心不在焉，还有她的敷衍，陆昂轩都看在眼里。他一阵心颤。陆昂轩轻啜了一口咖啡，说："林小姐是很忙吗？"

"嗯，我……"林晨觉得自己怠慢了对方，这是一种不礼貌，她不好意思地笑了笑，索性挑明了说，"陆先生，其实我目前并没有谈恋爱或者是结婚的打算，我……"林晨低下了头，在想怎么措辞，她并没有注意到陆昂轩眼睛里的火花在一点一点地黯淡。

"其实我也不太喜欢相亲，觉得两个素不相识的人因为某个人的牵线然后坐在一起见个面聊聊天，我也感到是挺奇怪的一件事。只不过听说林小姐非常优秀，"陆昂轩并没有等她把话说完，微笑着告诉林晨，"我便想来见一见。"他言语温柔，不想也不忍给林晨压力，陆昂轩知道自己已经爱上了这个姑娘，可是不知道这个爱是注定了没有任何结果的。

陆昂轩把自己的名片奉上，说："这里有我的手机号、QQ 号，还有邮箱。我们今天见过面就算是认识了，至少我们算是个朋友了对不对？"他并不打算撤退。

林晨接过名片，对他嫣然一笑点了点头。这一笑，又让陆昂轩心神荡漾。他接着说："你以事业为重，我们都还年轻，这样是对的，只不过也要考虑一下其他事情，对吧？"陆昂轩不好意思说是"终身大事"："你有任何事情在任何时候都可以打电话给我，你只是说不想那么早谈恋爱，也没有说不能交朋友对吧？"他说着伸出了手，林晨与他握了握。在二人两手分开的那一刹那，她想到了郝嘟嘟，还有临行前一夜的缠绵。她不是因为工作太忙，真正的原因是内心已满，腾不出空间给其他人，尽管在别人眼里，面前的这个男人是这样优秀而体面。她也认为陆昂轩会是个很好的丈夫，但是时间不对呀，如果在郝嘟嘟之前出现那该多好呀。林晨轻轻地叹了口气，她已经没有力气也没有时间去爱了。林晨脸上无意中流露出的那一丝忧伤击中了陆昂轩，据说动了真心的人特别敏感，每一根神经如同一座高敏度的雷达一样，对方的任何一个微乎其微的变化都逃不过他的眼睛，不仅逃不过，而且会无限放大 N 多倍。陆昂轩差点被击倒，直觉告诉他这个姑娘在为一个人叹息，而这个人不是他陆昂轩。

陆昂轩站起身，替林晨拉开椅子，又替她披上了黑色大衣，在前台买过单后与林晨走出了餐厅。这是南昌第一家港式茶餐厅，他是听了他的一个同学说，这里是最适合与情人约会的地方，情调、环境都不错，"女孩子最喜欢这种地方了。"陆昂轩还特意预订了两个临窗的座位，抬眼就能看到繁华的街景，还有一个绿草茵茵的小花园。虽说是冬天，绿草有些枯黄，但是小花园里有个车辘轳，一直不停地抽水，很有几分情趣。这在当时的南昌还是不多见的，所以生意兴隆，一到饭点座无虚席，得提前订位。对待这次见面，他是郑重其事的。对待这个女孩，他是郑重其事的。只可惜落花有意，流水无情。在中山路与八一大道的分岔路口，车如流水马如龙，林晨跟他互道"再见"。林晨是"再也不见"，而陆昂轩却是"下次再见"。他觉得自己还有机会可以争取一下，万一成功抱得美人归了呢？这么优秀这么美的一个人儿，那就是属于他的了。如果在这个世界上还有一件事情与此同样重要、同等让人兴奋的话，对他而言，只剩下官升三级了。

春节七天假一眨眼便溜走了，大家还没有从浓浓的年味里回过神来就要去上班了，这是多么不情愿呀。林晨每天查看一遍电子邮件，可是卡尔如同消失了一般没声没息了。她想着要不要打个电话询问一下呢？手刚碰到话机，准备拿起来的时候，她又轻轻放下了。"不能急，要等，一定要学会等待。"她暗暗给自己鼓劲。

初八那一天，虽说公司里开门大吉要上班了，但还是有一部分工人在农村的家里没有赶回来。对于他们来说，年还没有过完呢，得到正月十五元宵之后才恢复正常。安佳手上有好几个订单得忙着赶货，林晨没有像往常那样坐在办公室的电脑前，而是和父亲一起在车间里赶货。她手脚麻利，动作熟练，是一个百分百合格的流水线上的操作员。

一封电子邮件静悄悄地躺在邮箱里。林晨忙完了手里的活，已经是傍晚时分了。窗外华灯初上，街上依然零零星星地响着几声爆竹声，仿佛在提醒着大家，年还没有过完。林晨吃过妹妹送过来的晚饭，喘了口气，便去了办公室歇会儿。她打开电脑，便发现了那封邮件了。林晨飞速打开，"我的天，是卡尔发送过来的。"她捂着嘴轻轻地惊呼了一声。林晨一字不落地仔细读了一遍，一阵狂喜涌上心头，这是一个订单，而且是个大订单。她看了看发送时间，是上午九点钟。林晨有些懊恼地拍了拍自己的脑门，如果及时看到，至少能高兴一整天了。她把邮件打印出来，拿着跑到车间里找到父亲，告诉他：安佳公司开门红，终于接到了一个真正意义上的订单。

林家钰喜出望外，差点一口饭哽在咽喉里呛住了。林晨见状连忙拍打他的后背，林家钰憋得满面通红，好不容易顺畅了，接过单子看了起来。他反反复复看了几遍，问林晨："这订单是个大单子，但问题是我们的生产线已经饱和了，吃不下这个大单哪！这可怎么办呀？"他像是在问林晨，又像是在问自己。林晨又看了一遍，是存在这个问题。父女俩面面相觑，一时间拿不定主意。"要不，你跟卡尔回复减掉一半，怎么样？"

林晨连连摇头，否定了这一方案："这是我们第一次接订单，第一次的印象很重要，如果第一次打了折扣的话，客户对我们的好感会减弱的。不可以这样。"

"那怎么办呢？如果不能按期完成，或者是生产质量出现了瑕疵，那更是大问题，要索赔的！"林家钰晃了晃手里的订单，对林晨强调，"这可不是闹着玩的，有些事情是不能逞强的，有多少饭量吃多少饭，还是得量力而行。"

林晨点了点头，她明白父亲这句话的分量。"让我再想想。"丢下这句话后便回到办公室里，关上了门。林晨知道卡尔在等着她的回复，可是在没有想到万全之策以前不能冒失。"怎么办呢？"她手指轻弹着桌面，又看了一遍邮件，其实她早已能够背出来了。一共 2000 件皮草，要说多的话也不多，问题在于安佳的订单早已排到年后了，如果说现有的生产线开足马力的话是能够按期完成订单的。

"办法总比困难多。"林晨暗暗鼓励着自己。10 分钟后她又跑到车间找到父亲，说："我们可以把其他订单安排给别的工厂做，当然是我们信得过的、质量有保证的工厂。"她抓住父亲的手："爸爸，你对其他工厂比我更熟悉，我们现在就排一下订单怎么样？看看能不能排得过来，如果能排得过来的话，我们就接下来。实在排不过，我马上回邮件退单。"说到"退单"的时候，林晨一阵揪心的痛，声音都在发颤。

说干就干。林家钰一家一家地打电话，跟工厂的负责人商谈。他心里有种隐约的欢喜，以前一直是别人这样跟他打电话，而现在是安佳公司给其他工厂排单了。这在以前是想都不敢想的事情，"风水轮流转，今年到我家。"问过了一大圈之后，林家钰放下电话，对女儿说："不行，这样不行，这么大的事情在电话里说不清楚，因为刚过完年，很多人还没有到岗。你也知道工厂里的工人从农村里出来的多，他们的年还没有过完。我明天就去一趟浙江，那里工厂多，我也熟悉。"他跟林晨商量："已经让客户等一天了，你要不先回个邮件给他，让客户先缓上个几天，让我们安排一下。"

　　林晨一听，也是道理。让卡尔知道安佳订单排得满，说不定是件好事。她字斟句酌地回复：

　　"亲爱的卡尔先生，您好！

　　"得知你们在展会上取得了很好的反响，我们安佳很高兴。你的订单已经收到，这么晚才回复很抱歉，因为我们遇到了一个小小的困难。现在安佳的订单去年就排到年后了，生产能力已经饱和，我们正在积极谋求对策。为了更好地为您服务，以最佳质量完成您的订单，我们需要两至三天的时间来安排，不知道可不可以？合作愉快！"

　　写完后，林晨按照习惯检查了好几遍，推敲内容有没有错漏，或是会让客户有觉得不舒服的地方，细细琢磨后，确保一切 OK，林晨轻轻点击了"发送"键。那"嗖"的一下提示音，让林晨心神不宁，也不知道卡尔看到邮件会有什么反应。林晨在座位上呆坐片刻，"算了，不去想了。"她站起了身，准备去车间加班赶订单。就在这时电脑"叮"地响了一下。林晨愣了愣神，心想不会是卡尔的回复吧，这也太快了点？她坐回电脑前，旋即欣喜若狂，还真的是卡尔的回复。赶紧打开一看，卡尔回复很干脆，只有寥寥数语："我们老板说了，是林小姐的全力配合，我们在展会上才大获成功，所以订单我们只想与林小姐合作。请林小姐就像是对待上次的样板单那样对待这个订单，谢谢合作。我们可以等几天，但希望是个好消息。"这次林晨想也没想就回复了：

"谢谢卡尔先生的信任，我们安佳公司正是因为要把订单保质保量地按期完成，所以才需要二至三天的时间来安排，请一定放心，我们一定完成订单。"林晨正在忙着跟卡尔解释的时候，QQ窗口在跳个不停，林晨瞄了一眼，原来是陆昂轩在跟她打招呼，可林晨实在抽不出空来与他聊天，又不能过于怠慢，只送了个表情过去，便一溜小跑地去了车间，给父亲报告这个好消息。

林家钰一刻也没有耽误，马上去了浙江，可谓是披星戴月。他在那里，逐门逐户地问过去，一个单子一个单子地敲定。为了把每个细节落到实处，哪个环节有可能出现问题，还坐在火车上的时候，林家钰一条一条地记在小本子上，周密而详细。

"哎哟，林老板，果然是'士别三日，当刮目相看'。现在给我们排起单子来了。"一个工厂主这样对他笑着说。

林家钰很谦恭："赵老板这就过奖了，这些都是我那个大女儿瞎捣鼓的，只是订单来了，我们安佳也只有全力做好。也都是大家照应，这么多年了，真的谢谢你们了。"

第三天的凌晨，林家钰回到南昌。路上空荡荡的，没有人行走。天气太冷，只有几个环卫工人在清扫马路。一阵寒风吹了过来，林家钰一个哆嗦，忍不住缩了缩脖子，不由得加快了脚步。他没有回家，而是直接去公司。他甚至能想象出林晨正在做什么，两眼盯着荧光屏回复邮件。林晨看到父亲回来了很是高兴，急切地问道："爸爸，怎么样了，还好吗？"看到父亲的嘴唇有些干燥，连忙倒了一杯温开水递过去。林家钰接过来一口喝干，用手背擦了擦，喘了口气说："你可以回邮件给冰岛客户了。"

林晨雀跃了起来，有些不敢相信地问："爸爸是说都安排好了，可以排产了吗？"林家钰点了点头，把空杯子递给林晨，示意她再倒一杯。这一次他喝得没那么急了，而是一小口一小口慢慢喝，跟喝白酒似的。林家钰坐了下来，跟林晨商量："不管是从别人那里转过来的二手单，还是我们自己接到外商的订单，都是我们安佳的业务，是要一视同仁的。"他转动着手里的水杯，说：

"我们不能厚此薄彼。"

"爸爸，瞧你说的。"林晨有些嗔怪了，"那是当然了，我没有说其他单子不重要，只盯着冰岛客户呀。如果其他单子做砸了，我们安佳公司好不容易积累起来的信誉一下子就毁掉了，那怎么可以呢？"

林家钰点了点头："所以有件事情要跟你商量。"林晨见父亲说得如此郑重其事，便不插话了，而是静心听，"其他单子虽然说安排妥当，我们没有一个自己的人在工厂那边终究是不放心的，所以……"

"所以我两个人当中要有一个人在浙江的工厂里监督生产。"林晨替他把话说完。

林家钰又点了点头："我就是这个意思。而且只能是我去，你留在这里。"

林晨抿了抿嘴唇，点了点头说："我明白，只能这样了。可你走了，我心里还是不踏实，你知道我……"

林家钰打断了她的话，说："这我都知道，在生产制作这个环节，你还没有独自担当过。"他握住女儿的手继续说："但你也别太担心，我觉得你一定可以做好的，因为你一直在厂里，虽说你盯盘的时间更多，但是每道工序怎么处理你也是清楚的。"林家钰鼓励着女儿："还有老陈头在这里帮你，他是车间主任什么不熟悉呢，可以说在安佳除了我就他是老手了。我也会经常回来看看，两边跑。"

"是啊，外贸单就是这样，出了一点纰漏，马上索赔。"林晨说。

他拍了拍女儿的手背："你大可放心，不会出娄子的。再说你也该挑一次大梁了，只要你这次挺过关了，以后真没什么能难得到你，你完全可以独当一面。"林家钰又笑了笑说："其实这张单子没多大赚头。"

林晨奇怪了，问道："怎么了？"

林家钰把杯子里剩下的那点水全喝光了，说："因为订单的时间都很紧急，有些工厂提高了加工费，我怎么降也降不下来，他们只是说自己也排满了，是加班加点给我们安佳公司做的，当然要多付点辛苦费。"说到这里林家钰抬头对女儿笑着说:"这样一平账,我们不就没多大赚头了吗?"

"就是没赚头我们也得做呀,以后就能赚回来了。"林晨说。

"可不是吗?我也是这样想的。"林家钰叹了口气,"降不下来我就不提了,只要能把货按期保证质量地做出来就谢天谢地了。"

安佳公司接到的第一笔订单就这样有惊无险地安排下来了,果然是"办法比困难多",林晨在心里这样对自己说。在安佳公司收到从冰岛打入账户的第一笔订金的时候,林晨百感交集,无法找到一个恰当的词来形容自己此刻的心情。"中国人民从此站起来了。"在脑海里突然冒出这句话的时候,林晨自己也觉得好笑,可这就是当时她一刹那的感觉。从银行里拿到外汇结汇回单联,她甚至想把它用个照框保存起来,这可是安佳的第一笔外汇。以前虽说也是做外贸单,都是外汇先进了别人的户头,结转成人民币后再付给安佳的。

开心之余,林晨大致估摸了一下这笔订单的收益,大概有 13000 美金的纯利润。她"哗"的一下笑了,这的确是一件很令人高兴的事情。林晨想:如果这个冰岛客户能够成为一个稳定客源,每一个月都有订单,那么只要是有这样一个就能让安佳公司赚到钱了。以此类推的话,如果说有十个这样的稳定客户,岂不是每个月有 13 万美金,一年就有 156 万美金。如果有 100 个这样的客户呢?

林家钰看到女儿一个人看着结汇回单联直乐,也在一旁笑了,但是没有去打扰她,让她一个人沉浸在无边的快乐当中。

可是不知为何,林晨的笑容又消失了,眉心微皱,表情又凝重起来,"如何开发出这 100 个客户呢,客户从哪儿来呢?"这意味着不仅仅是开发新客户那么简单,还要让客户认准安佳公司一家,产生一种依赖感,只要有了订单需求便会第一时间想到安佳公司,而不是在包括安佳公司在内的多家生产厂家里左挑右选、反复权衡、比较,这应该怎么做呢?林晨陷入了深深的思索当中。"如果是我,我要怎样才会对一个人有好感呢?"林晨这样问自己。首先是信任。尤其是在国际贸易当中,买卖双方都不见面,电话甚至都很少打,如果没有相当程度的信任是无法合作下去的。"比如现在这个冰岛客户卡尔,他们之所以会把订单交给素不相识的安佳,并不是安佳不可取代,事实上在与安佳联系之前卡尔已经问过很多家工厂了。是因为卡尔被林晨在特殊时期的全力配合所感动,所有人都拒绝了他,只有安佳公司排除一切困难配合,让他们如期参加展会,而且是产品质量过硬,让他们在展会上大获成功,如此这般才会把订单发给安佳的。"

"感情!感情很重要!"林晨突然一下一道灵光闪过,觉得自己豁然贯通,"虽然说在商言商,生意场上刀光剑影,但是人都是有感情的,今天我帮了他,明日自然也会有人来帮我。"她细细思量:"除非自己是不可取代的,那么一定要让客户在和竞争对手旗鼓相当的情况下对安佳公司更有好感,在情感的天平上更加倾向于自己,这样客户就不容易被其他人抢走,而是成为安佳公司忠实的合作伙伴。"林晨不由得想到一句话,"以心交心"。"老祖宗可真是有智慧呀,确实有道理。"林晨咬了咬下唇,她把未来的工作步骤列在笔记本上。正忙着的时候,陆昂轩打电话过来,约她出去聚一聚,他说有一帮朋友去梅岭爬山,"春姑娘已经来到人间了,漫山遍野的花儿都开了,一起去走走吧,你看看你天天闷在那里,是不是太枯燥无味了?"

"枯燥无味?!"林晨快要笑出了声,赶紧捂住了嘴巴,因为她心里正乐得很。但是陆昂轩说得诗情画意,林晨抬头看了看窗外,果真树枝抽了绿芽,那种柔柔的、粉粉的、嫩嫩的绿真让人心旷神怡。她有些心动,可公司里的事务繁杂,抽不开身,只好拒绝了:"谢谢你了,我虽然很想去,但是去不了哦,分身乏术。"

陆昂轩有些不快:"怎么天天忙啊,星期六、星期天也没有休息。"

"是啊,所以我说还是你们好吧,工作稳定。只要下了班什么事都丢脑后了。"林晨轻声细语地调侃,"唉——,我可就没你这么好命了。"

"真的不能出去呀?!"

"当真不行,我们天天赶订单,连吃饭、睡觉的时间都不够,哪来的时间去玩哪?"林晨推辞了,"以后有时间再说吧。"她在与陆昂轩通电话的时候还在忙着查询盘,有一家欧洲名叫欧丽莱的老进口商,也是以做皮草为主的,"应该会有订单呀。"林晨琢磨着。欧丽莱还是她在一个"康帕斯"的老牌公司,交了6000块人民币的年费查到的。康帕斯是一个网站平台,在他的网站上有着欧美非常齐全的公司名录。如果不愿意掏腰包的话,就只能看到公司名称,看不到公司的网址和联系方式,不过也没关系,有了这个公司名称,就有办法拿到该公司的电话和邮箱。因为有个无所不能、如同间谍般存在的谷歌。但是有一点必须注意,比如开发意大利的市场,你要用GOODLE. IT;开发法国市场,你就得用GOODLE. FR。如果使用GOODLE. COM 的话,那么就是在浪费时间。现在安佳公司的订单越来越多,林晨已经没有太多时间泡在网上捞鱼了,索性交了6000多块钱拿到一份完整的公司名录。

她查询过这家欧丽莱已经有整整25年的从业历史了,但是打了个招呼后便再也没有理睬过林晨了,每出一件新货,林晨都会拍个图片附上英文说明书和报价发送到对方的邮箱里,但是都如同石沉大海。试图通过各种方式与这家公司拉近关系,比如第一次下单有更大优惠力度,安佳公司将让利更多等等,对方的业务员无动于衷。这让林晨颇为懊丧,却没有让她放弃,就是冲着这25年的从业历史,林晨觉得在这种老牌客户身上费点心也是应该的。她估摸着欧丽莱一定有着长期稳定而固定的供货渠道,而且不容易变更才会对她不理不睬。林晨的确不想放弃,但对方如同铁板一块、油盐不进,水也泼不进,却也让她一时间不知如何是好。

做外贸的都知道,这一行的竞争是怎样的惨烈,比如天天打雷、干不下雨的情况时有发生,一厢情愿的悲剧也时时上演。第一封邮件算是搭讪性质,林晨一般是简单直接、开门见山,她是直接上图片,而且图片也不太大,制作得干净清爽。林晨从来不说废话,哪怕只有一句。有些业务员喜欢跟客户讲上一大堆从哪里知道贵公司,把对方吹捧一番,然后再详尽描述一番自己所在的城市如何优美,邀请对方到中国来玩……林晨从不干这种傻事,她知道即使吹得天花乱坠，也没有人在乎，更不会花时间去了解。林晨明白客户比想象中要忙碌得多，他或许每天只有下午临下班前的一个小时要查看完所有的邮件，然后也同样要去客户公司被更大的 BOSS 骂、要去跟其他部门开会、要想办法处理彼岸中国工厂以及越南工厂一个又一个的新问题和旧麻烦，比如，货期延误了、商标车错了、尺寸做小了……他同样是个凡夫俗子，所有普通人的烦恼一个也少不了。也许他的孩子正在逃课，躲在网吧里打游戏，而他却分身乏术，心里着急似火却不得不坐在办公间里处理事务；也许他的父亲正在医院里接受治疗，而他也同样没有时间赶过去。他的火气可能很大，也可能很不耐烦，甚至他连喝杯水的时间也没有，水喝得少还可以减少去卫生间的次数，一举两得。

所以林晨估摸着一个新邮件能得到 30 秒的关注时间已经很不容易了，如何在这短短的 30 秒的时间里让客户留下印象，这实在是一个宏大的课题。只要邮件不被直接删除，或是丢进黑名单，林晨便觉得万分庆幸。当然她从不指望第一封邮件对方就万分火热地回复，这种可能性是不存在的，至少林晨从来没有遇到过。她能做的事情只能是等待，但是又不能傻等，安佳公司有了新产品，林晨便会第一时间发送给对方，不会因为对方杳如黄鹤就轻言放弃。林晨只要发出了一封邮件，看到屏幕上弹出已成功发送的消息，这就说明对方没有把她拉进黑名单里，林晨心里便会多出一份希望，尽管希望渺茫到近似于为零。这个工作量是相当大的，有点像播种，需要静心等待收获，也可能播下的种子并不能发芽。这非常折磨和考验一个人，而林晨善于在看不到希望的琐碎工作中凸显自己，让别人注意到她。安佳公司的订单都是她这样接到的。林晨的确是一个很优秀的业务员。

陆昂轩听得林晨有一搭没一搭地与他说话，断断续续的，便知道她还在忙着其他事情，于是他不想再聊下去了，"过几天我再来约你吧。"陆昂轩简单叮嘱了几句便挂断了电话。

电话的那头传来挂线的"嘟嘟"的提示音。她看了看听筒，想着陆昂轩说她这样太忙了不是很好，可林晨觉得越忙越充实，一旦闲下来反而浑身不自在，说不定还生出病来了。"要是像哪吒那样有三头六臂那该多好啊。"她放下电话又投入到工作当中去了。

这天下午，林晨比往常下班要早些。"工作是永远也做不完，是没有尽头的。"她站起身伸了个懒腰，打了个哈欠。这时电话响了，林晨还以为是客户或是工厂打过来的，一看显示屏，原来是陆昂轩。他已经到了安佳公司的大门口，正在门卫室里等着她，说是接她一起去吃个饭。林晨本想拒绝，但转念一想上次已经回绝过他了，这次又不同意是不是太不近情理了，何况他已经在大门口等着。便抓起椅背的披肩，走出了办公室。

林晨以为他会带她去酒店，没想到陆昂轩车头一拐，进了一条小巷子。在一栋居民楼的下面，他停好了车，把林晨接了下来。

"这是哪里？"林晨问道。一阵风吹了过来，她感到了一丝凉意，不由得把披肩裹了裹。

"还能是哪里？"陆昂轩扶着她的肩头，随手把车门带上，说道，"是我家里，请你到我家里做客，怎么样？"

林晨笑了："你请我去你家吃饭吗？你做的？！"

"那是当然。"他不以为意，"请你尝尝我的手艺，到时你别太惊艳。"扶着林晨的肩膀边走边说："外面的餐厅、酒店又贵又不卫生，哪里比得上在自己家里吃饭干净又划算。"

林晨点了点头，同意他的说法："可是，你在政府部门上班，应该也会有挺多应酬的吧。那该怎么办呀？"

"所以我尽量在家里自己煮饭吃。"陆昂轩说得很自然。

这让林晨不由得对他多了几分好感："那我可得好好试一下你的厨艺了。"

公平地说，陆昂轩的手艺相当不错。他让林晨坐在餐厅里等着，并不让她在厨房里帮衬记忆。林晨看着他熟练地系上围裙，洗菜、切菜，做得有条不紊。其实厨房里的食材并不多，只有一条一斤左右重的乌鱼和几样绿叶蔬菜。

陆昂轩先是去鳞洗净，从中间划破一分为二，再细心地把鱼皮割了下来，把鱼皮用水焯了一遍，切了鱼片后加芡粉稍加腌制。

一盘菜是香菇爆鱼片，还点缀了青、红双色辣椒。一盘是胡萝卜、黄瓜、小米椒凉拌鱼皮。第三盘菜是头尾骨头等余料煲汤。另外还清炒了一个蔬菜。

林晨大开眼界，这就是传说中的"一乌三吃"。看到这色彩纷呈的四个菜，她一下子肚子饿得咕咕乱叫，也等不及谦让，便吃了起来。鱼片爽滑细嫩，鱼皮爽脆可口，鱼汤清淡滋补。这顿饭吃得林晨大呼过瘾。吃饭对她来说更多的是应付，而不是享受。一是没时间，二是没条件。这条乌鱼和一把蔬菜，对林晨来说绝对是大餐了。

陆昂轩看着林晨狼吞虎咽，不由得笑了："你别吃那么快，小心噎着了。"

林晨这才察觉到自己的失态，蓦地脸一下子红到了脖子根，低着头不好意思地笑了。

看到林晨像小女孩儿一样的羞涩，陆昂轩心里一动，说："如果你喜欢吃的话，我可以天天做给你吃。"

林晨差点就被这顿饭打动了，俯下了身子，几乎要趴在桌子上，这时那条施华洛斯奇的项链从颈项掉了出来。那只低着头的天鹅吊坠，在灯光的照射下散发着五彩的光芒，吊坠碰到了碗沿，发出风铃般"叮叮当当"的声音，甚为悦耳。林晨连忙把项链塞进了衣服里，她清醒过来了。

"你的工作那么忙，怎么好意思天天麻烦你呢？"林晨把碗轻轻地推到一边，"你是一个好男人，是我配不上你，你一定会找到一个比我更好的姑娘的。"

这是真心话。

如果没有在陆昂轩之前遇到郝嘟嘟的话，她会答应他的。凭感觉，林晨知道他是一个好丈夫、好父亲。

可是有缘无分哪。奈何？！

4

"高中跟初中不一样，初中最后一年还可以冲刺赶上来，但是高中就难了，一年是一年的知识积累，落掉一年很难补上。"班主任突然停了下来，指着后面提高了嗓门大声说，"坐在后面的同学别以为你们一直低着头我就不知道你们在讲悄悄话，不要我在上面说，你们在下面讲。大家记住了，一定要抓紧每一天，别浪费自己的时间。"下课铃声已经响了三遍了，班主任还站在讲台上絮絮叨叨的："一定要记住从现在开始把每一天当作高考前夕来对待，不能耽误了自己的大好前程。"同学们听得心猿意马，仿佛凳子上长了刺，坐都坐不住了，在下面小声地交头接耳："这样的话都能倒背如流了，我们耳朵都听出茧了，有完没完?! 等会儿我们要快点跑下去，说不定球场还能抢到位置。"

林曦对此类老生常谈也是听得心不在焉，不过她对体育从不感兴趣，她爱好文学，是一枚十足的文艺女青年。林晨希望妹妹能替她去北京大学读书，林曦便想着最好是中文系。教语文的老师李子墨也这样鼓励她，觉得林曦更适合文科。

"你除了喜欢《红楼梦》以外，还喜欢其他的书吗?"李子墨这样问林曦。林曦是为数不多的一个让他印象深刻的学生。李子墨喜欢《红楼梦》，在上课的时候经常引用《红楼梦》里的诗词，但是他有时会卡壳，只有林曦才能帮着他继续接下去。

"我姐姐去英国留学的那一年，我天天都在想念她。"林曦轻声地说，"要知道我和姐姐从来没有分开过，而且是这样远，还这样久。"不知为什么她很喜欢跟李子墨老师一起聊天，虽然他是老师，林曦却不生分。在其他老师面前的拘谨，在李老师面前是全然没有的。

"然后呢？"李子墨笑着问道。他笑起来很好看，阳光和煦的样子。彼时窗外的夹竹桃开得红艳艳的，叶子绿得发亮，衬得花儿鲜艳欲滴。有两只蝴蝶在花丛间翩然飞舞，林曦觉得一切都是那么的美好。一如那万里晴空，有一种辽阔而干净的蓝。

"我就突然一下对英国的文学很感兴趣，读了大量的英国作家写的小说、诗歌。"林曦微笑着如数家珍，"比如莎士比亚、比如拜伦。哦，对了，我还看过哈代的书。"

"哈代?!"李子墨眼睛一亮，"你看过哈代的书？来，说给我听听，你看过的是哪几本？"

林曦不好意思了，觉得自己在老师面前有些班门弄斧，红着脸低下了头。"没事的，说出来听听。现在在我们国内读外国作品的不多，英国作家是莎翁最知名了，能看哈代的书还真是挺不容易的。"李子墨鼓励着。

"其实也没多少，只有两本而已。"林曦答道，"一本是《无名的裘德》，另外一本是《德伯家的苔丝》。"

李子墨很感兴趣，这样两本具有浓厚悲剧色彩的小说在林曦这样一个小姑娘的眼里是什么样子的呢？

"我觉得哈代和曹雪芹有很多相似之处。"林曦字斟句酌地说，她微侧着头，仿佛在思索。

"为什么?!"李子墨很惊讶，觉得这个小脑袋里装了很多五彩缤纷的想法，是如此的与众不同，"我还是第一次听到有人把哈代与曹公联系在一起。说说看，你为什么会有这种观点。"

"因为他们两个作为同一个时代的男作家，却更同情女性。"林曦答道，"他们都是站在女性角度出发，为女性发声，笔下的女孩子都很美好。在当时那个时代是很难能可贵的。"

李子墨大为讶异，林曦的文学深度让他这个语文老师刮目相看。这时上课铃声响了，师生二人都觉得意犹未尽。李子墨站起了身，说道："下次有机会再聊，我很想听听你为什么把哈代和曹雪芹相提并论。好了，你去教室，我也要去其他班上课了。"

放学回到家里，林曦放下书包喘了口气，又洗了一把脸，洗干净了手。刚才还累得气喘吁吁，头微微冒汗，洗把脸后人又精神了。她没有像其他同学那样立时做作业，而是快步跑到厨房里做晚饭。菜是早上父亲在菜市场里买好的，搁在厨房窗下的墙角里。林曦得快点把饭做好，然后送到公司里。她拉开袋子看了看父亲今天买的菜，两个绿叶蔬菜、一个苦瓜炒蛋、一个尖椒炒肉片。家里一直吃得很简单，唯一的原则就是快速。什么容易做就买什么，至于那些需要细火慢炖的菜品，除了年夜饭，平日里压根就没在林家的餐桌上出现过。只有林曦有兴致，又有空闲的时候才会学着做一二样。

林曦就像她姐姐一样动作麻利。这都是练出来的，动作不利索点，学校里老师布置了那么多的作业，哪里做得完。半个小时后，四个菜就做好了。她分出一大份装盒，有一个专门用来送饭的盒子，容量大又挺保温的。还是林晨在日本出差的时候在东京银座一个旮旯里的小店铺买到的，刚好适用。

林曦到了公司的时候，父亲和姐姐都没在办公室。她便把饭盒搁在桌子上去生产车间，果然他们都在流水线上忙碌着。公司里的订单越来越多，人手又不够用，有时候林家钰和林晨也要在车间里帮忙。林曦一看到姐姐，便跑过去抱住了她。林家钰抬头看了看姐妹俩，对林晨说道："我在这里，你先去吃饭。"林曦听了拉着姐姐的手跑了出去。林晨打开饭盒，闻了闻，赞道："好香哦。我的肚子本来不饿的，现在一闻到这个饭香就饿得咕咕叫了。"林曦"咯咯"地笑着，她喜欢和姐姐待在一起，而且每次林晨赞她，她都很快乐。"那姐姐快点吃啊，你那么饿。"林曦说道。"你呢？你吃过饭了没？"林晨问她。"还没有，我一做好饭马上就送过来了，待会儿我回家再吃。"林曦摇头答道。

"我们都有很长一段时间没在一起吃过饭了，下次你也在公司里吃吧。"林晨说着夹了一块肉片放进了嘴里。"对哦。"林曦连连点头，"我们是很久没有坐在一起吃个饭了，下次我全带过来，我们一家三口一起吃，那多乐呵呀，就像别人家里吃晚饭一样，一家人团团地坐在一起。"

林曦的话让林晨有几分伤感，觉得妹妹吃了不少苦，不能像其他女孩子那样在父母身边撒娇，便催她回家，"估计你也饿了。"又想起了什么，问道，"你们快要文理分科了吧，什么时候文理分科告诉我一声，我帮你参考参考。"

林曦听了没有吭声。虽然知道自己家里比别家艰难，从小就很乖巧很懂事，但是文理分科和填报高考志愿，她却有着自己的想法，并不需要别人的参考。林曦只想读中文系，而她知道中文系在父亲和姐姐的眼里是最不实用的，林曦很想跟他们谈一谈，谈谈自己永存于心中的梦想。林晨惦记着生产线上的订单，并没有注意到妹妹眼里一闪而过的忧伤。她只是催妹妹赶紧回家吃饭，别饿着自己。林曦看到姐姐嘴里含着饭粒，眼睛却在盯着电脑目不转睛，话到嘴边又咽了回去，不知道从何说起。林晨三扒两口地吃完，便一溜小跑地去了车间，把父亲换了过来。

热闹的校园。

正是课间时分，天气又格外晴朗，学子们都在操场上打球的打球、散步的散步，嬉笑打闹，人声鼎沸。

林曦抱着一大沓作业本在林荫道上匆匆忙忙地走着，道路两边法国梧桐的树叶在阳光的映衬下仿佛镀了一层金边。她刚从一个老师的办公室里出来，作业本得发下去，下节课就是讲解作业本里的题目。"林曦。"有人在背后唤了她一声。她回过头一看，是语文老师李子墨。林曦连忙问了声"老师好"。"你要去哪里？"李子墨看了一眼她怀里抱着的本子，问道。林曦努了努嘴："喏，回教室发本子去，下节课就讲解题目了。这次作业大家做得都不太理想，错得可多了。"李子墨点了点头，说道："我们一起走吧，刚好我也要去趟教室写通知。"师生俩便一起走着。李子墨沉默了一会儿，"忽地"一下自顾自地笑了起来，说道："林曦，还是上次的话题，我很想听听你是怎么看待曹雪芹与哈代这两个作者的。"林曦没想到老师一直惦记着那天的话题，有些感动，更多的是开心，觉得自己能够与语文老师谈文论道，真是件让人快乐的事情。

"我觉得这两个作者吧……"林曦在字斟句酌。"没关系，想到什么就说什么。"李子墨看到她在沉吟着，便知道她怕自己说得不好，于是鼓励她，"这不是什么正式的场合，说错了也没有关系，这只是我们课余时间的交流。"听到老师如此说，林曦的顾虑也没有了。她侃侃而谈："这两位大作家是差不多同一个时代的人，但是他们却不约而同地对女性赋予很深切的同情。比如说哈代的《德伯家的苔丝》，像苔丝这样的女子在当时的社会里是处于人人喊打的可悲境地的。被人诱奸、因家里快要揭不开锅了而不得不与仇人同居，后来发生了太多事情苔丝便把仇人给杀死了，自己也被处以绞刑。可是哈代却称女主人公是'一个纯洁的女人'，为苔丝喊冤叫屈。"

林曦微侧着头，沉浸在无边的思绪里，她继续说道："又比如说他最后一个长篇小说《无名的裘德》，里面也有一个女子是淑·布赖德黑德。性格既阴柔又阳刚，还很有才华，并且为妇女的权利和平等而奔波努力。这个女子同样是个悲剧，自己生的两个小孩都死于非命。作者很同情她。"

听到这里，李子墨点点头，说："你看书还挺仔细的，那你又是如何与我们清代的曹雪芹联系在一起的呢？"

谈起文学，林曦很是兴奋。她不紧不慢地接着往下说道："曹公的《红楼梦》就是一个大悲剧，金陵十二钗无一个有好的结局。小说从一开始宝玉梦游太虚幻境就定下了万艳同杯（悲）、千红一窟（哭）的暗色基调。里面的女子个个美好得如同仙女下凡尘，但是上至皇妃下至丫鬟，不论她是高贵的元春，还是能干的凤姐，还有低到尘埃里的晴雯、司琪，甚至于逃到佛门净界的妙玉，没有一个能逃脱命运的摆布，无可挽救地一步一步走向悲剧。"说到这里，林曦眼里有泪，她有些伤感，连忙回过头把泪逼了回去，停下了脚步，抬起头看着李子墨，轻声说道："曹雪芹在心里是很同情这些像鲜花、美玉一般的女子的。哈代不是也一样吗？在当时的社会所不容的女子，在作者眼里却是美好而善良的、勇敢而纯洁的。但是为世人所不齿、所唾弃，所以苔丝惨死在绞刑上，而布赖德黑德两个孩子也被人杀死了。我觉得就像晴雯在重病当中被折磨而死同样可悲、可叹。"

李子墨点点头，说道："别人看小说也只是看看而已，没想到你会思考得这么多、思考得这么深。很不错，也很难得。你的文学鉴赏能力超过了其他同学。"

听到了语文老师的表扬与肯定，林曦有点害羞了，她微红着脸，问道："那么老师也同意我的看法吗？"

李子墨看着一个虚无的远方，缓缓地说："悲剧之所以是悲剧就是把美好的事物毁灭给别人看，也可以说是有价值的事物受到无法避免的环境的毁灭。也就是说悲剧之所以难以逆转，是因为当时人物所处的时代或者说是环境有着极其巨大的排斥异己的力量，非个人人力所能够反抗、能够改变的。这些作品能经受住时间的考验，恰恰是因为表现出来的悲剧有价值、有力量。"他嗓音低沉而缓慢，有着一丝莫名的忧伤："这些主人公不管生活多么惨痛，不论结局多么难以让人接受，他们都在积极而努力地绽放着自己的生命力，没有回避生活，并且正视生活的残酷一面，没有放弃自己对生活的热爱与追求。悲剧往往比喜剧的力量更大。在人类追求真善美以及一切美好事物的路上，绝不会一帆风顺，一定会有相应的代价和牺牲。就像是人们常说的那样'人生不如意十有八九'，所以悲剧还会一再上演，但是我们不能因为有了挫折和哀伤就自我放弃，而是依然要昂首向前。"正当林曦听得津津有味，李子墨突然打住了，他觉得跟一个学生说这么多似乎不太合适。这时上课的预备铃响了，李子墨对林曦说："你对文学很敏感，如果不选择文科的话太可惜了。其实如果你把我们刚才的对话再加以整理，在大学里都可以作为毕业论文提交给老师了。"李子墨鼓励道："好好努力，别浪费了自己的文学天赋。"说到这里，师生二人道别分开，各自回了班，讲课的讲课、听课的听课。

"曦曦，你来了？"看到了妹妹拎着那个饭兜，林晨心里很是高兴，"我能干的好妹妹又做了什么好吃的东西给我吃了？"林曦笑了："我可不领你的情，明知故问。你又不是不知道家里的菜都是爸爸一大早去菜市场买来的，他买的是什么，我就做的是什么。你去问爸爸不就得了吗?"姐妹俩互相贫嘴逗乐。

"爸爸呢?"林曦说道，"我带全家的晚餐，我们坐一块儿一起吃顿饭。"她边说边把饭菜一样一样地拿出来，摆放整齐。"还能在哪里，除了车间。"林晨答道，"我现在给车间打个电话，把爸爸叫过来，你等会儿吧。"

"咦?!你今天还做了一个汤。"林晨放下电话，像是发现了新大陆似的笑着问道，"你是怎么知道我想喝汤的?刚好我馋一口汤已经馋了好几天了，只是我不敢说，怕耽误你的时间，影响到你学习。"

"你不是说车间里闷得很吗?我想，吃饭的时候能喝口汤会舒服些的。"林曦笑了。这是一个青菜蛋花汤，在炒青菜的时候留出了一小把，打了个鸡蛋进去，加点油盐加点水就成了一锅汤。林曦已经具备在有限食材里创造出无限菜式的能力了。就在两姐妹嬉笑说话间，林家钰走了进来，满身的灰尘和油污。"机子又坏掉了吗?"林晨抬头问父亲。"可不是吗?我躺在地上修了老半天，刚刚才修好。"林家钰拿块湿抹布搓了搓手上的污油，然后准备去清洗一下，他回头说道："别等我了，你们先吃吧。"

"当然要等了，我们一家人要吃个团圆饭。"林晨和林曦几乎异口同声，说完两人相视一笑。

等到林家钰好不容易坐了下来，林晨说："我知道有些工厂的生产线是从欧洲直接进口的，质量比国产的要好得多，不会经常坏。"林家钰点了点头："这个我也知道，但是太贵了，还有车间里这些机器怎么处理，卖不出什么好价钱。贱卖的话那就跟卖废铁差不多，那还不如在我身上直接挖一块肉。"林家钰说着，看到眼前的一碗汤，眉眼都笑了："哟，曦曦这么能干了，这个汤看着眼里就舒服得很，吃着就更舒服了。"林曦得到了父亲和姐姐的夸赞，笑得合不拢嘴。三个人的肚子早已经饿得"咕咕"乱叫，狼吞虎咽地吃了起来。吃到一半，林家钰把外套脱了下来，露出一条斑驳掉色的皮带。"爸爸，你的皮带太旧了，看上去快要断掉了。"林晨往父亲的腰边扫了一眼，把沾在嘴边的饭粒用小指头拨了进去，说道，"哪天上街我去买条新的回来。""别啊，没必要！"林家钰腮帮子鼓鼓地，摇着头含混不清地说道，"这条皮带不是还没有断吗？还能用，别浪费了。""说的都是什么呀，去其他工厂的时候别人不得笑话我们了吗？连皮带也买不起。"林晨笑道。"没事，别浪费，别人又看不到我的皮带，总不至于掀起我的衣服来看吧。"林家钰这一席话把两个女儿都逗笑了。说话间他们风卷残云一般吃了个碗朝天。林家钰的饭还含在嘴里，老陈头过来喊了他一声，又有事情了。他把碗筷往桌子上一丢，马上小跑着到车间里去了。林晨和妹妹一起收拾着碗筷，她又想起了文理分科的事情，便决定问一下姐姐。林曦觉得这是跟姐姐沟通的一个好机会，说道："姐姐，我想读中文系，而且是北京大学的中文系，要知道北大中文系名气可大了去了。"

林晨有些惊讶地睁大了眼睛："曦曦，你知道你在说什么吗？你怎么会想到要读中文系的?!"

林曦一言不发地低下了头，刚才融洽的气氛跑得无影无踪。林晨有些急了，语速加快地说："曦曦，你是我的妹妹，我和爸爸都希望你大学毕业后能到安佳来帮帮我们，所以读经济管理专业最合适不过了。现在这个专业太热门了，考进去不容易，你的成绩一直在班上名列前茅，应该没问题。"她试图说服自己从小带大的妹妹，希望能纳入同一个运行轨道："这样我们会更轻松一些，安佳和业务能力更上一层楼，我们家里可以赚更多的钱，这样不是很好吗？"

林晨说得滔滔不绝，林曦依然低头沉默不语。林晨不由得又急又气，拍了拍她的肩膀，问道："我在问你话呢？你心里到底是怎么想的，你倒是说句话呀。"

林曦抬头看了看姐姐，眼里有泪光在闪烁。林晨的心一下子软了，自责刚才太过分了，伤了妹妹的心。连忙把妹妹揽进了怀里，拥抱着她。林曦把头埋在林晨的怀里，轻声说："姐姐，你说的这些我不是不知道，可是我对做生意一点也不感兴趣。姐姐，我是真的好喜欢文学，看到那些美好的词汇我就会心跳不已。那些美好的文章，还有那么多美好的诗句，我看着就会觉得心里暖得很，很舒畅很舒服的一种感觉。"林曦把脑袋往姐姐的脖窝里蹭了蹭，如同儿时那般："姐姐，你可不可以让我去读中文系呢？"说到这里她抬头看着林晨，眼里满是企盼。

这是林晨不能同意的。"曦曦，你是我妹妹，你都不来帮我，还有谁来帮我呢？"林晨揽着林曦的腰直视着前方，缓缓说道，"我还在英国学习的时候，英国那么发达，整个社会每个人都谦和有礼，他们那种恬淡的心态让我实在太羡慕了。英国人那么好的心态在我看来就是得益于国力的强盛，每一个公民都能得到很好的保障，小孩读书、老人治病，都纳入国家的福利体系。英国和我们中国完全就是截然不同的两个世界，我甚至在怀疑为什么造物主这样不公平。同在一片蓝天下，同在一个地球上，为什么差距这样大。如果用'天壤之别'来形容真的一点也不过分。我们中国就是太穷太穷了才跟英国有那么大的差距的，所以我从英国回来以后，我没日没夜地在公司里加班，因为我们家里也太穷了。而我不想那样穷，至少不想那样一直穷下去，穷一辈子。"

"姐姐，"林曦从她的怀里直起了身子，说道，"问题是我家里早就不穷了，我们已经不是那个连个电风扇也买不起的家庭了，我去邻居家里看电风扇被拍了一巴掌，她现在见了我，眼睛都笑得眯成了一条缝。"林曦拉起了林晨的手："你知道吗，在班上我的经济条件也是最好的一个，我只是不太喜欢买那么多的东西而已，你和爸爸给我的零用钱已经是最多的了，我想买什么都可以。只不过我知道爸爸和姐姐赚钱太辛苦，我多花了一个铜板都觉得好有犯罪感。"

"可是，这远远不够啊。"林晨叹了一口气，说道，"我们家里还要再上一个台阶，如果你能到公司里来，我们迈出的步子会更大一点。"

"姐姐，那赚多少钱才是够呢？"林曦未置可否，"要知道天底下的钱永远是赚不完的，我们又不是赚钱的机器。"

林晨把头扬了扬："赚多少才算够，至少我们要过上英国人那样富裕的生活才算是勉强达标。永远都不够，越多越好，多多益善。"

162

"可是，姐姐，我却不这样认为。"这是这么长时间以来姐妹俩第一次深入的交谈，也是第一次有分歧，而且是重大分歧。林曦说："我觉得一个人除了赚钱以外，还应该有梦想。否则太枯燥无味了，这样的生活我宁愿不要。"

　　"曦曦，你太不懂事了。"林晨连连摇头，"你这样一意孤行，以后你会后悔的。"

　　"不会的。"林曦摇头摇得像个拨浪鼓，斩钉截铁地说道，"我可以过穷一点的生活，我对金钱没有大的欲望。钱多一点那就多用一点，钱少一点那就少用一点，我对这些真的不太在意。"林曦转过了身，背对着林晨，说道："读中文系是我的梦想，还请姐姐成全我。"这句话林曦说得一字一顿，简单有力。

　　"梦想，梦想。"林晨心里反复念叨着这个词，不由得一阵悲凉涌上了心里。她想到了远在英伦半岛的郝嘟嘟，要知道那时她的梦想就是与郝嘟嘟永远生活在一起，可是她放弃了自己的梦想，远离了自己的爱人。现在的她已经无法爱上其他异性了，不管他是多么的优秀。林晨的眼泪落了下来，摇头叹道："是啊，每个人都有自己的梦想，也在追逐自己的梦想，可是我的梦想又在哪里？我把我的梦想弄丢了，怕是再也找不回来了。"

　　"姐姐！"林曦还在为自己坚持，"家里有你和爸爸两个人赚钱难道还不够吗？非得把我也带上?!"她说："如果一家人都做一样的事情我觉得并不太好，关键的问题在于我对这些实在是一点兴趣都没有。"说到这里，林曦拉起姐姐的手摇了摇，就像儿时那样嘟着小嘴，撒娇道："姐姐，我知道姐姐是最好的一个姐姐了，你就让我去读我最喜欢的中文系吧。"

　　林晨无可奈何地摇了摇头，叹了口气。林曦走后，林晨把自己关在办公室里大哭了一场，眼泪无声无息地流着，她在悲伤着自己失去的梦想。过了好一会儿，她擦干了泪水，重新坐在了电脑桌前打开了一封电子邮件。林晨知道自己是为妹妹林曦的梦想买单的那个人。

5

这几天林晨一直失眠，因为安佳公司出事了。

这件事情说大不大，说小不小，只不过林晨第一次遇到，所以颇感棘手。有一份提单弄丢了，怎么找也找不到。货代公司说是船运公司，而船运公司则坚称不是他们，是货代公司弄丢的。互相推诿踢皮球，都不承认是自己弄丢的。这让林晨很是懊丧。小杏一直安慰着她。小杏这个儿时的伙伴，半年前到公司里求职，她笑着问林晨："晨晨，噢，不是不是，打嘴打嘴，应该说是林总。林总，我给你打工行不，保证做好每件事情，做不好你扣我工资。"林晨刚好缺人手，小杏毛遂自荐，她便同意了。

小杏高考失利，只拿了个高中毕业证，没有像其他同学那样继续复读冲刺高考。林晨看着这个儿时的玩伴，一时间有着无限的感慨，她当时拎着菜刀从家里冲出来的那一幕仿佛就发生在昨天，现在大家都是成年人了，在社会这个大海洋里浮浮沉沉。

"你也知道我们安佳公司只是个私营企业，说没就没了，你干吗不找个铁饭碗呢？那会稳定很多的。"林晨这样问小杏。"能有多稳定呀？"小杏撇着嘴笑了笑，说道，"我又没个像样的大学文凭，稍微好点的国有单位谁会要我？再说就算我家里托关系进去了，就我这点底子连送礼的钱都没挣回来说不定又把我踢出去了。"她如同竹筒倒豆子一般，说得倒是老实不客气："我们是邻居，从小一块儿长大，你林晨是个什么人我还不知道吗？你有能力讲义气，当时院子里的那群小伙伴，没有一个人能比得过你的。"听到这里，林晨有些不好意思了："哪里呀，这就抬举我了。""怎么就抬举了？！我说的全是事实好吧？"小杏拉着林晨的手臂，笑着说，"我就是知道一点，只要我好好干，你是不会亏待我的。只要有你一口饭吃，你就不会饿着我的。你收留我，我还省了一大笔送礼的钱呢。"这番话把林晨说得也笑了起来。

"林总，你不能这样，我们得想个办法解决。"小杏安慰愁眉苦脸的林晨，"你得打起精神来。"也许是长时间的劳累过度，林晨的脸色很不好。她叹了口气说："我也没遇到过这个问题，一点经验也没有，一团乱麻找不到线头了，应该怎么办呢？"她像是在问小杏，又像是在问自己。林家钰走进办公室里说："我刚刚问了其他工厂遇到这类事情是怎么办的。"林晨听了马上从椅子上坐直了，抬头问道："那他们是怎么跟你说的？"林家钰答道："他们告诉我他们是做了一份假提单蒙混过关的。"

林晨简直不敢相信自己的耳朵："我没听错吧？！做一份假的提单，还能过关？！万一被发现了是假的，海关那里能放行吗？出了事谁来承担责任？"她连珠炮似的发问。林家钰双手一摊："可他们就是这样说的，他们也丢过一次提单，谁也没告诉，自己偷偷地做了一份假提单，你也知道假提单其实就是一份高清扫描复印件，非常清晰，里面就连标点符号都是真实的。不仔细看很难分辨得出，还就这样蒙混过关了。要不我们也这样操作，等出了问题再说？"

林晨手握成拳，捶打着桌子，说道："等出了问题，那就是大问题了！"
"唉——"林家钰叹了口气说道，"我们也不能这样一直耗着，得想个法子才行。"

林晨低着头思忖了片刻，说："我还是准备跟外方公司谈谈这件事情，开诚布公地谈一谈。要知道我们的货已经快要到港，就等着提单收货了。"她又侧着头想了想说："既然其他工厂也遇到过这类事情，就说明这种失误是客观存在的，有时候并不在我们能够控制的范围内。还是谈一谈比较好。"林晨握了握拳头，仿佛是在为自己鼓劲。

拨通电话的时候，林晨心里忐忑不安，可是意料中的破口大骂并没有如期而至。这是一位来自意大利的客户，有着绅士般的教养与风度。他静静地听林晨说完，只问了一个问题："事情既然已经发生了，请问林小姐现在怎么处理呢？给个方案，OK？"

"我想先在当地派出所报案，拿到报警回执，然后在影响力大的报刊上刊登遗失声明，然后……"林晨的话还没有说完，对方打断了："那大概要多少天呢？林小姐要知道我们正等着这批货。"

林晨一时语塞，她迟疑了片刻，便神差鬼使般把做假提单的事情提了出来，看看对方有什么反应。对方错愕着问道："做假提单？你准备做假提单？"刹那间林晨深觉懊悔，颇为自责。对方拒绝道："其实这种事情并不少见，我也听说过其他公司用假提单提货，但我们是正规公司，不能跟别人那样造假。我也希望林小姐不要造假。"客户的这番话让林晨一张俏脸一直红到了脖子根。然而远在越洋电话那头的客户并没有看到这一番窘态，其实他并没有责备林晨的意思，而是在解决问题。客户接着说道："提单是在贵公司一方丢失的，我也爱莫能助。还是只有请你们安佳公司想个办法才好。不过我希望不要拖太长时间，你们也明白我们一直提不了货的话会产生巨额舱租和柜租费用，而且越往后费用越高。到时候额外产生的这笔费用由谁来付呢？"

林晨闷闷地放下了电话。小杏给她端上了一杯水："林总，客户有什么反应？""绕了一圈又回到原点了。"林晨接过喝了一口茶，润了润喉咙，"对方就是让我们来解决这个问题。可是怎么解决呢？""要不，我们请律师打个官司吧，把货代公司和船运公司全告上法庭。"小杏出了个主意。她颇为得意，觉得这是个好法子。谁知林晨连连摇头："别，别，这种事情千万别走法律途径。"小杏惊讶得眼睛瞪得溜圆："为什么？我觉得这是最正常不过的了，既然他们没有一个人愿意承认，那就法庭上见。""道理是这个道理，但在现实当中根本行不通的。"林晨抿了抿嘴唇，摆了摆手，"就算愿意付律师费，愿意耗费时间，也不一定能得到合理赔偿，法律途径基本没有胜算。关键的问题在于，选择对簿公堂，那是拖延了时间！"林晨敲了敲桌子："刚才你没听见客户在电话里说要快点吗？如果对方不能按时顺利提货，会有很大费用的。那你说是不是得不偿失?!"小杏好像听懂了，点了点头："那按林总这样说，我们岂不是没有一条走得通的路了？"小杏跌坐在椅子上："林总，现在我们应该怎么办哪?"

"怎么办? 凉拌。"林晨想到了一个办法,她决定试一试。林晨心知肚明问题就出在船务公司的身上,尽管他们把责任推得一干二净,但他们心里跟明镜似的,清楚得很。所以从目前来看,从船务公司入手是唯一途径。"那么从哪里找到突破口呢?"林晨拍着自己的脑袋,觉得头都有些痛了,"别急,别急,千万不能急。"林晨手托着下巴,闭着眼睛让自己冷静下来:"要相信自己一定可以解决的。"

林晨突然拍了一下桌子,把小杏吓了一跳。她站了起来,对小杏说:"走,我们现在就走,我们去找船务公司,去跟他们谈判。"小杏又被惊到了,说话都有些结结巴巴:"林、林、林总,船务公司在广州,你是说我们两个现在就去广州?!""那是当然,现在就要走。"林晨瞟了一眼小杏,催促道,"你还愣在那里干什么? 还不快点回家收拾一下行李?"林晨又想到什么,叫住正要转身离开的小杏,说道:"以后你得像我一样把行李放在办公室里,这样说走就能走了,没必要浪费时间回家收拾。"

走出林晨的办公室,小杏不由得吐了吐舌头,原来这份工资并不好拿。在她眼里出趟远门那可是了不得的大事情,那得在一个月前就要做好各种准备,除了换洗的衣服、洗漱用品,还得准备长途火车上的各种吃食,"要煮好茶叶蛋、买好饼干和面包,嗯,还得准备一副扑克牌,否则一天一夜的火车那得多难受呀?"小杏一路小跑着回家,气喘吁吁的。这么隆重的事情,对于林晨而言却是说走就走。

四月份的广州已经很炎热了。

林晨有经验,早换上了短袖衬衣,一条牛仔裤耐磨耐脏。在船务公司里,林晨直接找到那个经办员,从押金条款开始谈判。林晨想把押金的金额降低到一个安佳能够承受的金额,再重新出具一份新的提单。这是一个 40 岁左右的男人,身上和脸上都有些脏兮兮的,指间夹了根香烟。林晨找到他的时候,正蹲在大门外眯着眼吞云吐雾。林晨一句废话也没有,三言两语说明了来意。这个名叫阿昆的男人根本就没拿正眼瞧一瞧林晨，过了好半天才站起了身，伸了个懒腰，依然眯着眼问道："林小姐，你觉得你说的能行得通吗？"

林晨不苟言笑，很认真地点了点头："行得通，因为你是经办人，到底问题出在哪里，你比我更清楚。"

"是吗？你凭什么这样说？"阿昆笑了，露出了一口黄牙，都是被烟熏黄的。他打了个哈欠，懒洋洋地说："我不知道你在说什么，如果你能够确定的话，那你去告我吧。我就在这里等着，我绝不赖账。该怎么处理就怎么处理，我认栽。这总可以了吧？"林晨知道自己遇上了一个江湖老油条，便打住了话头，不吭声了。但是通过跟阿昆的交谈，林晨更加肯定了自己的判断，就是在船务公司丢失的提单。她没有继续与这根老油条纠缠下去，知道那就是在浪费时间。而是转身上楼，去找他的主管。主管是个年约35岁的外省女子，名叫阿秀。瘦削、短发，个子头比较矮小，有着一种男人式的精明强干。阿秀知道林晨的来意，所以不先开口说话，只等对方放马过来。林晨也不绕圈子，开门见山地提出了自己的解决方案：希望能申请到一个适当的额度。这让阿秀多少有些感到意外，她还以为林晨是来兴师问罪的，至少扯开嗓门儿吵一架是免不了了。但是阿秀依然不动声色，没有立即答应林晨。她牵了牵嘴角，算是笑了笑，对林晨打了个招呼。过了片刻才缓缓开口说道："别看我是个主管，这件事我做不了主，得请示我们总经理，他还要请示总公司。"

林晨心想这个阿秀主管果然老辣，她已经做出了让步，阿秀还在防守。一个外省打工妹，在广东无依无靠，能够做到主管的位置当然不容易。林晨点了点头，转身对小杏说道："主管要请示领导，我们先回去。"说完跟阿秀打了个招呼便走了。一连四天，林晨与小杏到船务公司里找一下阿秀，每次也不久坐，大概半个小时就会离开。小杏不解："明明他们有错在先，犯错的倒成了大爷，我们还得求着他们了。""现在可不就是这样吗？"林晨苦笑着说，"他们丢失了提单，但是我们拿不出证据，他们当然无所谓了。要是你闹得过火了，他们还可以打110报警哩。"她转头对小杏说："现在不是分清谁对谁错

168

的时候，而是赶在货轮到达目的港之前把问题解决。""那林总的想法是？"小杏问。

"我要他们把押金额度打五折，然后重新出具一份提单，马上电放至对方的目的港。这样就不会耽误客户的时间了。"林晨说道。

小杏听了点了点头。她的点头不是听明白了，而是表示听见了林晨的话。小杏虽说已经在安佳待了半年，但很多东西她依然一片混沌，拎不清。林家钰有几次说小杏太笨，想开除她，但是林晨却坚持要留下她。

阿秀终于不好意思了。她不是不体谅林晨的难处，而是这种事情不止一起两起，如果她没有把住关的话，到时受责难、扣工资的是她自己。公司里的漏洞阿秀也很清楚，只不过人微言轻，不是她一个小小的主管能左右得了的。"林总，我已经向老总请示过了，他也在等上级公司的回复。"这次一见面，阿秀不再是那张被糨糊糊得紧绷绷的脸，而是言辞恳切主动告诉林晨，还给她们俩每人倒了一杯水。第二天，还没有等林晨到公司里来，阿秀便打了个电话给她，当然是个好消息："林总，上级公司回复了，答应押金五万块。你马上打到我们公司账上，到账后我们立刻做电放，通知目的港的客户提货。"

林晨心里不由得一阵欣喜，五万块比她的心里价码更低，便连声致谢。阿秀很是过意不去，说："给林总添了很多麻烦，我很过意不去。下次你们公司的提单我会盯紧点，而且我给你们换一个接线业务员，把阿昆替换下来。"林晨听了长长地吁出了一口气，这个问题总算是解决了，没有给客户造成任何损失。她伸出手与阿秀握了握："谢谢你，祝我们今后合作愉快。"

在回去的路上，小杏愤愤不平："林总，你对他们太客气了，是他们把我们的提单弄丢的，现在好像是我们理亏似的。再说又不是他们一家船务公司，我们换一家不就得了，何必这样低声下气。还跟他们合作愉快？！我呸。"林晨不以为然："你当真以为在市场上有钱就把自己当成大爷了？一个字：错！这种事情在别的公司也可能发生，我们与别人合作是建立在互信互助的基础上的，不能因为一次错误马上改弦更张，那样对我们半点好处也没有。这就有点像是男女双方谈恋爱，一定有个相互磨合的过程。我相信经过这次风波，船务公司会对我们安佳另眼相看的，只会更加尽心尽力。"她们已经回到酒店了，林晨在房间的沙发上坐了下来，只觉得胃痛得翻江倒海，额头上冒出一片冷汗。看到林晨按着自己的肚子在沙发上缩成一团，小杏吓到了，慌忙把林晨扶到床上躺了下来，盖好被子，心疼地说道："林总，你是太累了，把胃病给累出来了。你不能这样了。"

　　林晨在床上哼哼唧唧地叮嘱小杏："这是一个教训。你以后别忘了，提单要出三份正本，我们自己留底一份。吃一堑长一智，下次不能再犯同样的错误了。"小杏急了，埋怨地说："林总，你赶快休息一下吧，说话都没有力气了。"林晨继续说道，只是气息微弱了一些："我们不能掉以轻心，还是要事无巨细，以防万一。这次我们是运气好，有惊无险平安过关，下次就不见得毫发无伤了。如果说货轮已经到了目的港的话，双方一扯皮，那损失可不是一星半点，那是一笔大数目。这可不是开玩笑的。"

　　听到这里，小杏叹了口气："晨晨，你是我见过最努力的一个人，没有第二个了。"

6

　　伦敦的天气总是这样，时晴时雨，阴雨天居多。

　　从林晨不辞而别的那一天开始，郝嘟嘟特别讨厌阴雨天，因为像透了他的心情。如果阳光照耀的话，至少不会让人那么压抑。他变得沉默了许多，每天在公司里上班虽说勤勤恳恳、尽心尽责，却跟个哑巴似的，寡言少语。这一天下了班，父亲拍了拍嘟嘟的肩膀，说："今天是周末，你有很长一段时间没去过酒吧了，去喝喝酒、唱唱歌吧。说不定运气好，你今天能碰上一首将会红得发紫的歌，那你就成了第一个听众了。"郝嘟嘟摇着头刚想拒绝，父亲笑着把他推出了大门："去逛逛，请漂亮的姑娘喝杯酒，跟她们聊聊天。去吧。"

郝嘟嘟走出了公司大门，钻进了他那辆红色小奔，发动了汽车。自林晨离开后，这辆小奔就再也没有外借过，只有郝嘟嘟一人使用。车里依然残留着林晨的气息，而他不想将其破坏。他在大街上漫无目的地开着车，不知不觉来到了 ZENNA（珍娜）酒吧附近，不由得心里一动。珍娜在 SOHO 的一个昏暗地下室里，是个印度风格的鸡尾酒酒吧。酒吧里灯光昏暗，设计成地窖式的卡位让人很有安全感，非常有私密性，可以尽情地放松与休息。但是到了周末又摇身一变成了 DJ 们和音乐家的俱乐部，现场会响起激烈的音乐，让这一狭小的空间瞬间焕发出一种蓬勃的生命力。

郝嘟嘟走了进去，点了一杯最有特色的鸡尾酒 THE LLIANA，以杜松子酒为基酒调制的 THE LLIANA 里含有辣椒酱。他一仰脖子，整杯酒直灌了下去，顿时觉得从咽喉开始一直往下势如破竹地燃烧。他大声地咳嗽，咳到脸面发红。旁边一个金发碧眼的妙龄女子看着摇了摇头，走了过去，问道："你这样喝酒可不行，太猛了，需要帮助吗？"嘟嘟摆了摆手，然后又向服务员要了一杯 THE LLIANA，可是被妙龄女抢到一边去了。嘟嘟笑了笑，调侃道："我又不是你的男朋友，你管那么多做什么？"妙龄女也不介意，微笑地看着他，并不接腔。嘟嘟伸了个懒腰，问："今天不是周末吗？奇怪怎么没有乐队表演呢？"妙龄女说："时间还早，他们会晚点过来的。"

嘟嘟抬眼看了看墙壁的挂钟，果然没到时间。"既然现在没人唱歌，那我来唱一首吧。"他说着便走了过去拿起了麦克风，清唱了一首卡朋特的《昨日重现》。用英文唱完第一段后，其余都是中文。

"当我年轻的时候，我喜欢听收音机，等待我最喜爱的歌，当他们演奏的时候我会跟着一起哼唱。这令我笑容满面。那是一段多么快乐的时光！不能长久。我是多么想知道它们去哪儿了，但是它们又回来了，像是一位久未谋面的老朋友。那些歌我依旧喜欢，每一声，每一句，仍然闪亮，每一声，每一句。当他们开始唱的时候，如此欢畅。当他们唱到，他让她伤心的那一段的时候，真的让我哭了。一如往昔。这是昨日的重现，无比惆怅，无比惆怅啊。回首过去几年，我曾有过的欢乐时光。"

这是林晨最喜欢的一首歌。当他唱着的时候，他与林晨往昔的点点滴滴涌上心头。在使馆门口的搭讪、在泰晤士河的泛舟，以及为了让林晨区分"church"与"cathedral"不同之处，带她去了埃克塞特大教堂。当他站在教堂时那个没有说出口的心愿，还一直埋在他的心深处。

唱完之后，郝嘟嘟坐了回去。"你是一个中国人？"妙龄女问道。嘟嘟点了点头："是的。""噢——！"妙龄女拖长了音调，"你看上去一点也不快乐，你是有很伤心的事情吗？"嘟嘟从她手里拿回那杯酒，并没有像刚才那样猛灌了，而是在手里不停地转动着杯子，过了好一会儿才缓缓地说："我的女朋友离开我了，走了。""走了？！"妙龄女子耸了耸肩，接着问道，"去哪里了，也是中国吗？"嘟嘟又点了点头。"那你为什么不去找她呢？她是爱你的吗？"妙龄女子好奇了。

嘟嘟沉默了，是啊，为什么不去中国看看他心爱的姑娘呢？可是看了又能怎么样，还不是要分开。妙龄女郎像个身带双翅的天使，上帝派她来安慰郝嘟嘟："你可不能这样想。你们这样相爱，你去看她，她会很开心，而你也会很快乐。如果你不去的话，你们两个人只会更加伤心而痛苦。"

这时酒吧里一阵骚动，原来是乐队进场了。他们调试了几个音后，旋即重金属的音乐如同巨石碎裂般响起，这是一种有着冷酷与刚硬气息的音乐，非常有宣泄的效果，重量感似乎把人体身上的压力都发泄出来了，给人一种很特别的感觉。可能是与妙龄女子的谈话，也可能是乐队的演奏，郝嘟嘟只觉得心里的阴霾一扫而空，与众人一起卷进了音乐的浪涛里，跟着旋律舞动着自己的身躯，挥洒着豪情。

这个夜晚是他最为放松、最为尽兴的一个夜晚。尖叫声、口哨声此起彼伏。有个小青年在高潮的时候摔碎了自己的酒杯，大家一起纵声大笑了起来。仿佛这个世界根本就不存在烦恼，只有快乐、自由，以及欢笑。

第五章　更上层楼

1

改革开放以来，我国经济得到了全面而迅速的发展。民营企业不断崛起、发展和壮大，成为国民经济不可或缺的重要组成部分，在国民经济当中扮演着越来越重要的角色。安佳公司顺应了改革开放的潮流，在林晨的经营下已经不是当初刚成立时的简陋模样了。翻新了生产车间，还重新装修了办公楼。办公楼窗明几净、宽阔敞亮。内部建制也颇为可观，设立了财务部、营销部，还有设计研发部。每个星期三的早上8点45分是公司里开例会的时间，各个部门的负责人坐在一起讨论着公司如何才能更好地发展。

"皮草的利润比一般的制衣厂，特别是成衣的利润要高一些，达到了50%，所以现在进入这个行业分一杯羹的公司越来越多了。特别在浙江地区，形成了一个皮草城。皮草城大到人一走进去就像是进了迷宫一样根本绕不出来，得请导游。"营销部的袁聪说得风趣，众人笑了起来。他提高嗓门，接着说道："连成一片的好处是有的，至少在信息这一块可以互通有无。"这是个刚从大学里毕业的小伙子，虽然踏入社会的时间并不长，只有几个月，但是年轻人敢闯敢拼，对业务上手也很快。

"话是这么说，当然也有道理。"研发部的孙健笑了，"我们是在做生意，又不准备打群架，连成一片又能怎么样？"大家听了哈哈一笑。

众人纷纷发言。林晨一般是先听，偶尔插上一两句："在任何时候我们安佳不违规，按规定走。这次在意大利查获了近万件皮草，都是从中国进口的。原因就是——"说到这里，林晨环顾了一下四周，众人很是安静，在认真听林晨说话："这些皮草大衣的商标都没有如实标注皮草含量，甚至有些商家被带回警局问话了，可能要被追究其法律责任。至于会不会判刑那就两说了，但是认罚应该是免不了的。安佳从来没有出过这种事情。"林晨用签字笔敲了敲桌面，强调着："在任何时候质量和信用都是关键，可以说就像我们的眼睛一样宝贵。"

这时有人轻轻地在敲门。林晨扬声应道："进来。"原来是小杏，现在她主要负责盯盘。小杏快步走来，俯下身与林晨附耳问道："刚刚收到一个新的询盘，对方在问货运方式。"

"下次你一定要记住，对于新的询盘，我们一直是 FOB 价格，也就是产品出厂单价加上本地费用。"林晨叮嘱道，"不是 CIF 价，CIF 价是在 FOB 价的基础上还要加到港海运费和保险。这些你在回邮件的时候一定要写得很清楚。有些客户对货运方式是知道的，但是对于有些外贸的术语有些晕头转向，会混杂在一起。他们晕，我们不能晕，一定要跟客户再三反复地确认，我们只做 FOB价。不能怕麻烦。"

小杏退出去后，研发部的孙健接着发言："我觉得皮草应该还有一个很大的上升空间，据统计，皮草市场有 400 多亿美元的容量，这是一块很大的蛋糕。剩下的那就是八仙过海——各显神通了。比如意大利的芬迪（FENDI），这个一线品牌在巴黎的高级定制秀上一下子拿出了 30 件皮草服装，其中有一件据说是芬迪有史以来最贵的皮草大衣。"说到这里孙健卖了个小小的关子："大家猜猜价值多少？"他竖起了一根食指，笑着看着大家，缓缓说道："是100 多万。"孙健停顿了两秒钟，接着吐出了两个字："欧——元——！"

话音刚落，众人哗然，七嘴八舌："那差不多上千万人民币了，一件衣服哦。哈哈。""哇塞，可不是吗？要知道很多人这一辈子也赚不来这一件衣服呢。"

袁聪说："虽然动物保护主义者们努力了 30 多年，从动物保护到动物权利，然后又扬起了'公平贸易'的大旗，好像给人的感觉是对皮草已经到了人人喊打的地步了。实际上并非如此。"说到这里，他停了下来，看了看林晨。财务部的小李听了插了一句嘴："有时我也想不通，皮草用料现在基本上都是饲养的，就像是鸡、鸭、猪、牛羊那样。如果大家都去吃素，那整个地球不是成了一个大庙了吗？"众人又是一阵哄笑。小李咳了几声，清了清嗓子说道："怎么说呢，我有种贼喊捉贼的感觉。保护动物呼声最高的就是欧美人士了，但是毛皮饲养的环节，欧盟才是真正的主角，60% 以上的貂皮和 70% 以上的狐狸皮都产自欧盟。貂皮产量最高的国家是丹麦，占了全球总量的 30%。这不是贼喊捉贼又是什么?!"众人又是一阵哄笑。

林晨对袁聪点了点头："小袁，你接着说。"

袁聪侃侃而谈："皮草在全球的销售量每年都在增加，而且欧美设计师对皮草也越来越感兴趣。这几年在纽约、巴黎、米兰和伦敦举行的时装展示有 70% 以上与皮草有关。所以刚才孙经理说皮草这一块的蛋糕很大，可是再大的蛋糕也存在一个如何分割的问题。我想……"他沉吟了片刻，终于说出了他已经想了很久的、深思熟虑的一个想法："我们安佳如果要更上一层楼的话，除了做好现有订单以外，我们还应该分出一部分力量走出另外一条路来。"

林晨微笑着鼓励："那你认为是一条什么路呢？"

袁聪有着一股初生牛犊不怕虎的闯劲："比如芬迪，这个成立于 1925 年的国际一线品牌本来就是以制作皮质产品而闻名于世。皮草对于芬迪而言就是一个金字招牌，一个骄傲的存在。芬迪前不久还在香港，我们知道香港是全球最重要的皮草集散地，在那里特意做了一个 UN ART AUTRE 的展览，其目的就是庆祝在皮草制作工艺上的非凡成就。"他沉思着说："我的意思并不是说我们安佳公司现在就与芬迪抗衡，而是产品再细分，市场再分类，我们只要找准一部分受众，生产出他们能够喜欢、愿意接受的皮草，我想我们安佳公司必定更上层楼，会取得更大发展。"

林晨抬腕看了看手表，不知不觉已经 10 点多。她把会议记录本合上了，说："大家的发言都很不错，尤其是小袁，说得很好，这是一条新思路，也是我一直在考虑的问题。现在我们公司虽说直接与外商接洽，表面上做得还不错，其实不然，我们还没有真正地抓住终端。他们才是真正的消费者，才是掏腰包买单的人。"她说着站起了身："这个不能急，得从长计议。但是这是我们安佳公司未来的发展大方向。好了，散会。"

林晨回到自己的办公室，刚刚坐下准备喝口水润润嗓子，电脑"叮"地响了一下。是一封邮件。她打开一看，原来是郝嘟嘟发过来的，他在邮件里说准备到中国来看她。林晨心里一阵狂喜，拿水杯的手不由自主地颤抖了一下，差点泼到了桌面。她连忙回了个邮件："那你什么时候到呢？"郝嘟嘟一直在电脑面前，通过一根网线联系着林晨："现在时间还定不下来，再说我想给你一个惊喜，不告诉你可不可以？"

林晨扑哧一笑，便没有再理他了。这一天她的心情很好。从英国回来后，她一直忙得团团转，用高强度的工作填塞着自己，便以为没有那么想嘟嘟了。谁知这封邮件如同在平静的湖面上投了一粒石子，荡起了阵阵涟漪。林晨这才醒悟过来，原来她是如此刻骨铭心地想着他。回到家里一直哼着小曲儿，林曦很惊讶地看着自己的姐姐。她第一次看到姐姐这么早回到家里，而且破天荒如此有兴致。林晨递给她一块巧克力蛋糕："马上快要考试了吧，好好努力。"说完又哼着小曲儿到厨房里做饭去了。林曦惊得目瞪口呆，几乎想过去摸下她的额头是不是在发烧，为什么今天的姐姐与平日判若两人。林晨在厨房里操持得"叮叮咚咚"的，锅碗瓢勺都快要打架了，很是心不在焉。脑子里想的是到底什么时候才会来呢？然后自顾自地摇头叹气，这哪里是个大惊喜，分明就是让人心焦不已。"这个嘟嘟，简直坏透了，等他到了一定好好罚他，让我这样心神恍惚。"林晨恨恨地想。想到这里又不由得自己笑了起来，她不知道妹妹在厨房门口悄悄地瞧着。林曦直拍胸口，心想姐姐的脑子是不是烧坏掉了，"从来没见她这样啊。"林晨在她的眼里一直是像个大家长一般坚强地存在着。"到底发生什么事情了?"林曦暗自琢磨着，可她怎么也琢磨不出来。

林晨很想再发一封电子邮件去问问，看看郝嘟嘟确切的时间。但她到底还是忍住了，"理他呢，不管他了，随他什么时候来。"话虽这样说，但林晨还是心神不宁的。

南昌的初夏比较炎热，太阳也出来得早，仿佛有太多的热力需要发散，从一露面便加大码力炙烤着大地。

林晨把头发束在脑后，她喜欢简单、利索。有一份来自芬兰的邮件等着回复，她正埋头拟定着邮件。可她心里有些恍惚地，总觉得有些什么事情会发生。林晨突然猛地一回头，又惊又喜：天啊，郝嘟嘟正站在身后目不转睛地看着她。林晨愣了一下神，仿佛只有一瞬间，又仿佛是一个世纪。

"晨晨，你还好吗?"郝嘟嘟跟她打了个招呼。林晨如同从梦中惊醒，她站起了身，像梦游似的："嘟嘟，真的是你吗? 你真的就来了?"林晨接着又问道："你是怎么找到安佳公司的，你以前又没有来过南昌。"

郝嘟嘟展颜一笑，说道："只要有心，这有什么难的?"

林晨突然眼圈红了，差点倒在了他的怀里，只差了一拳的距离又弹回来站直了。这是在办公室，被人看见多不好。林晨拭了拭眼角的泪，说道："你坐吧，我去倒茶。"刚一转身，看到小杏捂着嘴偷笑，在门口一闪而过，去了隔壁的办公室。林晨有些不好意思了，喊道："小杏，你是有什么事情吗?"

小杏也不出来，只是在隔壁遥遥地回答："没啥事，不急的，你忙你的吧。"林晨觉得二人在办公室干坐着有些碍眼，便打了个电话到车间，跟林家钰说了声，有同学从英国来看她，想出去走走。林家钰听了，心想是从英国来的，这么大老远挺不容易的。搁下电话便到了办公室，说是要谢谢同学在异国他乡对女儿的照顾。

林家钰看到了一个高大帅气、阳光健康的大男孩，充满了青春活力。他与周围的同龄人是如此的不同，长了一张不曾被人欺负过的脸，笑起来的时候很是纯真无邪。林家钰不由得呆立了片刻，直到郝嘟嘟一声问候："叔叔好，我是……"没等他说完，林家钰笑得合不拢嘴，连声应道："我知道、我知道，我要好好感谢你对我女儿的照顾。"林晨悄悄地拉了拉嘟嘟的衣袖，郝嘟嘟回头对她一笑。二人心灵相通、如此默契，林家钰看到此情此景心里便明白了三分。郝嘟嘟出类拔萃、人中龙凤，他心里像是灌了蜜糖一样，只是不清楚这两个年轻人谈到哪一步了。忍不住心里感慨："真是儿大不由娘，女大不由爹，这么大的事情把我瞒了个严严实实。"

　　林家钰咳了几声，说："晨晨，你带同学出去逛逛，这里乱哄哄的，人来人往机器也吵得很，说句话也不方便。"他又叮嘱着女儿："公司里的事情就不要多想了，有你爸在这里你就放心好了，绝对不会出乱子的。好好陪一下你同学。"说着便推两人出了办公室。

　　"准备在南昌待几天？"林晨仰着脸问道。道路两边高大的法国梧桐遮天蔽日，虽是到了夏天，走在树荫底下并没有那么热。

　　嘟嘟很自然地拉着林晨的手，就像是在英国那样。他笑着说："看你喽，如果你没有时间的话，我就不留了。如果没有耽误你工作的话，我就在这里多待几天。"

　　"那你耽误我工作了，要知道我是忙得很的。"林晨翘着嘴巴，嗔怪道。郝嘟嘟笑了，顺势一拉，林晨跌进了他的怀里。谁知林晨连忙挣脱开来，脸都红了："别这样，熟人看见了多不好。"嘟嘟双手一摊："Why？这有什么，这有很大关系吗？"他笑着问林晨："难道你不是我的女朋友了吗？"林晨不好意思了，轻声说道："什么呀，别这样，还没人知道我们的恋爱关系呢。""那，我是你的什么人呢？"嘟嘟奇怪了："要知道我父母可都是知道了你是我的女朋友的。"他接着反问："难道你没有告诉你身边的任何人吗？"

　　林晨低着头没有吭声，过了好一会儿才点了点头："是的。""那你是怎么介绍我的呢？"嘟嘟追问着。"同学。在英国留学时的同学，然后比较谈得来，关系比较好。"林晨答道。郝嘟嘟失望了："我只不过是你的同学啊？！上帝，你可真有创意。"

林晨不再说话了，身子软软绵绵地贴了上去，低语着问道："嘟嘟，你生气了吗？"郝嘟嘟佯装着不理不睬，林晨笑着往他怀里的更深处埋了埋，也不说话了。只过了一会儿，嘟嘟脸上阴转多云，搂着林晨的肩膀，在她的额头上轻轻一吻："你可知道你不辞而别之后，我天天都在想着你。"林晨的眼眶湿润了，她点了点头，说："我也一样，只好拼了命地工作，这样就没有时间去想你了。"

嘟嘟一阵心酸，只是把她拥得更紧。两人不再说话了，在街角的梧桐树底下，相依相偎。大街上车水马龙，人声鼎沸，这两人仿佛有种神奇的法术把外界的一切全都屏蔽掉了，只听见了对方的呼吸声和心跳声。直到一群嬉笑着路过的小学生，互相打闹着踢球，一不小心球踢到了郝嘟嘟的身上，这才把两人从自己的小世界里拉了出来。两人相视一笑，林晨没有了刚才的拘谨，大大方方地拉起了嘟嘟的手一起走着。"我们这是去哪里呢？"嘟嘟问道。林晨只觉得和嘟嘟在一起的每分每秒都被蜜汁浸泡过了，经他一问才想到了"去哪儿"的问题。郝嘟嘟是专程来看她的，她当然有担当导游的责任，就像是在英国的时候，嘟嘟几乎带着她玩遍了整个英伦半岛。

林晨有些羞涩地笑着，低头琢磨着应该带他去哪儿逛逛。她看了看手表，正好是下午三点钟，离吃晚饭还有些时间。林晨看了看四周，前面就到了八一广场了，往前走再拐个弯那就是佑民寺。郝嘟嘟带着她游遍了英国有名的大教堂，而中国在古代是个佛教国家，大大小小的寺庙多如牛毛，分布在各省各地。不过大多数隐蔽在深山里，尤其是名山。可是佑民寺却有不同，是坐落在南昌闹市中心的。不知为什么，以前她经过佑民寺的时候没想到过要进去看一看，或是烧炷香，而今天她很想和嘟嘟一起去了。

"佑民寺？保佑民众。"嘟嘟笑了，"这个名字听着很好呢。""那是当然。"

林晨拉着他的手准备拦一辆的士下来。谁知却被嘟嘟阻止了："那里远不远呢？如果不远的话，我们走过去吧。"

"怎么说呢？说远不远，说近不近。"林晨说道。"那就是不太远了。"嘟嘟说，"既然不太远的话，那我们索性走过去吧。我们在路上可以说说话，我是第一次到南昌来，还可以多看一看。""说得也是。"林晨挽起了他的胳膊，"我天天闷在公司里，脑子都成一块水泥了，硬得很。我们走过去，对我来说那就是旅游散心了。"

两人有说有笑地穿过了八一广场。这一幕正好被陆昂轩看在了眼里，他去一个街道办事处调研，这个办事处把辖区里的空巢老人和留守儿童照顾得很好，上级要他写个调研报告，看看是不是能推广开来。他刚好也要从八一广场经过。陆昂轩赶紧闪到了一棵松树的背后，很担心林晨会看到他。其实林晨的眼里心里全是郝嘟嘟，哪里还有闲工夫注意到嘟嘟以外的事情。即便是陆昂轩擦肩而过，林晨也不一定能看到他。林晨的眼角含笑、眉梢含情，一举一动都有着似水的柔情。陆昂轩心里隐隐作痛，那种痛是他以前从来不曾体会过的。呼吸稍微重了点，心便痛得如同被针刺了一般，指尖也在不由自主地瑟瑟发抖。他恨自己太不争气了，为什么这样控制不了自己的情绪。

林晨的一张俏脸像一朵向阳花一样盛开，明媚又亮丽。如此的笑靥如花是陆昂轩从来不曾看到过的，他还以为林晨是因为工作太忙才放松不下来，没想到只不过是在他面前放松不了而已。郝嘟嘟很自然地把手搭在林晨的肩上，陆昂轩恨不能一个箭步冲上去朝他的脸上猛打一拳。但他终究是不会这样冲动的。郝嘟嘟有着完全不同于他人的气质，陆昂轩便猜测是林晨英国的同学或是朋友。现在陆昂轩终于明白他与林晨之间为什么总是隔着一层玻璃，好像人就站在眼面前，却始终走进不了，无法靠近。"林晨只字不提，这是什么原因？"陆昂轩很奇怪，"为什么不让大家知道她在英国已经有了一个男朋友呢？"

两人都是年轻人，脚力不错，说话间已经到了民德路。林晨带着郝嘟嘟拐了个弯，嘟嘟远远地只看到两扇巨大的山门，并没有看清寺名，随手一指，问道："我看到了，是在那个位置吗？"林晨点了点头。"南昌穷不穷，还有三万六千铜"，这句民谣说的就是佑民寺。两人进到寺内，古木参天，环境幽深。"你别看到这座寺庙现在很小，以前的规模是非常浩大的。"林晨告诉郝嘟嘟。佑民寺在历史上曾经前至八一广场皇殿侧路，后到下沙窝，整个东湖都包括在寺庙内，不可不谓之宏伟。有句话是这样描述的：骑马关山门。从这句话可以看出当时的佑民寺当真盛况空前。

当林晨告诉嘟嘟现在的佑民寺只有鼎盛时期的百分之一时，嘟嘟惊讶得笑出了声，拉着林晨的手边走边说："可就是现在这样，我也已经觉得很大了。"他站了千佛缸的旁边，转过身对林晨说："在英国的教堂哪有这样大，欧洲也没有。"林晨拉了拉他的手，让他看那一口缸："这个缸可有名了，在国内都是很少见的，名叫'千佛缸'。"嘟嘟定睛细看，原来缸外装饰了 90 多个的佛像，每一个佛像都有着自己独特的神态，因了千年时光的浸润，显得古朴而端庄。他抬头看着繁茂的树木，问道："你说这座庙有多少年了，不会是现在建的吧？""也没有多长的历史啦——"林晨拖长音调，卖了个小小的关子，反问道，"你觉得应该有多长的历史呢？""要我来说？！"郝嘟嘟环顾着四周，在心里盘桓了一下："应该 300 年了吧？"林晨笑着摇了摇头。郝嘟嘟竖起食指："再加 100 年？"林晨又摇了摇头，没有再为难嘟嘟了，而是如实道来："是 1500 多年的历史了。"

"1500 多年！我的天！"嘟嘟惊叹道，"千年岁月的风雨飘摇，这人世间发生了多少事情哪？"嘟嘟笑了："改朝换代都不知道多少次了。""可不是吗！"林晨点了点头，同意他所说的话，"所以看到这些古迹有时真让人感慨万千。"两人来到后殿，一座巨型的铜佛像巍然耸立，嘟嘟绕着佛像走了一圈，只觉得端庄肃穆，对林晨说道："以前到中国游玩的时候，也曾去过一些寺庙，台湾的寺庙也非常之多，在我的记忆里好像没有铜做的佛像，多半是泥塑木雕，而且也没有这么巨大。"

"可不是吗？的确少得很，这尊佛像有 1.6 丈高，36000 斤重呢！"林晨有些小得意了，"怎么样了，南昌还是不错的吧，也有让你惊艳的地方。"郝嘟嘟听了，看到她那娇俏的模样，不由得心里一动，刮了一下她的鼻子，说："瞧把你美的，其实有你就足够了，你已经足够让我惊艳了。"见嘟嘟这样夸她，林晨有些不好意思了，拨开了他的手说："别这样，这可是在佛门净地，卿卿我我的，如果被佛祖看到会被怪罪的。"郝嘟嘟悄悄地对着她吐了吐舌头："你这样说，我都害怕了。"

林晨拉了拉他的手，说："到了寺庙，自然是要烧香拜佛的。"嘟嘟连连点头，与林晨双双跪倒在佛像前，双手合十，很虔诚地拜了三拜。嘟嘟嘴里念念有词，林晨看在眼里觉得有几分好笑。从佑民寺里出来后，穿过马路就到了八一公园。八一公园在清代为贡院，分湖区与陆区两个部分。湖区波光潋滟、游人泛舟，陆区林木繁盛、花团锦簇。"豫章十景"里的"东湖月夜"与"苏圃春晓"均在其中。二人在公园里的绿茵小径上漫步的时候，她贴了上去，软软地问道："刚才在寺庙里，你都说了些什么呀，是在许愿吗？"嘟嘟笑了，又刮了一下她的鼻子，并没有答她，而是反问道："在寺庙里不能刮你的鼻子，佛祖会怪罪，现在总该可以了吧？"林晨摔开他的手，佯装恼了："你再这样不正经，我就不理你了。"嘟嘟一把拉住了她，说："我大老远地从英国来看你，说生气就生气了?!"林晨头一昂，嗔道："是你惹我生气了呀，如果你不惹我的话，我怎么会生气呢？"嘟嘟只觉心里甜蜜不已，刚好两人走到了一个僻静的小花园里，他拥林晨入怀，在她的脸上吻了又吻，说："是啊，都是我不好，总是惹你生气。"林晨埋进他的怀里，微微笑了："你还没告诉我许了什么愿呢？"嘟嘟在她耳边呢喃："你就那么想知道吗？上次我在台湾的时候，有人说许的愿不可以说出来，说出来就不灵验了，但是你想知道的话我就告诉你吧。"林晨连忙用手捂住了他的嘴，摇了摇头。郝嘟嘟瞬间捉住了她的手，看到林晨的双唇如鲜花般绽放，怦然心动，终于吻了上去。这一吻，绵绵密密，天荒地老。

国门打开后，西风渐进。南昌的大街小巷里也不全是那种"两室一厅"

的炒菜馆了，越来越多的西餐厅如同雨后春笋般冒了出来，里面的装修风格多半中西合璧、颇有情调，而且生意都还挺不错的。这里是年轻人聚集的领地，到这儿来的那就不是为了吃，而是为了聊。林晨带嘟嘟来的这家在南昌颇有名气，菜式丰富、环境宁静而美好。巨大的枝形水晶吊灯照射出淡淡的光辉，吧台旁边有个景观区，小桥流水、锦鲤摆尾。还有个水晶玻璃搭建的小舞台，一个长发及腰、白裙长到脚踝的女子正旁若无人地弹着钢琴，琅琅的琴声如同珠落玉盘，和着流水的声音相得益彰。墨绿色的火车卡座搭配着本色的橡木桌，看上去清爽而淡雅。每张条形橡木西餐桌上的白色百合花散发着阵阵幽香，不浓亦不妖，只是若有若无地在空中飘散。嘟嘟伸了个懒腰，笑着说："晨晨，这里好舒服，你真会挑地方。""菜式也很不错，至少我挺喜欢的。"林晨款款坐下，对郝嘟嘟笑着说道，"让你试试南昌的西餐厅到底有什么不同。""听你这样说我都很好奇了，其实我对吃并不讲究。"嘟嘟一个欠身，趴在桌上，凑近了说："只要你喜欢的，我都喜欢。"林晨却不理他，把脑袋侧到了一边，说道："你好像在英国的时候没有现在这样贫嘴，你要老实交代哪个姑娘把你调教成这样的？"嘟嘟见她在盘问，心里乐得开出了花："你担心了是吧？怕我被别的女孩子勾跑了是不是？"林晨很是不屑："勾跑了就勾跑了，我还不稀罕呢。"嘟嘟扁着嘴，一副好可怜的样子，轻声说道："晨晨，我跟别人跑了，你一点也不担心，你不爱我是吧？"林晨看到他的模样，不由得笑出了声。

正当两人说话间，一个穿着红黑格子马夹，戴着红领节的服务生递上了菜单。嘟嘟想也没想，直接推到林晨面前："你是主，我是客。客随主便，你点什么我吃什么。"林晨恨不能把这家餐厅里的招牌菜品全让嘟嘟尝一尝，便点了两个双拼，一个是海陆双拼，菜如其名，是由肉眼牛排和肉眼龙虾双拼而成；另一个是银鳕鱼和全熟牛小排的双拼。嘟嘟在旁边瞟了一眼，小小地叫了一声："会不会太多了，吃不完吧？"林晨合上了菜单："那就辛苦你了，请你多多帮忙，全部吃掉吧。"嘟嘟哈地一下笑了："有这么多好吃的东西，我可以天天帮忙。"这家餐厅上菜速度很快，这也是林晨喜欢的地方，不用等太久。刚下单，两杯开胃酒便送了上来，依次是面包、沙拉、汤。10分钟后，主食送了上来。肥瘦结合，口感恰到好处，每吃一口，嘟嘟感觉到汁水在口腔里四溢。郝嘟嘟胃口大开。相思之苦让他食欲不振，见到了林晨，嘟嘟一下子觉得饿了，不消片刻，海陆双拼被他消灭掉了。林晨看着吃吃直笑，"不知道的人，看到你这吃相肯定以为你是从非洲来的难民，饿惨了。"郝嘟嘟也笑了，有些不好意思，诚实地说："你点的这些东西真好吃，我也是真饿了。"林晨心疼了："那说好了，你可是要全部吃完的啊，你可要完成任务。"嘟嘟傻呵呵地点了点头。

是夜，华灯初上。中山路——1928年为纪念孙中山先生而定名的街道，人流如过江之鲫。这是南昌市中心最繁华、最有名的一条商业街，可谓是寸土寸金。整整一条街，牌匾高悬，店铺森然。这里有着密度最大、最集中的大型商场、宾馆与专卖店，中山路上的日用百货、五金电料、服装鞋帽、珠宝钻石、金银首饰等等，琳琅满目应有尽有。林晨拉着郝嘟嘟走在街上，心情舒畅。她发现出来逛逛街其实也挺好的，嘟嘟走在林晨的身边一直打着饱嗝，她听着快要笑出了声。"这条街怎么这么多人哪？"嘟嘟一边打着饱嗝一边说，"别的地方是堵车，这里直接堵人了。"他像在发现一个新大陆似的，向林晨献宝一样地说道："这条中山路可以学学日本东京的银座那样成为限时步行街，比如说银座就是周末两天车辆禁止通行，秒变步行商业街。"

林晨抬眼看着四周，许久没有出来逛街，她发现又换了一些新的店铺。听到嘟嘟提出这么个建议，她笑了："好像是有人向政府提建议说要对中山路实行交通管制，但是不知道为什么一直没有实行，可能政府有政府的其他考虑吧。"林晨突然想到了什么，问了嘟嘟一个问题："你第一次到南昌来，我想知道你喜欢这个城市吗？"郝嘟嘟哈哈一笑："你在这里，我当然喜欢了。"这个回答让她颇不满意，翘着小嘴儿说道："人家问的是你对这个城市有什么观感！""哦——，原来是在回答记者的提问哪？"嘟嘟见女朋友的样子很是俏皮，于是逗逗她。林晨点了点头："请认真回答。"郝嘟嘟便认真地想了想，说道："我觉得南昌是个很宽容的城市，在国内其他地方很少见到乞讨卖艺的人，尤其是在主要街道。可是南昌不同，在这里却是随处可见。"

的确是这样的。在南昌的大街小巷，特别是人流如鲫的中山路上，有各式各样的乞讨者，而且更多的是花式艺术乞讨。一把吉他，琴盒打开盖子放在前面，自弹自唱，路人纷纷在琴盒里扔钱，这往往是年轻人居多。到了晚上更是热闹，在一些大型商场的门口空地上，经常有残疾人组团卖唱乞讨。还别说，唱得还真是不错，围观者众，纷纷叫好，当然扔钱的也不在少数。这些更多的是流动作战，并不是天天能够看得到。还有些是固定的。在八一广场的天桥上，有一个白发如霜的老大爷，清瘦干净，拉着二胡乞讨，固定的地点、固定的曲目，他拉的是 87 版电视剧《红楼梦》里的曲子。

嘟嘟对林晨说："要知道在任何一个地方，即便是繁华如纽约，在曼哈顿第五大道的帝国大厦，这可是纽约的地标，1931 年就建了 103 层，每天大量游客从世界各地在这里排队等候电梯登顶观景，有人说来到纽约来到曼哈顿没有登上帝国大厦是一种遗憾，可楼下就有贫民窟。所以城市不在于大小，也不在于繁荣程度，关键在于能不能容得下这些人，也给他们一个生存的空间。要知道生存权是天赋人权，不可以随意打压，那是违反人权的。"说到这里，郝嘟嘟定定地看着女朋友，眼睛里亮晶晶的，说道："所以，我很喜欢这个城市。"林晨灿若桃花地笑了："你说的都是心里话吗？"嘟嘟点了点头："当然是心里话。"

林晨本来要多逛逛，又想到男孩子可能对逛街不太感兴趣，加上惦记着公司里的事情，便想着回去看看。她一旦想到了工作，心里就会不由自主地焦虑起来："我都出来一整天了，也不知道今天的询盘多不多？"林晨转过身问郝嘟嘟："你呢？想继续逛一逛吗？"其实嘟嘟对逛街从不感冒，只不过陪在林晨的身边他总是开心的，见女朋友这样问他，便耸了耸肩，说道："随你，你想逛逛我就陪着你。我无所谓的。"林晨于是乎直奔安佳了。

她推开办公室的门，电脑还是开着的，似乎知道林晨还会过来那样。她迅速浏览了一下，有两个新的询盘，小杏已经处理过了，邮件回复得滴水不漏。林晨喘了口气，站起身给嘟嘟倒了一杯水。嘟嘟接过水杯轻啜了一口，打量着四周，笑着问道："你这里还有一个小隔间？"林晨点了点头，给自己也倒了一杯水，说道："我加班忙的时候就在里面打个盹。"嘟嘟神色有些黯然，说道："我知道，你的QQ头像一直是在闪动的，有时我上班的时候就看着你的QQ发呆，我知道你还没有休息，你一直在加班加点。"

　　"这有什么办法呢？"林晨觉得口渴，她不太习惯外面的菜品，林曦做的菜放盐放得很少，味道清淡。林晨把杯子里的水一口喝干，说："这是我们自己的公司，又不是别人给我们发工资，是我们给自己发工资，还要养活这么多的工人，我们自己不辛苦那谁辛苦呢？"林晨抿了抿嘴唇："都是应该的，没啥好说的。"

　　郝嘟嘟心疼不已，声音有些发颤："你太累了，可是我却帮不了你。"公司里静悄悄地，都已经下班了。林晨见他如此黯然神伤，扑进他的怀里，嬉笑着说："没什么呀，我觉得挺好的。"嘟嘟拥着林晨在沙发上坐下，理了理她额前的发丝，仔细端详："你瘦了。比在英国的时候瘦多了，看来你在那里读书反而是在享清福了。"林晨没有答言，只是在他的肩头蹭了蹭，像只小兽。郝嘟嘟叹了一口气，说道："你为什么要这样辛苦呢？我不理解，在英国没有哪个女孩子像你这样辛苦的，她们把更多的时间花在了打扮、泡吧上。如果说要有梦想的话，我敢打赌，大部分的女孩子的梦想是嫁入英国皇室，像戴安娜王妃那样。"

　　"嫁入皇室，当王妃？"林晨喜笑颜开，打趣道，"如果中国有皇室的话，我也会想嫁进去的。"嘟嘟顿时一脸苦兮兮的："你当上了王妃，可惜我不是王子，那你准备把我往哪里搁呀？"两人嘻嘻地闹成一团。

　　过了片刻，林晨抬起头，定定地看着嘟嘟，郑重其事地问："你知道我为什么这样努力吗？"嘟嘟微笑着凝视着林晨，表示他在听。"我没有你那样好命，你出生在一个发达国家的一个富有家庭里，你没有体会过我的感受。有时候我会恨自己太小太弱，如果那时我已经长大成人、赚很多钱的话，我妈妈可能就不会离开这个世界了，她就会一直陪在我身边。"说到这里，林晨眼圈红了，"所以我要拼了命地赚钱，好像赚了很多很多的钱，就能把我妈妈的命买回来似的。现在的政策好了，我们也有了发挥的余地。其实你是没有看见，别人也是一样加班加点的。"

嘟嘟听了，心里痛得厉害，只是把她拥得更紧。安慰道："你不要想那么多，你这样想就是在钻牛角尖，对你各方面都是不好的。"林晨压低声地啜泣着，肩膀微微颤动，但是心里舒服了许多。这些话她是不敢对其他人说，更不会对父亲和妹妹说，父亲和林曦听了只会更加难受。嘟嘟拍着她的背，如同哄着一个小小的婴儿。林晨的情绪慢慢平复下来。

"你订了宾馆?"林晨问道。嘟嘟点了点头："我的行李也放在那里。"林晨让他回宾馆休息，明天再来。谁知嘟嘟却是不肯，好不容易来了一次中国，见到了林晨，哪里肯丢下她一个人回宾馆。"要走我们两个人一起走，"他说，"你在哪里我就在哪里。""我还要加班，这里有封邮件来了，我得处理一下。"林晨又催他。

"那我也在这里好了。"嘟嘟伸了个懒腰，"我陪你一起加班。"林晨见他像块牛皮糖似的一直黏着她，有些无可奈何，起身说道："你在这里多不好，第二天早上大家都来上班，看到我们两个人在这里不太好吧。""有什么不太好的?"嘟嘟两手一摊，"我们两个人男未婚、女未嫁，正常地相处，应该全世界都是如此吧?"林晨跺了一下脚，娇嗔道："我说了不好那就是不好。"

"你的邮件急吗?"嘟嘟坐正了，指着电脑说，"你再看看，我可不能耽误了你们公司的订单。"林晨又重新点开了邮件，从头到尾仔细看了一遍，"还好，只是一封普通邮件，明天回复也没多大问题。"说着她抓起了椅背上的衣服，拉起嘟嘟一起回了宾馆。

在酒店房间里，嘟嘟拉开行李包，拿出一大包东西，都是带给林晨的礼物。林晨拆开细看，像个杂货铺似的琳琅满目，比利时的巧克力、德国的香肠、法国的香水、英国的红茶，林晨看一件惊呼一声。嘟嘟看着她开心得直拍手，心里也乐开了花，"真想把整个世界送到她的面前。"他想。接着嘟嘟又在行李袋里拿出了一瓶苏格兰威士忌酒。威士忌历史悠久，苏格兰生产威士忌酒已有500年的历史，有其独特的风格，色泽棕黄带红、清澈透明、气味焦香，具有浓厚的苏格兰乡土气息。口感干洌、醇厚，具有劲足、圆润和绵柔的特点。在世界上最负盛名，是世界上最好的威士忌酒，被誉为"液体黄金"。这是送给林晨的父亲——林家钰的。

　　林晨小心翼翼地接了过来，生怕掉在地上打掉了，问道："天哦，苏格兰威士忌，会不会很贵呀？"她知道作为苏格兰特有的国民饮料，威士忌酒就是流淌在苏格兰人骨子里一直氤氲不去的民族情怀，其酿造方法与啤酒、葡萄酒都不相同，所用到的原料也比较复杂。"液体黄金"当然要表现在价格上。嘟嘟轻轻捏了捏她的脸蛋，笑了："傻女孩儿，问这个问题，给你父亲的还有什么贵不贵。只要他高兴。"林晨捂着嘴笑了："我爸爸没有喝过这么好的酒。""哪里有人一生下来就喝威士忌酒的？"郝嘟嘟不以为然，"谁都有第一次，你拿给他，他不就喝过威士忌了吗？"林晨小心地放在了桌子上，靠墙放着，确保不会被打掉。郝嘟嘟看到女朋友宝贝成这样，笑了："你也太小心了，要是你爸爸喜欢喝，我可以国际快递过来。""别，有这一瓶就够了"，林晨哑了哑舌头说："太贵了。""再贵都值得！"郝嘟嘟再强调了一次。

　　他对林晨扮了个鬼脸，神秘兮兮地说："还有一件礼物。""什么礼物？"林晨快乐得像个得到了糖的小女孩。嘟嘟卖了一个关子："你得背过身去，闭上眼睛。"林晨扭了扭身子不肯。嘟嘟哄道："乖啦！"说着拉她转过身，合上了双眼。然后一溜小跑地到门边去了，在衣橱的下面有个保险柜。嘟嘟转动着密码，一边向林晨说："不许回头，你一回头礼物就会自动消失在空气里。"林晨快要乐出了声，感觉郝嘟嘟简直就像个圣诞老人般的存在，可以带给她无穷无尽的礼物与快乐。

林晨没有回头，也没有睁眼。但是她感觉到了嘟嘟在她脖子后面的呼吸声，她好奇了，会是个什么样的礼物呢？如此神秘。

"哎——，快看！"嘟嘟献宝似的，"我敢打赌，你一定会喜欢的。"林晨睁开眼睛，定神一看，惊呼了出来，不由得捂住了嘴，原来是个泰迪熊公仔。在英国，一只泰迪熊可以被当作家庭中的一员，甚至于陪伴着一家三代人的成长。她刚到英国的时候就被陈列在橱窗里的泰迪熊给迷住了，这种有着浑圆丰满的身材和四肢、蓬松温厚的安哥拉羊毛的小公仔，那些简素的材料和绣线、憨厚的表情，以及百分之百的手工缝制和填塞作业，让每一个泰迪熊都那么地让人爱不释手。林晨多么想拥有一个自己的泰迪熊啊！要知道总统也不能免俗，在白宫的一次宴会上，罗斯福总统也对小熊着迷不已。

林晨有时候站在橱窗前痴痴地看着，摸了摸瘪瘪的钱包，终于还是忍住了。太贵了，那得刷多少个盘呀，而且家里的银行贷款还在偿还。没想到郝嘟嘟带着个泰迪熊飞越了整个太平洋来到她的身边。林晨情不自禁地抱住了嘟嘟，在他的脸上印上了一个吻。看到林晨高兴成这样，心想早知道送她一个了。在英国的时候，林晨只有一年的学习时间，他只想着带她多看看这个大千世界。嘟嘟抱住了林晨，在她的耳边私语："喜欢吗？""简直多此一问。"林晨笑得合不拢嘴，"我要谢谢你，你满足了我的一个小小梦想。"马上又纠正道："是大大的梦想哦。"林晨心里一动，依偎在他的怀里问道："泰迪公仔可以陪伴一家三代人的成长，那这个会陪伴一个小孩子的成长吗？"郝嘟嘟点了点头："当然。""你是喜欢男孩，还是女孩呢？"林晨好奇地问道。"孩子就是孩子呀，还要分什么男女？"嘟嘟失声笑了出来。林晨也笑了，说道："那倒是，好像国内特别喜欢这样问。那么，你喜欢什么名字呢？"

郝嘟嘟入住的酒店位于赣江边上，站在窗口就能看到赣江。是夜，赣江两岸灯火通明，流光溢彩。水面平静，江岸的高楼大厦鳞次栉比、巍峨矗立，一艘游轮拉长了汽笛缓缓地在江面行驶着。林晨抱着泰迪熊依偎在嘟嘟的怀抱里，江风远远地吹了过来，很是宜人。他的下巴蹭着林晨的头发，若有所思：

"什么名字？我最喜欢米高梅电影公司的动画片《猫和老鼠》了。"说到这里嘟嘟兴奋得手舞足蹈，像个孩子似的："真是一对冤家，而且水火不容。汤姆用狡诈的诡计来对付杰瑞，而小杰瑞每次不仅能安全脱身，还能利用汤姆诡计中的漏洞给予报复。每次看到杰瑞把汤姆耍得团团转，自己搬起石头砸自己的脚，我都替小杰瑞开心得不行。我希望我孩子能像杰瑞鼠一样可爱，并且很聪明。"他看着林晨，很认真地说："不论是男孩还是女孩，名字都是杰瑞。"嘟嘟低低声地问道："是的，没错，在英国一只泰迪熊可以陪伴几代人的成长，你说这个泰迪熊会不会呢？"林晨把泰迪搂得更紧，反问道："你说呢？"说完抬起头对着嘟嘟眨了眨眼，慢声拖气："那要看你了。""看我?!"嘟嘟低头看着林晨问道。林晨点了点头，郑重其事："你可以回到中国来，这样我们就不会分开了。"说到这里，她从嘟嘟的怀里站直了身子，双眼直盯着郝嘟嘟："你知道吗？现在国内的政策可好了，为了引进外资有很多优惠待遇，你为什么不过来呢？这个市场这么大，你又是外资，不愁赚不到钱。"

嘟嘟心中一动，可他却做不了主，还要回英国商量，征得父母的同意才可以。旋即岔开话题，在林晨的耳边私语："你知道我有多想你吗？"林晨在他怀里点了点头："我知道，因为我也很想你，只好拼命工作，就是为了麻痹自己，不让自己太想你。"嘟嘟听了几乎要落下泪来，把她拥得更紧了。

远处的赣江水面波光闪耀，缓缓流淌着，仿佛在诉说着无尽的心曲。两人相拥而眠，一枕贪欢。

嘟嘟是下午的航班，林晨便带他去吃个早餐。吃什么呢？林晨转了一圈，便到了附近一个早餐摊档。在全国各地都有自己最为主流的早餐，比如，西安的胡辣汤、兰州的牛肉拉面、武汉的热干面、汉中的热面皮，那么在南昌就是拌粉加瓦罐汤了。

说到南昌的美食，所有人首先会推荐南昌米粉。南昌米粉历史悠久，主要是用优质晚米为制作原料，经过浸泡、磨浆、滤干、采浆等多道工序，对米粉的韧性要求特别高，未煮的生粉根根结实、透明，煮后细嫩、洁白。南昌拌粉是当地的一道风味小吃，绝大多数南昌人的早餐就是从拌粉加瓦罐汤开始的。

郝嘟嘟跟在林晨的后面，小心地左挪右闪，生怕碰到某个食客。他笑着对林晨说："这么多人，这家店的生意真好。"

林晨在点餐，郝嘟嘟便站在一边看着如何操作。只见操作人员将米粉丢进沸腾的锅里涮了几涮，烫热后装备盘并放入剁椒、花生米、萝卜丁，再浇上些食用油和酱油，撒上葱花。整个过程不到两分钟。嘟嘟不由得笑了起来，这比肯德基和麦当劳的速度还要快，真是快餐中的快餐。

他们挑了个位置坐下来，到处都是人，他们是跟别人抹座的。刚落座，两人的早餐就送了过来。拌粉的细滑柔韧，多种食材、佐料相配，一口一个饱满。再配上一小罐小火慢炖、营养丰富的汤品，这一天都是元气满满了。林晨给自己点的是鸡蛋肉饼汤，而郝嘟嘟的是花生猪心汤。嘟嘟是第一次吃这种汤，既新鲜又好奇。他喝了一口，只觉鲜香无比。原来这是用古法煨制的，在一个巨大的专业煨汤的瓦缸里进行煨制而成，一个个的小瓦罐在大缸里排得整整齐齐，用木炭火恒温六面受热，熬制一整晚。可谓是原汁原味，有很高的营养价值。因为其不伤食材营养结构，是最佳的煨制方式，搭配了多种食材和名贵药材，真正做到了营养复合和膳食功效。港台明星刘若英到南昌来吃了这罐汤，也是赞不绝口。嘟嘟数了一下挂在墙上的菜单，有上百种汤品，只要能够想得到的，都能放进瓦罐里，煨成一罐汤，温暖着每一个人的胃。嘟嘟逐个地念了下来：香菇肉饼汤、桂圆排骨汤、墨鱼肉饼汤、鸡蛋肉饼汤、萝卜排骨汤、海带排骨汤、冬瓜排骨汤、乌鸡枸杞汤、桂圆猪心汤、花生猪心汤、黄豆猪肚汤、当归羊肉汤、大枣瘦肉汤、百合老鸭汤、乳鸽汤、党参炖大鳝汤、淮杞鸡心汤、老鸭薏米汤等等。嘟嘟简直目瞪口呆，这比西方的快餐丰富多了。

嘟嘟吃一口粉，喝一口汤，很快胃口大开，英国绅士的作派早丢到一边去了，与周围人一样吃得"稀里哗啦"，不一会儿他的额头布满了细密的小汗珠。林晨吃吃笑着，抽出一张纸巾，替他拭汗。嘟嘟也不搭理，只是埋头吃粉、喝汤，只一会儿工夫，他便吃了个碗底朝天，嘴角还沾了一粒红艳艳的小剁椒。林晨见了，用小拇指拨了下来。嘟嘟心满意足地打了个饱嗝。林晨问道："吃饱了吗？"

嘟嘟点了点头，接着又摇了摇头："真可惜，下午就要走了，否则的话还想再吃一顿。"

林晨笑了，说："如果你到中国来了，我可以带你天天来吃。"

郝嘟嘟郑重其事地点了点头："说好的，一言为定。"

林晨伸出了手掌，两人双双一击："那是当然，一言为定。"

嘟嘟的飞机刚一落地，他便急急地出来招了辆的士回到了牛津市的家里。嘟嘟想把在中国看到的事情告诉父母，恰巧他们都在。赵安娜看到儿子满头大汗地回到家里，经过了长途飞行却看不到一丝疲倦，相反嘟嘟眼里亮晶晶的，一扫前段时间的阴霾，精神奕奕的样子。赵安娜看在眼里，心里有些不是滋味，觉得从自己肚子里生出来的儿子为了一个远方的姑娘快要把父母丢到一边去了。郝嘟嘟一个大男孩粗枝大叶的，哪里能够发现母亲这些细微的心理变化？

看到父母都在，便放下行李，连一口水也顾不上喝，兴兴头头地跟父亲谈起了这次中国之行。"爹地，你有没有想到中国去办工厂？"他言语之间都是兴奋，"要知道中国已经改革开放了，现在的政策很好，为了鼓励外商投资办厂给出了很多优惠，给我们免税！"郝约翰正抽着雪茄烟，看到儿子一头一脸的汗，便让他坐下来慢慢说："别那么急，看把你急的。"

赵安娜放下手里的针线，那是一条丈夫的长裤，有一粒小纽扣掉了，她已经钉好了。不论家里有多忙，这些事情她一直自己动手做，成了一种习惯。"是啊，这么大的事情，哪里是说了几句就能定下来的？"她把针线放回小铁盒子里，叠好长裤，看着嘟嘟说道，"你说的都是大事情，对于一个家庭来说是天大的事情，搞不好就伤了我们家的元气了。"

"可是商场如战场，再大的事情如果不当机立断，说不定别人赚了个盆满钵满，我们连个零头也没有了！"嘟嘟两手一摊，他有些不解，"我们在英国开公司累得连轴转不也是为了赚钱吗？现在有更好的发展机会，我们为什么要错过呢？"郝约翰吐出了一个烟圈儿，眯着眼睛看着烟圈儿慢慢地消失在半空中，其实他也一直在关注着国内的变化，郝嘟嘟说的话他不是不知道。可是说投就投，这可是真金白银砸进去。规模有多大，投资额又是多少，不能不谨慎。"听起来形势一片大好，是不是就像是你说的那样？"郝约翰把烟蒂弹在了烟灰缸里，看了看儿子，说道，"在欧美这边有些报道并不好。"

"什么是好，什么又是不好？"嘟嘟颇为不满，"爹地，有些事情不能太相信报纸广播里的报道，我觉得我们应该去实地看一看。"说到这里，嘟嘟又兴奋了起来："你是没有看到，国内的那种气氛，热火朝天的，好像个个都很有干劲的样子。"他把椅子往父亲身边拉了拉，靠得更近了，对父亲分析道："而且还有个最大的好处，中国的工人工资实在太便宜，便宜到我不敢相信的地步。这样我们的产品在定价上更有竞争力。""工人工资低?!"郝约翰在跟嘟嘟探讨这个问题，"那么工人的素质又是怎样呢？工资再低，但是生产出来的东西质量过不了关又有什么用？培养一个熟练的工人出来是需要时间的。"

这的确是个问题。郝嘟嘟一时语塞，愣在那里不知如何作答。这时赵安娜走过来说道："现在我们家里根本没有时间去考虑到国内投资办厂的事情，就算是要投也要等眼前的麻烦事过去了再说。有些事情我们没有告诉你，我们公司的另一个股东提出来要退股，我和你的父亲正在考虑怎样处理。你在公司里上班，不是不知道公司里目前流动性资金有点紧张，他退股就要抽资，我们一时半会儿哪来那么多的英镑?！如果真的跟你说的那样国内有大发展，那当然是赚钱的机会，可是也要等风波平息了以后再说，现在自己后院起火了，哪里还有时间、精力考虑去国内开分公司的事情？"

"还有这种事，我怎么不知道呢？"嘟嘟颇为惊讶。"自从林晨回国以后，你的情绪一直很低落，所以我和你妈咪就没打算告诉你。"郝约翰笑着拍了拍嘟嘟的肩膀，说道，"看到你现在精神百倍，我心里也很高兴，你是该收收心帮着处理公司事务了。这是一个难关，我们一起渡过。"

父亲的这番话让郝嘟嘟颇为自责，抬眼看了看父亲，发现父亲的双鬓不知什么时候白如雪霜，不由得心里一阵难过。

2

一场滂沱大雨把整座南昌城洗了个干干净净，每片树叶都被雨水冲刷得碧绿透亮。这时阳光刺破了乌云射出了万道光芒，叶面上的小水珠顷刻之间蒸发了。吸饱了雨水的树叶舒展着，在阳光下绿得直晃人眼。

林晨坐在离地30层高的写字楼里，仿佛也能嗅到雨后泥土的芬芳。她打开了窗，深深地吸了一口气，顿时觉得神清气爽。接着她又甩了甩头，想把昨夜的那个奇怪的梦甩在脑后。可是那个梦如同生了根、发了芽一般，非但没有甩掉，反而更加清晰了。

林晨不再做无用的挣扎，索性坐回了大班椅上，靠在那里发呆。"也不知道杰瑞怎么样了？"林晨痴痴地想着。

她在怀孕三个月的时候自己一无所知，钱塘江上不涨潮，林晨以为工作太累，内分泌紊乱。本想去医院抓点药来吃，结果一查，是怀孕了。这让林晨惊讶得张大了嘴，旋即心里又涌现几分已为人母的喜悦。毕竟是一件天大的事情，林晨不知道如何是好，坐在人来人往的医院门诊室门口的长椅上，眼泪便掉了下来："如果有个妈妈陪在身边的话，我怎么可能这般手忙脚乱？"但是林晨很快冷静了下来，她知道现在不是哭的时候，得赶紧想办法处理这件事情。已经是纸包不住火了，林晨回到家里，便把与郝嘟嘟的相识、相爱的整个过程，以及为什么会分开全都详详细细地告诉了父亲林家钰。林家钰听得长吁短叹。林晨抹着眼泪说："爸爸，我今天下午从医院里回来，有件事情要告诉你：我怀孕了。"

林家钰听了，震了个五雷轰顶、目瞪口呆。过了好半天才回过神来，第一个念头就是：“马上去医院，拿掉这个孩子。”林晨泪如泉涌，自是不舍。林家钰长叹了一声，说道：“你这么年轻，是个未婚姑娘，现在有了身孕，你如何在这个社会立足？这个小孩子没有父亲，又如何面对这个世界？”林家钰心乱如麻，说道：“晨晨，你的头脑一定要清醒，这是大事情，不能由着性子来。你要为自己考虑，也要为了这个孩子考虑。”林晨的眼泪流成小河，头摇得像个拨浪鼓：“爸爸，不行啊，如果拿掉这个孩子，我就是不死也去掉了半条命了。再说怎么说没有父亲呢？父亲是郝嘟嘟呀。”她双手护住腹部，生怕胎儿受到惊吓：“我一定要生下来。”

林家钰霍地一下站了起来，压低声地吼道：“这件事情你一定要听爸爸的，这个孩子要拿掉。”他吸了吸气，又坐了下来，平复了一下心情，这才缓缓开口说道：“我知道你爱这个孩子，所以你才要为他的将来着想。如果别人问他的父亲，他怎么回答？你又怎么回答？”林家钰大力拍着膝盖，语重心长：“他一生下来连个合法的身份都没有，怎么才能健康成长呢？晨晨，你不能任性哪！”

可是这是她和郝嘟嘟可爱的“小杰瑞”，林晨死死地护住肚子，仿佛现在就有人要拖她去医院做人流手术那样恐慌：“爸爸，你说的全是道理，但是我管不了，也想不了那么多。我只知道这个小孩来到我的身边，这就是最好的礼物，无论如何我都要把这个孩子生下来。”林家钰见林晨的犟劲上来了，急得直搓手，站了起来在客厅里烦躁得走来走去。他转了几圈之后，坐了下来长叹一声：“要是你妈还活着就好了。”本来林晨的眼泪刚刚止住，听父亲如此一说又泪如雨下了。

早已放学回家的林曦听到了父亲和姐姐的对话。不知道为什么，与父亲相比，林曦更愿意支持她的姐姐。她把书包放在桌子上，没有像往常那样立时做作业，而是在认真听他们的说话。林曦走到姐姐的身边，抱着她，依偎着姐姐，过了好一会儿嘟着嘴巴对父亲说：“爸爸，你也真是的，真够狠心的，这可是你的亲外孙，你要当外公了，这是多好的事情呀！怎么舍得让姐姐拿掉这个孩子呢?"她要做小姨了,小姑娘高兴还来不及,乐得合不拢嘴。林家钰看到姐妹俩一唱一和的,长长地叹了口气,说道:"我怎么可能不喜欢自己的外孙,是你们还太小太年轻,不知道这个世道的艰难。你姐姐还没有结婚,这个小孩子生下来要怎么面对这个世界呢?"

"办法总比困难多呀!"这是林晨的口头禅,林曦早已印在脑子里,这时脱口而出了。她继续说道:"其实我们是自己家里开公司的,有很多便利条件,可以神不知鬼不觉地把这个孩子生下来。如果说是在单位上班的话,那还真藏不住了。"

林曦的这段话如同一道光亮让四周亮堂了起来。"对呀,我怎么没想到呢?可以找个稳妥的地方,先把孩子生下来。"林晨喜得抓住了妹妹的手,摇了又摇,晃了又晃,说道,"曦曦,你长大了,真聪明,现在能够解决问题了。"林曦听了颇不满意:"我早就不是小孩子了,再说你和爸爸是太高兴太着急才没想到的。"她继续说:"爸爸的担心不是没有道理,所以这个小孩不能说是姐姐生下来的,依我说就是其他亲戚生的孩子被姐姐抱养了。"林曦话音一落,林晨和林家钰两人快要笑出声,几乎异口同声地说道:"曦曦简直太棒了,这可是个绝妙的主意,天衣无缝。"林家钰比林晨还要高兴,马上安慰女儿:"那你安心在家里养胎,公司里你暂时不要去上班了。"林晨当然不同意,公司可以不去,但是工作不能不做:"我在家里也可以处理邮件,用电话联系,也可以为爸爸分担一些。"

就这样林晨把杰瑞生了下来,只是暂时寄养在她的一个表姐家里。

林晨发了一会儿呆,想着过段时间要去看看杰瑞。看着电脑屏幕却集中不了精神,百无聊赖中,她拉开写字台的抽屉,发现了一盒火柴,便拿出来把玩。

火柴,这个曾经家家户户必备的东西,自从打火机面世以后便从人们的生活中消失了,只是在某些场合作为一种高档的纪念品存在着。比如林晨手里的这盒便是她参加商务活动的时候,主办方的赠送品。不同于记忆中的火柴,这更像是工艺品，漂亮而精致。大约四厘米长的梗，晶莹而白亮，衬得硝头娇艳欲滴。她抽出一根划亮，只听得"吱"的一声，一小簇火焰在手指间燃烧着、跳跃着，如同一朵舞动的小花。林晨凝神看着，恍惚间，她想起了远在英伦半岛的郝嘟嘟，眼圈一红："你，还好吗？"要不要像安徒生笔下的那小女孩那样许个愿呢？她想。

一根火柴很快燃尽，只剩一条弯曲的黑线。林晨意犹未尽，又抽出了第二根，正要划亮的时候，有人敲门了。

林晨赶紧把火柴放回抽屉，用文件袋在半空中扇了扇，把弥漫在室内的硝石的味道扇到外面去。她把衣服拉了拉，在大班椅上坐端正，这才朗声应道："进来。"

小杏开门走了进来，手里拿着一份刚打印出来的邮件，有些不可思议地说道："林总，这是从沙特阿拉伯传过的订单，我的天，这还是我们第一次接到那边的单。"小杏还跟小时候一样喜欢用惊诧的语气来表达她的观点。

林晨没有接她的腔，拿过邮件一看，落款的姓名是"阿里卜里·斯卡姆"，还是一个CEO。她猜测，这个CEO的母亲可能是个欧洲人。

阿拉伯地区的人，他们的姓名非常有趣。有的一看就知道家庭或者个人的政治立场，比如共和国（朱姆胡利亚）、革命者（沙胡亚）、抵抗力量（苏穆德）、工会组织（尼达尔）等等。有的则富有历史意味，姓名组成明显可以看出是借用历史名人或者是在古代有着卓越战功的将领的名字。

并且，这个地区的人的姓名重复现象非常普遍。比如在首都突尼斯名叫"马赫拉斯"的遍布大街小巷；叫"布拉维"的人在苏斯族当中多如牛毛；而在莫纳斯帝尔族里叫"梅兹丽"的人又比比皆是。他们还喜欢沾光，埃及前总统纳赛尔执政期间，很多阿拉伯人便成了"纳赛尔"。如果有人在街头振臂一呼"纳赛尔"，无数人回头，都以为是在喊自己呢。

不仅如此，从一个人的名字结构还能看出父母是哪里人。如果父亲是突尼斯人，母亲来自欧洲的话，大多姓名的第一个字母是"阿""卡""哈"

等等。如此说来光是看到名字便知道这个人的简历了，就像是户口本一样，真是简单得一眼看穿。所以林晨便猜测这个阿里卜里·斯卡姆的母亲是个欧洲人。

"这订单也太少了，只要五件皮草大衣，"小杏依然惊讶，"而且这五件里一件是貉子皮，两件狐狸皮，两件是貂皮！"她拍了拍自己的胸口，仿佛吓着一般。小杏从小发育得很好，波涛汹涌的，她轻拍之下，依然颤动不已。小杏拍着胸口继续惊讶："这和零售有什么不同，这个阿里什么姆的干吗不去商场里买，非得要在我们公司里正儿八经地下订单！这到底是闹哪样呀？开玩笑吧。"

小杏说得不是没有道理，林晨也在疑惑。她又仔细看了看订单，看不出什么端倪，就是非常简单的公文格式。但是她也知道往往这种跟样品式的订单里藏着大商机，不能掉以轻心，让别的公司抢了单。看到林晨办公桌上的水杯空了，小杏便去给倒水。知道林晨现在只喝温热的水，她的胃不好，温水刚好暖胃。她以前喜欢喝凉白开或是冰水，现在是不敢碰了。林晨接过水杯啜了一口，对小杏笑了笑，以示谢意。

小杏想到公司订单主要来自北欧和苏联，扑哧一下笑了起来："他一个阿拉伯人要皮草大衣做什么？那里沙漠可是热得厉害。要是裹一件皮草出门，那还不得中暑，说不定别人还把他当成……"说到这里小杏一下住了口，把"神经病"三个字咽了下去，在上司面前如此嘲弄公司的客户，即便发小她也不敢太放肆。有尺度、不越界，这一点也正是林晨中意她的地方。

听到小杏这样打趣，林晨也忍不住笑了："客户自然有客户的理由，也许是送人也说不定。这倒不是我们要考虑的问题。"她沉吟了一会儿，说道："出口到阿拉伯地区，要 SASO 认证，否则的话无法在目的港通关，这个有些麻烦。要做 SASO 证书，成本很高，时间也很长。"林晨抬起头对她说道："你去做别的事情吧，这件事情我来处理。"

小杏最经不起麻烦，听到林晨这样说得如此棘手，心里便乱了一半。现在如获大赦一般，"谢谢林总。"说完便转身一溜烟地回到自己的办公室里。

不能让客户等，但是这封邮件怎么回呢？林晨寻思着。如果是贸促会出具的一次性的SASO费用没那么高，也就是几百块钱的事，但是对方能不能顺利清关呢？只能用第三方机构出的SASO证书的话，费用分做产品费、出具IEC报告，加上按货值计算的验货费，费用太高了。这个只有五件皮衣的订单，还真是豆腐盘成了猪肉价。耗时长，而且货物离港前就必须做出来，那客户能等这么长的时间吗？这笔检测费由谁来付呢？林晨一贯以来的做法是，这种小订单不赚钱可以，但是也不能赔本赚吆喝，一味担心失去客户而过度迁就，只会得不偿失。那公司里的工资谁来发？再说了，这隔山隔水的素未谋面，只通过一根网线联系，到底可不可信还得打个问号。所以她在谨慎考虑邮件怎么回复。

林晨字斟句酌，第二天很严谨地回复了邮件后，便把这个阿里卜里·斯卡姆CEO丢到脑后去了。她知道不能催，心急吃不了热豆腐。像这种主动发邮件到公司直截了当下订单的，多半早已把公司摸了个清楚。她给出的价格是诚意价、成本价，这已经给对方送了个人情。如果再催的话，对方趁势压价，反而得不偿失。当然她知道不是所有出口沙特阿拉伯的产品都要SASO认证，CO和CI却是普遍需要的。林晨在邮件里没提这茬事，因为这全取决于客户在当地的公关能力。如果客户不愿意选择耗时长、费用高的SASO，自然会提出来。林晨只是配合。她把自己该做的事情做完后，便不再多想了。工厂那边出了些故障，她要赶紧过去看看。

刚走到门边，小杏迎了上来，说道："林总，有个小姑娘来应聘，看上去挺单纯，没什么工作经验。林总要不要亲自面试一下？"

林晨沉吟了一会儿，抬腕看了看手表，现在是中午1点半，去工厂还有点早，便点点头。小杏连忙陪她进了会议室，对里面的女孩子介绍着："这位是我们公司的林总。"小杏微笑着拍了拍她的肩头，说道："没事的，别紧张，好好表现吧。"说完便转身走了，退出去时把门轻轻带上了。

小姑娘急忙站起了身，弯腰打了个招呼："林总好！我是 LINDA。"没想到应聘的时候就能碰上总经理，而且还这么年轻。她双手奉上一份简历。林晨接过，示意她坐下。

　　"你到我们公司来应聘，那么你对外贸的流程有大致了解吗？"林晨把 LINDA 的简历放在一边，并没有看。

　　LINDA 摇了摇头。林晨笑了一下介绍着："你应聘的是外贸业务员。在我们公司里，每个业务员除了自己的订单要跟进，还要跟进一些老客户的订单。而且我们公司现在规模不大、业务量还没那么多，所以没有像一些大公司那样业务和跟单分开，而是业务、跟单一起做。杏姐每天会把新询盘汇总后分配给你们，分给你们的询盘是由你们负责跟进的。如果客人下单，你就要及时把排产单交给生产部、采购部以及财务部。事情到这一步，你的工作才刚刚开始，出货前一定要盯紧每个部门，尤其是外派的生产单。不能出半点差错，你盯得不紧，他们便会认为这张订单时间没那么急，最后可能导致延期交货，这样我们就会面临索赔。"说到这里，林晨停了下来，看着 LINDA。LINDA 点点头，表示她都听明白了。

　　林晨微微一笑，接着说道："订单完成前一个星期就要联系货代公司订舱位，尤其是旺季，必须提前订，要不然是没有舱位的。至于头程公司和拖车公司，如果买家没有指定的话就通知跟我们长期合作的公司。船出港后一周左右一定要出提单。如果余款出货前已经收到的，那么你收到提单在第一时间就要寄给客户，如果说是要见到提单扫描件或是传真件才付款的，那你就要催客户及时付款。还有一件，你一定要记住我们大多做的是 FOB 价，客人收到正本提单、装箱单和发票后你这个订单的工作才算是完成了。"

　　林晨说的话，LINDA 默默记在心里。"Do you understand？"林晨猛地抛出一句标准、地道的牛津英语。LINDA 吓了一跳，回过神来后连忙点点头。

　　林晨站了起来，拿着简历说："你的简历我会在去工厂的路上看。"

　　LINDA 如梦如幻，不敢相信，迟疑地问："林总，我、我、我可以来上班了吗?"

林晨笑了:"不然呢?我给你说了这么多。"

LINDA 还是不敢相信,再确认一次:"我、我、我是被公司录用了吗?"

林晨站在门边粲然一笑:"给你三个月的试用期,看看效果怎么样。外贸并不难,你只要肯学、肯做,很简单的。你不懂的地方再问下杏姐,她是个老业务员了,带你绰绰有余。好好干,相信你。"说完便拉开会议室的大门,去工厂了。

LINDA 望着林晨离去的背影,由衷地尊敬和佩服。她觉得这个林总有真本事,不仅年轻漂亮,而且办事果断利落。相对于富二代、官二代,这种没有任何背景的草根能在竞争激烈的商场中杀出一条血路更是让人心生敬意。从见到林晨的第一天起,她决定以林总为榜样,希望将来也在某个行业通过自身的努力打出一片新天地。

3

阿里卜里·斯卡姆很快回邮件了。速度之快超过了林晨的预计,但是也说明这个 CEO 没有与更多公司打交道,如此说来订单的成功率会高一点。

原来这个阿里卜里·斯卡姆所在的公司是全球最大仓储式连锁超市 AEB 的主要供货商之一,订的皮草大衣就是直供 AEB 超市专卖的。邮件里说三天后会到深圳,想与林晨面谈。林晨不敢怠慢。马上让小杏订了飞深圳的机票,越快越好。并即时回复邮件,提出要在深圳接机。斯卡姆很快回了邮件,告诉林晨酒店有免费的接机服务,不用去机场接他,并且很有礼貌地致谢了林晨。

小杏问带谁去深圳?以前一直是小杏跟林晨出差,而这次林晨想带 LINDA 去,这样可以让她更快上手业务。晚上的航班。林晨所有出差所需都在办公室里存放,小杏为她打点着。她看到放在桌上的那瓶李施德林的漱口水摸上去有些黏手，便洗干净了，抽出一张餐巾纸包好，塞在了 LV 旅行袋的外口袋里，这样林晨随手就能摸到。又把一包比利时的和情焦糖饼干和漱口水放在一起，觉得胃不舒服的时候可随时掏出来吃上几块，这样会好受一些。

这款 LV 旅行袋是林晨在新加坡出差时在一家有名的古董二手店里淘来的。黑色，但是黑得并不沉重，颇为内敛，LOGO 也不明显。更难得的是这款 LV 不同于其他圆桶状的旅行袋，只有一条拉链口，而是设计了外口袋，在 LV 系列旅行袋里比较少见。对于经常出差的人来说有外口袋确实要方便很多。林晨第一眼看到的时候便爱上了，虽然有些小贵，还是毫不犹豫地收入囊中。林晨出差一直带着它。

小杏把这些都一一交代清楚，并对林晨说，让她安心出差，碰到了林董，她会跟林董说的。林晨点了点头，看看时间还有一些，林晨便处理了一下其他事务。LINDA 气喘吁吁回到了公司，她也很简单，只在家里收拾了一个小包裹。小杏把她叫到自己办公室里絮絮叨叨地叮嘱，要她机灵点，照顾好林总，不能让林总太劳累，要知道"林总的事情太多，压力太大"。还特别强调了一点："林总的胃不太好，她只喝温开水，所以你一定要记住。"小姑娘频频点头，再三保证："放心吧，杏姐，我会牢记在心的。"

林晨利用这点空当又仔细看了一遍邮件，并查了一下客户那边来深圳的航班，发现只有一班直航，大约飞行 17 个小时。而其他航班加上转机的时间大概需要一天，也就是说 24 个小时左右。林晨思忖着，如果是三天后到，即使是飞直航，最晚明天就得出发。如果是转机，恐怕也要和她们一样今天就要动身了。"更何况客户和这里有十几个小时的时差，那三天后到底是什么时候呢？"她想。为保险起见，林晨又发了个邮件问清楚，"三天后是客户当地时间，还是以北京时间为准呢？"

这一次，斯卡姆的邮件回复得更迅速，确认是按照北京时间来计算，还说他已经收拾好了行李，汽车正在楼下等，要准备去机场了。

这下林晨像是吃了定心丸，更加笃定。现在只要想着怎么接待好斯卡姆就可以了。

在飞机垂直尾翼上镶有一朵抽象化大红色木棉花的南方航空公司的波音
B737客机，在南昌昌北机场的航道上滑翔一段距离后速度越来越快，突然一
下昂首向上，终于离开地面飞上了浩渺的夜空。LINDA坐在机窗的位置，第一
次发现俯瞰南昌的夜景是如此美妙。八一大桥像是一条灯的巨龙横卧在赣江之
上，两岸的灯光更是璀璨迷离、姹紫嫣红。飞行渐渐稳了，那种压迫感也消失
了，姿容妙曼、气质迷人的南航空姐推着小车送饮料。LINDA记起了杏姐的
话，便在后舱的工作间倒了一杯温开水，递给林晨："林总，这是您喝的水，
是温开水。"林晨接过一笑，问道："谢谢，杏姐告诉你的？"LINDA点了点
头。林晨又笑了，心想小杏还真是细心。

林晨轻啜着这杯温开水，胃里觉得舒服了不少，刚才飞机起飞时那种压迫
带来的不适感也消失了。她吁出一口气，便和LINDA讨论业务。

"这个斯卡姆应该是个大客户，你觉得应该如何接待？"

LINDA沉思着没有开口说话。林晨知道她胆怯，鼓励着："没事，你想到
什么便说什么，我想听一下你心里真实的想法。"

LINDA字斟句酌地开口："我觉得既然他是大客户，我们就得招待得好一
点，人是需要被重视的。我重视他，我想他是会领情的。我认为应当采取A
级客户的接待方案。"

LINDA认真读过了杏姐给她的新人手册，公司里的常规都写得很清楚。A
级客户的待遇，接送车必须是标配大奔S65，酒店是五星级的总统套房，餐费
标准每天3000元人民币。

林晨笑了笑。这套方案对某类客户的确有用，但对一个公私分明的人来说
未必管用，说不定还会适得其反。便启发道："这个阿里卜里·斯卡姆连我们
要去接机都不肯，这说明他是个工作和生活分得很清的人，他重视工作大于私
交。这样的人对他太好，用A级客户的标准反而会落下刻意之嫌。是他主动
给我们下订单的，没必要过于巴结他。所以我们要把本职工作做到最好，跟着

他的思路走，就可以了。至于订单最终会不会给我们，拼的是实力，而不是接待这些小技巧。"林晨把玩着手里的纸杯，把最后一点水一饮而尽，接着说道："接待做得再好，我们产品或者是定价不能让客户有钱可赚，他也不会和我们合作。"说到这里，林晨转头对 LINDA 笑了笑："你的思维要改一改，你的这些观点更适合内贸，外贸和内贸是两回事，用内贸的思维放到外贸出口上未必管用。"

林晨又想起了什么，问道："产品的包装设计你会不会?"

LINDA 面露难色，有些迟疑地答道："还不会。"

"如果不会要尽快学，客人产品的包装设计也是业务员负责的，除非特别复杂的我们才会请设计公司。要知道，我们不是国企，不养闲人。"

到深圳时已是凌晨，还好没有晚点，要不然得清晨了。

此刻的鹏城静悄悄。两人在小杏预订的酒店里休息了一个晚上，早上起来都精神了不少。吃过早餐后，林晨派给了 LINDA 一件事："你去查下在深圳有哪几家酒店是提供免费机场接送服务的。"

LINDA 一下子蒙了，不知道应该怎么办："难道要整个深圳大街小巷一家一家地排查?"

林晨憋不住笑出了声："你傻呀? 那样别说我们只有三天时间，就你一个人三个月都不够好吗?"接着指点道："你去旅行社问下不就行了，越大的旅行社越好，去问广之旅。"

半小时后，LINDA 回复：一共四家。

林晨又派了一件事情："斯卡姆在邮件里说他是后天傍晚 6 点钟到深圳，你再去查一下看看他会在哪家酒店。"

但是 LINDA 愁眉苦脸地回来了，说没有一家酒店愿意告诉她，都很有礼貌也毫不犹豫地拒绝了她。

林晨笑了，说道："你直接问客户的信息，出于保密，前台人员当然不会告诉你。你得动动脑子，得换种方法来试试。"

LINDA 依然不得要领，一筹莫展。林晨只好对她说："你要这样问，就说你是外贸公司的员工，有一个预订了你们酒店的沙特阿拉伯客户名叫阿里卜里·斯卡姆的需要接机服务，请他们确认一下接机的司机是不是已经安排妥当。如果在他们酒店定房，自然就会给你查的。"

LINDA 恍然大悟，不由得在心里佩服林晨，这个林总实在太了不起了，考虑问题周密细致，每一个细节都不会放过，简直可以去当侦探，跟着林总能够学到太多的东西。这下顺畅多了，LINDA 很快落实了酒店。

剩下的时间还比较充裕，林晨便让 LINDA 自己下去逛逛，而她还要工作。LINDA 有些不好意思，哪有员工在外面游荡，老板在刻苦工作的呢？不肯去。

LINDA 给林晨续了一杯温开水，坐在一边在心里默背外贸英语专业术语单词，特别是与皮草有关的单词，她在学校里根本没接触过。LINDA 偷眼看着林晨正在专心致志工作的侧影，心里颇有些感慨："别看林总的消费有些高，可她工作起来真是够拼的。没有谁的钱是大风刮来的。"LINDA 暗暗给自己鼓劲："加油，你也可以的。"

阿里卜里·斯卡姆晚上就要到深圳了。中午在顶楼的餐厅里二人吃过简餐，林晨拿出一个小纸包和一张小纸条交给 LINDA，要她在花店里买一束香水百合花，叮嘱道："切记，这束花不能是盛开的，只能半开着。连同这个纸包和纸条一起放到斯卡姆的房间里。"

阿里卜里·斯卡姆到达酒店已经华灯初上了。经过了一天一夜的飞行，早已疲惫不堪，头发湿湿的紧贴着额头，脸部 T 形区油光泛滥。一进到房间闻到了一股淡淡的花香味，整个人顿时舒畅了不少。因为不同于酒店里特有的香水味，斯卡姆正想着这种大自然的清香从哪儿来呢？一扫四周，看到在窗边的小圆几上有一束淡雅的香水百合花盛开着，旁边还放着一个小纸包，下面压了一张小纸条。他走过去拿起一看，上面写道：Have a good rest, See you tomorrow. 落款是林晨。斜体英文写得非常漂亮，就像香水百合一样让人赏心悦目。阿里卜里·斯卡姆不由得微微一笑，心想这个林晨应该是个什么样的姑娘呢？

没容他再作细想，一阵浓重的倦意像潮水般漫卷而来，将他整个淹没。斯卡姆打了个大大的哈欠，冲了个热水澡倒头便睡。第二天醒来时已是日上三竿了，斯卡姆暗自喊一声"糟糕"，怎么睡得这么晚了？抓起电话通知林晨下午3点钟在酒店大厅的咖啡厅里见面，然后一骨碌爬起了床，开始洗漱、吃早餐。

　　林晨和LINDA提前半个小时到了。这家简欧式建筑风格的酒店，是这个区域里唯一一家五星级酒店。在周围林林总总的办公楼和商业大楼里显得那么卓尔不群、与众不同。咖啡厅在大厅的左侧，巨大的落地玻璃窗擦得纤尘不染，如果不是映出的人影，根本不会想到那里是玻璃。林晨啜着一杯清茶，看着窗外。两只黄色的小粉蝶在花丛间翩翩起舞，自始至终都缱绻在一起。林晨嘴角浮起了一个笑容，心想："这两只蝴蝶是梁山伯和祝英台吧？"

　　"Hello，Miss林。"一声招呼把林晨拉回了现实。这是一个40岁左右的阿拉伯人，身材魁伟，一身裁剪得体的西装让他有着西方绅士的儒雅，更有着欧罗巴人种特有的深邃的蓝眼睛以及笔挺的高鼻梁，而且皮肤要比纯正的阿拉伯人白了几个色号。林晨连忙站起身也打了个招呼，握住了对方伸出的手。她知道这个就是阿里卜里·斯卡姆了。她打量着斯卡姆，心想她的推测是对的，这个阿拉伯人的确有着欧洲人的血统。林晨不由得笑了一下。

　　"谢谢你的香水百合，还有两包什么东西，虽然我不知道那是什么东西。"阿里卜里·斯卡姆说得诚心诚意。

　　林晨笑得灿烂，说道："那是我们庐山的顶级云雾茶，有淡淡的清香，早上起来喝一杯，有提神的作用。我想您喝惯了咖啡，可以试一下庐山云雾。"

　　斯卡姆哈哈大笑起来，露出一口整齐而洁白的牙齿，连连致谢："那真是太谢谢你了，林小姐。你想得真周到，等下回了房间我一定会试一下。"

　　听到斯卡姆这样说，林晨不禁莞尔一笑，又问道："您昨晚睡得还好吗？"

　　他一听不由得伸了个懒腰。不知为什么，斯卡姆与林晨虽是初次见面，却没有一般人的拘谨与疏远。"我可能是太累了，昨晚我睡得很好，我很长一段时间没有睡得这么好了。"说到这里，斯卡姆耸了耸肩，两手一摊，这些欧洲人惯有的小动作让他有些可爱。他在道歉："真是不好意思，林小姐，只好约你下午出来谈生意。希望你不要介意。"

林晨笑了，轻声细语地说："百合花的香气有安息助眠的作用，你休息得好那也不枉费我一番苦心了。"

这些话让斯卡姆大感意外，也有几分感动，没有想到这位中国姑娘对待客户如此用心。不禁认真地打量着林晨。林晨今天并没有特意装扮，上身穿了一件奶白色的真丝长袖衬衣，点缀了一条施华洛斯奇的长项链，下身是一条灰黑色的西装长裤。束装。她身高 1. 68 米，剑眉星目，这一身打扮让她在妩媚俊俏里隐隐地透出一股英气。

林晨是如此的与众不同。

阿里卜里·斯卡姆有些走神了。过了片刻，他回过神来，手握成拳放在嘴边干咳了几声，以掩饰着自己的尴尬。"我们谈谈订单上的事情吧。"他说。

林晨没有接腔，而是静等对方开口。斯卡姆并没有像其他采购商那样询问生产情况，而是直接谈到了 SASO 的认证："关于 SASO，要知道是由贵公司来认证的，我想了解一下整个申请流程。"

林晨有条不紊地说："做 SASO 证书首先要提供样衣测试，所递交的材料包括：样衣、检测申请表及产品相关材料（比如说明书、质量报告书等等）。样品测试合格后，会安排装船前验货。同时向沙特政府授权的第三方认证机构提交产品的测试报告、质量证书、装箱单、发票以及 SASO—COC 申请表。"说到这里，林晨停了下来，看斯卡姆有什么反应。

斯卡姆连连点头："OK，请继续。"

"第三方认证机构会先审核文件，审核通过后安排验货。这次验货主要是以目测为主，检查产品的包装、标签等等，是否符合沙特阿拉伯的标准。如果文件审核通过，验货审核通过了，那就是 SASO—COC 认证通过了。这就是整个申请流程。"

虽然程序复杂，但是林晨说得简洁、清楚、明了。斯卡姆频频点头，表示他听明白了，然后提出了第二个问题："林小姐，那么大概费用是多少呢？"

林晨侃侃而谈："SASO 的整个费用由检测费和验货费组成，且是批次检验（一次检验、一份证书），首次申请需要做检测与 IEC 编写报告。根据产品不同，一般费用是 3000 元至 20000 元人民币不等，至于准确的测试费用需要咨询相关的认证机构，计算出准确报价后才能答复您。至于 SASO 验货费用，香港的 INTERTEK 那边的费用是在以上费用基础上多加强 100USD 审核费，但是 BV、ITS 以及 SGS 没有变化。"

这一次林晨没有停顿，而是一口气接着往下说："货值 10001—60000USD 的验货费是 350USD；货值 60001—100000USD 验货费是 450USD；货值 100001—200000USD 的验货费是 900USD；货值 200001—500000USD 的验货费是 1800USD；货值是 500001—更大货值 USD 的验货费用为 2500USD。"

说完，林晨觉得有些口渴，把杯子里的水一饮而尽。

阿里卜里·斯卡姆不由得暗暗佩服，这么多的数据林晨竟然记得如此清楚，张口就来，"林小姐的脑子是不是电脑变成的？"他想。

而陪坐在一边的 LINDA 听着林晨说的英语，早已目瞪口呆。她的英语在大学里过了六级，当然知道数字翻译是很困难的。英语的数字单位是以个、十、百、千、百万、十亿为单位的，和汉语数字十进制相比，省略了万、十万、千万、亿。数字翻译是翻译工作中的一个难点，如果说没有形成英语数字思维，译员则需在翻译之前换算成数字，这样不仅慢，而且稍不留神就会忽略很多数字。闹笑话还是小事，关键是会给公司造成直接经济损失。

"我们的林总，太牛了。"LINDA 悄悄地向林晨竖起了大拇指。林晨对她眨了眨眼。

林晨说得条理清晰，斯卡姆对 SASO 的认证和相关费用都明白了大概。他笑了笑，提出了付款方案："林小姐，我们公司一直做的是远期信用证，贵公司能接受吗？"

林晨一下子愣住了。因为安佳公司的收款方式一般都是先预付30%的定金，70%余款装柜前必须付清，否则不发船。只是偶尔会对西欧客户做即期信用证，还是在该客户的信用良好、长期合作的前提下。而斯卡姆提出的远期信用证以前从来没有做过。

林晨沉默了，这个问题不是"YES"或者"NO"就能回答的。

斯卡姆又微微一笑，说道："林小姐，我们并不急着今天敲定所有的细节。"说到这里，斯卡姆身子往前倾了倾，邀请道："林小姐，我想请你吃个饭，谢谢你的百合花，可以吗？"

林晨也笑了笑，但是她拒绝了。第一次见面就一起吃饭，这不是她的风格。便推托要回酒店与公司里商量付款的问题，下次一起吃饭也不迟。

斯卡姆听林晨这样说，也没有再坚持了。两个人都是把工作放在第一位的，于是互道再见后便分开了。

"做贸易先付三成订金是常规，"在回酒店的路上，LINDA对林晨说，"斯卡姆提这样的要求太过分了。"

林晨点点头："我们公司到目前为止还没有做过远期信用证，即期信用证也只是对西欧客户做过一两单。"

"是啊。我们外教老师说欧洲，特别是西欧，说他们有深厚的文化教育历史背景，素质普遍比较高，而且工作作风严谨、思维能力缜密、办事效率高效，再加上支付能力强。所以全球生意人都乐意跟他们做生意。"

"你的书背得不错，在学校里没少拿奖学金吧？"林晨听她说得像是外交辞令，便打趣了她。

LINDA不好意思了，说道："跟林总比，我实在太菜鸟了。林总的英语太牛了。"

虽有拍马屁的嫌疑，不过林晨听得心里舒服。便转头对她笑了笑："其实你说得没错呀。现在我知道为什么这个斯卡姆没有跟其他大公司接触了。"

"为什么？"

"你认为大公司会接受他的远期信用证来付款？"林晨说到这里，沉吟着，"不过，对于我们来说是个机会。"

回到酒店，林晨在洗手间里洗了把脸，就听得 LINDA 惊呼了一声："林总，斯卡姆给我们发了个邮件。"

林晨闻声冲了出来，坐在电脑前仔细读着。

"林总，我觉得这封邮件比前几封要诚恳些，以前的那些邮件只有简简单单几句话。"LINDA 站在身边一起看，"应该说斯卡姆是真的想和我们做生意的。"

林晨点点头，同意 LINDA 的观点。她抽出一张纸巾把脸上的水擦干，心里有了主意，转头对 LINDA 说："现在我有把握拿下这个订单，而且是按我们安佳公司的付款方式。"

听得林晨说得如此肯定，LINDA 坐下来又逐字逐句地读了一遍，仍是丈二和尚摸不着头脑，忍不住询问："林总，可是邮件里什么都没写呀。"

"不用写什么，刚才你不也说了吗，他是真心想和我们做生意的。"

"对呀，我是说了。但是……"

"没什么但是，有这一点就足够了。"说到这里，林晨打了个哈欠，不再谈业务上的事情，而是问 LINDA，"你没去过迪斯尼吧？明天我们去香港迪斯尼玩个痛快。"

"那、那、那斯卡姆怎么办？他还在深圳候着哩。"LINDA 说话都有些结巴了。

"去玩也是在工作呀，再说了到了深圳，不去香港迪斯尼玩一次那多吃亏？"林晨笑着拍了拍她的肩，说道，"别担心业务上的事情，你跟着我的思路走就行了。"

香港，迪斯尼。

这个世界上最迷你的迪斯尼是个儿童的乐园，成群结队的小孩子在那里撒野、狂欢。林晨仿佛变身为一个大儿童，在各个游玩项目前排队，整张脸满是兴奋。LINDA 刚毕业不久，稚气未脱，看到林总玩得如此开心，便也放松下来，玩个痛快。

下午四五点的时候，林晨的手机响了。LINDA 一看，赶紧递过去："林总，是斯卡姆的电话。"

斯卡姆坐在窗边的沙发上，闻着小圆几上百合花的清香，琢磨着林晨什么时候才会给他回邮件，"毕竟这是单 43 个高柜的生意，是个大生意。"他想。但是一直等到太阳快要西下了，邮箱里也没任何动静。斯卡姆便按捺不住地给林晨打了个电话。

斯卡姆端坐在离地 30 层的酒店套房里，琼楼玉宇。安静得连根针掉下来也能听得真切。电话很快接通了，林晨那边一片嘈杂，还夹杂着小孩子尖叫的欢呼声。他不禁皱了皱眉，很奇怪这是什么地方，这么吵。为了让林晨听清楚，他不得不提高嗓门。在喂来喊去的过程中，斯卡姆知道了林晨在香港迪斯尼玩得正高兴哩，至于订单以及他的付款方案已经发给了南昌总公司，在等董事长、业务部经理的回复。这让斯卡姆有些闷闷的，手握听筒看着天际线发呆。

林晨慢慢地放下电话，转过头对 LINDA 笑了笑，说道："都玩了一天了，我们回深圳吧。"如果说昨天的碰面与刚才的那个电话只是投石问路的话，那么接下来就是短兵相接、贴身肉搏的巷战。林晨知道她能够信心十足地赢得这场仗。

而且，兵不血刃。

回到深圳酒店，稍做休息，林晨便打开了电脑准备回复邮件。在香港迪斯尼玩闹的时候，她脑子里还牵挂着业务。"出门做生意，利益摆在第一，赚钱才是王道。"林晨想，"斯卡姆不可能不想赚钱。"于是一个方案在脑海里形成了。

"亲爱的斯卡姆：

"非常感谢您选择了我们安佳公司，我们也很乐意为您提供最优质的服务。只是我们公司领导层认为您提出的远期信用证我们到目前为止还从来没有做过。如果您能可以确认订单的话，我可以代表安佳公司在价格方面根据您的具体数量来给出适当的优惠。我也很诚挚地希望我们能保持长久的密切合作。"

林晨在邮件末尾敲下了自己的名字，然后点击了发送键。长长地呼出了一口气，接着她打开了另一封邮件。

"林总，我们答应了斯卡姆的付款要求？"KINDA 倒了一杯温开水，递给林晨，问道。

林晨摇了摇头："不可以的。远期信用证对我们公司来说风险太大，别说林董不会同意，就是我也是不会同意的。"

"那我们怎么办呢？我看这个斯卡姆还是有诚意跟我们做生意的。"KIND-A 在包里拿出了一块和情饼干放在林晨手里。

林晨点了点头："就是因为这一点，我才有把握拿下这个订单。"她扬了扬手里的饼干，示意 LINDA 也去拿一块一起吃。林晨思忖道："我们给了他足够的折扣，不愁他不动心。他应该没有接触更多其他的公司。别的公司，尤其是大公司根本不会同意，这一点想必他自己也很清楚。"

斯卡姆的邮件很快回复了。

林晨这次咬得更紧，同时给出了优惠底牌："如果您的数量是一个高柜，可以有两个点的折扣；两到五个高柜的话，有三个点折扣；六个以上，是七个点的折扣。"同时告诉斯卡姆："这样大的折扣都是在按照安佳公司的付款方式下才有的。如果选择即期信用证的话，信用证的银行费用是由买家承担，且开证行与付款行是由安佳公司指定的。"在邮件里，林晨根本就不提远期信用证这茬事，仿佛根本不存在一样。

林晨当然知道这封邮件的力量。她仔细算了一笔账，如果一个高柜货值 5 万美金的话，四个高柜就是 20 万美金，三个点的折扣就是 6000 美金。这 6000 美金不仅把运费给抵了，还包括了港口的人工费，所以这 6000 美金可以说是一笔巨款。在利润面前，其他条件都是可以谈的。如果斯卡姆是真心想做生意的话，他应该感受到林晨拿出来的诚意，而且这个诚意是用真金白银来表达的。如果是空手套白狼的话，那也能现出原形。

发出这个邮件后，林晨不再追问，只是静等对方的回复。

第三天，斯卡姆的邮件才发过来。他也不提远期信用证的事情，只是讨价还价接受林晨的优惠，但是只付 30% 的定金，剩余的 70% 要用即期信用证。

林晨知道成功的曙光就在前头，于是咬定青松不放松，在付款方式上寸步不让。

双方僵持了一个星期以后，斯卡姆终于妥协了，同意付 30% 的定金，余款出货前全部付清。接到这封邮件后，林晨长长地吁出一口气，露出了舒心的笑容。打出了一个响亮的响指，对 LINDA 说："耶，我们成功了。"

秋天的深圳依然热得如同夏季，刚刚下过了一场透雨让鹏城有了几分凉爽。林晨接到斯卡姆的电话，请她帮忙买一张中国的电话卡和一部中等价位的手机，以及一些日常用品，因为他还要在中国待上一段时间。林晨二话不说在电话里就答应了。LINDA 按照吩咐把东西都备齐了，便要送过去。林晨不肯，她要自己送过去。

斯卡姆打开房门，看到林晨拎着袋子在门口，从打电话到现在都不超过一个小时。斯卡姆有些不好意思了，连连致谢，又趁势提出无论如何要请她吃个饭，请赏光。盛情难却，林晨笑着答应了。

酒店三楼有一家日式料理自助餐厅。第一次见面，吃自助餐会方便一些，看来两个人想到一块儿去了。

用餐的时候，斯卡姆问了一个题外话："林小姐，你在英国待过吧?"看到林晨对他笑了一下，又补充道："因为你说的一口标准、地道的牛津英语。"

斯卡姆的这番话，把她带到了英伦半岛，和郝嘟嘟一起，在牛津大学这所没有围墙的大学里一起生活的日子。他们经常骑一辆两人座的脚踏车，在校园里迎风穿过，笑声朗朗。

林晨意识到自己有些失态了，连忙用小银勺搅动着面前的味噌汤，加以掩饰。她轻啜了一口，一股咸鲜味安抚着她的胃。这家藏身在酒店三楼的日式餐厅，做得很地道。首先这份"国汤"是以鲷鱼、红白萝卜、鱼骨，以及味噌等材料制作而成，可暖身醒胃。

林晨对斯卡姆笑着点点头，说："我在那里生活过一段时间。"

斯卡姆的眼睛一直看着窗外，楼下是深南大道，高楼鳞次栉比，车水马龙。正是中午下班的时间，整条道路都有些堵。他的思绪仿佛飞到了一个很遥远的地方，喃喃地说道："我的母亲是个英国淑女，有着与生俱来的高贵气质，她也来自牛津。英语是我的第二母语，小时候跟着母亲去过英国，那真是一个美丽的国家，如同我的母亲一样，高贵优雅。只不过，她现在已经远在天堂了。"

"对不起，"林晨咬了咬下唇，"让您想到伤心事了。"

斯卡姆转过头来，微笑地看着林晨，一双眸子里仿佛闪烁着星光："我已经不伤心了，只是对母亲的缅怀。"接着他由衷地赞叹："林小姐，你的业务能力实在太强了，令人佩服。能够认识林小姐，我很高兴。"

被人夸奖是件高兴的事情，林晨嫣然一笑："那您也过誉了，我认识您也很荣幸。"随即举起了酒杯。

斯卡姆碰杯之后一饮而尽。他哈哈大笑起来，露出了那一口雪白、整齐的牙齿。

捷报早已传到了安佳公司。小杏和司机小王在机场等着她们二人出来。小杏一看到林晨，连忙接过她的包，迭声说道："林总太辛苦了。"

搞定了大订单，林晨自然是意气风发，整个人气色很不错。笑着跟小杏对击了下手掌，说道："辛苦也值了，对吧?"

车子就在外面，小王抢先一步，拉开车门，让林晨先上车，小杏这才放好旅行包，坐在了林晨旁边。这辆奥迪车在高速路上风驰电掣。小杏附在林晨耳边，悄声说："林总，我要告诉你一件事情。"

见小杏如此神秘，林晨心里有些愕然，还有些几分不安，冲淡了刚才的喜悦。她问道："有什么事情快点说，别这样神神秘秘的。"

小杏又附耳上来："公司里的会计换掉了，现在是杨姨。"小杏看着林晨错愕的眼神，又接着往下说："而且这个杨姨还兼了林董的生活秘书。现在我们进董事长的办公室，还得先通报杨姨，杨姨同意了，我们才能进去。"

林晨吃惊不小，连忙问道："什么时候的事情？我怎么一点也不知道？"

"就是你们去深圳的第三天，杨姨就到公司里来了。"小杏依然很神秘地说，"林董说你在深圳谈业务，为了不让你分神，就不让我们告诉你。"

林晨的眼睛都瞪大了，老半天都没有回过神来："我的天，才出一趟差，会计就换掉了。这个杨姨是哪路神仙，还兼了我父亲的生活秘书?!"

4

林晨回到公司里并没有急着去看父亲，而是在自己的办公室里，她想先静静。作为安佳公司的总经理，父亲的做法让她颇为不快，但是她也不能表露出什么，让下属员工看了笑话。但是心里总归是不舒服的。正想着怎么面对这件事情，有人在外面轻轻地敲了几下门。这让她有几分意外，因为判断不出是谁在门外，经常到总经理办公室的人并不是很多，也只有那么几个，她能够听出是哪个人。林晨对这些颇为敏感。她还很小很小的时候，父亲还在街角拐弯，只要他那自行车的车铃"叮"地响了一下，林晨便知道是父亲回家了。所以林家钰偷偷地称她是"小狗狗"，就是说她有着非同一般的、像狗狗一样的灵敏。"咦?! 这会是谁呢？"林晨暗自思忖着，应了声，"门是虚掩着的，请进。"

一个50岁左右的妇人走了进来，脚步很轻。这个妇人既不显得年轻，也不出老，她的外表刚好符合年龄。但是她的皮肤白皙，略有红润，身材偏瘦，如果再年纪大一些，可以说是个漂亮的老太太。"您好，您是？"林晨习惯性地整了整衣服，拉抻了衣服上的褶皱，站起了身，问了一个好。

"林总你好，我姓杨，名叫杨雪丽。"妇人微笑着做着自我介绍，"是来接替会计岗位的，刚上班没多久。"林晨伸出了手，打了个招呼："杨会计你好。"杨雪丽连忙握住了林晨的手，又说了声："林总好，请林总多多关照。"林晨让她坐下来说话，谁知她却是不肯，只站着说："公司里的账目我还要从头打理一遍，如果发现什么疑点，我会来告诉林总的。"说着便点了点头转身出去了。

林晨这一天有些闷闷的，完全没有了拿下大订单的喜悦。"这个杨雪丽是从哪儿来的？如何认识我父亲的？在哪里认识的？到底认识我父亲有多久了？"她这样问自己一连串的问题，却问不出个所以然来。林晨觉得脑袋有些疼，坐在大班椅上发呆。

晚上回家吃饭，林家钰到的比平常要晚些。林家早已从原来的居民区搬了出来，住的是城区青山湖旁的一个别墅小院。推窗可见湖面浩瀚，波光潋滟，在这里呼吸着新鲜空气，的确洗心洗肺。林晨有心思，打不开胃口，便让林曦先吃饭。谁知林曦也不肯，便上楼回到自己房间写作业去了，叮嘱姐姐等爸爸回家后再叫她下来一起吃。林家钰的汽车驶过那条栽满梧桐树的小径，拐了一个弯，开进了自家车库里，车库比较大，能同时停放三辆车。林晨听到了响动，从客厅里迎了出来，替父亲接过文件包，说道："爸爸，你怎么这么晚才回来呢？""哦，我在和杨会计一起核对了一下账目。"林家钰随口应道，"所以就晚了点。本来我要请她在外面吃饭的，但曦曦打电话来说是等我一起吃饭，杨会计就不肯去外面吃了，催我回家。"

三人一起吃饭的时候，林晨忍不住问了父亲一个问题："爸爸，这个杨会计是你从哪里请过来的，她会比以前的那个会计更好吗？"林家钰似乎有点不太愿意回答这个问题，停顿了好一会儿才慢慢开口说道："是一个朋友介绍的，至于好不好那要等过段时间才知道。"林晨还想打破砂锅问到底是哪个朋友，是不是她认识的，但是看到父亲在有意回避，便打住了口，只是低头吃饭。这一顿饭三个人吃得沉闷，林曦也没有了平常的活泼，她马上要高考了。千军万马过独木桥，这可不是闹着玩的。虽说没有一考定终身这般严酷，但是对于一个在校生来说高考不就是最重要的头等大事吗？所以林曦也闷头吃饭，动作很快，胡乱扒了几口，一碗饭便见了底。饭还含在嘴里嚼，便起身到楼上自己小房间里去了。

"你打过电话没有？杰瑞怎么样了，他还好吧？"林家钰想到了小外孙，在餐桌上与林晨商量，"我觉得可以把他接回家了，现在他一岁不到，这时候回家刚刚好，别人不会捕风捉影嚼舌根的。家里可以多请两个保姆，这点钱不要省。""那大表姐要不要一起跟着过来呢？"林晨问。"那当然同时过来要好一点，杰瑞一生下来就是她带的"，林家钰说道，"你大表姐跟过来一段时间对杰瑞是有好处的，他们过来后你也不必牵肠挂肚了，自己的孩子就在身边，只要一回家就能看到，多好。"

林晨笑了，说："爸爸也可以看到杰瑞，你也很开心呀。""自己的小外孙，哪里有不喜欢的？"林家钰又叮嘱道，"要多请两个保姆。"连林晨都觉得太奢侈了："大表姐要一起跟过来，家里本来就有个钟点工做家务，最多请一个保姆足够了，请两个的话实在太浪费了。"林家钰颇不以为然："你这说的是什么话，什么是太浪费了，一个保姆是不够用的。家里三层楼，前后两个院子，底层还有一个地库，杰瑞马上就要学走路了，是最磨人的时候，一不留神就不知道跑哪里去了，一个保姆肯定累得够呛，她忙不过来说不定杰瑞就出状况了，到时候怎么办呢？这点钱不能省，也不该省。"林晨想到父亲是最节俭的，却愿意在杰瑞身上不惜金钱，这让她颇为感动。

"只是想到他只有妈妈没有爸爸，你说这可怎么办呢？"林家钰又提到这些，林晨不高兴了，能怎么办呢？难道只能做人流手术不要生下这个孩子吗？"杰瑞有爸爸，是郝嘟嘟！"林晨强调。"我还就奇怪了，你们两个人是怎么想的，感情又不是不好，为什么就不能在一起呢？"林家钰又问起了这个千年问题，林晨耳朵都快起茧了，本来是想旁敲侧击打听一下父亲与杨会计的事情，结果什么也没问着，却被父亲追着讨论起她与嘟嘟的事儿来了。

"现在国内的政策这么好，到处都是热火朝天。如果说是外商的话，那可是政府里的座上客，很受重视的，而且还免税。你看看新闻里的报道，多少外资企业到中国来办公司做生意呀。"林家钰心里有一万个不解，"白白放着这么好的赚钱机会不回国，这是有多可惜呀。他们在英国开的那家公司，哪里会有国内的利润高呢？这么简单的事情用脚指也能想到，郝嘟嘟的父母难道想不到吗？"他拍了拍双手，叹道："他们肯回国办公司，你和嘟嘟马上办婚礼，名正言顺地在一起，杰瑞就是有爹有妈的孩子了，哪里用得着像现在这样躲躲闪闪、藏着掖着？"

轮到林晨叹了一口气，说："爸爸你说的这些我又不是不懂，可是你说破了天又有什么用？他们家一定有他们家的事情，与我们隔了一个太平洋，有些是我们理解不了的。嘟嘟的父母一定有他们的考虑，就算是要回国投资开公司的话，也不是一句话就能解决的问题。牵一发而动全身，方方面面都要思考周全，哪有那么容易的。""再说，我生下杰瑞与郝嘟嘟无关。"林晨顿了顿，接着说道，"仅仅因为他是我的孩子。"她音量不大，却是斩钉截铁。

林家钰站起身来，走到餐厅的门边，又回过头说："你们年轻人的事情你们自己处理好就可以了，记得把杰瑞接回家来，我很想那个小东西了。"

林晨听了不由得眼圈一红，点了点头。

5

波兰，华沙。

这是林晨第一次到国外参加展览会，却想不到获得了意外的成功。而和他们一起参展的中国商家收效惨淡，可以说是颗粒无收。林晨心想，这得谢谢郝嘟嘟了。

去波兰华沙也是临时起意，林晨便在 QQ 空间里记下一条心情：今天天气不错，也希望华沙的天气不错。

"怎么了，准备去华沙?"半个小时后，嘟嘟的头像在对话框里跳动着。林晨虽然一直在线，却没理会他，正在处理手边上的一份邮件，颇为令人头疼。

嘟嘟又打出了一连串的问号，问道："晨晨，看到没有，问你话呢。"

林晨这才抽空回应了一个表情，说道："第一次海外参展，没什么经验，也就是凑个人头数，去看看而已。"

"要我帮忙吗?"嘟嘟迅速回应，"波兰那边大部分人只说波兰语，英语都不太好，特别是有点年纪的人。关键是他们才是最有潜力的客户，能下订单。"

这让林晨大感意外，波兰不是欧洲吗? 怎么可能英语不行呢?

"的确如此。晨晨，虽然波兰与德国只隔了一个小小的立陶宛，属于欧洲。但是大部分人根本不说英语的，你那牛津英语根本派不上用场。"嘟嘟打字打得飞快，继续说道，"即便是去旅游也应该找个导游，何况你还是去参展。"

"可是我们马上就要去波兰了，现在一时半会儿去哪里找导游呀?"嘟嘟的一番话让林晨感到沮丧。

"你别急呀，我可以帮你。"嘟嘟连自己也说不清理由，只要是林晨的事情，他都愿意赴汤蹈火，"我有个同学就是波兰人，曾经在英国留学，有他在，你大可放心。他会安排得很好的，现在我就把他的名字和联系方式发给你，你记下来便是了。"

谁知林晨一口拒绝："不用了，谢谢你。"

"为什么不用呢?"郝嘟嘟明显有些急躁，还有些埋怨，"为什么每次我要帮你，你非得拒绝?"

林晨也觉得自己刚才太不近人情了，便解释道："我们隔得太远了，有一个太平洋的距离。如果什么事情你都要想着替我排忧解难的话，你会很累的。这样我也会很累的。"林晨心里一酸，忽地有些泪目，"我又何尝不想你在身边呢？"这句话林晨终究没有说出口，两行清泪落在键盘上。

远在英伦的郝嘟嘟似乎觉察到林晨的伤感，便温柔而又体贴地劝道："如果说别的事情我出不了力的话，这件事情还真是举手之劳。你就别担心，也别拒绝我了，我会安排好的。这么晚了，早点回去睡个好觉。"

林晨呆呆地看着电脑发愣，这时对话框里又跳出了一句话："晨晨，你还没走吗？你太瘦了，要记得多吃点。"林晨一下子趴在办公桌上泣不成声。

尾翼饰凤的国航波音747—400客机在华沙的奥肯切·肖邦国际机场平稳降落了。林晨坐在最后面，看到整个机舱的人都在忙着拿行李，通道堵得厉害。她想着待会儿再走，便坐在原位，打开了手机。一条信息跳了出来："你好。我是嘟嘟的同学OKE，欢迎你到华沙来。收到请回复。"

林晨不禁一笑，虽说是一个人出门，而且是第一次到华沙，看到这条信息心里却无比的踏实。她告诉OKE飞机已经落地了，正准备出舱门。OKE让林晨别着急，过安检、取行李都要费上不少时间，他马上就开车过来了，请务必等他一会儿。林晨微微一笑，抬头看到机舱里的人稀疏了很多，便拿上自己的LV旅行包走出了飞机。

站在肖邦机场的候车中心，绿茵茵的草地一望无际地伸展着，林晨深深地吸了一口气，顿觉神清气爽。

不知为什么，她有一种身处南昌梅岭，被丰富的负氧离子所包围的感觉。华沙的空气清新而温润。

"林小姐，这你就不知道了，我们华沙是世界上绿化最好的城市，有数不清的大大小小的公园。"接到了林晨的OKE一边替她把行李放在后备箱，一边微笑着解释，"待会儿出了机场，到了市区，你就明白了。"说这话的时候，OKE很有些自豪。这个波兰小伙子高高瘦瘦，一头浓密的栗色卷发，一笑起来两眼眯成一条缝，让人觉得温暖而又舒适，似乎很有些缥缈浪漫的艺术气质。"音乐天才肖邦故乡的人们，大抵如此吧。何况他还这样年轻。"林晨心想。

果不其然，林晨看到的每条大街小巷都是绿茵葱葱，绿草坪和小花坛星罗棋布，整个城市掩映在绿荫花海之中。而且华沙的天空蓝得透亮，仿佛可以穿透大气层看到太阳系的边缘。林晨有些兴奋地笑了，又深深地吸了一口气，转头对 OKE 说道："我觉得好像是在森林里。"

OKE 一听，高兴得打了个响指，说道："林小姐，你说真是得太对了。我们华沙绿化有个最大的特点就是绿色都市并非像大海中的孤岛，而是同郊外的防护林带衔接在一起，市区与郊区成为一个完整的绿化体系。"OKE 对林晨点了点头："就像你说的在森林里。没错，我们就是在森林里。"

林晨不禁笑了，心想，嘟嘟的同学真是个称职的导游。她对波兰的市场并没有太大把握，虽说这里冬天也寒冷，适合穿皮草大皮，但是仅仅是参加这一次展览会，能带来多少订单，林晨心里并没有谱。"管他呢，有这么个导游在，只当是来波兰旅游一次，长长见识也不错。"她在心里安慰自己。林晨这样一想，心里放松不少，与 OKE 东拉西扯地聊天。让她大跌眼镜的是 OKE 在大学里学的专业是法律，出来的第一份工作却不是律师，而是明星经纪人，现在每天的工作是替一家公司做数字统计。林晨想，人生的际遇真是令人难以捉摸、漂浮不定，不知道自己以后会不会也有如此丰富的职业经历。她对 OKE 说："在我们中国，大部分人是一份工作一直干到退休，说来你可能不相信，有些人连那张办公桌都没有换过，从上班的第一天坐到退休的那一天。这样一眼看到头的生活想想也有些可怕，还是像你们这样跳来跳去的更让人羡慕。"

OKE 笑着说："中国已经打开了国门，正在大力发展经济，你相不相信你以后特别是你的孩子，在职业选择方面只会越来越丰富多样。以后你们也会这样跳来跳去，不用羡慕我们，一个人变换工作的频率是与经济发展速度成正比的。一个国家越发展，那么人们换工作越频繁。"林晨透过车窗看着道路两旁高大的景观树枝繁叶茂，大如冠盖，看得出来她今天的心情非常不错。她转过头对 OKE 笑了笑："希望像你说的那样，不过现在是不可想象的。要知道现在可是大多数人在同一个岗位上做着同一份工作，一直到退休。""在一个地方干一辈子？我只能表示我无法做到，这得多闷哪！"OKE 耸了耸肩，有点难以置信，"这个世界很辽阔，一生一世只在同一个小空间里转来转去，就是桃花源、游乐场也早厌倦了。"一路上，OKE 担心林晨太闷，讲了很多郝嘟嘟读书时的糗事。有次嘟嘟在校园里被一条拉布拉多犬追得到处乱跑，看到他那种狼狈、滑稽的样子，同学们都站在旁边看热闹。因为一下子搞不清楚原因，所以也不知道如何去帮他。等到他一头撞进厕所的时候，才发现镜子里的自己拿着一根香喷喷的烤肉肠。嘟嘟马上丢了出去，拉布拉多犬再也对他不感兴趣了。林晨听了哈哈大笑，没想到嘟嘟还有这样的糗事。她很愿意听到关于郝嘟嘟的一切事情。

波兰 FAST TEXTILE 是中欧地区规模最大、也是最专业的纺织服装展览会，设在首都华沙市中心弗罗茨瓦夫莫吉托大道上的国际会展中心。两万多平方米的展馆里有四五百家参展商户，每天的人流量多达数万人。林晨觉得乌泱乌泱到处都是人头攒动。

为了更好地管理与安排，展览厅分成 A、B、C、D、E 五大展区。林晨的展位在 D 区的正中间，刚好对着大门口。虽说 A 区是中心主场，D 区的位置偏了点，但是好就好在外面是个巨大的停车场，来看展的客商绝大多数是开车来的，所以他们最先到的是 D 区，而不是 A 区。A 区场外搭了个主席台，时不时地搞些活动，或是抽奖，或是歌舞，还有 T 台走秀，热闹一下气氛，不让停车。关键是 D 区的租金只有 A 区的三分之一，这至少为安佳公司节省近 2 万块人民币的费用。"OKE 不愧是波兰本地人哪！难怪中国老古话说'强龙斗不过地头蛇'，最难得他事事如此周全。"林晨心里慨然而叹。

展览会的第一天，林晨收到了 200 多张名片。专用的名片盒装不下了，索性临时抽出一个塑料袋来装。OKE 一直在林晨身边，充当翻译。她的这张黄皮肤的中国脸和波兰本地人 OKE 配在一起，像是一道中西合璧的名菜，让人觉得很是新鲜。而且两个人的英语都很好，所以在介绍产品的时候，完全没有障碍，客户听得津津有味，而且一清二楚。林晨作为来自中国本土的供应商，与客户面对面地交流，有问必答，这一点让客户尤其觉得踏实。

每天络绎不绝的访客让两个人应接不暇，甚至有些招架不住了。别说坐下来歇会儿，他们忙得就连喝口水的时间都没有。后来只能挑有意向的人重点聊，其他的给一份安佳公司的产品目录本和林晨自己的一张名片便打发走了。而来自中国其他的参展商，因为位置偏僻，而且展位上几乎是清一色的中国人，都不会说波兰语，与客户难以沟通，冷清得无聊。有时他们只留下一个人守摊，其他人到外面溜达去了，仿佛到波兰来不是参展，而是旅游。

晚上回到酒店，林晨整理了一下资料，把有明确意向的客商用红笔勾了出来，连晚饭都顾不上吃，马不停蹄地给他们发了初始报价。趁着林晨喘口气的间隙，OKE递给她一份夹了火腿肠和煎鸡蛋的三明治，以及一盒牛奶，连吸管都插好了。这让林晨很不好意思，连声致谢。OKE微微一笑，说道："我跟嘟嘟在英国读书的时候，嘟嘟对我很好，经常邀请我去他家里吃饭。他跟我说一定要照顾好你。"说到这里OKE耸了耸肩，笑着说："所以，你不必谢。"这可都是大实话。

为期六天的展会结束了，其他中国参展商颗粒无收地回国了。林晨却留了下来，她是一个月的签证。挑选展会期间沟通很好、意向很明确的买家，然后OKE陪着她一家一家地登门拜访。

有了第一次面谈和邮件往来，当他们第二次见面的时候，大家显然热络多了，有些甚至与林晨交起了朋友，说是要到中国来玩，请林晨当导游。林晨自是当仁不让，一口答应。加上OKE本地人的身份，很多关键性的细节问题当场便确定了下来，比如，付款方式、单价，以及航运时间。其中有六家当时就转账支付了样板费和空运费。在回酒店的路上，林晨一直笑得合不拢嘴，她还是第一次遇到如此性急、爽快的客户。林晨的快乐感染着OKE，他也笑个不停。

马不停蹄地忙了一个星期，终于拜访完了最后一个客户，回到酒店已经华灯初上。林晨突然像泄了气的皮球那样浑身没劲，只想把自己放平在床上。她嘴唇泛白、有气无力地对 OKE 说道："哦，我的上帝！我现在只想好好睡一觉，你不要叫醒我。"

看到刚才还生龙活虎，现在就筋疲力尽的林晨，OKE 的眼里闪过一丝怜惜，他轻轻地拍了拍她的后背，如同父亲对待自己的小孩，关切地说："你确实太累了，去睡吧，等你醒了，我再带你在华沙好好转一转，放松放松。在华沙半个多月了，你还不知道华沙什么样子呢，天天忙。"

林晨只简单擦了一把脸，便倒在了床上。从窗帘的缝隙里透过了一丝路灯的光亮，大街上熙熙攘攘的声音隐隐约约传了过来。她嘀咕了一声："哦，已经天黑了，现在外面很热闹吧。"接着翻了个身，沉沉地坠入到无边无际的睡梦当中去了。

OKE 下了电梯，走在大街上，不禁抬头看了看林晨的那个房间，窗帘拉得严严实实的。心想，她是在休息了，她终于想到要休息一下了。OKE 不明白林晨哪来这么旺盛的精力，不知疲倦。他只是跟着她拜访一下客户，做一下翻译，有时觉得脚不沾地、连轴转。他知道回到酒店林晨并没有休息，她还要整理客户资料、核对报价、收发邮件。"希望林小姐做个好梦。"OKE 走在回家的路上，在心里默念道。这时 OKE 的手机响了，拿出来一看，是郝嘟嘟的电话。

林晨这一觉睡了个昏天黑地、日月无光，等到她醒过来时已是第二天中午时分了。林晨摸了摸咕咕乱叫的肚子，揉了揉昏昏沉沉的太阳穴，想起 OKE 昨天叮嘱她的话，便给他打了个电话。

"哦，上帝啊。你终于醒了！"OKE 又惊又喜，还夹杂着几分担忧，"如果说你再不给我打电话，我真的要去酒店请服务员砸门了。"

"不好意思，让你担心了。"林晨笑着说，"总算是睡够了，现在我好饿，想问一下我们吃什么呢？不会又是三明治加牛奶吧？"林晨说话有气无力的。

"林小姐，怎么可能又是三明治加牛奶呢，那是你在加班。我已经订好了餐厅，一定让你吃得高兴，还要吃得尽兴。"OKE 心想要是把你饿着了，嘟嘟那不得骂死我？"你赶快收拾一下吧，15 分钟后我们在楼下酒店大堂见面。"OKE 叮嘱了一声。

林晨听 OKE 如此一说，马上来了劲。到底是年轻，她一骨碌从床上爬了起来，快速地洗漱完毕，薄施粉脂。揽镜自照，林晨对自己微微一笑，来华沙快 20 天了，只有今天才会让她真正放松一下。她不想穿职业装，而是挑了一件改良旗袍式的裙装，淡淡的藕粉色，裙面上一枝荷花半开半合，一条成色很好的翡翠项链恰到好处地提升了她的古典气质，颇有几分东方女子的婉约与矜持。

当林晨出现在 OKE 面前的时候，OKE 不禁睁大了眼睛。她整个人容光焕发，脸上白里透红，看得出来昨晚睡得很好。旗袍裙巧妙地把她的身材勾勒了出来，苗条纤细。OKE 觉得林晨像是欧洲文艺复兴时期的贵族女子，腼腆又浪漫、温柔而含羞。"林小姐，你今天真漂亮。"OKE 由衷地赞叹。林晨不好意思地笑了笑。

OKE 显出了他的绅士风度，替林晨接过了手提包，并拉开了车门，彬彬有礼地说道："林小姐，请上车。"

林晨很有淑女韵味地款款入座，OKE 不由得又赞许道："看来我做对了，我订的那家餐厅与你今天的这身打扮是再合适不过了。"

20 多分钟之后，他们两人来到了一家位于老城广场旁边的西餐厅。华沙依然保持着老城和新城的布局。各种历史纪念物、名胜古迹大都集中在老城区，特别是宏伟的宫殿、巨大的教堂、各式各样的箭楼、城堡等，每年吸引着大批游客，尤其是境外的游客。与新城区的现代化摩天大楼完全不同的是，老城区位于维斯瓦河西岸，巍峨壮观的红色尖顶建筑群鳞次栉比，四周环绕着采用红砖砌成的 13 世纪的内墙和 14 世纪的外墙，四周有高耸的古式城堡。

这是一栋古老的建筑。林晨站在那里，恍惚觉得时光穿越到了中世纪的欧洲。斑驳陆离的红墙、拱形的窗户、黑色的窗棂，以及同样是黑色的门头，这一切都显示着她的与众不同，古老而凝重。不过和这些暗沉的色彩形成强烈对比的是，门口和窗台上摆满了那一盆盆的花花草草。五颜六色、姹紫嫣红，在阳光下盛放着，生机盎然，也相映成趣。如此格调的餐厅，林晨还是头一次见到，刹那间她的神思有些迷离了。

林晨跟着 OKE 走了进去，里面又是一番景象。盛开的鲜花、古老的艺术品、摇曳的烛光，还有那璀璨的水晶装饰，完全是一派欧洲贵族气象，既传统又有一种难以言说的温馨。看得出来墙上和桌上摆放的每一件装饰品都是价值不菲的古董，林晨不由得一举一动都小心翼翼起来，生怕碰坏了一星半点。"只怕是在华沙辛苦这 20 多天，都不够赔这一件的了。"林晨心想。

OKE 沉浸在自己的兴奋里，颇有些自得地介绍道："怎么样，林小姐，就是英国也很难找到一家这样的餐厅吧。FUKIER 是华沙最古老的餐厅，历史可追溯到 16 世纪，同时这也是波兰最知名的餐厅之一。要知道这里可是接待过很多名人、明星的哦。"说到这里 OKE 阳光灿烂地笑了起来："FUKIER 专做传统的波兰菜和欧洲菜，这里菜式不加任何化学添加剂。厨师们可以用纯自然的方式烹制出世界上绝无仅有的神奇菜式，比如用龙虾黄油配芜菁甘蓝和草莓做成的蛋糕，用山楂叶子作配菜的麋鹿肉等，一会儿你就可以尝到以前没吃过的美食，保你喜欢。"林晨本来就饿得厉害，要知道她已经两顿没吃饭，一直在睡觉。现在听他这么一说，林晨恨不能把面前这个斟满水的水晶杯子都吞下去。

"行了，行了，你别再说了，我们赶紧点菜吧。"林晨催促道。OKE 看着她的样子好像一个小女孩，又是一阵哈哈大笑。

两人点了一份比目鱼、一份煎羔羊排、鞑靼烤肉、巴扎斯汤、两杯鸡尾酒，当然还有德国名菜——猪肘，以及波兰特色美食——奶酪饺子。

波兰和中国一样是个饺子大国。外观也很像，半圆形、皮薄馅大。与中国不同的是，个头特别大，有些大得像个成年男子巴掌大小，估计吃了一个就撑饱了。做法倒是很相似，有煮的、蒸的，也有炸的。饺子馅主要分肉馅、菜馅、土豆馅、水果馅和奶酪馅等几种。而在当地最受欢迎的便是奶酪饺子。奶酪饺子个头大，蘸着黄油、酸奶油或是培根酱吃，别具风味。这让林晨大开眼界。与中国一样，在家人团聚的重大节日，比如圣诞节，一家人会团团圆圆地坐在一起包饺子、吃饺子。热闹而美满，如同中国的大年三十夜。不由得让林晨对这个陌生的国度平添了几分亲近感。

尽管人们普遍认为中国饺子是全世界饺子的起源，由马可波罗传入西方。但波兰人却认为他们的饺子是从乌克兰一名叫"红俄罗斯"的小村传入的，所以在波兰奶酪饺子有个别名叫"红俄罗斯"。

与中国不同的是，波兰的肉馅饺子通常都是把馅儿煮熟了后再包皮，而且波兰人包饺子不用擀面杖，而是用手将面拍平，再用杯子口一块一块地扣出饺子皮来。林晨突发奇想，巴掌大的饺子难道是用锅扣饺子皮吗？否则那么大的饺子皮怎么扣得出来？

OKE 一听，一口鸡尾酒差点喷了出来，伏在桌上笑得喘不过气："林小姐，你真是太幽默、太可爱了。"

因他动作太猛，林晨连忙把放在桌子中心的一座美人鱼雕像小心翼翼地挪开，生怕打碎了。正当两人热议着饺子的时候，身着红色花裙子的服务员端上了一盘猪肘。

"这可是德国名菜，看看和中国有什么不同。"知道林晨饿得昏天黑地，OKE 把盘子放到她的面前。与北部的炖猪肘不同，这是选用脂肪较厚的猪后肘，用炉火烤出来的，配着土豆泥和德式酸菜。林晨吃了一口，果然肥而不腻、咸香诱人。只吃了几口，林晨便克制住了自己，因为还有几道菜没上来，得预留一些空间。

看着她对那个美人鱼雕像很感兴趣，OKE 告诉她这是华沙的城徽，还讲了一个美好纯真的爱情故事：

华沙在波兰语里，念作华尔沙娃。这是为了纪念一对名叫华尔和沙娃的恋人的，他们冲破重重阻挠，最终结为夫妻。在波兰，出海口在波罗的海的维斯瓦河，传说有美人鱼。华尔与沙娃顺流乘着木船来到这里开拓家园，这河里的美人鱼就是他们爱情的见证人与庇护者。这里逐渐变得繁荣起来，发展成了一座城市。后来人们为了纪念他们，便把他俩的名字合称"华沙"作为这座城市的名字。

听完这个故事，林晨笑了，说道："真是一个令人开心的故事。要知道在我们中国，每一个流传下来的爱情故事都没有这么好的结局。比如，梁山伯与祝英台。"刹那之间，想到了自己与郝嘟嘟，不由得眉心微皱，有些走神了："不知道我和他会不会也有个如此圆满的结局？"林晨回过神来，连忙端起酒杯，与OKE的杯子碰了碰，说道："谢谢你告诉我这么好的一个故事。"她很好地掩饰了刚才的走神。

听到林晨这样说，OKE高兴了，拿着雕像意犹未尽，接着说道："1936年波兰著名雕刻家鲁德维卡·克拉科夫斯卡—尼茨霍娃女士开始雕塑美人鱼雕像。你仔细看看，"他指着雕像告诉林晨，"这与其他美人鱼一样，上身是裸体的妙龄女子，下身为鱼尾。不同的是我们华沙美人鱼雕像更高大，姑娘昂首挺胸的，左手紧握盾牌，右手高举利剑。她一点都不忧伤，反而是一个保卫国家的英雄形象。直到现在美人鱼雕像前，终年鲜花不断。这表现我们波兰人民对国家的热爱。"

林晨听完点点头说："等会儿我们吃完了饭，你带我去美人鱼雕像那里，我也要献上一束鲜花。"

OKE不由得眼睛发亮，如同暗夜里闪过的一道逼人光亮，问道："林小姐，你也很爱波兰这个国家吗？"

OKE如此一问，林晨不禁愣了愣，旋即微笑着点点头："是的，波兰是个很美好的国家，我很喜欢。"其实她心里祈盼的是，希望她与郝嘟嘟也能像华尔与沙娃一样，历经重重磨难，最终幸福地生活在一起。但是这些林晨不会告诉OKE的。

两人边吃边聊，不知不觉间已是下午两点了。OKE点的菜太多了，两人根本吃不完，林晨觉得自己有些吃不下了。

OKE想着林晨还要去给美人鱼雕像献花，便买了单。林晨看着他付了500兹罗提，暗暗吐了吐舌头："天，这么贵，这顿饭1000元人民币呢。"后来转念一想，这么多的古董艺术品可以欣赏，还有这么可口的菜，也就不算贵了。

波兰之行让林晨大有斩获，这完全在林晨意料之外。所以她觉得很有必要在华沙成立一个办事处了，而办事处负责人的最佳人选便是OKE。马上就要回国了，回国前她跟OKE认真地谈了此事："没有人比你更合适了，我想我们会合作愉快的。"说完，林晨从手提包里拿出一个信封，里面放了6000兹罗提。

OKE并没有收起来，而是接过放在了桌上，很不好意思地说："我也没想到你这次到波兰来能有这么大的收获，其实我只是帮了一个小忙，充当了林小姐的翻译。我想主要是你们公司的产品好，价格适中，所以才能拿到订单的。"OKE顿了顿，接着说："郝嘟嘟再三叮嘱我，要照顾好你。如果我收了你这笔费用那就不好了。"

见OKE在推辞，林晨便笑道："到波兰来，我也是临时起意。如果说我是来旅游的，你替嘟嘟尽地主之谊当然是可以的。但是这么多天，你明明是和我一起工作的呀，这一家一家的客户都是你和我一块儿跑下来的。现在我们公司的业务你已经熟悉得差不多了，所以这酬劳是一定要收下的。有劳动、有付出、有回报，放在哪里都是这个道理。"说完，林晨不由分说把信封硬塞进了OKE的公文包里。这次，OKE没有推辞了，再推辞那是拂了林小姐的一番好意了。

林晨心里窃喜，知道合作一事有了眉目。她不再征求OKE愿不愿意，而是直接跟他商量设置办事处的细节。

林晨搭乘的飞机从肖邦机场起飞后，OKE给郝嘟嘟打了个电话。

"嘟嘟，我很想知道你和林小姐到底是什么关系，你这样重视她。"OKE

拿着手机叽里呱啦地问着，"亲戚？未婚妻？或者，情人？"

电话那边沉默着。OKE 摇头叹了口气，说："林小姐这么好的一个姑娘，我真没见过像她这样努力的姑娘，而且长得又这么漂亮。娶到她那是最幸福的事情了，跟她在一起，特别有安定感。就仿佛……"OKE 思忖着，希望找到一个恰当的词来形容他的感受："嗯，就仿佛面前的这栋楼倒下来我也不用害怕一样。"

OKE 形容得如此匪夷所思，郝嘟嘟忍不住笑出了声，心想肖邦故乡的年轻人都如此浪漫吧。他说："你以为我想啊，可是我不能去中国呀。"

"为什么？"OKE 问的语气要多夸张有多夸张，好像不可思议那样，"我知道在中国男方到女方家去，是叫上门女婿。可是无所谓呀，对我来说上门、下门，还有进门、出门都没关系的。"

郝嘟嘟长长地叹了口气，无限惆怅："这里面有很多事情，一下子在电话里跟你说不清楚。"

"嗯?!"OKE 停顿了一下，而郝嘟嘟并没有回应，他接着说道，"那，我可以追她不，应该不是不道德吧？"

"O——K——E——!"郝嘟嘟大叫了起来。

OKE 觉得电话那头传来的声音分贝骤然提高，马上拿开了，挠了挠耳朵："行了，行了，你别大声叫，我不会追你女朋友的。但是我会跟她合作，安佳公司在华沙设了办事处，林小姐一定要我跟他合作，看上去他们订单接得很不错。我跟她一起发财，你没意见吧?"说完没等郝嘟嘟回答，便挂了电话。

他耸了耸肩，觉得中国人真是不可思议，在他眼里明明一张机票就可以解决的、很简单的事情，却这样拖泥带水。

林晨在南昌昌北机场出了关，刚上了公司的车，她的手机响了。是 OKE 的电话。林晨正想着要给他报个平安呢，他的电话先一步打过来了。知道林晨平安到达，已在回公司的路上，OKE 松了口气。叮嘱她在家里好好休息两天。

林晨"咯咯"地朗声笑着，看得出来她精神很好。林晨告诉 OKE，波兰已经有订单发过来了，明天就会安排手头样板单的排产，争取让买家在一个月内付款："因为你和客户的沟通效率更高，所以辛苦你跟进一下。现在是跟客户联系、争取更多订单的最佳时机，我们不能错过。与客户往来的邮件抄送一份给我就行了，如果遇到与产品有关的问题，你又解决不了的，你随时联系我。我们安佳公司会全力配合，我马上就要到公司了，再联系。"

OKE 静心听林晨说完，回应道："好的，没问题，我的老板。向你保证完成任务。"他说得调皮而幽默。

两人在电话里不约而同哈哈大笑。看来没有什么比有钱一起赚，有财一起发更让人兴奋的事情了。

6

波兰的业务进展得有条不紊，有些已经成为忠实客户了，一有订单需求就会跟 OKE 联系，然后发往中国。OKE 虽然生长在肖邦故里，自带浪漫气质，但是他对业务却上手很快，并且有着自己独特的见解。安佳公司的订单走的是薄利多销的路线，总体价格低廉，当然用的皮料质量也就不会高到哪里去。对此，OKE 提出来一套自己的见解。

"林总，你知道吗？中国皮料的质量并不算特别好的，"有一天，他打了一个越洋电话跟林晨说道，"波兰的皮质很好。要知道波兰是世界上第三大狐皮生产国，在我们国家差不多有 800 多个狐狸养殖场，养着 20 万只狐狸。"他的话让林晨大感兴趣，不由得在大班椅上直起了身，问道："狐狸皮料？！那也得分好几种，你们那里最多的是哪一种呢？"OKE 有些得意了，说道："银狐。怎么样？可以说是质量上乘、品质超群。"

林晨听了眼睛一亮。她知道银狐的经济价值很高，尤其是上等的毛皮十分珍贵，可做大衣、衣领、皮帽和围巾等等。银狐皮是狐皮中的珍品，毛绒细柔丰厚，色泽艳丽，皮板轻薄，御寒性强，是传统的高级裘皮。在我国古代即有"一品玄狐、二品貂、三品穿狐貉"之说，在现今的国际裘皮市场上更有"软黄金"的称谓。林晨在浙江还听过一个工厂主讲的故事，在古阿拉伯人眼里最好的御寒衣物便是狐皮。公元8世纪的时候，有一位阿拉伯帝国领袖（哈里发），为了分辨出不同动物毛皮保暖性能的优劣，将几个容器灌满水，外面分别包裹上不同的毛皮，放在寒冷的室外过夜。第二天早上，其他的容器都结冰了，只有包裹着银狐皮的容器例外，可见狐皮最保暖。当时林晨听了哈哈一笑，说是也要试一试。

"那我们如果要进货的话，怎么办呢？有专门的市场吗？"林晨问道。

"有，当然有，不过是通过芬兰的赫尔辛基交易所出售。"说到这里，OKE顿了顿，似乎在思考，"林晨，你说如果我们能够直接进口的话会不会压缩一些成本？"

"那还用说？"林晨听到他这样说，不由得笑了，"这不是和尚头上捉虱子，明摆着的吗？"

OKE告诉林晨："刚好我有个朋友，经营着一个波兰最大的狐狸养殖场，每季能得到2000多张上等的狐狸皮，而且规格在0（106厘米）至20（115厘米）之间。我们可以直接从他那里批量买进皮料。"

这倒是一个好主意。"OKE，谢谢你提供了一个这么好的意见。"林晨说得很真诚，"我也一直在思考如何进一步开拓市场的问题，要知道安佳公司订单这么多，忙得加班加点、热火朝天，其实都是在为他人做嫁衣裳。但这件事情我还要跟公司里其他业务骨干商量一下。谢谢你。"

OKE很高兴，说道："也是，把事情考虑得细致一些总归是有好处的，我等着你们的好消息。"

林晨等OKE挂上电话后，马上通知营销部的袁聪和研发部的孙健到办公室里来商议事情。两人不敢怠慢，一溜小跑地进来了。林晨把OKE的设想告诉了他们两人，问他们有什么想法和建议。"心里想到什么说什么，不要有顾忌。"林晨这样鼓励两个下属，"这是一个机遇，也是挑战，做得好公司业务壮大。做得不好的话，说不定功亏一篑。所以把你们的看法大胆说出来。"

孙健和袁聪两人相视一笑，他们没想到林晨要商讨的是这么一件事情。这是一个全新的课题，与以前接订单有着本质的区别。

孙健字斟句酌，开口说道："我觉得这是一个创出我们安佳公司自创品牌的好机会，说不定波兰会成为我们打开欧洲市场的一个据点。"

林晨听了点了点头："你有什么想法？"

"我觉得对我们公司来说，现在最重要的是紧跟时尚潮流，时尚界流行什么样的皮草穿搭，我们安佳公司就生产什么。这对于我们是安全系数最高、风险最低的一种做法了。"

林晨认为他讲得有道理："这样我们在价格上有优势的话，那么打开市场就要简单一些了。"

"那是当然，要知道我们的人工比起欧洲而言，实在太便宜了。"孙健接着应道，"如果一件皮草大衣，不仅皮料上乘，做工精良，而且款式也很新潮的话，价格却只有欧洲大品牌的一半，甚至于还不到，我想任是谁都抵挡不了这个诱惑的。"

林晨笑了："那是。要知道在美国，一到黑色星期五，客流量多到需要警察来维持秩序，防止发生踩踏事件。"

她见袁聪一直静静地没说话，便转头问道："小袁，你的看法呢？"他对产品设计这一块比不上孙健的专长，他在思考另一个问题，这个问题一直被绝大多数人所忽视，而他却认为非常重要。

"林总，你发现没有？皮草大衣做工考究、价格高昂，是名副其实的奢侈品。但是一直以来我国的裘皮大衣在出口包装上还是老面孔，没有任何改进。大衣装箱如同缸里挤咸菜似的，通常是 20 多件裘皮大衣装叠挤压放在纸箱里。"

林晨点了点头："是有这个问题。"

袁聪说道："我们知道大衣到了国外客商手里通常是在几个月之后了，长时间的叠放和挤压，大衣上的毛板变硬、毛绒结块，客商不得不再进行滚桶松毛、刷油和上光等加工。所以我们中国大衣商品价格处于低层，卖不出高价，我认为这是一个主要的原因。所谓'一等商品、二等包装、三等价格'说的就是这个问题。"

　　他在桌上扯过一张 A4 打印纸，一边画着尺寸一边说道："现在我们国内一般是三种规格：一是短大衣纸箱，用三瓦楞七层 $82 \times 52 \times 48$ 厘米规格；二是长大衣纸箱，用双瓦楞五层 $125 \times 50 \times 30$ 厘米规格；还有就是第三种邮包纸箱用双瓦楞 82X52X26 厘米规格。"

　　听到这里孙健用手指点了点，说道："第一种用得是最多的，占到了 80% 以上，其他两种用得比较少。"

　　小袁点头应道："是的，没错。但是无论用哪一种规格的纸箱包装，形式大同小异。"

　　林晨说："的确如此。一般是在箱底和四周铺上防潮纸、牛皮纸各三到四张，将所装的裘皮大衣一件一件平放进去，然后合盖，封胶水纸，最后打包捆扎。"

　　小袁对林晨说道："我们公司还算好点的，有些生产厂家为了追求经济效益，不惜降低包装费用，往往不顾质量，把大衣在箱子里挤了又挤，压了又压。这样虽然可以多装一二件大衣，但是包装后的纸箱呈凸肚状，既不美观牢固，又不利于储存运输，更严重的是影响商品质量。"

　　孙健插话："这样的装箱我也见过，裘皮大衣在箱子里挤压了二三个月后，有些毛枪折的折、断的断，染色的易串色，串刀的会裂缝。如此一来，外商也是有意见的。而且数量容易搞错，有的每只装 23 件，有的 24 件，有些又是 25 件，非常混乱的。"

　　林晨频频点头，应道："小袁这点很不错，考虑问题比较细。如果是我们自主品牌的话，包装问题也必须解决。高档服装挤压在低档包装内，大大降低了高档商品的价值，如同珍珠宝石掉进了盐缸里，失去了应有的光彩。"

袁聪点头应道："所以我们安佳在保证和提高商品本身质量的同时，必须改进和提高包装形式和包装质量。"

"那你认为应该如何改进呢？"林晨问道，"你考虑过吗？"

袁聪点点头，显得胸有成竹，他说："我觉得我们安佳公司的每一件皮草大衣应该有内外包装两种形式，就像是出口的皮鞋和羊毛衫那样应有纸盒或是塑料袋作为内包装，然后再用外包装。这样既保护了皮草不受损伤，看起来美观大方，也显得高档。"

"哎呀！"孙健若有所思，"那样我们在包装费用这一块，会高出很多的。"

袁聪赞同他的观点："确实要高出不少。但是你要知道现在我们皮草大衣的包装费用只占商品总值的1%—2%，远远低于日本、欧美各国的6%—10%的比例，也比我国皮鞋、羊毛衫等商品包装费用2%—4%的比例要低。我觉得这主要是我们的一种传统思想还没有被打破，重生产、轻质量，重商品、轻包装。"

林晨笑了："惯性思维的力量还是蛮强大的，现在裘皮大衣包装纸箱的规格还是10多年前制定的。"

"对呀。"袁聪接过话头，"现在我们人类身体普遍长高，服装也在相应地变长，而我们的纸装规格仍是以前的尺寸，没有任何改变，所以这是很不科学也很不合理的。如果我们安佳还是沿用老规格的纸箱，会影响皮草大衣的质量。"

孙健笑了，一边比画着一边说道："因为纸箱长度不够，服装衣袋不得不折叠装箱。再经过挤压、打包、捆扎，确实毛板毛绒会受到损伤，影响了裘皮大衣的质量。"

"那样的话，我们还得联系纸箱的生产厂家，直接从他们那里订货，把尺寸规格告诉他们，让他们照件生产。"林晨说到这里，沉吟了片刻，"确实在费用上要高出很多，要知道厂里得重新制板、塑形，这一块的费用是很高的。"

对于林晨说的话，袁聪表示赞同："是要高出不少，但是我们还能从另一个方面把费用减下来。"

林晨很感兴趣："那你说是在哪里有减少费用的地方呢？"

"可以在集装箱的空间里做文章！"小袁说得很有把握，看得出来他思考得很成熟了，"我们知道集装箱的长宽高都是有一定标准的。20 尺与 40 尺的箱子其净高为 2.5 米，宽为 2.4 米，长分别是 5 米和 10 米。如何充分利用这只箱子，不留下空隙，或是尽可能地少留空隙，这就需要我们设计的纸箱规格必须合理、标准、科学，否则就无法与集装箱的长宽高相吻合。装箱后必然会留有较多的空间，利用率大大降低，造成直接经济损失。据我所知，我国的集装箱利用率一般只有 70%—80%，而欧美普遍达到 90% 以上。如果我们在利用率上加以提高的话，我们可以减少海运费，冲抵了纸箱包装的费用增长。"

林晨听了拍了一下桌子，赞道："小袁，不错，很有思路，要表扬。"

林晨的行动力很强，既然大家确定了如何操作，她是一秒钟也不会浪费，马上付诸行动。第一次小试牛刀，她不敢做太多皮草，而是挑出比较受欢迎的几个款式，每一款只做了 50 件，准备试探一下市场。林晨采用了袁聪的建议，每件皮草大衣都单独包装，而且是内外两层，里面用透气的塑料袋装好，再放到纸箱里。让昂贵的皮草不再像是缸里塞咸菜那样，而是有着与其价值相对应的包装，这是国内第一家如此操作的企业，真是让人耳目一新。

林家钰对业务上的事情早已不太过问了，而是放手让林晨去干。他知道一山不容二虎，自己女儿的能力他是清楚的，远在他之上。如果有个老头子也在旁边指指点点、絮絮叨叨的话，只会让公司里的员工无所适从。林家钰在公司里是董事长，其实他主要坐镇公司，负责业务和市场以外的事务。如果林晨需要他帮助的话，林家钰自然是挺身而出，不假人手。比如说安佳公司取得了自营进出口权，通过了 ISO9002 质量体系认证等等，林家钰就没让林晨操半点心了。

OKE 跟林晨说只要告诉他一个底价就可以。但是林晨思前想后，还是决定自己亲自去一趟波兰。她想拿到市场的第一手信息，这样对今后的生产方向大有帮助。跟上次一样，OKE 依然开着那辆有些破旧的小汽车来接林晨。林晨说："这段时间你在安佳公司也赚了不少钱吧，干吗不换辆新车？"一见面，两人毫不生分。听到林晨如此打趣，OKE 呵呵一笑："林小姐你还别说，我还就是喜欢开这辆小破车哩。越破我越开心。"两人哈哈大笑了起来。本来 OKE 打算带林晨出去吃饭，但是她胃病犯了一直不舒服，脸色苍白。OKE 直接把她送到酒店，让她好好休息一下。

皮草大皮第二天运到了华沙。林晨还没有倒过时差便和 OKE 一起到商场里去了。安佳公司的自有品牌"安利斯"第一次试水市场，林晨有些紧张，手心出了一层薄薄的微汗。为了配合"安利斯"的销售，OKE 还在一个月之前已经在华沙的广播电台、电视台投放了广告。开业当天，华沙下起了小雨，淅淅沥沥的。林晨以为应该顾客没有那么多。谁知从 11 点钟开始，"安利斯"的柜台前站满了客人。OKE 和林晨有些忙不过来了，两人相视一笑，OKE 打了个电话把他的一个中学同学喊过来帮忙。林晨这才有了些空闲与顾客聊上几句，看看他们心里是怎么想的。

实惠。价格极其实惠，是打响"安利斯"品牌第一战最重要的利器。OKE 跑遍了华沙的大商场，把皮草大衣的价格都记录了进来，记在邮件里发送给了林晨。林晨刚开始想把价格定在其他同类商品的一半，也就是相当于华沙商场的皮草打了五折。OKE 却不同意，他坚持定在三分之二。OKE 说道："五折不是不可以，而是太低了，以后再提价的话大家可能接受不了，反而对销售有影响。定在三分之二的价格是刚刚好的。"

华沙顾客看到这些物美价廉的皮草大衣，爱不释手。有一个年约半百的女子，在镜子前试穿一件纯黑色的狐皮短大衣，对林晨说："如果不在里面看到'安利斯'这个标记的话，别人肯定以为我穿了一件名牌大衣。做工、皮料都很好，显得很高档，这件可是跟好莱坞大明星同一个款式呢！"说完哈哈大笑，露出了富态的双下巴。脱下后，便嘱人包了起来，买单走了。谁知她下午又来了，还带来了姐姐和邻居。女子倒也不见外，充当着导购，替女伴们做参考。除了一个邻居没买之外，几位女伴都挑到了心仪的皮草大衣，果然皆大欢喜。

只用了短短一个星期的时间，林晨带到波兰华沙的 350 件皮草销售一空。而且是现金交易，落袋为安。这让她喜上眉梢。一个星期的连轴转，与上次在华沙参展一样，忙得连喝口水的时间都没有，可林晨觉得这么累也是值得的。

"现在安佳公司在波兰不是设立办事处，而是要设分公司了。"OKE 这样对林晨说。林晨听了乐得合不拢嘴，应道："那是，那是，工作需要嘛。"她对 OKE 拱了拱手，说："那得请你这个波兰分公司的总经理多多关照了。"OKE 擦了擦额角的汗珠，哈哈一笑露出了洁白而整齐的牙齿，说道："这还用说吗？我当然是要尽心尽力的。"

林晨笑着说："那是自然。谁让你是嘟嘟的同学呢？"听了这话，OKE 收起了笑容，一本正经地说道："那倒不是。第一次去接林小姐，陪林小姐在华沙布展，那是因为嘟嘟委托了我。现在不一样，这是工作，我在安佳公司是赚了钱的。"说到这里，OKE 打了个响亮的响指，"公是公，私是私，一码归一码。我对待工作绝不马虎了事，这一点请林总放心。"两人乐不可支。

波兰之行的大获成功，虽说是件大喜事。可没等他们多高兴一会儿，一个新问题摆在了安佳公司的面前，安佳公司的生产能力已经饱和了。不仅机器一天到晚没有停歇，工人们三班倒，也是累得够呛。接到手订单一定要做好，保质保量。可是安佳的自有品牌——安利斯，开门头一炮打响了，更不能半途而废。"两手都要抓好，两手都要硬"，林晨问父亲："这可怎么办哪，你有办法不？"

"我也一直在想这个问题。"林家钰端起茶杯轻啜了一口，润了润嗓子。他说："就算是这次去波兰进展不顺，可是我们公司里的订单越来越多，也早就适应不了了。"

"我们要扩大厂房了，还要从欧洲引进全新的生产线，提高单位时间里的生产规模。"林晨像是在自言自语，又像是在对父亲说，"可是我们安佳现在的厂房就不够用的呀，那又怎么办？"

"迁厂房，搬走。"林家钰说得斩钉截铁，又似乎成竹在胸，"你整天埋头于业务上的事情，可能不知道现在各级政府都在招商引资，忙得不亦乐乎。"说到这里他笑了起来："就我们目前的年生产量来说，说不定在政府眼里还是个香饽饽哩。"

林晨一听，乐了："哈哈，香饽饽？在各级政府眼里的香饽饽？我们成宝贝了，真有意思。"

"当然是宝贝啦！"林家钰今天的心情似乎很好，"若干年前，我在浙江宁波的供销社里跑销售的时候，那时还是计划经济的时代，没想到我们国家的改革开放已经进展到这样如火如荼的地步了。为了招商引资各级政府之间也有竞争。"

林晨更乐了："政府之间也有竞争？那，怎么竞争呢？"

"当然有了，就是给政策呀。你想想看，如果一个政府能够引进足够多的企业在当地，会有什么效果？"林家钰呷了一口绿茶，给林晨解释道，"当地的经济总量增长，当地的财政收入增长，当地的就业增加。对不对？"

林晨连连点头。

"财政收入增长了，当地政府就能更好更多地投入基础建设，你知道这有个好处是什么吗？"林家钰问道。

"是什么好处？"林晨好奇了。

"哎呀，傻闺女，这是政府的政绩嘛！"林家钰用手指轻轻地弹了弹桌面，"当地官员升迁比例就能增加了。"

"对了嘛。"林家钰有几分得意了，说道，"事实上，哪个地区的开放度高，招商引资多，哪个地区的经济发展就快，竞争力就强。"

"爸爸，是不是你已经想到把厂房迁到哪里去了？"

"那倒没有，我还要去走一走，看一看，多比较比较还是有好处的。"林家钰说得慢条斯理。

"好。这件事情就交给爸爸了。"

林家钰点了点头，说道："我们兵分两路，你把业务做好，我去落实迁厂房的事情。因为各地的政策也不一样，我们尽量争取更多的优惠政策，还有我希望能够离家近一点，这样照顾家里也方便。"

7

这一天的天气格外晴好，天空有一种清澈而辽阔的蓝，微风阵阵吹过，真是令人心旷神怡。

在南昌郊区的一个乡镇里，安佳公司占地1200亩的新厂房正式挂牌成立了。彩旗飘飘，锣鼓喧天，镇里的党委书记、镇长都来祝贺，参加了挂牌仪式。20条从欧洲引进的全自动生产线摆放在厂房里，崭新锃亮，工人们个个也精神饱满，在自己的岗位上待命。

林晨从心底里透出的欢喜，她觉得她已经成功了一半。在英国留学的时候，当她看到英国的富庶、文明与井然有序，她的心里有着无比的向往。如果自己的国家、自己的家乡也有这种生活，那应该是多么好啊！现在一切正在慢慢实现。是的，会有的，一切都会有的。

挂牌仪式中午结束了，林家钰与嘉宾一起去饭店吃饭，林晨便和员工一起去食堂里了。杨雪丽也和林晨坐在一起。林晨觉得奇怪，问道："你没和林董一起去饭店吗?"

"没啊，还是待在公司里踏实些。"，杨雪丽反问道，"你不是也没有去吗?"

"我去那里做什么，我又不会喝酒。"林晨应道，"再说公司里的事情可多了，如果业务做不好，接不到订单，生产的皮草卖不出去，认识再多的人也没什么用。"

　　林晨并不讨厌杨雪丽，甚至有时候还挺愿意跟她说会儿话。可是有时撞到她与父亲有点亲昵的举动时，心里却像是被猫抓了一样的难受，林晨认为只有母亲才可以与父亲有这样的亲昵。有一次，林晨去董事长办公室拿一份文件，没有敲门直接进去了。杨雪丽正拿着一个杯子，喝了一口试了试水温。林晨一眼看出正是父亲用的杯子，那是她在云南旅游的时候给父亲买的。云南的雪花银在明末清初就已经非常有名，因为色泽明亮、纯洁无瑕，白花花、亮闪闪的像是被赋予了玉龙雪山的灵性那样，所以被称为"雪花银"。这个保温杯就是用雪花银做的内胆。当地的导游滔滔不绝地介绍着，说是在李时珍的《本草纲目》里记载银有安五脏、安心神、止惊悸、除邪气等保健功效；现代医学也认为银离子能杀菌消炎、排毒养生、加快新陈代谢和增强抵抗力。林晨听着如此之好，尽管价格昂贵也毫不犹豫买了一个给父亲用，希望他长命百岁。还有一次，林家钰的风湿关节炎犯了，穿衣服有些困难，杨雪丽正在替他穿上羊毛衫，穿上之后还细心妥帖地把羊毛衫整理得一丝皱褶也没有，就像是个妻子那样。这让林晨心里堵得厉害，而林家钰丝毫没有发现女儿的难堪，他似乎很受用杨雪丽对他无微不至的照顾。

　　林晨说完这些话，没有再搭理杨雪丽，站起了身，把餐盘里的残茶剩饭倒进了垃圾桶，而餐盘放到餐具回收处，便回了办公室。刚坐下，杨雪丽跟了进来，手里拿着一个红艳艳的苹果，看得出来这个苹果一定很甜。她说："晨晨，我洗干净了，你吃吧。"

　　林晨正在查阅电子邮件，头也没抬一下，说道："不用了，谢谢你。还有，请叫我'林总'。"

　　杨雪丽立时愣在那里，过上好一会儿才回过神来，只觉得尴尬不已。默不作声地转过了身，出去了。出去的时候没有忘记把门轻轻地带上。

　　果然是"好风凭借力，送我上青云"，安佳公司搬了新厂房之后业务蒸蒸日上，世界各地的，尤其是欧洲、北美，还有俄罗斯的订单像雪片一样飞过来，再加上自有品牌"安利斯"生产制作，20 条生产线日夜开动，工人的作息时间是三班倒。

林曦很是争气，如愿以偿地考上了北京大学，而且是她心仪的专业——中文系。尽管林晨反对，但是拗不过妹妹的坚持，林家钰也在旁边帮腔，林晨也不得不让步了。林曦开学的时候，林晨特意空出两天时间坐飞机专门送妹妹去报到。如同朝圣一般，林晨借着这个机会在北京大学校区里走一走、看一看。这是她心中一个玫瑰色的梦想，可是有缘无分，终于擦肩而过。靠坐在未名湖畔的石凳上，这个形状呈 U 形、位于校园北部的最大人工湖，波澜不兴，一阵风儿从远处吹了过来，似乎在诉说着无尽的情愫。林晨展目四望，湖中央有座小岛，由小桥与北岸相通。小岛南端还有个石舫，远处的钟亭、临湖轩、博雅塔像是个仙子，在东岸揽波自照。林晨贪婪地看着这一切，仿佛要把这里的每一处美景印记在脑海里。

两天的时间弹指一挥，快得像是湍流而下的溪水，一眨眼就过去了。林晨要回南昌了，林曦自是不舍，拉着姐姐的衣袖不让走，如同一个小女孩一般。林晨拥抱着妹妹，她也不想走，但是公司里一大堆事情等着她去处理。"自己家里的公司，又用不着跟谁请假。"林曦央求道，"姐姐就在这里多陪我几天吧。"

林晨拂过妹妹额前的刘海，林曦的额头白皙而饱满，她在妹妹的额角吻了一下，哄道："真乖，在北京一定要照顾好自己，现在家里一年的进账就有七八百万人民币，我希望我的这个唯一的妹妹像个公主一样地度过大学这四年时光。"说到这里，林晨从墨绿色鳄鱼皮的坤包里掏出一张金色信用卡，交到妹妹手里，叮嘱道："以前你是高中生，你穿得朴素当然是可以的，一切以学业为重，高考是头等大事。现在不同了，你是大学生了，不能再像以前那样，女儿家家的，一定要学会打扮。"林晨拍了拍妹妹的肩头："我走了以后你自己去燕莎商场买些漂亮的衣服，别怕花钱。"

"去燕莎?!"林曦吐了吐舌头，"那里的东西太贵了，是天价呢。"北京的燕莎友谊商城在很多人眼里其本身如同一件奢侈品般地存在，坊间流传着这样一种说法，"想了解世界富豪的生活，就去燕莎商城看看"。"你和爸爸赚钱太难了，我不想那么浪费，其实我对物质没有太大的欲望，够用就可以了。"林曦把信用卡还给姐姐，谁知林晨又塞了回去，嗔怪道："真是个傻丫头，燕莎对其他同学可能贵了点，但是对于现在的林家来说是消费得起的。我和爸爸这样辛苦地工作，就是要让家里生活得更好，现在你在北京读书，干吗不好好享受一下美好的生活呢？"

说完她掏出一串钥匙递给林曦，交代着："这是家里在北京两套房的钥匙，房子都在三环之内，离国家大剧院也很近，坐几站地铁就能到。如果你不想在学校里住的话，就到这里来，周末还可以请同学们到家里一起聚餐开 Party。但是记住，一定要注意安全，一个女孩子在外面最重要的就是自身的安全了。"

"你就不能多留几天？"听到姐姐坚持要走，林曦自是难分难舍，再挽留了一次。

林晨又抱了抱她，说："正是自己家里的企业，所以才要更加尽心才对，要知道赚的钱都在自己口袋里，但是如果亏损的话也全是自己兜着，没有谁会帮你一下的。不像是国有企业，有国家罩着，衣食无忧。"林晨又拍了拍妹妹的肩头："照顾好自己，别太节省，家里已经不需要你节省了，好好地在北京大学享受你的青春。这也是为了你姐姐。"

林曦一听，眼圈儿红了。

偌大的别墅空荡荡的。

家里少了一个林曦仿佛塌了一个角，虽然她大部分的时间都闷在楼上自己的小房间里刷题，学校里布置的作业总是那么多，个个学生疲惫不堪。可是没有一个人敢放松一下自己，你松懈了，别人就可能在你休息的时候迎头赶上。但是她在家里待着就是一个人的气息、一个人的心跳，存在也是一份热闹。如果说长女林晨更像个并肩战斗的战友的话，林曦则是个乖巧的小白兔，她永远在家里守候。林家钰远远地看到家里那一粒暖黄的灯光，心里是妥帖的、欣慰的。一进家门就会喊上一嗓子："曦曦，你在干吗呢？"林曦遥遥地应道："爸爸，我在写作业哩。"有时，她的兴致好，题目做得顺，会"噔噔噔"地跑下楼，像个小兔子似的连蹦带跳地到身边抱着父亲撒会儿娇。头埋在父亲的脖窝里蹭一蹭，如同一只小兽，乖巧而温驯。然后林家钰一天的疲惫都消失殆尽。

现在林曦北上读书去了，林家钰还没有适应过来，有时会在小女儿的房间里坐一会儿，摆弄一下桌上的小摆设。在桌子的最角落里放了一个透明的玻璃瓶，瓶盖上系着一根粉红色的蝴蝶结，里面放满了一个一个用五彩荧光纸叠成的小小的五角星。她想妈妈的时候便叠一个小星星放在玻璃瓶里，默默地念叨着母亲，然后偷偷地擦掉眼泪，接着埋头苦读。林家钰并不知道这满满一大瓶的小星星是林曦在想妈妈，只觉得这个玻璃瓶颇为精致，拿在手里把玩了一会儿又放了回去。林家钰看着挂在墙上的照片发呆，照片里的林曦微微浅笑，不露齿。那是"五一"节放假的时候，南昌一连下了一个星期的雨，好不容易太阳公公露出笑脸，林家钰看到天气难得的晴好，杰瑞在家里早闷得要生蘑菇了，便全家到八一公园里玩了一天。照片就是在东湖泛舟的时候拍下的。"都长大了，长大了。曦曦已经是个大学生，是个大闺女了。"他站了起来喃喃自语地走出了林曦的房间。

林家钰真是老了，背也益发佝偻。这一天，回家吃晚饭的时候，他跟林晨提了一件事情。他想和会计杨雪丽结婚登记。

林晨瞪大了眼睛，以为自己听错了，只觉得脑子里兵荒马乱，乱哄哄一团糟。后来父亲又重复了一遍，才把她的思绪从纷乱中拉了出来。林家钰没想到林晨坚决反对。

林晨仰天凄怆地一笑："哈，哈。杨、雪、丽！"她一字一顿，恨道："听这个名字就不是什么好东西，就是一个十足的妖精。"林晨真是一点不客气，她接着说："我妈妈去世，你去了宁波打工赚钱还债。家里只剩下我和妹妹相依为命，经常被人欺负，这个时候她在哪里？！新建的厂房，被一场大火烧个精光，我放弃了北京大学读书的机会，这个时候她在哪里？！我在安佳没日没夜地苦干，赶订单，唯恐有半点闪失，吃不好睡不好，这个时候这个杨雪丽又在哪里？！"林晨的眼泪唰地一下流了下来，跑到房间里从墙上取下母亲的遗照，抚摸着照片中的母亲对父亲声泪俱下："我妈妈她一辈子辛苦劳碌，到死都没有过上一天舒心的好日子。现在这么多新鲜有趣好吃、好玩的东西，她一件也不曾看到过。"林晨的眼泪滔滔而下，而她根本就不去擦一下，说："我妈妈生了两个小孩，别说一只鸡，就连一个鸡蛋也没有吃过。我妹妹刚生下来，她就要强撑着下床洗衣做饭，我妈妈就是太辛劳，营养又没跟上，才会病倒的。"林晨顿了顿，看着林家钰并没有答言，只是让她说："这个杨雪丽算个什么东西，凭什么到我们家里来过好日子，哈哈，现在我们林家资产过亿，蒸蒸日上，她就到我们家里下山摘桃子了。"说到这里，林晨抱着母亲的遗照，轻抚着母亲的面庞对父亲哭着说："这个狐狸精居然想取代我母亲，坐享其成，告诉她别做白日梦了。"

林家钰双手瑟瑟发抖，他扶着椅背颤巍巍地站起了身。多年操劳，他看上去比实际年龄要老得多。林家钰抬头看着自己的女儿，一行老泪沿着脸上沟壑皱纹缓缓往下流。他吸了一口气，平复了一下心情，这才慢慢地开口说道："晨晨，噢不，林总经理，自打你妈妈去世以后，你们俩还很小，我也没想再娶，就是担心委屈了你们。我一个人又当爹又当娘，拉扯着你们俩。也是老天照应，没有再为难我们林家，这么多年过去了，你和曦曦都长大成人，你们的翅膀都硬了，你们有了自己的小世界。"说到这里林家钰叹了一口气，这一刻他更苍老了："而我真的老了，老得都快走不动了。这个杨……"说到这里，林家钰停了下来，在思忖着怎么称呼："这个杨阿姨，她从来就没有想过要取代你妈妈的位置。"林家钰大力拍打着椅背，一边咳嗽一边说："她没有你想的那么坏，她只是想做我的老伴，陪着我。"他朝着林晨走了两步，直盯着她问道："难道这也不可以吗？"

大表姐看着气氛不太好，也不知道该劝谁，也不知道怎么劝，加上杰瑞开始不管不顾地哇哇大哭，便连忙抱着小东西到三楼的房间里去了。把杰瑞安顿好，又跑下来盛饭端上去喂给他吃。

林晨眼泪唰地一下流了下来，摇了摇头，一字一顿："不、可、以。"

8

林曦在北京大学过得悠游自在，这可是国内顶尖的大学，汇集了全国最优秀的老师和最优秀的学生。这又是她最喜欢的专业，而且青春年少，朝气蓬勃。人生就像是一张美好的画卷，在她面前徐徐展开，让人充满欣喜。如同初夏荷叶上的露珠儿，晶莹剔透得让人心疼。因了姐姐给她留下的那张金卡，林曦几乎成了寝室里最受欢迎的人。她慷慨而大方，觉得学校小卖部里某些零食味道不错的时候，她会给寝室里的每个姑娘都备上一份。至于贵州、云南山区的同学，有时他们的亲友来北京旅游、造访，寝室里挤不下，林曦便会带着他们到家里去睡觉。对她来说没有什么是一个家解决不了的问题，如果有的话，那就两个家。

生活如同一条平缓流淌的大河，奔流向前。冬去春来、春去夏至，不知不觉中一年就这样过去了。像是诗词里形容的那样，时光仿佛是握在手心的沙，不知道什么时候就消失得无影无踪了。一切都是那么的平静、祥和、安稳，这才真正是岁月静好。如果能一直这样过下去该有多好呀，可是命运就是喜欢捉弄人，在你不经意的时候给你一个大跟头。就像是河流平静的水面下或许藏着暗礁，或者还有险滩。

这一天林曦像往常一样去上课，她从不喜欢迟到。她认为迟到是对老师的不尊重，也是对自己的不尊重。可是不知道为什么她的腰感觉很是酸软，有些直不起来。虽然勉强赶到课室里听课，林曦总是集中不了精力，疲倦而乏力。尽管今天的课程是她最喜爱的古汉语文学。好不容易挨到了下课，林曦便回寝室里躺在床上休息了。

"小曦，你怎么了？"同寝室的室友小叶子关切地问道，"待会儿还有课哩，你去不去？"见林曦没有回答，她走到床边俯下身子摸了摸林曦的额头，试了试体温："好像没发烧呀，你到底哪儿不舒服？"

林曦摇了摇头，声音细得像蚊子叫："我也不知道哪里不舒服，就是浑身没有力气，下节课可能去不了了，你帮我请个假吧。"

小叶子看到她很是虚弱，脸色苍白，有些放心不下，也打算不去上课了，想陪着林曦。谁知林曦却不同意："你还是去上课吧，别耽误了，你把笔记做好点，回来给我。我可能躺一会儿就会好的。"

小叶子见林曦如此说，也觉得有道理，便收拾课本出去了。下课后她没有在校园里停留，惦记着寝室里的林曦，一溜小跑地回来了。原本以为她会好一点，谁知还是无精打采。小叶子二话不说，坚持要扶着林曦去校医室看看："看上去你好像病得不轻，不能一直在床上躺着，得找个医生瞧一瞧。"

校医室里人来人往，正值春季，乍寒乍暖，很多老师、学生感冒了。过来拿药的、打针的，川流不息。林晨躺在天蓝色屏风后面的检查台上，床单洁白，可林晨的脸色比床单还要白，而且白得很不健康。一个年约 40 岁的女医师刚开始轻轻地按了按她的腹腔，问："哪里不舒服？"

林曦摇了摇头。女医师加大了手指的力度，又问了一次。林曦答道："我的腰感觉很酸，而且腹部有些胀。"

女医师的面色有点凝重，问道："那你今天的小便多不多呢？"

林曦侧头想了想，答道："好像从昨天到今天，一直很少。"

"很少是多少呢？"

林曦回忆道："总共两次，每次只有一点点。"

"你以前有没有得到慢性肾炎之类的病呢？"女医师的脸像是挂了黑霜一样。

林曦看到女医师如此郑重其事，心里不由得害怕起来，吁出了一口气，问道："医生，我到底怎么了，很严重吗？"

女医师没有回答她的问题，而是让小叶子扶她起来，坐下来开出一张化验单，递给小叶子。示意小叶子带林曦去做个检查。

林曦心里忐忑不安，扶着桌角又问了一声："我到底怎么了？"

女医师看了林曦一眼，这才慢慢答道："你的腹部这么胀，尿又这么少，我有点怀疑……"

"怀疑什么？"林曦和小叶子都紧张起来，几乎是异口同声地问道。

"现在还吃不准，得看化验单。"女医师又看了一眼林曦。

"那到底严不严重呢？"小叶子小心翼翼地问道。

"还是先化验了再说，"女医师抿了抿嘴，"如果是的话，很严重。"

化验单要到明天才能拿到，而林曦一直神情黯淡，小叶子看到好朋友这副样子，心里也很不是滋味。她很想安慰一下林曦，可她从小嘴笨，不知道如何才好，只是默默地陪在林曦的身边。

第二天上午，小叶子也请了个假，与林曦一起到校医室的检验室门口拿了化验单，忙不迭地送到了女医师的办公桌上。

"果然不出所料，还真的是尿毒症，你要赶快住院。"女医师接过化验单，脱口而出。

林曦吓得魂飞魄散，虽然她不懂得医学，但是"尿毒症"这三个字也足以吓到她这个小姑娘了。林曦坐在长椅子上几乎站不起来了，小叶子半抱半扛才把她拉起了身。

南昌。安佳公司。

接到消息的林家钰一下子跌坐在大班椅上，四肢无力。他连呼吸都有些困难，以前那种噩梦般的经历又要重新再来一次。因为他那苦命的妻子、姐妹俩的母亲就是得了尿毒症去世的。

他双手瑟瑟发抖，掩面而泣，泪水沿着他满是皱纹的手背流了下来，然后一滴一滴地落在了地上，很快一小块地面被泪水打湿了。杨雪丽看在眼里，很是心疼。走过去把他抱在怀里，如同抱着一个婴儿一样。林家钰再也忍不住了，在她的怀抱里痛哭了起来。老人极力压抑的哭泣声格外让人沉重而心碎。

"不会这样的，不可能是这样的。"林家钰摇着头，低声哭喊。突然间像个溺水的人抓住了一根稻草，他好像找到了一份希望，止住了泪，抬起头看着杨雪丽，很认真地说："一定是哪里搞错了，不可能是这样的。"

杨雪丽多想如同他说的那样，一定是哪里搞错了，可她心里清楚，林曦得了尿毒症的事情是确凿无疑的了。北大校医院是一家相当不错的医院，这些诊断是不会出岔子的。林家钰说道："我现在马上去北京，重新检查一遍，一定是搞错了，曦曦她现在一定好害怕，我得快点去北京，不能让她一个人在那里孤立无援。我必须在她身边。"

"那，林晨那边要不要告诉一下她？"杨雪丽问道。

林家钰沉思片刻，摇了摇头，说道："先不要告诉她，她为了安佳的事情，已经够操劳了，不能增加她的压力了。再说曦曦是不是尿毒症还不一定呢，还是不要惊动她。"说到这里，他握了握杨雪丽的手，仿佛在寻找力量。杨雪丽马上紧握着他，反复摩挲着，又拍了拍他的手背。林家钰心情稍稍平复了一些，抬头问道："我们赶紧订机票去北京，越快越好，你说呢？"

杨雪丽连连点头："你别着急，我来订机票，还要把手头上的工作交代一下，我们一起走。"林家钰刚才的惊涛骇浪，现在好不容易有些平静了。

北京，协和医院，内科。

林曦又重新检查了一遍，还是尿毒症。拿到疾病诊断书，林家钰终于相信了，按捺不住的泪水奔流而下。林曦慌了，忘记了自己是个病人，连忙和杨雪丽一起安慰着父亲。杨雪丽说："家钰，你不能这样，你这个样子，林曦怎么办呢？"林家钰这才止住了悲声。

肾病科病房。

病房的医师接过住院单，看了看眼前这个正值青春、风华年少的姑娘，问道："林曦！？"林曦赶紧点了点头："是的，我是。"

医护人员马上安排，给林曦做了一个全身检查。主任医师满头银丝整齐地梳在脑后，架了一幅金边眼镜，有一种医者的威望，让人放心，也让人信赖。在他的身后跟了一群医学院的学生，这是林曦的同龄人，众星捧月地拥簇着他。主任医师神情严肃地对一个年轻的住院部医师说："这很危险，一天一夜的尿量还不到200CC，不能耽搁了，得马上做'血透'。"

医院血液透析中心的更衣室，林曦按照护士的要求，换了衣服和拖鞋，静静地坐下来等候里面叫号。父亲和杨雪丽陪在她的身边，这让她有种安全感。等了一会儿，护士叫号了："林曦，林曦来了吗?"

林曦连忙答应着站起了身，像是在学校里那样地举手答道："是我，我在这里。"

女护士一口流利的京腔，指着电子秤："自己称一称。"

林曦站了上去。

"你看，你现在是46公斤，洗完肾再称一下，就知道你的干体重是多少了? 记住了没有?"女护士说得干净利落。

林曦没有说话，只是点了点头。然后走了进去，刚迈进门的那一会儿，她回过头看了看父亲，对他挥了挥手，不知为什么她心里是平静的。

一对中年夫妻与林家钰他们坐在一起。男子问道："那是你的女儿?"林家钰点了点头。他又问道："也是尿毒症?"林家钰又点了点头。

中年男子接着又问了问："你女儿是第一次来?"

这一次林家钰没有回答，而是反问道："你呢? 你是常来吗?"

男子长叹了一声："唉，一周三次，风雨无阻，也不分节假日，就连大年三十晚上别人在家吃年夜饭、看春晚，我该来还是得来呀。"说到这里，他苦笑地摇了摇头："一次'血透'五个小时，加上在这里等候的时间，唉……"

"你就别唉声叹气了，现在有得治还是好的呢，我们还是得听医生的话，朝前走，往前看。"他的妻子瘦削，衣着极为朴素，但是很干净。她问丈夫："今天要不要打EPO针了?"

男子答道："怎么不要打，每次都是要打的，少不了。"

林家钰奇怪了，这个新名词以前没听过："刚才你们在说什么，什么针？"

中年男子解释道："就是 EPO 针，EPO 就是'血红蛋白生成素'，很贵的。"他告诉林家钰："光是三天一针 EPO，一个月也得好几千，这可真是一个'富贵病'啊。"

林家钰听着心里反而宽慰起来，只要能治好小女儿的病，多少钱也没关系。别说一个月几千块，就是每天几千块也不在话下。听着这个新名词，他心里似乎舒坦了些，觉得女儿也有希望了。他想："医疗技术进步了，说不定就能把女儿的病给治好了。以前肺结核也是绝症，现在也可以治愈。尿毒症也应该没问题了吧。"

这时，里面有个病人出来了，护士站在门口喊了一声："张立富。"

中年男子连忙答应着站起了身，没等护士再开口，而是熟门熟路地站上了电子秤上。他的妻子也凑过去看。

坐在秤边掌秤的护士指着显示出来的数字说："你看看你自己，又超过了。每次提醒你，喝水一定要控制。你的'干体重'62 公斤，现在过秤，最多是多出不到 3 公斤的样子，超过了 3 公斤的话，会大脱水的，你知道你是吃不消的。"掌秤护士看了看他的妻子："你是他的老婆，也不管管他，这要弄不好，是有性命危险的。"为了加重强调，她把"性命危险"这四个字说得一字一顿、重重的。

妻子"哎——"地答应了一声，神情颇为紧张。

男子眼瞅着妻子被护士责怪，心里很是过意不去，替她解围："不怪她，我也知道的，只是口里干巴巴的，干得发苦，实在是熬不住啊。"

林家钰看到这一幕，心想，为了把病治好，曦曦熬不住也得熬。他会牢牢地盯着她，直到她彻底病愈。

洗肾室里，林曦躺在最里边的一张床上。她的左胳膊被插进了两根细细长长的管子，床边的"血液透析工作仪"旋转着工作了起来，嗡嗡作响。一根管子把殷红的鲜血导入"血液透析机"内，经过体内无数条大大小小过滤的毛细管。而另一条则是用来脱水的。林曦从小畏血，心中害怕不敢看，便闭上了眼睛。过了一会儿，她又睁开了双眼，睃巡着其他床位。斜对面的一个大概不到 10 岁的小姑娘，对她笑了笑。一双乌溜溜的大眼睛忽闪忽闪的，梳着两根辫子，绑着好看的蝴蝶结。林曦也笑了，真是个可爱的小天使。

"你多大了?"林曦打了个招呼，"你还这么小就来做'血透'?"

"姐姐，我不小了呀，我是个老病号了。"小姑娘说话的声音奶声奶气的，她的话把大家都逗乐了，就连一贯严肃、不苟言笑的护士也忍不住地笑了起来:"小姑娘真可爱。"

"你叫什么名字呀?"林曦笑着问道。

小精灵般的姑娘没有正面回答她的问题，而是反问道:"你是姐姐，你先说你的名字吧。"

床边的"血液透析仪"在不停工作着，嗡嗡作响，因了这个小天使，林曦忘记了自己是个病人，快乐得像只小鸟:"我叫林曦。好了，轮到你做自我介绍了。"

"林姐姐，我叫王冰冰。"小姑娘侧着头问道，"姐姐，你是不是就在这个时候来呢?"

林曦好奇了:"怎么了?"

"我的意思是说如果姐姐这个时候来，那么我也这个时候来，我们还可以做个伴，说说话哩。"冰冰的话里透着一种小孩子特有的纯真。

面对真诚的邀请，林曦忙不迭地点着头:"姐姐也想看到你，看到你我也好快乐。"

两人正说得热火朝天，小姑娘的"血液透析机"发出"嘀嘀"的信号，冰冰高兴得叫了起来:"好了，我的时间到了。"护士替冰冰拨出了管子，她朝着外面招了招手。玻璃墙下半部是磨砂的，而上半部却是透明的，一个衣着颇为讲究的妇人站在外面朝里张望，原来是冰冰的妈妈过来接她回家了。

王冰冰像个小兔子一般，连蹦带跳地跑到林曦身边："林姐姐，我要先回去了。我们勾勾手。"说着便伸出了小拇指，林曦也伸出了小拇指，两人的手指勾在了一起。冰冰高兴得大叫："好了，勾了小手指就是好朋友了。"冰冰跑到了门边又折了回来，趴在林曦的床头悄悄地说："姐姐，我们约好了，下次我们两个躺在一起。如果你先来，你替我留着床位。如果我先来，我替你留着床位。我们在一起还可以说说话，好不好呀？"

林曦摸了摸冰冰的小脸蛋："当然可以了，姐姐也好喜欢你。"说着林曦朝门外笑了笑，跟冰冰的妈妈打了个招呼。她转过头微笑着跟小姑娘说："我们两个一起加油，打败病魔。到时候姐姐带你去逛公园、吃好吃的东西好不好？"

冰冰又伸出了小拇指，两人再次勾了勾，郑重其事："一言为定哦。"

门外的林家钰坐在那里等候，看上去颇为平静，心里却是焦急的。杨雪丽知道他的心境，一直握住他的手，时不时地拍拍手背。林家钰觉得有几分安慰。

仿佛过了一个世纪般漫长，林曦终于从血透室出来了。看上去她的气色不算差，如果不明说的话，还不像是个病人。林家钰连忙站起了身，把小女儿拥在怀里久久不愿意放开，好像一松手，林曦就会变成一股青烟消失在空气里。杨雪丽拉了拉林家钰的衣袖，原来主任医师从旁边走过去了。林家钰回过神来，拉着女儿追了过去，请医生一定要治好女儿的病。

主任医师慢条斯理地推了推鼻梁上的金边眼镜，说道："家属不能急，一定要有个好心态。要知道病来如山倒，病去如抽丝，所以你们家属不能急，急也没有用。"

林家钰点头如同鸡啄米，连声说道："不着急，不着急。我想问一下，要彻底治好我女儿的病，应该怎么办?!"说着，他掏出了一包软中华的香烟，给医师敬了一根。

主任医师赶紧推开，指了指墙上的一块牌子，牌子上几个红字：不准吸烟。林家钰自责："真是该死。"连忙放进了口袋里。主任医师开口说道："你们家属要有心理准备，没有办法的办法，是一周三次洗肾。最好的办法，当然是换肾了。目前只有这两种方案了，这也不能急在这一时半会儿，你们多多考虑一下。"

林家钰听了这话，想也没想，脱口而出："换肾?! 我是她的爸爸，我可以把我的肾给她，只要能把她的病治好。"

主任医师抬眼看了看这位心切的父亲，不由得心里叹了口气："唉，这个老人家都这样老了。"他停了一下，说道："可是可以的，不过，也不是你想给就能给的，还得看血型配不配。"说到这里，医师站起了身，安慰道："不能着急，就算是血型配对，也要经过一系列检查。"正说着话，身边早已围上了一大群病人，争先恐后地拿出病历，想给主任医生瞧上一眼。

第六章　城门失火

1

南昌。安佳公司。

已经是深夜了，总经理办公室里灯火通明。林晨正在仔细阅读，并思考着如何回复一个邮件，这是从俄罗斯发过来的。安佳公司的业务主要在北欧和北美地区，俄罗斯的业务量占比很少，几乎可以忽略不计。但这份邮件让林晨很重视，这是一笔大订单。如果能接下来并且顺利出货、收款的话，这一年的利润都颇为可观，甚至超过去年全年的利润了。

但是，这封电邮读起来十分拗口。也难怪，俄罗斯客户的最大特色就是俄式英语，很多人第一次看多数会感到特别吃力，尽管英语流利如林晨。不过，多看了几遍之后，林晨了解了询盘的内容。询盘说是看中了安佳公司的硬件实力，是一个有着齐全证书的，比如 ISO、CE 等等，所以对这次交易抱有很大的期望值。

林晨笑了，她难道不是抱着很大的期望值吗？林晨一直想打开俄罗斯的市场，只是一直没有机会而已。她知道在俄罗斯有着一家最古老的皮草冷库，位于克里姆林宫旁，戒备森严堪比银行。门口设有栏杆、岗亭，只能凭通行证进入，通过监控摄像头可以跟踪每一位来客的动态。冷库里汇集了俄罗斯各界名流的皮草，每一件可以说是价值连城。林晨一度很好奇这座冷库到底是什么样的，据说存放皮草的房间是用印度黄柏制成的材料包裹而成的，并且设有安全门的报警系统。但是就连皮草大衣的主人，不论是明星还是普通人，都不允许进入存放皮草的房间。这是一条铁律。每年春暖花开的时候，各路时尚人士都会将价值连城的皮草放入冷库当中。奢华的皮草大衣看起来光彩夺目，然而，皮草大衣的里侧才是保养的重点，对于那些价格堪比豪车的皮草大衣而言更是如此。因为"蛾子"是皮草大衣的"大害"，一个月之内这些"捕食者"可以吃掉一件大衣，即使吃不掉，也会在大衣上留下许多大洞。一个洞需要5000卢布修复，如果咬出很多洞，则不堪设想。那么对于天价皮草来说，放入冷库则是一件非常合算的事情了。

明星顾客通常派司机或者助理将皮草存放到冷库里。冷库规定，办理存放手续的人是唯一一个可以把皮草取回的人。曾经发生过一件这样的事情：丈夫的司机为妻子存放皮草，谁知后来这对夫妻离婚了，现在妻子无法取回皮草。虽然大家都很同情这位贵妇，但是没有人可以违反冷库规定。林晨想，不知道最终那位妻子有没有取出皮草呢？如果没有的话，安佳公司倒是可以为她提供一件，价格优惠。想到这里，林晨不禁露出了微笑。

她收回自己的思绪，回到邮件上来，字斟句酌地开始回复。

春天的夜晚也是迷人的，透着几分薄薄的凉意，花香也在夜色里沁人心脾。林晨回复完电邮已经很晚了，她抬头看了看窗外的月亮，那一轮清辉洒向大地。林晨想着，父亲和杨雪丽急忽忽地去北京做什么呢？只是去看看林曦吗？"千里共婵娟"，不知道此时此刻，父亲和妹妹，这两个世界上最亲的亲人也在看着这同一轮月色吗？林晨低下了头，一整天忙碌的工作告一段落，不知为何，心里特别牵挂着他们。

林家钰跟她说要去北京的时候，神色不安。林晨当时也没有细想，她正在跟公司里的各部门负责人开个临时会。现在回想起来，父亲的眼圈儿好像还是红的。林晨心里不禁狐疑了起来，但是后来也问过了，父亲只是说想妹妹了，过去看看。家里也有两套房子在北京，也需要人去打理一下。父亲这样说，听起来也似乎没有破绽。可是，不知道为什么，毫无缘由的，林晨的心里突然一下慌乱起来。

她很想跟父亲或是妹妹说上一两句话，或许可以平息一下纷乱的内心。林晨抬腕看了看手表，已经是凌晨 1 点钟了。终于按捺住了打电话的冲动，无论如何等天亮了再说。

每周三次血透，雷打不动，风雨无阻。

林曦和王冰冰并排躺在两张床上，就像约好的那样。王冰冰转头对林曦笑了笑："姐姐。"

林曦对她点了点头算是回应。她接着说道："姐姐，我第一次来的时候可害怕了。"

"那你现在呢？"林曦问道，"还怕不怕呢？"

冰冰嘻嘻一笑："早就不怕了。"

"为什么呢？"林曦逗她，"可不可以告诉姐姐？"

"因为妈妈和医生姐姐告诉我，如果想天天吃好吃的东西，天天看到太阳的话，就必须老老实实地治疗。"冰冰低着头小声地说。

林曦听了心里有一种心疼得无法呼吸的酸楚，差点落下泪来。两人都没有说话了，只有"血液透析机"嗡嗡作响在工作运转着。

冰冰就像个天使，过了一会儿又笑了起来："我呢觉得自己很快就要病好了。"小姑娘这样阳光灿烂，只让林曦更加心疼。唯有祝愿她的病快点好起来，当然她自己也快点好起来，那就可以早日回到北京大学的教室里听课了。

"姐姐，你说我们的病会好吗？"冰冰轻声问道。

林曦斩钉截铁："一定会的。"

坐在洗肾室门外守候着的林家钰，往里张望了一会儿，对赵雪丽说："应该快出来了。"赵雪丽笑着点了点头。林家钰往前靠了靠，握住了她的手，由衷地说:"谢谢你,一直陪在身边,让我觉得安慰有力量。如果说是我一个人在北京的话,我可能没有这么情绪平稳。"

赵雪丽眼圈儿一红,吸了吸鼻子说:"快别这样说,你这样说就见外了。"

林家钰万语千言堵在心口,却说不出来,长叹了一声。这时他的手机响了,是林晨打过来的。

"爸爸,你还好吗?在哪儿呢?"林晨的声音从电话的那头传了过来,清晰而脆亮。

"我,我,我……"林家钰一时语塞。

赵雪丽连忙摆了摆手,示意他不要说。"我好着哪。"林家钰瞟了她一眼,轻轻答道。

林晨刚要开口说话,却清楚地听到了护士叫号的声音,于是又追问了一声。林家钰敷衍道:"我有些不太舒服,过来医院看看。"

林晨担心了:"不舒服?!严重吗?医生怎么说?"她的问题就像一串连珠炮。

林家钰干咳了几声:"没事,可能有些小感冒。"

林晨这才放心了,声音顿时开朗起来:"爸爸,你知道吗?我接了一个大订单,是俄罗斯的客户,进展很不错。如果能谈下来的话,会比我们去年一年的利润还要多。"

如果平常的话,林家钰会很高兴,与林晨热烈讨论。但是此时此刻,林曦正躺在洗肾室里做血透,所以心不在焉,无精打采。林晨以为是父亲身有小恙,所以精神不太好,而客户这边还有很多细节需要敲定,便匆匆安慰了几句,挂断了电话。

一旦俄罗斯人决定和你合作,将会制定一份极为详细的合同。不仅仅是买方卖方公司名称,就连公司注册号、法定代表人都要写进合同里。交货期、货值与港口,自然是要列明的。清关所用的所有文件和证件,缺一不可,比如,产地证、报关单、CE、ISO、产品说明书、提单或者清单,还有发票。当然还有付款方式、包装要求、不可抗力因素，以及最不能缺少的赔付标准。

对此，林晨虽说早有心理准备，但是面对如此复杂、烦冗的细节，也是摇头叹气。放下电话后，她抬头看了看时间，知道今天必须加班加点，又是一个不眠之夜了。准备开始加班之前，林晨又打了个电话给家里，大表姐说杰瑞已经睡着了，只是睡前嘀嘀咕咕地喊着妈妈。林晨想着做完这单业务，是得抽空多陪陪孩子了。

洗肾室。

林曦与冰冰又见面了。"姐姐，你喜欢喝什么饮料呢？"冰冰问道。

"我只喝白开水。"林曦对她笑了一下。

"那你喝多少呢？"

"能有什么办法呢，不敢多喝，"林曦说，"实在熬不住的时候才沾那么一丁点儿。"

"唉——"冰冰轻轻地喟叹了一下，她那故作老成的样子着实可爱，林曦看着快要笑出了声。"你知道吗？"她扁了扁嘴，诉起苦来，"我可难熬了。我不吃饭一点儿也不感到难受，可是不喝饮料，简直把我给渴死了。这可怎么办哪？"冰冰像个小大人似的摇了摇头。

"那，你是不是喝多了？"林曦问。

"嗯，是的。"冰冰点了点头，悄悄地告诉林晨，"刚才我被门外的那个护士阿姨狠狠地刨了一顿，说我超过'干体重'4公斤就得大脱水了。"她的样子像是一个没按时写完作业，被老师逮个正着的小学生。

林曦又笑了："冰冰，你不是想快点病好吗？那你可得听护士阿姨的话，以后可得千万控制自己的小嘴巴了。"

冰冰点头点得像是鸡啄米，两根辫子也不停左右晃动："那是当然，今天挨骂了，如果再不改的话还不得被骂惨了？"

说完两人相视一笑。

冰冰的妈妈今天到得比较早，站在玻璃门朝里张望着。冰冰说道："怎么今天这么早来接我呀?"她一看,旁边还站着爸爸,正在对她招手。冰冰可高兴了,一连几个飞吻,她父亲也回了一个。冰冰回头告诉林曦:"姐姐,爸爸可忙了,今天也来接我了。"

如果没有病魔的话,这是多么幸福的一家人。林曦心想。

对面床位的一个病人做完"血透"离开了,护士正替刚进来的病人插管子、摆弄仪器。小姑娘轻轻地"嗯"了一下,闭上了眼睛。林曦轻轻地叫了声:"冰冰。"她没有答应。林曦再压低声音喊了声:"冰冰。"她还是没有答应。林曦想小孩子真好,说睡着了便睡着了,便没有再去打扰了。她半躺了下来,戴上了耳机看电视。医院为了缓解病人做血透时的焦虑,每个床位都配备了一个耳机,看电视的时候也不会影响其他人休息。冰冰的母亲看到女儿的样子,对丈夫双手合掌做了一个"睡着了"的手势。两人笑了笑,便一起离开了玻璃门前,在走廊白色长椅上坐了下来,静心等候。

两个护士每张床位查看、巡视着。来到冰冰的床前,轻声唤道:"冰冰,好乖,你怎么了?"但是小姑娘没有任何回应,护士发现冰冰情况出现异常,脸色顿时紧张起来,飞奔到门口,喊着:"二号床有危险,快来抢救。"

几个医生、护士就像是听到了冲锋号令的战士一样立时冲进了洗肾室,整个病房里的人惊讶得坐了起来。林曦更是惊慌失措,一把摘下耳机坐了起来。她急切地呼唤着:"冰冰,冰冰,你醒醒吧,你到底怎么了,你为什么不说话呀?"

医生和护士在主任医生的安排、调度下用尽各种办法进行抢救,但是已经来不及,救不过来了。冰冰静静地躺在床上,如同睡着了一般,长长的睫毛像两把扇子那样覆盖着眼帘。冰冰的母亲早已冲了进来,尖锐地叫了一声:"冰冰哪——,我的心肝宝贝,你……"她一句话没说完便头栽葱似的倒在了地上,脸色苍白、嘴唇发青。医护人员连忙转过身来抢救她,洗肾室乱成了一团。

冰冰的父亲紧紧抱住女儿那小小的身体恸哭:"冰冰,我的小冰冰,你为什么丢下我和你妈妈一个人走,为什么要走?!你是不是生爸爸的气了,爸爸没有像妈妈那样天天来医院陪你，是因为爸爸太忙了，爸爸要给你挣医疗费呀。"

病房里的人们听了，无不掩面而泣。林曦哭不出来，她咬着下唇，蜷缩在床角落里，一直在发抖，抖得连床都要不停地摇动，吱呀作响。林家钰和杨雪丽也冲了进来，林家钰把林曦一把拥进了怀里，颤声安慰："曦曦，你怎么了，你不要怕，如果你想哭就哭出来。别怕，别怕。爸爸在你身边，爸爸会保护你的。"

可是林曦依然无法控制自己，反而抖动得更厉害了。林家钰把她抱得更紧了，过了好一会儿，林曦才哆哆嗦嗦开了口："我，我……"

林家钰连忙问道："你怎么了，你不要害怕。"

"爸爸!"林曦终于哭出了声，"是我害了她，是我害了她。"林曦颤抖着指着小姑娘，说道："冰冰，冰冰，是我害了你。"

林家钰打断了她的话："曦曦，你醒醒吧，你千万别胡思乱想。你待她如同自己的妹妹，怎么可能去害她呢?"

林曦两眼发直，连转都不会转动了："是真的，是我害了她。因为她在我身边，我喊了她一声，她没答应，我就以为她在睡觉，没喊医生。如果我喊了医生的话，冰冰一定不会死的。"说完林曦尖叫了一声，昏倒了过去。洗肾室里的医生已经不够用了，从门外又冲了一群医生进来……

原来略微宽敞的病房，立时挤了个水泄不通，连转个身都有些困难。

2

几天后，林家钰去查了血。结果出来了，林家钰因为与林曦是父女，有血缘关系，几项指标都符合了。

林家钰在杨雪丽的陪伴下，走进了主任医生的办公室。林家钰坐在医生的对面，而杨雪丽站在他的身边。主任拿着化验报告单，良久没有说出话来。过了好一会儿，他才面色凝重地、压低了声音，说道："林先生，我能理解你现在的心情，为人父母，舐犊情深，这些我都能理解。但是……"说到这里，主任一时语塞，说不下去了。只是摘下金边眼镜，镜片有些模糊了，他擦了擦，又戴了上去："但是，你毕竟是个 60 多岁的人了，花甲之年，拿掉一个肾，非同小可。这一定要慎之又慎！"

林家钰却是态度异常地坚决，立即做了一个手势打断了主任的话："主任，你不要考虑我，只要我女儿能够好起来，我这个老头子就是把命丢在了手术台，又有什么关系呢？"

"可是……"主任医生劝道，"任何一项手术都是有很大风险的，要知道事情可能不会按照你的心愿发展，会出现各种突发情况，有些就连我们也无法预测。"说到这里，主任停顿了片刻，缓缓说道："万一肾移植手术不成功，出现了排异，要知道即便是在血型匹配的情况下，也是有可能出现排异的，就连神仙也不能保证一切顺利。"主任医生忍不住拍了拍手里的那张化验报告单："如果真是那样，岂不是伤了你们父女两个人。林先生，这人命关天，绝非儿戏，你要慎重啊。"

林家钰面无表情。其实主任说的这些情况，他每次陪林曦来做"血透"，早已了然于胸，他是很清楚的。可是当林曦昏倒在病房里，昏倒在他怀里的时候，他已经做了这个决定了，不可更改。

"我知道我是在冒险！"林家钰说，"主任，你也知道，不冒这个险，我女儿的生命就会有危险。"

"要不，再等等?!"主任医生试探着问道，"等找到了匹配的肾源，再给她做移植手术，你看怎么样？"

林家钰摇了摇头："等待实在太痛苦了。"冰冰小姑娘突然死亡像一条绳索一样套住了他，林家钰的声音发颤："我不是不愿意等，而是不敢等。万一在等待的过程中出了点什么样的意外，我会后悔一辈子的。主任，你不知道，我的妻子，也就是林曦的母亲也是同样的尿毒症去世的，我不能让女儿因为同样的病离开我的身边。"他斩钉截铁："我、不、能、够。"林家钰直视着主任医生，说道："主任，这是我的女儿，是我的决定，我心意已决！主任不必再劝我了，一切后果由我自己来承担，手术前我自己签字，风险自负，后果自担。"

主任医生怔怔地看了看他，叹了口气，没有再说话了。

此时窗外的花儿开得正艳，两只蜜蜂正不知人间疾苦地在花丛里忙碌着，嗡嗡飞快地扇动着翅膀，像是在交谈，也像是在唱歌。

林晨伸了个懒腰。终于和俄罗斯客户把每个细节都敲定了，这是一场漫长而疲劳的较量，需要耐心、需要细心，当然真诚也必不可少，当客户感到你的真诚的时候，内心是稳定的、安全的。

她抬头看了看窗外，天空辽阔而碧蓝，有几缕白云镶嵌在遥远的天边，让人心旷神怡。林晨站起了身，踱到了窗口，一只小鸟欢鸣着从窗外飞过，一切是如此的美好。

林晨深深地吸了一口气，想把这个好消息告诉父亲。父亲一直在北京，他还从来没有离开过这么久的时间，林晨心里隐隐约约地掠过一丝不安。她坐回了大班椅，准备打个电话给父亲，也要问一问他什么时候才能回南昌。这时，电话响了。林晨一看，是赵雪丽打过来的。林晨笑了，心想正要打过去呢，便拿起了听筒。

林晨好像第一次觉得自己的脑子是不是不太好使了，脑子里一片嗡嗡作响，总听不清楚赵雪丽在说什么。

"你等等，你等一下，我打过去。"林晨还没听完，便"啪"的一下挂断了电话。她心跳得很慌很急，用手按了按太阳穴，只觉得太阳穴的位置在"突突"直跳。有人在敲门，林晨好不容易稳定了自己的情绪，喊了一声："谁呀，进来。"

是小杏。她手里拿着一份文件，递给林晨，这是俄罗斯订单的合同文本，林晨确定后签字，马上就可以生产了。小杏发现了林晨的异样，脸色像 A4 打印纸一样苍白，不由得埋怨道："现在人也难招，我们安佳好不容易带出一个人来了，还指望着来挑大梁哩，她倒好，自己当老板去了。"小杏说的是 LIN-DA，她已经离开了安佳公司，自己开始创业了。小杏觉得林晨太累了才会脸色这样差的，要知道这几天一直在加班加点。

林晨挥了挥手，示意小杏出去，她确实要安静一下。小杏还是不太放心，叮嘱了一声："客户在等。"林晨点了点头，又挥了挥手，示意她赶快出去。小杏很是担心，走到门边正准备出去的时候，又回了一下头看了看林晨，但最终还是没有说什么，然后轻轻地把门带上了。林晨喝了口水，平稳了一下心绪，才拨通了赵雪丽的电话。

"林总，是林董事长不让告诉你，"赵雪丽说得小心翼翼，"他说你工作太辛苦，告诉了你除了让你担心以外，解决不了任何问题。"其实赵雪丽的心里并不比林晨好受，但是事情落到了肩上，只有硬扛。

林晨强忍着哽咽，声音咝咝作响："我爸让你不说，你就真的不说了吗？这么大的事情，我妹妹都快要保不住命了，我到现在才刚刚知道。"说到这里，林晨再也忍不住了，眼泪唰地一下，如同决堤的河水一样流了下来。

赵雪丽知道自己此时不能乱了阵脚，尽量把声音放得平稳："林总，你一定要冷静，林董事长需要你到北京一趟，越快越好。你把手上的工作交接一下马上过来。有很多事情在电话里也说不清楚。"

林晨心里痛得厉害，她不明白到底为了什么，他们林家被"尿毒症"纠缠上了。她抽出纸巾，吸了吸鼻子。赶紧把文件给签了，安排了一下，林晨便到了昌北机场。她走的是机场 VIP 贵宾通道，搭乘最快的一个航班，赶往北京。

"不行！"在协和医院，林晨对父亲林家钰说得斩钉截铁，"绝对不可以是你捐肾，我年轻，我来捐。要知道我是她的姐姐，指标也会符合的。"说着，林晨便要去抽血化验。谁知被林家钰死死拖住，他几乎是在哀求了："晨晨，这件事情就这样定下来了，你就别再节外生枝了。"

"要知道你是家里的顶梁柱，安佳公司也少不了你呀！"林家钰一行老泪掉了下来，"手术都是有风险的，万一你有个三长两短，整个家就垮掉了。你就别再争了，你就想想家里的杰瑞吧。"

林晨听到父亲说到了杰瑞，一下子哭软了身子，抱住父亲："爸爸，为什么这种病非得跟我们家里过不去呀？"

林家钰这时反倒平静了，任由女儿伏在他的肩上，泪水流成一条小河。林家钰一直拍着她的后背，像是安慰一个婴儿："晨晨，现在不是说这些埋怨话的时候，你到北京是作为家属来签字的。你是坚强的，你不可以太软弱。"

准备换肾手术的前一个晚上，林家钰在病房里拉着杨雪丽的手，哽咽道："世事难料。外面的人以为你到林家是享福来的，却不知道是受苦。"他看着杨雪丽："对不起，我欠你一张结婚证书。"

杨雪丽一直压抑的酸楚与害怕终于绷不住了，她哭了出来："家钰，你没有欠我的，什么都没有欠。真的。"

"如果我能平安地从手术台上下来，我们一起去民政局，把结婚证领了。"林家钰满脸的歉意，让这位60多岁老人的脸上有着一种难以言说的柔顺。

杨雪丽摇了摇头，脱口而出："不行，我不能跟你去领那张结婚证。"话一说出口，杨雪丽马上觉得不妥："家钰，现在不是讨论这些的时候，明天就要进手术室了，你的心情一定要好，情绪不能波动，否则对手术也会有影响的。"她抚摸着林家钰的手背，柔声安慰："什么都不要去想，让自己安静下来，没事的，一切都会好起来的。"

手术室里，灯火通明，一片忙碌。

主任医生亲自主刀。林家父女躺在了各自的手术台上，林曦什么也不敢看，什么也不敢想，索性把眼睛闭上了。主任早已换上了天蓝色的手术衣，戴着手套，正高高地举起双手等在一边。麻醉师和手术护士紧张地做着各项准备工作。

林家钰突然叫了一声："主任。"主任医生俯下身轻声问道："林先生，你想说什么？我在听着。"

　　"如果手术成功的话，"林家钰压低声音问道，"我女儿还能不能够结婚，可不可以生小孩呢？"

　　主任医生笑了："手术成功的话，当然结婚和生小孩都是可以的。"

　　"那，祝你成功！"林家钰对他笑了笑，便闭上了眼睛。他把他和女儿的一切都托付给了眼前的这个医生，在心里祈祷着。

　　林曦其实听到了父亲和医生的对话，脑海里模模糊糊地掠过高中语文老师李子墨的身影，心里想道："也不知道李老师现在怎么样了，会不会偶尔的时候想起我这个学生呢？"她沉浸在愉快的记忆里，麻醉慢慢地发生了作用，林曦开始睡过去了。

　　手术室外，林晨和杨雪丽坐在走廊的长椅上焦急地等待着。每分每秒的流逝，对她们而言都是一种难言的煎熬。手术室里躺着的，一个是父亲，一个是妹妹。林晨坐立不安，索性站了起来，在走廊里踱步子。但她还是静不下来，林晨想起了母亲在病重时念的"阿弥陀佛"，便也在心里反复念叨着，烦躁不安的内心开始慢慢平复下来。杨雪丽一直坐着，双眼微闭，如同一座泥塑木雕一般。

　　整整四个小时之后，手术室一直紧闭着大门终于打开了。林晨和杨雪丽赶紧迎了过去，林家钰首先被推了出来。

　　"爸爸。"

　　"家钰。"

　　看到林家钰苍白的脸，两人的眼泪掉了下来。林家钰朝她们挤出一个笑容，算是打了个招呼。林晨问医生："我父亲怎么样了？"

　　医生点了点头："各方面情况都还不错。"把林家钰护送到了监护病房之后，他们又赶紧回到了手术室。林晨和杨雪丽也跟着冲了过去，手术室的两扇大门砰的一声关上了。就在大门合上的那一刹那，林晨追问了一句："我妹妹呢，她怎么样了，还好吗?"

"正在手术中，家属在外面等着。"话音刚落，大门就紧紧闭上了。

两人又足足等了四个小时，手术室的大门终于再一次打开了，一个护士推着车，另一个护士高高举着一瓶点滴液出来了。林晨扑上前去，只见妹妹双目紧闭，静静地躺在那里，嘴唇也抿得紧紧的。"妹妹，妹妹，"林晨哭出了声，"你为什么要吃这么多的苦?!"她很后悔当初为什么要反对林曦去读中文系。是啊，人生苦短，明天和意外永远不知道哪个会先来，为什么要阻止她去读中文系呢? 如果没有那一番争执的话，妹妹的心情应该会更开心一点吧? "当时她心里一定很纠结。"林晨在默默责备着自己。

夜已经很深很深了，黑丝绒般的幕布上缀满了星斗，一轮弯弯的新月高高地挂在天上，冷清而高远。走廊很长，中间两排背靠背的长椅呈"工"字形，通向监护隔离病房，病房的外面则是露天平台，大概有 30 个平方米。天晴的时候病人喜欢在平台上晒太阳。

此时此刻，整个北京城都已沉沉睡去，医院的住院部也是寂静无声，间或有几句呻吟，很快又消失了。只有护士站灯光通明。

林晨和杨雪丽虽然很累，却是了无睡意。她们趴在监护病房的玻璃窗外，透过窗帘的一丝窄缝向里张望。林曦一直是从手术室里推出时的姿势，躺在那里一动不动。林晨很是担心，刚好一个医生从旁边走过，她拉住医生问了这个问题："时间不短了，我妹妹怎么还没有醒过来?"

这个医生长着一张"扑克脸"，面部表情僵硬，不苟言笑。可能是见惯了生离死别，也可能是值夜班会让人的精神没有白天那么好。他告诉林晨："手术的创面没好得那么快，家属还是要静心等待一会儿，再说麻药还没有退。"说完就去其他病房了。

天边露出了一线鱼肚白，泼墨般的黑夜开始慢慢消散。林晨坐在长椅上打了个盹。杨雪丽到医院大门口买了块面包和一瓶矿泉水，递给了林晨："林总，吃点吧，你从昨天进手术室一直到现在，还没吃过东西呢。就是为了你的父亲和妹妹也要保重自己的身体呀。"

林晨揉了揉眼睛,接了过来,肚子饿得咕咕叫,可就是吃不下,一点胃口也没有。便又塞给杨雪丽:"还是你先吃吧,你不也一样,从昨天到现在没有吃过东西吗?"林晨叹口气说:"自从开办安佳公司以来,我不知道签了多少字,每次签字我心里都是喜悦的,少则几十万,多则几百万。在来北京前,我刚刚签了个大合同,俄罗斯的客户,那可是千万大单。可是从来没有昨天那样沉重,你知道吗?当时我都快拿不动那支笔了。那可是我爸爸和妹妹的两条命啊,是一份生死合同啊!"说到这里,林晨的眼泪又掉了下来。

杨雪丽把食物又递给了林晨,劝道:"我知道你难受,我也跟你一样难受,我的心里也压了一座大山,喘口气都难。可是你总得吃点东西呀,要是你也垮掉了,你父亲和妹妹又怎么办?那不是雪上加霜了吗?"

林晨直愣愣地看着前方,把面包塞进了嘴里,慢慢咀嚼。杨雪丽看到了,连忙从她嘴里扯了出来,原来林晨吃进嘴里的是面包纸。隔离室的蓝色窗帘拉开了,林晨和杨雪丽赶忙站了起来。她们看到医生正在给林家钰和林曦试体温,好像还在询问着什么。

林晨欣喜地告诉杨雪丽:"你快看,他们醒过来了。"说着跑到落地玻璃窗前,使劲地朝里面挥着手,不过里面两人都没有注意到。林晨终于吁出了一口气,这时她突然感到一阵钻心的疼痛,只是用手用力地摁住自己的上腹部,呻吟着蹲了下去:"哎哟,我的胃好疼好疼。"杨雪丽连忙扶她坐到长椅上,说:"你就是太累太饿了,加上本来胃就不太好,现在就疼起来了。"说着又把面包塞到她手里说:"你先把这块面包吃掉,我去倒一杯热水过来。喝点热水你会觉得舒服一些的。"

林晨感激地看了杨雪丽一眼。林晨吃了个面包,喝了杯热水,果然觉得好多了。已经是早上八点半了,主任医生照例查房。他站在林曦的床前拿起她导尿袋子,正皱着眉头观察着。林晨的一颗心又悬到了嗓子眼儿,一种不祥的感觉遍布了全身。主任医生一出来,林晨便截住了他,焦急问道:"我父亲和妹妹到底怎么样了，主任，你一定要对我说实话。"

主任医生面色严峻，说："你父亲的情况是很正常的，可是你妹妹……"他停顿了一下："从刚才查房的情况来看，并不乐观。"

林晨浑身打了个激灵："不乐观?! 那到底怎么样了呢?"

主任医生沉吟了片刻，说："现在还不能下论断，还要再观察一段时间，毕竟刚刚做完移植手术，还有个接受过程。"

手术第三天，主任医生查房时又在观察林曦的尿袋子，他惋惜地摇了摇头，叹了口气。窗外正淅淅沥沥地下着雨，隔着玻璃窗，林晨目不转睛地盯着主任医生，他面部表情的每一丝变化都被林晨看在眼里，然后无限放大。她只是觉得自己一颗心一直往下坠、往下坠，坠到一个无底的黑洞里。

林晨守在病房门口，主任出来，她只是低着头一声不吭。主任医生看了看林晨，拍了拍她的肩头说道："你要打起精神来。"林晨一直低着头，如同一个等待审判的囚犯。只看到主任医生的那张嘴一开一合："这三天的观察下来，一昼夜的尿量还不到300CC，这就说明，你父亲捐给你妹妹的肾脏，你妹妹……接受不了。"

林晨的手指微微战栗："医生的意思是说，出现了排异情况?"

"是的。"主任医生无可奈何地点了点头，"这是我们最不愿意看到的情况，终究还是发生了。"

林晨尽管预感到情况不妙，但是当主任医生亲口告诉她的时候，依然是当头棒喝："这，这，这，这可怎么好呢? 现在怎么办?"

主任医生转身吩咐护士："你现在赶紧去通知手术室，做好一切准备，马上要动手术了。林曦植进去的肾，必须重新取出来。"说完，便去了其他病房巡视。

林晨面无人色，念叨着："还要重新取出来?!"她跌坐在长椅上，只觉得眼前一阵发黑，不由得赶紧闭上了眼睛。

林家钰和林曦被转移到了双人病房里。

"曦曦，曦曦！"林家钰让杨雪丽摇高了他的病床，轻声呼唤，"你感觉怎么样了，你还好吗？啊，你怎么样了？"

林曦听到父亲的呼唤，再也忍不住了，哭出了声："爸，爸爸，我对不起你，我让你白白牺牲了一个肾脏。是我该死。"

林家钰慌忙安慰："曦曦，你千万不要这样想。没关系，没关系的。你看爸爸现在不是挺好的吗？我一切正常。"

"唉——"他长叹了一声，"可能是爸爸太老了，肾也老了，所以你是我的女儿也接受不了。"他的手术刀口隐隐作痛，依然安慰着林曦："别灰心，说不定这是好事，慢慢再找，找到一个年轻一点的肾脏，那肯定能配得上了。啊？！"

可林曦却万念俱灰："爸爸，我没希望了，没希望……"她又困又乏，连眼皮儿也抬不起来，喃喃自语着："爸爸，对不起……"

杨雪丽在一旁泪如雨下："曦曦，你别这样，一定要打起精神来，如果你自己先泄了气，如何对得起你父亲的一番苦心？！"她握住林曦的手："你一定要对自己有信心，要相信自己，一定可以渡过难关的。"

林晨抱着妹妹心疼地说："曦曦，人生就像升级打怪，不可能风平浪静，总会有一个又一个的难关出现在我们的面前，我们所能做的就是逢山开路、遇水搭桥，咬紧牙关努力往前走。曦曦，你不能放弃你自己。"

听了这话，林曦似乎点了点头，但是她太困乏了，沉沉地睡了过去。

手术室的两扇大门又紧紧地闭上了，门头那盏红色的急救灯重新亮了起来。

林晨与杨雪丽依然坐在走廊的长椅上，还是同样的位置，还是同样的姿势，甚至就连方向也是相同的。

"林总！"杨雪丽见林晨闭着眼睛，便轻轻唤了一下她。

不知为何，林晨突然很希望杨雪丽喊她一声"晨晨"，而"林总"让她有几分别扭了。这些时间里的朝夕相处，形影不离，让林晨对她产生了几分亲近感。这让林晨不由得痛恨自己，觉得这是背叛了在天堂安息的母亲。

杨雪丽并不知道林晨心里的纠结与风暴，见她没有回应，以为是睡着了，便在她身上搭了一件外套，以防林晨着凉。过了好一会儿，林晨睁开了眼睛，转过头定定地看着杨雪丽。杨雪丽被看得莫名其妙，一时愣在那里，不知所措。

"杨会计，"林晨缓缓开口问道，"你，能不能告诉我你为什么要和我父亲在一起吗？"

杨雪丽没想到她会问这个问题，低着头笑了笑，几乎带着几分少女的羞涩，过了好一会儿才抬起头看着林晨，说道："你父亲人特别好、特别踏实，也很忠厚，是个难得的好人。"说到这里她拭了拭眼角的泪珠儿："我知道外面很多人肯定 以为我是为了钱才跟你爸爸在一起的，可是只有我自己才知道如果你爸爸没有钱，我也会跟他在一起的。因为你爸爸是个真正值得托付的好男人。"

林晨能够看到对方眼底的真诚，心里的某块坚冰在悄悄地融化。杨雪丽又抹了一把眼泪："这都是命，让我们没有早一点儿相遇，所以错过了你们姐妹俩的成长。我也听你爸爸说了你们姐妹俩过得很苦，虽然很不容易，但是你们也成长得很好。你爸爸为他有两个这么好的女儿感到很骄傲的，他经常在我面前提到你们。"

一连几个月，林晨和杨雪丽在医院和住处来回穿梭。林家钰虽然出院了，但需静养，毕竟是个花甲之年的老人家了，动了个大手术，还拿掉了一个肾，确实非同小可。而林曦一直在医院里，一周三次"血透"，三天一针"血红蛋白生成素"。因为父亲为了她拿掉了一个肾，又出现了排异，林曦一直在自责。林晨和杨雪丽只能不停地安慰、开导她，一起在等待合适的肾源。因为所有人都尽了最大的努力，大家反而平心静气了下来，把一切交给了命运。"命运"是最好的镇痛剂，是的，一切皆有天定，古人不也是说"尽人事，听天命"吗？

这一天，林晨去医院里给林曦送饭。杨雪丽的厨艺很不错，有几个拿手菜那是人人夸赞，尤其有道菜是鸡丝烩鲍鱼，林曦很爱吃。杨雪丽想着林曦和林家钰刚刚动完手术，极需滋补，鸡肉容易被人体吸收，对营养不良、畏寒怕冷、贫血虚弱等症状大有裨益。而鲍鱼是名贵的"海珍品"之一，味道鲜美、营养丰富，被誉为海洋"软黄金"。杨雪丽颇下了一番功夫，她先是把鲍鱼、鸡肉、冬笋、香菇切成丝，用蛋清和生粉把鸡丝调匀，再用滚烫的白开水把笋丝焯一遍，去涩味，焯了一下笋丝就口感滑腻了。然后武火下油锅，用各色调味品翻炒片刻装盘。鸡肉的鲜香加上鲍鱼的鲜咸，让人垂涎欲滴。这道菜色、香、味俱全，杨雪丽撒了把葱花，又别出心裁地将红色小米椒切成一个个的小圈圈，南昌人爱吃辣，加点小米椒带了辣味，但是也不至于太辣刺激了伤口，而且丰富了色彩，当真是红的娇艳、绿的葱翠，令人食指大动。林曦一看到立刻胃口大开。有食欲就是件好事情，这让林晨很高兴。林曦闻了闻，露出一个笑脸："姐姐，真香。"林曦说着抬眼看看林晨，突地冒出一句："你觉得这是不是妈妈的味道？"林晨听了心里不由得一阵酸楚，妹妹四岁就没了妈，没得到过母爱，跟着她相依为命。一个孩子拉扯着另一个孩子，能好到哪里去呢？林晨背过身去，偷偷地擦掉眼泪，不敢让林曦看见。

　　林家钰也吃完了饭，杨雪丽便要把空碗放到厨房里去洗。林家钰却要去阳台那里坐坐，杨雪丽于是放下手里的东西，扶着他慢慢挪到阳台上坐下。这天的阳光难得的好，明媚而透亮，"这么好的天气，能出去走走就太好了。"林家钰叹了口气，说着拍了拍旁边的空位，示意杨雪丽也一起坐着陪陪他。两人相依相偎地坐在阳台上晒太阳，林家钰仔细看了看她，发现她苍老了许多，眼角的皱纹又深又长，头发也白了不少，不由得心里一阵心疼。"这段时间多亏了有你，你太累了！"林家钰满是歉意，满是怜惜。"尽说这么没用的话，什么是太累了，只要你和曦曦平平安安、健健康康的，我就是再累也值得。"杨雪丽抚了抚他的手背说，"以后别再说这些话了，你得安心养病。"

　　"还是上次在进手术室之前的话，没说完，"林家钰郑重其事，"不管如何，我们两人回南昌的时候把结婚证领了吧，我不能让你一直不明不白地跟着我。我作为一个男人，护你一生无虞是我的责任。"

"家钰，不说这些傻话了，"杨雪丽把头低了下去，"我是不会跟你去领那张结婚证的。"

"为什么?!"林家钰百思不得其解。

"唉——"杨雪丽长叹了一声，"这一纸婚书看上去轻飘飘的，实际上太沉重了。我们都不年轻了，能陪在一起就已经不错了。其实我认为这一纸婚书还真保障不了什么，只会让大家心生芥蒂。你现在什么都不要想，就是安心把病治好，把身体养好。这才是最重要的。至于其他的事情等你们身体健康之后再考虑。"杨雪丽微微笑了笑："家钰，林晨和林曦是你生的女儿，你人这么好，你生的女儿肯定错不了，一定也是好的。我想，人心换人心，这个世界很公平。"

林家钰还要开口说着什么，却被杨雪丽捂上了嘴巴说不出来了。两人依偎着，阳光洒满了阳台，照在身上暖洋洋的，一切是那么安详又安静。

林晨在这几个月里，觉得有钱真好。一周三次"血透"，三天一针"血红蛋白生成素"，这不是一笔小开支，她眼见着几个同样是尿毒症的患者，因为拿不出这笔医疗费，收拾行李回家了。他们的"回家"，那就不是真正的回家了，那是等待死亡，而且连挣扎的机会都没有。他们满怀希望地来北京治病，原本以为到北京就有了求生的机会，没想到被判了死刑。看到他们拿着薄薄的行李，走出医院时那苍凉无助的背影，林晨百感交集，心里起起伏伏。每当这个时候，林晨觉得有钱真好。

可是，有时她又会觉得金钱也解决不了问题。一直期待着的肾源迟迟没有找到，希望既存在，可是又太渺茫。每当希望落空的时候，林晨觉得有钱也没多大用处。

林家钰的刀口又发炎了。林晨和杨雪丽不敢大意，连忙呼叫了急救车送到医院复诊。还好情况不是太糟糕，仅仅是炎症，只要消了炎就可以了。两人松了口气，相视一笑。这时，林晨的电话响了，拿起一看，是安佳公司打过来的。

杨雪丽站在一旁，没有听到电话里在说些什么，只听得林晨在不断地"嗯嗯嗯"答应着，她的脸色却越来越变得铁青。杨雪丽转了个身，听得"咕咚"一声闷响，她发现林晨已经晕倒在地上了。

手机掉落在一旁，电话里依然在不停地喊着："林总，林总……"

3

城门失火，殃及池鱼。

当今社会，打败一个国家最有效的方式是什么？

战争吗？

错了，是金融。

美国和俄罗斯开始冲突，针对俄罗斯卢布的货币战进行得如火如荼，简直是图穷匕见。为了绞杀卢布，美国是处心积虑，步步为营的。先是推翻了乌克兰的亲俄政权，割裂乌克兰的同时，怂恿西方世界对俄罗斯的经济、金融展开制裁；当然通过对俄罗斯的制裁，在经济上击垮俄罗斯，以便于对下一个目标——中国进行如法炮制的围攻。俄罗斯确实不得不投入巨大的人力物力来自救，因为乌克兰对俄罗斯来说太过重要，一旦俄罗斯失去了乌克兰，西面将无任何屏障，接着美欧就会以此为跳板分化俄罗斯内部，俄罗斯的其他加盟共和国就很有可能像现在的乌克兰的各个地区一样闹独立了。到那个时候，俄罗斯内乱不止一盘散沙，还将无可救药。

尽管俄罗斯当局政府的态度颇为强硬，并没有屈服，但是周一刚到，卢布一夜暴贬值10%，美元兑卢布现货盘中突破64。为了阻止卢布贬值和防控高通胀风险，在汇市收盘数小时之后，俄罗斯央行出手相救，宣布将关键利率从

10.5% 大幅上调 650 个基点到 17%。这是俄央行在一周之内的第二次加息了。

这个时候，林晨正在急急地赶往昌北国际机场，以最快的时间飞往北京。

俄罗斯央行的加息并没有起到任何作用，在第二天的欧洲交易时段，俄罗斯卢布兑美元再次扩大跌幅，逼近 80 大关，一日之内跌幅近 20%。这意味着卢布的国际购买力已经折半。如此暴跌，可以认为卢布崩盘了，贬值已属于阶段性失控。而俄罗斯股市的情况又是如何呢？RTS 指数当日大跌 19%，创1995 年以来最大跌幅。为了控制卢布持续下跌，莫斯科交易中心表示不接受美元卢布高于 64.4459 的报价。

而此时，林晨正在北京的协和医院里与父亲抢着给妹妹捐肾。

卢布崩盘式暴跌，本质上是一场策划已久、赤裸裸的现代货币战争，这是以美国为首的西方国家展开对俄罗斯卢布的绞杀行动。当然还有油价暴跌和西方制裁导致俄罗斯经济举步维艰。货币战是美国最拿手的，在这个世界上几乎所有像样的经济体都经历过。美国资金在做空油价的时候，一定会把卢布做空，国际油价越跌越快，与此同时做空卢布的力量也在不断增加。于是，随着油价不断下跌，俄罗斯卢布和股市出现崩盘的壮观场面。

但是，这一幕林晨没有看见。她正在医院走廊的长椅上，与杨雪丽坐在一起，守在手术室的门前。手术室大门紧闭，红色急救灯一直亮着，里面躺着的是她的父亲和妹妹。

这世间的事情似乎存在着微妙的联系。如同一只南美洲亚马孙河流域热带雨林中的蝴蝶，偶尔扇动几下翅膀，可能在两周后引起美国得克萨斯的一场龙卷风。其原因在于：蝴蝶翅膀的运动，导致其身边的空气系统发生变化，并引起微弱气流的产生，而微弱气流的产生又会引起它四周空气或其他系统产生相应的变化，由此引起连锁反应，最终导致其他系统的极大变化。

正如现在这样，美国制裁俄罗斯、做空卢布，却重创了安佳公司。

得到消息的林晨，顾不上还在医院里的妹妹，连夜赶回了南昌。她打开了电脑屏，查看卢布走势，拿出那份临去北京前匆匆忙忙签订的订单合同。林晨认真一看，一口血直接喷在了电脑键盘上，合同上清清楚楚写着结算货币是：

卢布。

不是美金！不是美金！！不是美金！！！

重要的话说三遍。

当时怎么会写卢布呢，为什么不是美金呢？就连林晨自己也回想不起来了，真是神差鬼使啊。"美金"这唯一带"金"的货币，真是令人叹息。而且由于她当时心急如焚，慌乱之中下错了单，安佳公司还将面临天价赔偿。

这个打击非同小可，即使坚强如林晨，因为她明白这一次的损失会让安佳公司损失过半。什么是"辛辛苦苦几十年，一夜回到解放前"？林晨算是有了切肤之痛。

她突然一下颓废了，觉得世间如此的不公平，对待她实在太残酷。夜幕已深。万籁俱寂，夜凉如水。林晨一个人静静躺在办公室的地板上，地板有几分凉意，沁入肌肤，可她没有觉察。林晨没有眼泪，可能在医院里的时候已经流干了吧，她只是静静地躺着。回忆着以往的一桩桩一件件，如同电影镜头那般慢慢回放着，一幕接一幕。

母亲去世，曦曦只有4岁，而她只有12岁。家里为了给母亲治病已是家徒四壁，父亲不得不远走浙江打工还债。都是孩子呀，只有12岁的林晨不得不逼着自己一夜之间长成大人的模样，带着妹妹相依为命、艰难度日。

考上了人人羡慕的北京大学，本来是个当之无愧的天之骄子，可是一场大火把父亲新建的厂房烧了个精光。林晨不得不撕掉了那张宝贵的录取通知单，与父亲一起创办安佳公司。为了不再受其他中间商的压榨，林晨决定自己走单，与外商直接洽谈，为此还专门去英国学习一年，认识了她人生中的真命天子——郝嘟嘟，可是偏偏造化弄人，真心相爱的两个人却无法相守，不得不分开。

也是天道酬勤，安佳公司业务蒸蒸日上，不仅订单像雪片一样飞过来，而且还创立了自己的皮草品牌——安利斯。林晨就像以前的土豪那样，喜欢在全国各地买房，在她办公室里有一张空白的、只勾勒出各省轮廓的中国地图。她在哪里买了房，便在地图上标注一个小红旗，地图上的小红旗密密麻麻。她本想打算再挂一张空白的世界地图，在世界地图上插满小红旗……

生活就像是一条大河，平稳地向前流淌，波澜不兴。让人以为会这样一直岁月静好地过下去。谁知平地一声惊雷，如愿考上北京大学的妹妹林曦生病了，而且还是夺走母亲生命的那种病——尿毒症。为了救妹妹，父亲与她一起躺在了手术室，拿出了一个肾。可是林曦却出现了排异。60多岁的老父亲，白白地失去了一个肾。这让林晨想着心里就痛得厉害。

然后，俄罗斯的订单出事了。这成了压垮骆驼的最后一根稻草。林晨闭上了眼睛，一颗泪悄悄地落了下来，晶莹而剔透。她想，她从来没有为自己活过一天，在她的世界里，每天，不，不是，是每分每秒都在忙忙碌碌。林晨实在是太累、太累了。

其实她心里也是有个梦想的，一个关于漂流的梦想，虽然这项户外运动林晨从来没有尝试过。她在电视里看到与她一样的年轻人驾着无动力的小舟，利用船桨掌握好方向，在时而湍急时而平缓的水流中顺流而下，这种与大自然抗争的精彩瞬间，常常让林晨心神向往。"如果我也能去漂流一次，那该多好呀，这可是一项勇敢者的运动。"她想。

一条蜿蜒流动的河，延伸在峡谷坚硬的腹地，乘着橡皮艇顺流而下，天高水长，阳光普照，四面青山环绕，在其间漂流，迎面而来的是一种期待。期待刺激！期待惊险！期待与自然的搏斗！都市人的生活工作是那么的忙，这是一种区别于平凡生活的独特感受。林晨常常想着，有朝一日她一定会去漂流。只不过她分身乏术，也只能停留在想想而已。

现在林晨想去漂流了，仅仅是为了自己心里的一个梦想去实现那么一次。漂流是一项人与自然对话、与自然环境交融的活动，是一种体能与胆量的挑战。而此时的林晨恰恰需要这种挑战，否则她那一腔对命运不公的愤怒无处排遣。

青藏高原。是中国最大、世界海拔最高的高原，被称为"世界屋脊""第三极"。

林晨借了一辆车奔驰在这个世界上最年轻的高原上。在这里，天是那么的蓝，蓝得透亮又纯净。云是那么的白，白得纯粹而无瑕。高原上的山山水水宁静而生动，显得空旷而高远。这里景物色彩极其分明，能让人真切感受到一种和谐的亮丽。林晨极目四望，心旷神怡，甚至有些后悔为什么不早点到这里来看一看、走一走。

越野车一路飞奔，这天她来到了青海湖畔。展现在林晨眼前的是一个浩瀚而美丽的高原湖泊，遥遥地望过去，那蓝莹莹的浩渺湖水，像是一面光亮的蓝宝石，镶嵌在白皑皑的雪山和苍茫茫的草原之间，熠熠发光。湖畔那辽阔的草原像是铺上了一层碧绿的绒线毯子，各色野花五彩缤纷，将绿色的绒线毯子打扮得如花似锦、分外妖娆。再往前，一大片油菜花金灿灿的，一阵风儿吹了过来，如同金色的波浪微微起伏，散发着沁人心脾的芳香，与泥土的芬芳揉在一起，林晨深深地吸了一口气，只觉得从里到外排空了浊气，整个人都舒畅了。

湖面上万顷碧波微微荡漾，几只白色的海鸥在空中翱翔，时而俯冲，时而滑翔，一声声地叫唤衬得世界益发宁静。林晨完全被这绝美的景色给迷住了，她只觉得这是天堂的美景。林晨往后仰、往后仰，直到平躺在草地上，躺在大地的怀抱里，如同依偎在母亲的怀抱。她感觉自己完全融合在了大自然中，所有的痛苦、所有的烦恼都被丢到九霄云外去了。

几天后她又驾着越野车经过唐古拉山口，按路标"长江源头"的指向，一路奔驰，然后折向一条并不平坦的山道，一路颠簸前行。壮丽的景观在林晨眼前铺展，雪山冰峰、无垠草地、蓝天白云倒映在河水中。远处，是一幅奇异的景色。冰山下，由于阳光、风力、流水的共同作用，冰川形成了无数个小冰峰，人们将它称为"冰塔林"。冰塔林形态各异，有的如抬头望天的白熊，有的像振翅飞翔的雄鹰，有的似奔腾向前的骏马……冰塔林几十米高，直插蓝天，绵延10多公里，仿佛一座座水晶峰峦，百态千姿，风光旖旎。除了冰塔林之外，还有高耸入云的冰山和晶莹剔透的大冰川。

然而真正让林晨感到震撼的还是那倒挂在冰川之上的无数冰柱，从冰柱的尖顶上，一滴又一滴的融水悄然无声地滴落，没有炫耀、没有夸张，也没有沸沸扬扬，一切都是那么的安然静谧，那么的不动声色，却汇成一条河流，带着力量、带着勇气，开始了延绵不绝的万里之行。这就是传说中的"长江源头"。

林晨从母亲去世的那一年开始就像个大人一样坚定而有条不紊，现在却仿佛是在跟自己赌气："生死抉择！就让母亲之河、长江之源来考验我，考验我的意志，考验我的体能。如果我败下阵来，我就不可能成功，我将一败涂地。如果我能漂流成功，就说明我还有希望，还有机会，那么我还会创造出更大的辉煌和财富。"

就在林晨摩拳擦掌、秣马厉兵的时候，一个奇特的景象让林晨惊呆了。就在雪山的山坡上，有三个人，看上去应该是一家人，牵着一头母羊三步一跪一叩头。他们的眼神就像雪山一样纯净，每个动作都一丝不苟，非常虔诚。林晨停车下来，脚步轻轻地走向他们："请问一下，你们是从哪儿来？"

藏族少年有着一张藏族特有的高原红的脸。这是长期生活在高原地带的人们因为地区特殊的气候环境，空气干燥风沙较大，面部所出现的片状或团块状的红色斑块。但是稚气未脱，让人心生喜爱。他吐字清晰地轻声回答："盐湖城。"说完他又跪了下来，双手扶地叩首。林晨蹲下去问道："那你是要去哪里？"少年一边叩着头一边答道："拉萨。"

"你还这样小，一路上都是这样走的吗？你走了多长时间了？"林晨又问道。

少年并没有停下来，而是跟随着父母前行三步之后又"扑通"跪了下去叩头："两年两个月零二十六天。"

林晨暗暗心惊："这么长的时间哪？那你吃什么呢？"她环顾四周，这里连人影都难看到，更别提商店了。

少年指着牵在身后的母羊："喏，羊奶。"又指了指身上的背囊，"我们还带了一些干粮。"

林晨站起身来，极目远眺。这一片白茫茫的雪山，她不由得叹了口气，说道："我的天！这样走到拉萨，得多少个日日夜夜啊。"

这时少年的母亲开口答道："我们不问有多少天，我们只管往前走，朝着拉萨的方向。"

林晨觉得无法想象："可是你们为什么要这样走呢，这是多么艰难!？到拉萨不是有公路吗？如果需要我替你们买三张车票，这样可以快一点到拉萨了。好不好？"

一直沉默不语的父亲站了起来，在胸前双掌合十，摇头拒绝："谢谢你，不用了。拜佛要的就是诚心诚意，只有这样走到拉萨才能显出我们一家人的诚心！"说着他又拜倒在地。

"可是，你们的这种诚心，'佛'真的能看到，能知道吗？"林晨不由得脱口而出。

"佛知不知道我们不清楚。但是，只要我们自己知道就行了。"说罢，三个人齐齐地叩下头去。

林晨愣在那里，呆若泥塑，两行清泪唰地流了下来。

长江之源，沱沱之畔。

雪山上奔流而泻的清流，汇成明净澄澈的河水，林晨觉得这是世界上当之无愧的最洁净的水。沿着河滩一溜儿排开的木筏群、橡皮艇，原来她并不孤独，早有人在忙碌着准备漂流，都是与她差不多大的年轻人。

林晨跪在一个橡皮艇上，双手合十，闭着眼睛仰天祈祷："妈——，妈妈，你在天之灵看到我了吗？请你保佑我，请你保佑我们一家人平平安安渡过这个难关，好吗？"

橡皮艇的主人用他那双粗粝的大手解开了系着橡皮艇的缆绳，对林晨说："祝你顺风顺水，一路平安。"橡皮艇立即顺流而下。

几天之后，橡皮艇漂流到了长江上游金沙江流域的虎跳峡，这里河流极为湍急，汹涌激越。江面也变得极窄，只有30余米，两岸的山峰高耸而险峻。林晨第一次漂流，却是一点也不害怕，她早已把个人的安危置之度外。只是觉得别人能够漂过去，她自己为什么不可以？林晨对自己说只要漂过去了，一切困难也会过去的。就像是那一家三口牵着一头母羊从盐湖城三步一叩首地去拉萨那样，心里有着坚定且唯一的方向。

　　江心的虎跳石稳踞于江水的中央，使得奔腾而来的水流在最窄的江面却遇到了强大的阻力，林晨死死地抱住橡皮艇上的舵柄，一任湍急的江水翻滚。江水在礁石间回旋着，一股强大的水流冲击着橡皮艇，突然橡皮艇拐了个弯，呈60度的角，直直地往一块礁石上撞了上去。橡皮艇仿佛一片飘零在江面上的落叶，还没等林晨回过神来，左侧又是一个浪花打了个劈头盖脸，这下林晨从上到下湿透了。几分钟后，江水一下子变得舒缓起来，水流没那么湍急了，橡皮艇被冲到了离江岸不远的地方。林晨刚想喘口气，橡皮艇又一下子直直地撞上了一块岩石，这下再也没有控制住，橡皮艇倒扣了过来，林晨被扣在了水里。林晨从小水性不错，连忙牢牢地抓住皮艇船舷内侧的绳子，虽然被扣在船底，但是里面还有些腾挪的空间，她顺着绳索钻了出来，运气还好，已经没有险滩了。又是一个浪花卷了过来，林晨挣扎着往岸上游，刚刚摸到岸边，她已经用尽了最后一丝力气，终于体力不支晕了过去。

4

　　好像是在一条黑暗的河流里跋涉，整个河面伸手不见五指。林晨慢慢地往前走着，一种强烈的虚无感缚住了她。这是在哪里呢？"妈妈——！"林晨大喊。

　　"林总，别怕，我在这里！"有个声音从一个非常遥远的地方传了过来。

这令她颇为困惑，"为什么妈妈会这样叫我，难道她不是一直喊我'晨晨'的吗？"太奇怪了，这到底是什么地方，前面似乎总是影影绰绰的，但是走到身边又空无一物。她试着伸出了手，这手为什么会这么沉，都快抬不起来了。就在这时，林晨那双冰凉彻骨的手被握住了，一股暖意包裹着她的手掌。她的心突然一下安定了下来，虽然什么也看不见，但是感觉告诉她，这是妈妈的手握住了她。林晨开心地笑了，一种熟悉的、久违了的感觉又重新回来了。那是被妈妈细心呵护的感觉。林晨觉得只要跟妈妈在一起，不论在哪里都是幸福的、快乐的。有首歌不这样唱的？"有妈的孩子是块宝，没妈的孩子是根草"，真是太对了。"妈妈，妈妈，我最亲爱的妈妈，我终于找到你了，我们终于在一起了，我们再也不会分开了。"林晨开心地笑了，絮絮叨叨，"妈妈你知道吗？你离开我们后，爸爸去了外地打工还债，家里只剩下我和妹妹两个人相依为命，日子过得好艰难，我和妹妹天天都在想你。现在好了，我已经找到妈妈了，我们永远在一起，再也不分开了。"她有太多太多的话要对母亲诉说。

河面阴冷。可林晨却觉得一阵燥热，"真渴！"她喃喃自语，"太渴了，要是能有口水喝就好了。"咦？嘴唇湿了，好舒服，一滴又一滴的水沿着她的唇流进了咽喉里。林晨咽了咽，甘之如饴，然后她又沉沉地睡了过去。

仿佛是一个世纪那样漫长，林晨恍恍惚惚地睁开了双眼，心下疑惑："这是在哪里呢？为什么周遭一片白色，这难道就是天堂？！"

这时，一个声音在耳边响起："真是太好了，总算是醒过来了，老天保佑。"

林晨试着动弹了一下，只觉得四肢像是灌满了铅一样沉重，根本无力动弹。

"你别乱动，知道吗？你整整昏睡了一个星期！"耳边的声音又响了起来，"现在你醒过来就好了，医生说只要你能够醒过来就一切平安了。"

"医生？！"林晨的思绪乱成了一团麻，"这么说我是在医院里了？"她叹了口气："我……，居然还活着。"

原来林晨失去联系后，小杏心急如焚。思前想后，还是把消息报给了正在北京养病的董事长林家钰。面对突然的变故，林家钰反而是冷静的，他这一生的波折实在太多了。他问小杏，林晨跟她说了什么没有？小杏对自己颇为自责，认为当时不应该离开公司，而应该守在总经理办公室的门口。

"现在不是你自责的时候，我也不会怪你，就算你守在她办公室的门口，她也会找借口把你支开的。如果她铁了心要离家出走的话，这根本防不住！"林家钰语气平缓，"我问的是林晨有可能去哪里？要知道你跟我女儿年龄相仿、从小一块儿长大，你们在一起的时间比我要多得多。"

林家钰的冷静让小杏心定了不少。小杏猜测林晨应该会去长江之源了。

"你有把握吗？"林家钰心下疑虑，"你为什么说林晨会去那么遥远的地方？"

原来林晨不止一次在小杏面前提到过"长江源头"。还在1986年美国著名的激流探险家肯·沃伦来中国长江首漂后，林晨一直心怀憧憬。肯·沃伦成功地漂流了印度的恒河之后，有记者问他下一个目标是哪里？肯·沃伦指着远处的喜马拉雅山说："在山的那边，只有伟大的长江没有被征服过。"所以漂流长江被《今日美国》称为"人类对地球的最后一次征服"。1986年7月，肯·沃伦终于踏上了中国的土地，在广州对记者说："我带来的器材是全美国最好的，跟我一起来的人也都是最优秀的水上作业人员。"最后他微微一笑："好了，剩下的事情就是到长江源头去，和长江好好地聊一聊。我想，我会和长江谈得来的。"

"在长江源头，和长江聊天……"，这种既豪气又浪漫的表述，让林晨感到前所未有的新鲜，同时也让她心神向往、心潮澎湃。而后，她像现在的少男少女追星一样，一直关注着长江漂流的新闻，到处收集相关的图片和资料，并且把资料装订成册。她牵挂着漂流队的一举一动，每次有人员受伤她都感到难过，也会在心里默默祈祷。林晨从报纸上剪下了肯·沃伦的照片，贴在地理课本的封面内侧，在照片下面端端正正写着他的名字。小说里、课本里的英雄太遥远、遥不可及，而肯·沃伦就活生生地站在她面前，林晨觉得他就是一个当之无愧的英雄。

"既然是这样，"林家钰说，"那事不宜迟，赶紧派人去长江源头，在林晨下水漂流之前把她截下来。"

小杏自告奋勇要去找林晨："没有找到林总我也不会再回来了。"说这话的时候她的声音哽咽了。林家钰点了点头："我女儿一贯对你很好，看来她没有看错人。"

小杏的眼泪滚滚而下，说："晨晨是我最好的姐妹，如果她有个三长两短，我这一辈子都不会好过的。"

林家钰呆立在那里，过了好半晌才慢慢说道："晨晨还是太年轻了，这有什么大不了的，无非是打回原形，从头再来。她又没有漂流的经验，万一出了事情可怎么好?!"林家钰只觉得自己呼吸困难。

杨雪丽看他站立不稳，连忙扶住了，安慰道："现在已经这样了，你千万别太着急，我们一定要相信'吉人自有天相'，她一定会挺过这一关的。"

寻找林晨的小分队一刻也没耽误，连夜出发，直扑长江源头。只差了那么一小会儿，小杏几乎是眼睁睁地看着林晨坐在橡皮艇上顺流而下。小杏扑通一下跌坐在地上，号啕大哭，朝着她的背影声嘶力竭地喊着："林——晨——"可是水流湍急，哗哗作响，林晨并没有听见。

橡皮艇的主人拉小杏起来，让她赶紧沿着江岸去找人："说不定就找到了，很多人就是这样找到的。"就这样，昏迷后的林晨被小杏带回了南昌，一下飞机就送到了医院。

到底是年轻底子好，林晨很快恢复了过来。她能迅速恢复，还多亏了杨雪丽。她细心地调理着林晨，把林晨多年来亏欠的，似乎都弥补过来了。这一天，林晨站在窗前，楼下是一片绿茵茵的草地，穿着白大褂的医护人员来来往往地穿梭着。几个病人坐在草坪里的长椅上，晒着太阳聊着天。窗台上摆放着几盆多肉，肥肥的叶子像朵花儿似的盛开，每盆多肉有着不同的颜色，这是杨雪丽在花草店里精心挑选的。林晨指尖轻触着多肉的肥叶，觉得甚为可爱，她很少逛街，所以很惊讶还有植物能够如此讨人喜欢。

杨雪丽端着一碗水蒸蛋走进了病房，她这碗水蒸蛋的蛋面平滑得像面镜子，一个气孔也看不到。有个小窍门就是用凉白开冲蛋液来蒸，如果像很多人那样直接用自来水的话，就容易千疮百孔。她对林晨说道："林总，已经是10点钟了，吃个水蒸蛋补充一下营养，再过两个小时就吃午饭了。"她又问了问："觉得昨天的鲫鱼汤还好吃不，如果喜欢的话，今天再做给林总吃。"

林晨缓缓地转过了身，看着杨雪丽，眼里有一层柔光在闪动："不要再叫我'林总'了，我是晨晨。"

杨雪丽一听，呆呆地站在那里，愣住了。

尾声

1

广州，二沙岛。

市区里最富贵、最浪漫、最艺术、最休闲的别墅区。远可眺小蛮腰，近可亲珠江河。四面环水，绿意倾城。二沙岛的大草坪在亚运会之后被修整一新，每到周末便成了广州人休闲的好去处。草坪上，四面八方的朋友们摊开一张四方格子的塑料桌布，在这里野餐，有些还带上自己的小宠物，摆拍、野餐两不误。在阳光下其乐融融，欢声笑语。一个平平凡凡的广州人，经过二沙岛是很平常的事，却很少有人能住在这里。皆因这里的房价高高在上，如同天上的星辰。从90年代起，这里就是广州最著名的富人区。住在这里的有很大一部分是外国的朋友，所以屋内设置了壁炉的位置。

在一幢以羊城八景之一命名的别墅里，林晨搂着杰瑞的肩膀在二楼主卧的景观台前，默默地站着。矮矮的围墙上，路边的鸡蛋花迎风招展，一到夏天芳香扑鼻。

过了好一会儿，林晨把杰瑞抱了起来："真沉，长大了不少。"林晨亲吻着他那粉扑扑的小脸蛋，欲言又止。她眼里有泪，杰瑞很懂事，一声不吭地环抱着母亲的脖子，只是用他那肥嘟嘟的小手替妈妈拭去眼角的那颗泪珠儿。然后，脸靠脸地不说话。

"你要相信妈妈，一定会把这幢别墅买回来的。"林晨哽咽难言。

杰瑞太小了，还不懂妈妈说的这些话是什么意思，只是扬着小脑袋望着远处高高飘飞着的风筝，问道："妈妈，你是说以后我们不能再住在这里了吗?"他稚声稚气："可是我喜欢南昌，也喜欢这里呀，外公带我去的那个音乐厅，那里的音乐我觉得好好听。"

他说的是星海音乐厅，坐落在二沙岛江边，造型独特，檐角高翘，如一只展翅翱翔的鹰。内部建筑声学设计从一开始就严格按照国际一流标准进行建造，一直被公认为是"中国声场效果最好的音乐厅"之一。除此以外，二沙岛里还有广东华侨博物馆和广东美术馆。

杰瑞的"童年不识愁滋味"差点让林晨哭出了声，她强抑制住自己，又重复了一遍："你一定要相信妈妈，一定会把这幢房子再买回来。"林晨声音低沉而沙哑："一定会的，一定会的。"她像对杰瑞保证，又像是喃喃自语地在跟自己鼓劲。说完，她再也忍不住了，泪水如同决堤的小溪一样，哗然坠落。

杰瑞不知所措，只是紧紧地抱着妈妈，一言不发地陪着流眼泪。

一辆挂着"粤ZC＊＊＊港"黑色牌照的劳斯莱斯幻影，悄无声息地、平滑地行驶在小径上。傍晚时分的二沙岛益发宁静了，两边高大的树木，微风吹拂，枝叶沙沙作响。旁边是自行车绿道，时不时地几辆2—3人连环单车从旁边擦身而过，骑车人嬉笑地轻声耳语着。在一盏路灯下，这辆劳斯莱斯幻影停住了，一个身姿挺拔的男人走了下来。在昏暗的路灯下，这个男人轮廓分明，帅气逼人，只是褪去了几分年少时的飞扬，多了一份成熟男人的稳重。纯银制成的袖扣散发着低调的光芒，让人在稳重之中又有一种颇为内敛的奢华。他探身在车载冰箱里拿出了一根雪茄烟，似乎有些紧张，夹着雪茄的手指在微微发颤。猛吸了两口，仿佛平静了一点，从西装上衣的内口袋里掏出了一个金色怀表。这是爷爷传给了父亲的，在来中国之前，父亲又郑重其事地交给了他。经历了漫长岁月的浸泡，金色表壳变得暗沉了，显出一种古铜色，有种历史沧桑感。

他打开了表壳，里面有张照片，一个年轻的女人抱着一个小男孩，正在对着他笑着，笑得灿烂又明媚。那是林晨与杰瑞。

忽地，他的眼圈红了。把雪茄烟扔在地上，用脚碾了碾，又小心翼翼地合上了表盖，放回内口袋。

然后，慢慢地转过了身。